굴뚝 청소부 예찬

세계문학의 숲 015

The Praise of Chimney-Sweepers

굴뚝 청소부 예찬

찰스 램 지음
이상옥 옮김

시공사

일러두기

1. 이 책은 각각 1823년과 1833년에 출간된, 영국 작가 찰스 램(Charles Lamb)의 《엘리아의 수필(Essays of Elia)》과 《마지막 엘리아의 수필(Last Essays of Elia)》에 수록된 52편의 에세이 중 옮긴이가 선별한 27편을 우리말로 옮긴 것이다.

2. 번역은 맥밀런 판의 《Essays of Elia》(1895)와 《Last Essays of Elia》(1900)를 대본으로 삼았다.

3. 본문에 등장하는 지명이나 인명은 영국에서 관례적으로 사용되고 있는 발음을 존중했다. 예를 들어 Hertfordshire는 '하포드셔'로, Pall Mall은 '펠멜'로, Penwick은 '페닉'으로, St. Alban's는 '선트 올반즈'로 옮겼다.

4. 본문의 주는 [원주] 표시를 제외하고는 모두 옮긴이 주이다.

차례

나 그리고 가족에 대한 글   9

꿈에 본 아이들—하나의 환상

회복기의 환자

귀에 대한 장

퇴직자

나의 친척들

하포드셔의 매커리 엔드

H__셔의 블레익스무어

크라이스츠 호스피틀 학교—35년 전 이야기

가난 혹은 사회문제   107

굴뚝 청소부 예찬
오래된 도자기
잭슨 대위
가난한 친척들
수도에서 거지들이 쇠퇴하는 데 대한 불평

세월 그리고 오래된 풍습   169

돼지구이를 논함
식전기도
밸런타인데이
만우절
혼례식
현대의 여성존중 풍습
책과 독서에 대한 초연한 생각

개인, 집단 그리고 인간관계   245

두 부류의 인간
엘리스턴의 망령에게
퀘이커 교도들의 집회
진정한 천재의 정신적 건강
기혼자들의 행위에 대한 미혼자의 불평
먼 곳에 있는 친지에게
섣달 그믐날 저녁

해설 영국 산문문학의 한 전범   321
찰스 램 연보   333

나 그리고
가족에 대한 글

꿈에 본 아이들—하나의 환상

아이들은 어른들의 어린 시절 이야기를 듣고 싶어 할 뿐만 아니라, 상상력을 펼쳐서 자기네가 본 적이 없고 이야기로만 들어오던 종조부(從祖父)니 증조모(曾祖母)니 하는 분들에 대해 생각해보고 싶어 한다. 며칠 전 저녁에 어린것들이 내게 기어와서 필드라는 성씨를 가졌던 증조모*에 대한 이야기를 듣고 싶어 한 것도 바로 그런 마음에서였다. 필드 할머니는 노포크에 있는 큰 저택에 살았는데 그 집은 아이들과 그들의 아빠가 살고 있던 집보다 100배나 더 컸으며, 아이들이 최근에 〈숲 속의 어린이들〉이란 담시(譚詩)를 통해 알게 된 어떤 비극적 사건들의 무대이기도 했다는데, 적어도 그 지방 사람들은 일반적으로 그렇게 믿고 있다. 아이들과 그 잔인한 외숙부에 대한 이야기 중에서 방울새가 나오는 대목**까지가 그 저택의 넓은 홀

---

*램의 외조모. 50년 동안 어느 시골 저택에서 가정부로 있었다.
**그 담시에 의하면 유산을 탐낸 외숙부가 숲 속에 내다버린 아이들이 죽자 방울새가 잎으로 시신을 덮어주었다고 한다.

에 있는 벽난로의 목조 장식에 곱게 새겨져 있었다는 것은 확실하다. 그러나 어떤 바보 같은 부자가 그 목각 장식을 뜯어내고 대신에 이야기가 새겨지지 않은 현대식 대리석 장식을 붙여놓았다. 이 말을 듣자 앨리스는 자기 엄마가 흔히 짓곤 하던, 너무나 부드러워서 도무지 다른 사람을 원망하는 기색이라고는 찾아볼 수 없는 표정을 지었다. 나는 필드 증조모께서는 몹시 경건하고 착한 분이셨으며 모든 사람이 그분을 좋아하고 존경했다는 이야기며, 그 할머니가 그 큰 저택의 마나님은 아니었고 집주인이 맡긴 일을 돌보고 계셨을 뿐이지만 어떻게 생각하면 할머니가 그 저택의 마나님이라고 해도 좋을 만한 위치에 있었다는 이야기를 아이들에게 들려주었다. 그 저택의 주인은 인근 군(郡) 어딘가에 사둔 보다 신식 유행을 따라 지은 저택에 살고 싶어 했기 때문에 필드 할머니께 그 집의 관리를 부탁했지만, 할머니는 마치 그곳이 자기 집이라도 되는 것처럼 거처했고 생전에 그 대저택의 품위를 어느 정도 유지하고 있었다. 그러나 훗날 그 집이 황폐해지고 거의 헐리다시피 되자 주인은 그 모든 장식들을 떼서 다른 저택으로 옮겨갔다. 그러나 새 집에 들여놓은 옛 장식들은 어색해 보였으며 마치 아이들이 최근에 웨스트민스터 사원에서 구경했던 옛 무덤들*을 누군가가 C 부인의 번지르르한 황금빛 응접실로 옮겨다 놓은 것 같았다. 이 말을 듣자 존은 마치 "그 참 바보 같은 짓을 했군"이라고 말하듯이 미소를 지었다. 그러고 나서 나는 할머니께서 돌아가셨을 때 장례식장에는 사방으로 여러 마일 떨어진 곳에서까지 모

*런던에 있는 이 중세 사원에는 많은 명사들의 무덤이 있다.

12

든 가난한 이웃들이 모여들었고 가문이 좋은 집안에서도 몇 사람이 와서 그녀를 추념했는데, 그게 모두 할머니가 참으로 훌륭하고 경건한 분이셨기 때문이라고 말해주었다. 할머니는 《기도서》속의 〈시편(詩篇)〉을 모두 외우고 있을 뿐 아니라 성경의 상당한 부분도 외우고 있을 정도로 훌륭하셨다. 이 말을 듣자 어린 앨리스가 놀람의 표시로 두 손을 펴 보였다. 나는 또 아이들에게 필드 증조모께서 한때는 키가 무척 크고 몸이 곧고 우아하게 생긴 분이었으며, 젊을 때는 가장 훌륭한 무용가로 존경받기도 했다는 말을 해주었다. 그랬더니 앨리스의 귀여운 오른발이 무의식적으로 춤 동작을 시작했지만, 내가 엄한 표정을 짓자 그 동작을 그만두었다. 할머니는 실로 군 내에서 가장 뛰어난 무용가였지만 암이라고 하는 몹쓸 병에 걸린 후 고통으로 인해 그만 꺾이고 말았다. 하지만 그 병도 할머니의 훌륭한 기백만은 꺾거나 굽히지 못했다. 할머니는 너무 훌륭하고 경건해서 기백이 언제나 꼿꼿했던 것이다. 그리고 나는 할머니가 그 크고도 외로운 저택의 호젓한 방에서 혼자 잠을 잤다든지, 한밤에 자기 침실 근처에 있는 커다란 계단에 두 명의 아이 유령이 미끄러지듯 오르내리는 것을 보고도 "그 철부지들이 날 해치기야 하겠니"라고 말하던 일도 아이들에게 들려주었다. 그당시에 나는 아직도 하녀와 같이 자는 어린아이였는데, 필드 할머니에 비하면 조금도 착하거나 경건하지 못했기 때문에 그 유령 이야기에 참으로 겁을 먹곤 했다. 하지만 내가 그 어린 유령을 본 적은 없다. 이 대목에서 존은 눈을 크게 뜨며 용기 있는 소년처럼 보이려고 애를 썼다. 그리고 나는 할머니께서 휴일이면 손자들을 그 큰 저택으로 불러서 다정하게 대해주던 이야기도 해주었다. 그 저택에 갔을 때 특히 나는 혼자서 열두 카이사르들*의 오래된 흉상들을 지켜보면서 여러 시간을 보내곤 했는데, 결국 그 로마 황제들의 낡은 대리석 머리들이 다시 살아나는 것 같거나 내가 대리석으로 변하여 그들처럼 되는 듯한 착각에 빠지곤 했다. 나는 또 그 거대한 저택 속에서 이리저리 지칠 줄 모르고 헤매던 이야기도 해주었다. 그 넓은 빈방들이랑 닳아빠진 벽걸이 천, 펄럭이던 태피스트리, 금박이 거의 벗겨진 조각된 참나무 패널 등을 구경하며 다니다가 이따금 그 넓은 구식 정원을 독차지하고 거닐었지만 간혹 홀로 있는 정원사와 마주칠 뿐이었다. 담에는 천도복숭아니 복숭아니 하는 것들이 매달려 있었으나 어쩌다 따는 것이 허용될 뿐 금단의 과실이었기에 따먹으려 하지 않았다. 내게 그보다 더 즐거웠던 것은 침울해 보이는 주목(朱木)이나 전나무 사이를 거닐며 그저 관상용일 뿐 쓸모라고는 없는 빨간 열매나 전나무 솔방울을 이따금 따던 일, 주위에서 향기로운 정원 냄새가 풍겨오는 가운데 싱그러운 풀밭에 누워서 뒹굴던 일, 귤을 재배하는 온실에서 따뜻한 햇볕을 쬐다가 그만 그 포근한 온기 속에서 나자신도 귤이나 라임처럼 익어간다고 착각하던 일, 그리고 정원 맨 아래 있던 연못에서 황어가 날쌔게 이리저리 헤엄치고 있을 때, 이들이 까부는 꼴을 조롱하듯 연못 가운데서 가만히 떠 있던 실쭉한 곤들매기를 쳐다보던 일 따위였다. 아이들이란 보통 복숭아니 천도복숭아니 귤이니 하는 것들에 유혹을 받는 법이지만 나는 그런 달콤한 향기보다는 바쁜 가운데서 한가롭게 기

*율리우스 카이사르에서 도미티아누스에 이르는 황제들을 가리킨다.

분전환을 하는 데 더 많은 즐거움을 찾고 있었다. 이야기가 여기에 이르자 존은 포도 한 송이를 약삭빠르게 접시 위에 되돌려놓았다. 앨리스가 보고 있었기에 그는 그 포도를 나누어 먹으려고 했지만, 곧 오누이는 포도 따위에는 흥미가 없다는 듯이 그 송이를 내려놓았다. 그래서 나는 약간 목소리를 높여, 필드 증조모께서는 자기 손자들을 고루 사랑하셨지만 그중에서도 특히 아이들의 큰아버지가 되는 존 L.*을 각별히 사랑했다는 말을 해주었다. 그는 잘생기고 기개 높은 청년으로 우리 모두에게는 왕과 같은 존재였으며, 우리 몇몇처럼 구석진 곳을 찾아 빌빌대는 일이 없었고, 작은 개구쟁이 시절부터 이른 아침이면 근처에서 구할 수 있던 가장 사나운 말을 잡아타고 온 마을을 돌아다니다시피 하였으며, 사냥꾼들이 출렵하는 날이면 그들을 따라다니기도 했다. 그도 그 큰 옛 저택과 정원을 좋아하긴 했으나 워낙 혈기가 왕성하여 그 울안에 늘 갇혀 있을 수는 없었다. 그 큰아버지는 훌륭한 생김새 못지않게 용맹스러운 성인으로 성장하여 모든 사람들의 찬탄을 샀으며 특히 필드 할머니께 칭찬을 받았다. 또 내가 다리를 다쳐 절고 다니던 소년 시절에 나보다도 훨씬 연장자였던 그는 고통 때문에 걷지 못하는 나를 업고 여러 마일을 돌아다녔다. 훗날 그도 다리를 절게 되었지만 그가 참을 수 없이 고통스러워할 때 나는 그의 처지를 조금도 헤아리지 않았으며 내가 다리를 절던 시절에 그가 나를 얼마나 사려 깊게 대해주었던가를 충분히 기억하지도 않았다. 그가 세상을 떠났을 때, 숨을 거둔 지 미처 한 시간도 되

*존 램은 찰스 램의 친형이었다.

지 않았는데, 마치 그가 죽은 후 상당한 세월이 흐른 것처럼 느껴지곤 했으니 참으로 삶과 죽음 사이에는 그토록 거리가 있었던 것이다. 처음에는 내가 그의 죽음을 꽤 잘 견디어냈다고 생각했지만 얼마 후에 그의 죽음은 줄곧 내 마음속에 떠오르곤 했다. 그러나 형을 잃은 사람들이 으레 그러듯이 그리고 만약에 내가 먼저 죽었더라면 필경 형이 그랬을 만큼 내가 그의 죽음을 슬퍼하거나 진정으로 애통해하지는 않았다. 하지만 나는 온종일 그를 생각하고 있었으며 그가 죽고 난 후에야 비로소 내가 그를 무척 사랑하고 있었다는 사실을 알게 되었다. 그가 나에게 베푼 다정함이라든가 화를 내던 일들이 그리워졌고, 그가 내 곁에서 사라지기보다는 차라리 그가 되살아와서 나와 함께, 지난날에 더러 그랬듯이, 싸움이라도 하는 편이 낫겠다는 생각도 들었다. 아이들의 그 가엾은 큰아버지는 의사가 자기의 다리를 절단했을 때 몹시 원통했겠지만, 그를 잃자 나 또한 그만큼 마음이 아팠다. 이야기가 여기에 이르자 아이들은 모두 울음보를 터뜨리고 말았다. 그들은 자기네가 그 작은 상복을 입고 있는 것도 바로 존 백부께서 별세하셨기 때문이 아니냐고 묻고 나서, 이제 제발 큰아버지 이야기는 그만두고 돌아가신 어여쁜 엄마 이야기나 들려달라고 졸랐다. 그래서 나는 7년이란 세월에 걸쳐서 더러는 희망을 품고, 또 더러는 절망하며, 그러나 언제나 끈기 있게 아름다운 앨리스 W__n*에게 구애하던 얘기를 들려주었다. 그러고 나서 나는 처녀들에게는 수줍음이

*램의 첫사랑은 앤 시몬즈라는 여인이었지만 여기서는 앨리스 윈터턴이라는 익명을 쓰고 있다. 그녀는 바트럼이라는 런던의 전당포 주인과 결혼했고 램은 평생 독신으로 살았다.

나 냉담함이나 거절이 무엇을 의미하는지를 아이들이 이해할 수 있도록 설명해주었다. 그때 문득 앨리스 쪽을 보니 엄마 앨리스의 영혼이 딸 앨리스의 눈을 통해 나타났는데 하도 생생하게 재생되었기 때문에 내 앞에 서 있는 것이 모녀 중 어느 쪽인지 그리고 그 빛나는 머리카락이 누구 것인지를 분간하지 못할 지경이었다. 내가 그 모습을 바라보고 있을 때, 두 아이의 모습은 점점 더 흐려지고 계속 뒤로 물러나더니 결국은 저 멀리 서 있는 두 애도자의 모습으로만 보였다. 말없이 서 있던 그 모습은 신기하게도 다음과 같이 말을 하는 듯한 효과를 자아내고 있었다. "우리는 앨리스의 자식이 아니오, 당신의 아이도 아니오, 도대체 우리는 아이들이 아니라오. 앨리스가 낳은 아이들은 바트럼이란 사람을 아버지라고 부른다오. 우리는 헛것이고 헛것만도 못하며 꿈속의 아이들일 뿐이오. 우리는 어쩌면 태어났을 수도 있는 아이들에 불과하며, 실제로 태어나서 이름을 가지려면 억만 년 동안 망각의 강가에서 지루하게 기다려야 할 것이오." 이 말을 듣고 문득 잠을 깨니 총각 신세인 내가 안락의자에 조용히 앉아 있는 것이 아닌가. 의자에서 내가 그만 잠이 들었던 모양이다. 충실한 브리짓은 이전 모습으로 내 옆에 있었지만, 존 L.—일명 제임스 엘리아—은 영영 세상을 떠나고 없었다.

회복기의 환자

지난 몇 주 동안 신경열(神經熱)이라는 꽤 고약한 병이 나를 꼼짝 못하게 붙잡고 있었다. 이제 그 병은 서서히 떠나고 있지만 그간 병치레를 하느라 나는 그 병과 관계없는 화제에 대해서는 아무런 성찰조차 할 수 없는 지경에 이르고 말았다. 그러니 독자 여러분, 이 달에는 내게서 어떤 건전한 결론도 기대하지 마시라.* 내가 여러분께 드릴 수 있는 것은 기껏해야 병약자들의 꿈밖에 없다.

사실, 병이 든 상태 전체가 그러하다. 그것은 병상에 누워 대낮인데도 커튼을 쳐서 햇볕을 가린 후에 세상에서 일어나는 모든 일을 철저히 망각하고 일종의 화려한 꿈이나 꾸는 것이 아니고 무엇이겠는가? 약한 맥박을 느끼는 일 말고는 모든 삶의 진행에 대해 무감각해지는 것 아닐까?

세상에 제왕다운 고독이 있다면 그것은 병상에 누워 있는

*1825년 여름에 램은 〈런던 매거진〉이란 월간지에 에세이를 연재하고 있었다.

18

일이다. 환자는 병상에 군림할 수 있지 않은가! 아무 제약도 받지 않고 멋대로 변덕을 부릴 수 있지 않은가! 욱신거리는 관자놀이가 시시각각 다른 요구를 해오는 데 따라 베개를 뒤집었다, 던졌다, 고쳐 놓았다, 낮추었다, 주먹으로 쳤다, 평평하게 폈다, 주물러서 어떤 모양이 되게 했다 하면서 마치 제왕처럼 베개를 좌지우지할 수 있지 않은가!

환자는 정치인들보다도 더 자주 편을 바꾼다. 그는 몸을 쭉 펴고 누웠다가 웅크리기도 하고, 비스듬히 누웠다가 가로누워 머리와 다리를 침대 옆으로 걸치기도 하지만, 누구 하나 그가 등 돌리는 일을 나무라지 않는다.* 사방에 커튼을 두른 채 그는 절대적 존재가 되며 그의 방은 곧 그의 전관수역이 된다.

병에 걸리면 인간은 스스로 자아의 차원을 높이지 않는가! 그는 자기 자신의 전유물이 된다. 그는 극단적 이기심이 유일한 임무라는 것을 알게 된다. 그에게는 이기심이 곧 "율법을 적은 두 개의 증거판"**이다. 그는 다시 건강해질 생각밖에 하지 않는다. 문 안팎에서 여러 가지 일이 일어나겠지만 그 소란을 듣지 않는 한 그는 아무 영향도 받지 않는다.

얼마 전만 해도 그는 한 절친한 친구를 살릴 수도 있고 망칠 수도 있는 소송사건에 깊이 관여하고 있었다. 그는 그 친구의 심부름으로 시내에서 쉰 군데나 되는 곳을 고단하게 찾아다니며 이 증인을 붙잡고는 법정에 나와달라고 부탁하는가 하면 저 변호사에게는 추가 사례금을 지불하며 변호를 독려했었다. 공

---

*물론 여기서 램은 변절을 일삼는 정치인들을 넌지시 비꼬고 있다.
**〈출애굽기〉31장 18절 참조.

판이 어제 있을 예정이었지만, 마치 그것이 베이징에서 벌어진 공판인 것처럼 그는 그 판결에 대해 철저히 무관심하다. 집에서 사람들은 그가 듣지 못하도록 조용히 판결 결과를 속삭였겠지만 아마도 그는 어제 법정에서 일이 잘못되어 친구가 파멸하고 말았다는 것을 알게 될 만큼은 그 내용을 주워듣게 될 것이다. 하지만 "친구"니 "파멸"이니 하는 말도 지금 그에게는 아무 의미가 없어 그를 심란하게 하지는 못한다. 그는 병이 나을 생각 말고는 다른 어떤 생각도 해서는 안 된다.

그 생각에만 골몰하고 있으면 그것과 상관없는 많은 걱정거리들은 그 생각 속에 파묻히고 만다.

그는 질병이라는 튼튼한 갑옷을 입고, 고통이라는 냉담한 가죽을 뒤집어쓴 채 자신의 동정심을 마치 희귀하고 오래된 포도주처럼 단단한 자물쇠를 채워서 보관하며 혼자서만 애용하려 한다.

그는 누워서 자신을 불쌍히 여기고 혼자 서러워하고 신음하면서 자기연민에 휩싸인다. 자기가 당하는 고통을 생각하면 그의 애간장이 녹는다. 그는 자기 처지를 생각하고 울면서도 부끄러운 줄을 모른다.

그는 언제까지나 자질구레한 계략이나 인위적 고통 경감책을 궁리하는 등 자신에게 유리한 방안을 모색하고 있다.

그는 자기 자신의 온몸을 최대한으로 키우며, 그럴듯한 허구(虛構)를 통해 저리고 쑤시는 지체(肢體)의 수만큼 많은 독립 개체로 자신을 뚜렷이 구분한다. 이따금 그는 두통에 시달리는 머리가 마치 자기로부터 독립된 물체인 것처럼 생각하기도 한다. 그리고 간밤에 그가 졸거나 깨어 있을 때 사뭇 머릿속에서 나무토막이나 고통의 물질처럼 뚜렷이 자리잡고 있던 그 둔탁한 아픔은 두개골이라도 깨고 끄집어내야지 그러지 않고는 제거할 수 없을 것처럼 보인다. 또 그는 자기의 길고 끈적이고 가늘어진 손가락을 불쌍히 여긴다. 그는 온통 자신만을 동정한다. 그러니까 그의 병상은 인정과 따뜻한 감정을 가르치는 곳이 된다.

그는 자기자신의 동정자(同情者)이며, 어느 누구도 그 역할을 자기만큼 잘 해낼 수 없다는 것을 본능적으로 느낀다. 그는 자기의 비극을 지켜보는 사람들을 별로 원하지 않는다. 수프나 강장제를 들 시간이 되었음을 알리며 들어오는 늙은 간병인의 얼굴만이 반가울 뿐이다. 그가 그 얼굴을 좋아하는 이유는 아무런 감정의 기색을 보이지 않기 때문이요, 그 앞에서는 마치 침대 기둥을 상대로 하듯 거리낌도 없이 열에 들뜬 비명을 지를 수가 있기 때문이다.

세상만사에 대해서도 그는 전혀 관심이 없다. 그는 인간이 하는 일이나 직업이 무엇인지 이해하지 못한다. 매일 의사가 찾아올 때만 그는 직업이란 것을 희미하게나마 짐작할 수 있을 뿐이며, 의사의 얼굴에 주름살이 많은 것을 보고도 그게 모두 많은 환자들을 돌보느라 생겼을 거라는 생각은 하지 못하고 오직 자기 자신만을 '환자'로 여길 뿐이다. 혹시 바스락 소리라도 날까 조심하면서 그 얇은 진료비 봉투를 챙겨 넣은 의사가 가만히 병실을 빠져나갈 때 이 착한 양반이 다음에는 또 어느 불안한 병상을 찾아갈 것인지 그로서는 도저히 생각해볼 수가 없다. 그는 오직 내일 이맘때도 똑같은 규칙적 왕진이 있을 것이라고 생각할 뿐이다.

집 안에 나도는 소문 따위는 그에게 아무 영향도 주지 못한다. 사람들이 주고받는 조용한 속삭임은 집 안에서 삶이 진행되고 있다는 것을 가리키므로 그의 마음을 달래주지만 그 내용이 무엇인지 그는 분명히 알지 못한다. 그는 무엇이건 알아서도 안 되고 생각해서도 안 된다. 하인들이 마치 벨벳 위를 걷듯이 멀리 떨어진 계단을 살금살금 오르내릴 때 그는 조용히 귀를 기울이지만, 그들의 용무를 희미하게 짐작해볼 뿐 그 이상 마음을 쓰지 않는다. 더 정확히 알아보았자 그에게는 부담이 될 뿐이므로 그는 그저 추측이 주는 압박감을 견딜 뿐이다. 천을 씌운 노커*를 조심스럽게 두드리는 소리가 들리면 그는 살며시 눈을 뜨지만 "누구냐?"고 묻지도 않고 감아버린다. 그의 병세에 대해서 여러 사람들이 묻는다는 생각을 하면 그는 기분이 좋아지지만 문병자들의 이름을 알고 싶지는 않다. 온 집안이 온통 조용하고 쥐 죽은 듯한 적막에 쌓여있는 가운데 그는 당당하게 누워서 마치 왕이 된 듯한 기분을 즐긴다.

병에 걸린다는 것은 군주의 특권을 누리는 것과 같다. 주위의 사람들이 살금살금 걸어 다니며 환자가 눈짓만 해도 조용히 보살펴주는 것과 병이 좀 낫는 기색이 보이면 같은 하인들이 다시 부주의하게 처신하며 문을 꽝 닫는다든가 열어놓는 등 무례하게 출입하기 시작한다는 것을 비교해보시라. 그러면 병상—아니 차라리 옥좌라고 해야 옳으리라—에서 일어나 회복기의 안락의자로 옮겨 앉는다는 것은 곧 폐위와 맞먹는 권위의

---

*서양식 저택의 문에 달린 노크용 금속 손잡이를 노커(knocker)라고 하는데 여기서는 환자의 안정을 위해서 노커에 천을 감아두었음을 암시한다.

실추를 의미한다는 고백을 하게 될 것이다.

회복기를 거치는 동안 환자들은 본래의 변변찮은 위치로 전락하고 만다. 자기 자신이나 가족들이 보기에 그가 그간 차지하고 있었던 그 공간이 지금은 어디로 사라졌단 말인가!

그가 왕자의 특전을 누리던 곳이요 그의 알현실이기도 했던 그 병실에서 그는 얼마 전까지 누워서 전제군주 같은 공상을 실행하고 있었는데, 어찌 그 방이 평범한 침실로 전락해버릴 수 있단 말인가! 바로 그 침대의 깔끔한 정돈 상태만 해도 어딘지 쩨쩨하고 무의미한 데가 있다. 지금은 그 침대가 매일같이 정돈되고 있는데 바로 얼마 전까지도 구비구비 물결치는 바다 수면처럼 보이던 병상에 비하면 얼마나 달라졌는가! 얼마 전에는 병상 정돈을 사나흘 주기로 한 차례씩 했을 뿐 그보다 자주 한다는 것은 생각조차 할 수 없었다. 환자가 병상을 잠시나마 떠나야 한다는 데에는 고통과 슬픔이 따랐고, 몸이 허약한 환자는 그 달갑잖은 청결이니 정돈이니 하는 것들의 침공을 반대하면서도 속절없이 당해야 했다. 병상 정돈이 끝나고 그가 다시 그 속으로 옮겨지면 사나흘 동안의 유예기간에 그는 다시 병상을 헝클어뜨리게 되는데 새로운 주름이 잡힐 때마다 그것은 자세 바꾸기라든지 불편한 돌아눕기라든지 약간의 평안을 찾으려는 노력에 대한 역사적 기록이라 할 수 있다. 그러니 쭈글쭈글해진 살갗도 그 헝클어진 침대덮개보다 더 참된 이야기를 해주지는 못했다.

그 영문 모를 한숨이며 신음 소리들은 어떤 숨어 있는 고통의 광대한 동굴에서 나온 것인지 알 수 없었기 때문에 그만큼 더 끔찍하게 들렸지만 이제는 그런 소리도 모두 사라졌다. 레르나의 고통은 모두 진정되었다. 병고의 수수께끼는 풀렸고 필록테테스도 정상적인 인간으로 되돌아갔다.*

아마도 환자가 자기는 대단한 존재라고 여기며 꾸던 꿈의 잔재는 여전히 계속되는 의료 간병인의 방문 때에나 약간 찾아볼 수 있을 것이다. 하지만 다른 모든 것과 더불어 그 또한 어쩌면 그렇게 변해버릴 수 있단 말인가! 새 소식이며 잡담이며 일화 같은 의학과 관계없는 이야기만 하곤 하는 이 사람이 얼마 전까지도 자연이 보낸 엄숙한 사자(使者) 자격으로 환자와 그의 적인 죽음 사이에서 고고한 중재를 하며 우뚝 서 있던 바로 그 사람이란 말인가? 쳇! 그가 일개 노파가 되어버리다니!

그와 더불어 병고를 호사스러운 것으로 만들어주던 그 모든 것, 이를테면 온 집안을 숨죽이게 했던 마력, 가장 안쪽에 있는 방에서도 느낄 수 있던 사막 같은 정적, 말없이 베푸는 간병, 표정만으로 하는 문병, 자기집중이라는 그 한층 더 유연한 감미로움, 오직 자체만을 응시하던 병고의 외눈, 배제되었던 세상사 생각, 스스로 하나의 세계를 이루고 있던 사람, 스스로 배우와 관객 노릇을 겸하는 것 등등과 결별해야 한다.

이제 그는 한 점의 티끌로 줄어들었나니!**

병고의 물살이 빠져나가고 남은 이 회복기라는 평평한 늪

---

*그리스 남쪽 레르나 지방에 살던 머리가 아홉 달린 뱀 히드라는 독한 피를 가지고 있었는데 헤라클레스는 화살촉을 이 피에 적셔서 썼다고 한다. 그의 부하였던 필록테테스는 이 독이 묻은 화살에 찔려 고통을 겪었고, 그 고사를 소재로 소포클레스는 비극 《필록테테스》를 썼다.

**출전은 불명. 램이 지어낸 구절이라는 설이 유력하다.

속에서 아직도 완벽한 건강이라는 단단한 땅을 딛지 못하고 있는데, 존경하는 편집자여, 글을 청탁하는 당신의 쪽지가 내게 당도했소. 나는 '죽을 지경인데'* 글을 쓰라니!, 싶었다오. 하지만 그건 무정한 청탁이었고, 비록 보잘것없으나마 그런 말장난이 내게 위안이 되었다오. 이 청탁은 시의에 맞지 않으나 나로 하여금 그동안 잊고 있던 자질구레한 세상사와 다시금 관계를 맺게 했소. 그것은 사소한 활동이나마 다시 시작하라는 점잖은 부름이요, 자기탐닉이라는 부조리한 꿈에서의 건강한 이탈을 의미했소. 그간 질병이라는 그 부풀어 오른 상태에서 너무나 오래 누워 있느라 나는 그만 이 세상의 잡지라든지 군주들에 대해, 그리고 법률이니 문학이니 하는 것들에 대해, 송두리째 무감각해졌던 것 같소. 그 병적 팽만 상태는 가라앉고 있으며, 내가 마음속으로 차지하고 있던 그 넓은 땅도 한 뼘밖에 되지 않는 넓이로 줄어들고 있소. 환자들이란 자기의 아픔 하나만 생각하며 부풀어 오르다가 결국은 스스로 한 티티오스** 가 되기도 한다오. 최근에 나는 자만심을 부풀린 거인이었지만, 이제는 내 본연의 모습 즉 여위고 깡마른 체격의 하찮은 에세이스트로 다시 한 번 당신 앞에 나타나겠소.

---

*원문은 In Articulo Mortis라는 라틴어구로서 "죽을 지경인"이란 뜻이지만 여기서 램은 Articulo란 말이 '잡지의 기사'라는 영어 낱말인 article과 비슷한 데 대한 말장난을 하고 있다.
**제우스의 아들. 누우면 몸이 9에이커에 걸치는 거인이었다.

귀에 대한 장(章)

내게는 귀가 없다.

하지만 독자 여러분, 오해하지는 마시라. 내가 태어날 때부터 그 한 쌍의 외면적 돌기랄까, 늘어진 장식품이랄까, 아니 건축 용어를 빌려, 인체의 기둥머리에 달린 그 의젓한 소용돌이 꼴을 가지지 못했다고 상상해서는 안 된다. 그런 꼴을 하고 있으려면 어머니가 나를 낳지 않는 편이 나았을 것이다. 나에게 주어진 이 음향 유도 장치들은 큼지막하다기보다 오히려 예쁘장한 편이다. 정교하고 미궁 같은 입구랄까 필수불가결한 인지(認知) 보조장치로서 내 귀가 비록 당나귀의 귀처럼 크지 못하고 두더지의 귀처럼 예민하지는 못하지만 나는 당나귀나 두더지를 부러워할 생각이 없다.

디포 같은 사람이야 끔찍한 신체 훼손을 당하고 나서도 건방진 짓을 하며 "전적으로 태연했고"* 귀 따위야 있거나 없거나 편히 지냈겠지만, 나는 그런 훼손을 당한 적이 없고 또 당할 짓도 하지 않았다. 나는 칼을 쓰는 형을 당해본 적이 없으며,

26

내 운명을 똑바로 읽었다면, 앞으로도 그런 일을 당하지는 않을 것이므로 정녕 내 운명을 고맙게 여겨야 한다.

그러므로 나에게 귀가 없다는 말은 다름 아니라 음악을 듣는 귀가 없다는 뜻이다. 아름다운 소리들의 조화를 듣고도 내 마음이 결코 감동을 받지 못한다고 말한다면 그건 물론 내 스스로의 명예를 더럽히는 일이 될 것이다. 〈물이 바다를 떠났다〉 같은 노래는 신기하게도 내 마음을 어김없이 감동시킨다. 〈어린 시절에〉** 같은 노래도 마찬가지이다. 하지만 이런 노래들은 어떤 귀부인이 그 당시 유행하던 구식 악기인 하프시코드를 연주하며 부르던 것들이다. 그녀는 귀부인이라는 호칭에 손색이 없는 아주 점잖고 아주 어여쁜 분이며, 여기서 주저 없이 이름을 밝힌다면, 한때 템플 구역의 꽃봉오리 같은 여인 패니 웨더롤인데 지금은 S 부인이 되어 있다. 엘리아가 아직 기다란 코트를 입고 다니던 어린 개구쟁이 시절이었지만 그녀는 그의 영혼을 전율케 했고, 그로 하여금 열정적으로 불타오르듯 몸을 떨고 얼굴을 붉히게 했다. 그 열정은 온 마음을 사로잡는 감정이 싹트고 있음을 분명히 나타냈고, 그 감정은 훗날 엘리아로 하여금 앨리스 W__n***을 위해 자기 천성을 억누르거나 누그러뜨리게 하도록 했다.

---

*대니얼 디포(1660~1731)는 《로빈슨 크루소》의 저자. 교회와 성직자들을 풍자하는 팸플릿 때문에 필화를 입고 길거리에서 칼을 쓰고, 벌금을 물고, 옥살이를 하는 등의 고초를 겪었다. 알렉산더 포프는 장편 풍자시 《던시아드》에서 디포를 풍자하며 "귀도 없이 높다란 곳에 서서도 태연했던 디포"라고 읊은 바 있으나, 실제로 디포가 귀를 잘리는 벌을 받은 적은 없다.
**이 두 노래는 모두 한 오페라에 나오는 것이라고 한다.
***앨리스 윈터턴은 램의 젊은 시절 애인인 앤 시몬즈를 가리키는 가명이다.

나도 '정감적'으로는 음의 조화를 즐기는 소질이 있다고 생각한다. 그러나 '태생적'으로 나에게는 곡조를 감당할 능력이 없다. 나는 일생 동안 〈신이여 국왕을 보살피소서〉*라는 곡을 연습해왔고, 나 혼자 있는 곳에서는 그 곡을 휘파람으로 불거나 흥얼대왔지만, 사람들은 아직도 내가 그 곡의 세세한 부분을 제대로 부르지 못한다고 말한다. 그렇지만 엘리아의 충성심이 탄핵을 받은 적은 아직 없다.

　　나에게는 원래 음악에 대한 소질이 있지만 미처 계발되지 못한 것이 아닐까 하는 생각도 없지 않다. 얼마 전 아침 나는 A**라는 친구 집에서 그가 옆 응접실에 가 있는 동안 아무렇게나 피아노를 친 적이 있다. 친구가 돌아오더니 "하녀가 저렇게 치고 있을 리는 만무하다고 생각했었지"라고 말하는 것이었다. 꽤 번듯하게 능숙한 솜씨로 건반을 두드리는 소리를 듣고 깜짝 놀란 나머지 그는 내가 치고 있으리라고는 상상조차 하지 못한 채 혹시 하녀 제니가 치는 걸까 하고 생각했다는 것이다. 그러나 탁월한 세련미가 자아낸 우아함을 듣고서 이내 그는 비록 기법에 결함은 많지만 모든 예술에 공통되는 원리에 대한 보다 고답적 지식을 가진 이가 기분을 내며 건반을 두드리고 있으며 제니 같은 하녀 따위야 아무리 열정적으로 친다고 해도 교양이 부족하기 때문에 건반에서 그런 기분을 자아낼 수는 없을 것이라고 확신했다는 것이다. 나는 내 친구에게 뛰어난 관찰력이 있음을 증명하기 위해서 이런 말을 하는 것이지 결코 제니를

*영국의 국가.
**윌리엄 에어튼(1777~1858)이라는 음악평론가.

우습게 보려는 의도는 없다.

약간의 노력을 들여보긴 했으나 나는 악보가 무엇인지 혹은 한 악보가 다른 악보와 어떻게 다른지를 이론적으로 도저히 구별할 수 없다. 더더구나 불가능한 것은 소프라노와 테너의 목소리를 구별하는 일이다. 다만 아주 낮은 베이스음은 지독히 거칠고 귀에 거슬리기 때문에 내가 이럭저럭 짐작해낼 때도 있다. 그러나 나에게 재능이 없다고 여겨지는 음악에서 나는 가장 기본적인 용어마저 잘못 쓰고 있지나 않을까 두렵다. 나는 내 무식을 자인하면서도 무엇에 대해 무식하다고 말해야 할지 잘 모른다. 나는 무언가를 싫어하면서도 실제로 그것이 무엇인지를 잘못 알고 있을지도 모른다. '소스테누토'니 '아다지오'니 하는 용어들이 내게 뜻이 통하지 않기는 마찬가지이고, '솔', '파', '미', '레'라는 말도 내게는 전혀 아무런 의미도 없다.

유발*이 음계를 발견한 이래로 오늘날처럼 사람들이 모든 화음의 조합에 대해 예민하고 비판적인 지각을 갖추었던 시대가 일찍이 없었다고 나는 진정으로 믿거니와, 이런 시대에 나 혼자만이 떨어져서 인간의 정열을 무마하고 앙양하고 세련되게 하는 데에 각별한 효력이 있다고 일컬어지는 음악 예술의 마술적인 영향력에서 아무런 감흥도 느끼지 못하고 있다는 것은 괴로운 일이다. 이왕 내 솔직한 고백이 시작되었으니 계속해서 말하겠는데, 내 친구가 그처럼 칭찬해 마지않은 나의 음악적 능력 때문에 나는 즐거움보다 훨씬 더 많은 고통을 느꼈음을 독자 여러분께 실토하는 바이다.

*카인의 후예로 악기를 발명한 사람. 〈창세기〉 4장 19∼21절 참조.

나의 체질은 모든 종류의 소리에 대해 민감하다. 더운 여름날 한낮에 들리는 목수의 망치 소리는 한여름에 으레 느끼는 광기 이상의 기분으로 나를 몰고 간다. 그러나 그 연속성이나 체계가 없는 소음도 규칙적 가락이 있는 음악의 위협에 비하면 아무것도 아니다. 하나씩 낱개로 들리는 망치 소리에 대해서는 내 귀가 수동적일 수 있고, 꼼꼼히 익혀야 할 과제가 없는 한, 기꺼이 참으며 들어주려고 한다. 그러나 음악에 대해서는 내 귀가 수동적일 수 없다. 귀는, 적어도 나의 귀는, 전혀 소질이 없음에도 불구하고 그 미궁 같은 세계를 뚫고 지나가려고 애를 쓰기 때문에 숙달되지 않은 눈으로 상형문자를 고통스럽게 들여다보고 있는 것과 같다고 할까. 한번은 어떤 이탈리아 오페라를 구경하며 앉아 있다가 결국은 순수한 고통과 형언할 수 없는 괴로움을 이기지 못하고 혼잡한 거리 가운데 가장 떠들썩한 곳으로 뛰쳐나온 후 내가 의무적으로 따라가지 않아도 되는 여러 소음으로 내 자신을 위로하면서 그 끝없고 보람 없고 무의미한 주의력을 쏟아야 하는 데서 오는 미칠 듯한 고통에서 벗어나려고 했던 적이 있다. 정직한 일상생활의 소음이 수수하게 모여 있는 곳에서 나는 피난처를 찾고 있으며, "분노한 음악가"*라면 소음의 연옥이라 여길 만한 곳도 내게는 천국이 될 수 있다.

나는 유쾌해야 할 극장의 목표를 모독하는 듯한 오라토리오 공연에 참석하여 싸구려 좌석에 앉아 있던 청중의 얼굴을 지켜본 적이 있다. 그들은 호가스의 "웃는 청중들"*과는 대조를 이

---

*18세기의 영국 사회풍자 화가 윌리엄 호가스(1697~1764)의 그림 가운데 소음 때문에 고통을 겪는 음악가를 그린 것이 있다.

루며 가만히 앉아 모종의 희미한 정서를 느끼는 척하고 있었다. 우리가 저세상에서 하게 될 일들은 이 세상에서 우리들을 즐겁게 하는 일에 비하면 그 희미한 그림자에 불과할 거라고 누군가가 말했지만, 결국 나는 마치 지옥 속의 싸늘한 극장 속에 들어온 것 같은 느낌이 들었다. 그 극장에서도 속세의 극장에서 볼 수 있는 형식들은 유지되어야 하지만 향락이라고는 전혀 찾아볼 수 없었고,

　　　모두가 말이 없고, 모두가 저주받은
　　　어느 응접실 파티**

같기만 했다.

　무엇보다도 견디기 힘든 협주곡이라든지 기타 음악 작품이라 일컬어지는 것들이 내 이해력을 멍들게 하고 또 괴롭힌다. 가사는 그래도 괜찮다. 그러나 단순한 음향의 공세를 끊임없이 받는 것, 죽는 과정을 오랫동안 겪는 것, 장미로 화려하게 장식한 고문대 위에 누워 있는 것, 쉴 새 없는 노력을 들여 기껏 심신이나 피곤하게 하는 것, 설탕에 꿀을 더하거나 꿀에 설탕을 더하여 한없이 지겨운 단맛만 내는 것, 음향에 감정을 채워놓고는 그것에 맞춰 우리의 사념을 긴장시키는 것, 텅 빈 액자를 들여다보면서 그 속에 들어 있어야 할 그림을 마음속으로 떠올리도록 강요받는 것, 구두점만 찍혀 있는 책을 읽으면서 거기

*호가스의 그림 제목.
**워즈워스의 《피터 벨》에서 인용된 시구.

다 채워 넣어야 할 말을 생각해내는 것, 떠돌이 무언극 배우의 영문 모를 애매한 몸짓에 화답해서 즉흥적인 비극을 지어내야 하는 것 등도, 가장 멋지게 연주되었다는 그 공허한 '기악곡'들을 잇달아 여러 편 들으며 내가 당한 고통에 비하면 아무것도 아니다.

한 연주회가 시작될 무렵에는 마음을 굉장히 편안하게 하고 기분을 좋게 하는 무엇을 나도 체험한다는 사실을 부인하지 않겠다. 그러다가 곧 권태와 압박감이 뒤따른다. 저 실망적인 파트모스의 책*처럼, 혹은 버턴**이 묘사한 우울증의 엄습처럼, 음악도 처음에는 넌지시 접근해온다. "우울증에 빠질 성향이 있는 사람이라면 어떤 한적한 숲 속이나, 숲과 물 사이나, 개울가를 혼자서 거닐면서 자기에게 가장 큰 감동을 주는 즐겁고 유쾌한 일, 이를테면 '황홀한 도취'나 '즐거운 환상'***에 빠져보는 것이 가장 좋을 것이다. 공중누각을 지어본다든지, 또는 무한히 다양한 역할을 하면서 그것들을 스스로 수행하고 있거나 그 성취를 보게 되었다고 여기거나 강하게 상상하며 스스로에게 미소 짓는다면, 그 또한 비할 데 없이 가장 즐거운 일이 될 것이다. 이런 부질없는 짓들이 처음에는 너무 즐겁기 때문에 그런 관조와 허황한 명상을 하며 온종일을 보내고 온 밤을 보내며 잠을 설칠 수도 있고 심지어는 한 해를 고스란히 바칠 수도 있을 것이다. 그 관조와 명상은 많은 꿈과 같아서 좀처럼 그들을 떠나지 않을 것이며, 많은 시계태엽처럼 감겼다 풀렸

*〈요한계시록〉 1장 9절 및 10장 10절 참조.
**로버트 버턴(1577~1640). 영국의 학자, 성직자. 《우울증의 해부》라는 책의 저자.
***모두 로마 시인 호라티우스(BC 65~BC 8)의 작품에서 따온 구절.

다 하면서 그들의 비위를 맞추어주겠지만, 결국 '갑자기 장면이 일전(一轉)할 때' 그런 명상과 한적한 장소에 익숙해진 사람들은 다른 사람들과 함께 있는 것을 견딜 수 없게 되고 오직 거칠고 불쾌한 것들만 생각하게 된다. 공포, 슬픔, 의혹, 촌뜨기의 수줍음, 불만, 걱정 및 삶의 지겨움이 갑자기 엄습해오면 그들은 다른 아무것도 생각할 수가 없다. 계속 의심을 품어오던 그들이 결국 눈을 뜨게 되겠지만, 그 순간 이 우울증이라고 하는 지독한 병이 그들을 사로잡게 되고 그들의 마음속에 무서운 형상을 떠올림으로써 영혼은 공포에 시달리게 될 것이다. 그렇게 되면 어떤 수단, 어떤 노력, 어떤 설득을 해도 그들은 이 우울증을 피할 수 없고 제거할 수 없으며 거역할 수도 없다."*

나는 가톨릭 교도인 내 착한 친구 Nov__**의 집에서 있었던 여러 차례의 저녁 파티에서 이런 '장면의 일전'을 경험해왔다. 그 친구는 가장 완벽한 오르간 연주가였는데 최고급 오르간의 도움을 받아 자기 집 응접실을 교회로, 평일을 주일로, 주일은 작은 천국으로 바꾸곤 한다.***

그 친구가 그 거룩한 찬송가를 하나 연주하기 시작하면 그것은 아마도 35년 전쯤에 침침한 웨스트민스터 사원 속의 측면 통로를 어슬렁거리던 나의 무심한 귓전에 울리면서 내 어린 마음에 새로운 느낌과 오래된 종교의 혼을 일깨우던 곡일 수도 있었을 것이다. 그것이 악인들의 박해를 견디지 못한 다윗 왕

---

*《우울증의 해부》에서 인용된 구절.
**오르가니스트이자 작곡가였던 빈센트 노벨로(1781~1861)를 가리킨다.
***[원주] "나는 그곳에 가곤 했고 여전히 가고 싶네.
거기는 이 지상의 작은 천국 같은 곳." ─닥터 와츠

이 비둘기의 날개*를 희구하는 곡이든, 아니면 비슷한 엄숙함
과 비애감을 띤 채 젊은이는 무엇으로써 자기 마음을 깨끗이
해야 하느냐고 묻는 곡이든, 그런 찬송가를 들으면 일종의 거
룩한 고요가 내 온몸에 번진다. 나는 그 순간

> 지상을 초월하는 황홀경에 빠져
> 태어날 때 약속 받지 못한 환희를 느낀다.**

　하지만 이 음악적 마술의 대가가 한 사람의 영혼을 철저히
굴복시키는 데 만족하지 않고 그 영혼의 수용력을 넘어서는 많
은 양의 환희를 계속해서 부과할 때, 그리고 자기의 '천상의'
음악으로써 '세속적'인 영혼을 압도하려고 안달한 나머지 오랜
시간에 걸쳐 소리의 바다, 특히 무진장한 독일 음악의 대양으
로부터 밀려온 참신한 물결들을 거듭 퍼부을 때, 그리고 그 물
결 위에서 돌고래의 잔등에 올라탄 아리온***처럼 하이든과 모
차르트가 수행원 트리톤****을 거느리듯이 바흐, 베토벤 및 그
밖의 많은 음악가들을 데리고 기고만장한 행렬을 이루고 있을
때, 그들의 수를 세려고 해보았자 결국은 그 바닷속에 다시 빠
지고 말 것이므로, 나는 그저 화음의 무게에 눌려 비실비실 비
틀대며 어쩔 줄 모르고 좌왕우왕할 뿐이다. 그러면 유향(乳香)
이 피어 오른 듯한 구름이 나를 압박하고, 성직자들이며 제대

---

*〈시편〉 55편 6절 참조.
**아이작 월턴(1593~1683)의 《완전한 낚시꾼》에 나오는 구절을 약간 바꾼 것.
***그리스 신화에 나오는 레스보스의 음악가.
****그리스 신화에 나오는 반인반어의 해신들.

(祭臺)며 향로가 내 앞에서 눈을 부시게 하며, 그 친구가 믿는 종교*의 정령이 나를 얽어맨다. 얼마 전까지도 맨머리에 꾸밈이 없던 내 친구의 이마에 그림자 같은 3중의 왕관**이 씌워지면 그는 로마법황이 되고, 그의 옆에는 어지러운 꿈속에서처럼 어떤 여자 법황까지 앉아 있는데 그녀 또한 그처럼 3중의 왕관을 쓰고 있지 않은가! 이리하여 나는 개종하게 되지만 여전히 신교도이다. 그 당장에 '이단자들의 망치'***가 나타나고 나는 이단자들의 우두머리가 된다. 혹은 세 가지 이단이 내 몸속에 집중되니 나는 곧 마르시온이요, 에비온이요, 세린투스****이며, 곡과 마곡***** 같은 전설적인 거인이요 그 밖의 무엇이라도 될 수가 있다. 결국 정겨운 저녁 밥상이 들어오면 이런 허황한 생각들은 흩어지고, 루터가 즐겨 마셨다는 신교도들의 맥주—이런 술을 즐겨 마시는 것을 보면 내 친구는 골수 가톨릭 교도는 아니다—를 한 모금 마시자 그 당장 나는 보다 순수한 신앙의 합리성과 화해하는 한편 주인 내외의 즐거운 얼굴에서 무서움을 없애주는 진정한 표정들을 다시 볼 수 있게 된다.

*가톨릭교.
**로마 교황이 쓰는 관을 연상시킨다.
***종교개혁을 반대한 비엔나의 주교 요한 파베르가 쓴 신학 논문 제목.
****모두 초기 기독교의 이단자들이다.
*****Gog and Magog: 전설에 나오는 거인이다.

퇴직자

자유가 뒤늦게나마 나를 기억해주었다. -베르길리우스
나는 유쾌한 런던에서 사무원이었다. -오키프*

만약에 독자 여러분께서 일생의 황금기라고 할 수 있는 빛
나는 젊은 시절을 사무실에 갇혀 지겹게 허비해야 하는 운명에
처해 있다면, 그리고 그런 감옥 생활의 나날이 중년기를 거쳐
백발의 노년기에 이르도록 연장되는데도 해방이나 유예의 희
망이 없다면, 그 결과 휴가라고 하는 것이 있다는 것을 잊어버
렸거나 휴가를 어린 시절의 특권으로만 기억하며 살아왔다면,
오직 그런 경우에만 여러분은 내가 얻은 구원의 값어치를 이해
할 수 있을 것이다.**

*첫째 인용문은 베르길리우스의 《에클로그》 1장 27행에 나오는 구절을 램이 불완
전하게 따온 것이다. 두 번째 인용문은 존 오키프(1747~1833)의 작품집에서는
발견되지 않으며, 조지 콜먼이라는 작가의 희곡에 나온다.
**이 에세이는 1825년에 램이 일생 동안 다니던 회사에서 퇴직한 후에 쓴 것으로
서 자전적 색채를 강하게 띠고 있다.

내가 민싱 레인에 있는 그 회사***의 의자에 앉기 시작한 지도 어언 36년이나 된다. 노는 시간이 많고 방학도 빈번히 찾아왔던 학교를 열네 살 때 떠나 하루에 여덟 시간, 아홉 시간, 심지어 더러는 열 시간까지 근무해야 하는 회계사무소로 옮겨야 했던 것은 우울한 일이었다. 그러나 세월은 부분적으로 우리를 그 어떤 것과도 화해하게 해준다. 나는 점차로 만족하게 되었다. 마치 우리 속에 갇힌 야수처럼 체념하듯 만족하며 살았다는 뜻이다.

내가 일요일을 내 것으로 삼을 수 있었다는 것은 사실이다. 그러나 일요일이라는 휴일을 정한 것이 예배라는 목적을 위해서는 찬양할 만하지만, 바로 그런 이유 때문에 휴식이나 오락을 위해서는 가장 부적합하다. 특히 나는 도시의 일요일에 수반되는 암울함이랄까 허공에서 짓누르는 무게 같은 것을 늘 느꼈다. 그날이 되면 나는 런던 사람들의 명랑한 환호며 음악이며 발라드 가수들의 노래 같은 길거리의 웅성거림과 부산함이 아쉬웠다. 끊임없이 울리는 교회의 종소리는 나를 우울하게 한다. 가게 문이 닫힌 것을 보면 짜증이 난다. 판화와 회화, 한없이 늘려 있는 번지르르한 장신구와 싸구려 물건들, 그리고 상인들이 이보라는 듯이 진열해놓은 상품들이 있기에 주중에 이 도시에서 좀 덜 붐비는 지역을 산책하는 일은 즐겁지만, 그 모든 것도 일요일에는 차단되고 만다. 빈둥거리며 즐겁게 시간을 보낼 수 있는 책방도 문을 닫는다. 일시적으로 일에서 풀려

***램이 다니던 동인도회사는 실제로 민싱 레인이 아니라 레던홀가(街)에 있으며, 여기서 램은 독자들에게 그 회사명을 숨기고 있다.

난 사람에게는 바쁘게 일에 매인 사람의 얼굴이 매혹적으로 비칠 수 있지만 일요일에는 그런 바쁜 얼굴들이 지나가는 것을 보고 즐거워할 수도 없다. 눈에 보이는 것은 고역에서 해방된 도제들이나 어린 장사꾼들의 불행한 얼굴 및 기껏해야 행복한 둥 만 둥한 얼굴밖에 없다. 이따금 외출 허가를 받고 나온 하녀가 보이지만, 그녀는 한 주일 내내 노예처럼 일하는 버릇에 젖은 나머지 그만 자유시간을 즐길 능력을 거의 상실한 채 하루의 즐김이 공허했다는 표정만 생생하게 드러낼 뿐이다. 일요일에는 야외에 나가서 산책하는 사람들의 표정도 전혀 편해 보이지 않는다.

하지만 일요일 이외에도 나는 부활절 때 하루, 성탄절 때 하루를 쉴 수 있었고 여름철에는 한 주일씩 내 고향인 하포드셔의 들판으로 돌아가서 기분전환을 할 수 있었다. 나는 여름 휴가를 크게 즐겼다. 올해도 여름 휴가가 있겠지 하는 기대가 있었기에 나는 한 해를 버텨나갈 수 있었고 내 구속 상태도 견딜 만했다고 생각한다. 하지만 정작 다시 돌아온 그 한 주일이 먼 데서 번뜩이던 기대의 환영(幻影)과는 어긋나지 않았던가? 그 한 주일은 안식 없는 환락의 추구와 최선을 다해 휴가를 즐기려고 지겹게 마음을 쓰며 보내는 불안한 7일의 연속에 불과하지나 않았던가? 내가 바라던 안정이며 기약된 휴식은 어디에 있었던가? 내가 맛보기도 전에 그런 것들은 사라지고 없었다. 책상으로 되돌아온 나는 그 한 주일의 휴가가 다시 다가오기까지 쉰한 주일을 세고 있어야 했다. 그런데도 그 한 주일이 다가오고 있다는 기대는 내 감금 상태의 어두운 측면에다 무언가 밝은 빛을 던져주고 있었다. 앞서 말한 대로 그런 기대가 없었다면 나는 그 노예 상태에서 버텨낼 수 없었을 것이다.

내가 담당해야 하는 사무의 혹독함과는 별도로, 아마도 일시적 기분에 불과했겠지만, 나는 늘 업무 능력이 없다는 느낌에 시달리곤 했다. 근년에는 이런 느낌이 점점 커진 나머지 내 얼굴의 모든 주름살을 통해 가시화되었다. 그러자 내 건강과 굳센 기백도 축 늘어지고 말았다. 나는 내 힘으로는 감당하기 어려운 모종의 위기를 한없이 두려워하고 있었다. 낮 동안의 근무 이외에, 나는 밤새도록 잠 속에서도 근무하면서 경리 등의 업무에서 허위 기재나 오류를 범했다는 망상을 하며 소스라치게 놀라 잠을 깨곤 했다. 내 나이 오십이나 되었건만 일에서 해방될 전망은 보이지 않았다. 말하자면, 나는 사무실 책상에 꼼짝 못하게 매어 있었고, 그 노역이 내 영혼까지 스며들고 말았던 셈이다.

내 사무실 동료들은 내 얼굴에서 읽을 수 있는 고통을 두고 더러 조롱하곤 했지만 내 표정이 고용주들을 의아하게 만들고 있었다는 것을 나는 전혀 모르고 있었다. 그러던 중 바로 지난 달 5일이었다. 그 영원히 잊지 못할 날, 회사의 동업자들 중에서 젊은 축에 들어 있던 L이 나를 한쪽으로 불러내더니 내 안색이 좋지 않다고 직접 다그치면서 그 원인이 어디 있느냐고 거리낌 없이 물었다. 그 다그침에 나는 어떤 병에 걸려 있는지를 정직하게 고백했고 결국은 회사를 그만둬야 할지도 모르겠다고 덧붙였다. 그는 나에게 몇 마디 의례적인 격려를 했으며 그날은 그쯤 해서 끝났다. 그 후 한 주일 내내 나는 그날 심경을 토로하면서 내가 신중하지 못했으며 나에게 불리하게 작용할 구실을 제공한 이상 이제는 해고될 수도 있겠다고 여기면서 노심초사하고 있었다. 내 일생을 통해 가장 근심스러웠던 그 한 주일이 그렇게 지나고 4월 12일이 되었다. 저녁 8시경이 되었을까 막 퇴근하려고 하는데 나는 그 무시무시한 뒤쪽 응접실에 모여 있는 회사 동업자들 앞에 출두하라는 끔찍한 통보를 받았다. 나는 내 운명의 시간이 다가왔으며, 이제 모든 것은 끝장이고, 그들이 더 이상 나를 고용하지 않겠다는 통보나 받게 될 거라 생각했다. 내가 공포에 떠는 것을 보고 L이 빙그레 웃었기에 나는 약간 안심할 수 있었다. 그때 참으로 놀랍게도, 동업자 중의 연장자인 B는 내가 회사에서 오래 근무했으며 그간 훌륭하게 일했다는 데 대해 형식적인 장광설을 늘어놓기 시작했다. 그래서 나는 '도대체 자기가 그걸 어떻게 알아냈담? 나는 그 정도로 생각할 자신이 있던 적이 없었는데?' 싶었다. 그는 계속해서 사람이란 일정한 나이가 되면 은퇴하는 것이 편리하다는 것을 자세히 설명했고—그 말에 내 가슴이 얼마나 두근거렸던가!—얼마 되지도 않는 내 재산에 대해 몇 가지를 묻더니 한 가지 제안을 하며 말을 맺었다. 그것은 내가 그간 충실하게 근무했던 회사에서 여생 동안 평상시 봉급의 3분의 2에 해당하는 연금을 지급할 테니 받으라는 제안—참으로 멋진 제안이 아닌가!—이었고, 그의 세 동업자들도 그 제안에 고개를 끄덕이며 엄숙히 동의했다.* 놀람과 고마움 때문에 어리둥절한 나머지 내가 뭐라고 대답했는지 모르겠으나, 그들은 내가 그 제안을 받아들인 것으로 이해하고 바로 그 시각부터는 내가 회사를 떠나도 좋다고 말했다. 나는 말을 더듬으며 고개 숙여 인

*램은 동인도회사에서 연금으로 매년 450파운드를 받았다.

사를 했고, 8시 10분에 회사를 영원히 하직하고 집으로 돌아갔다. 이 세상에서 가장 너그러운 회사의 호의로 나는 그 고귀한 혜택을 누리게 되었거니와, 고마운 감정 때문에 그 이름을 숨길 수가 없어 이 자리에서 밝히노니 볼데로, 메리웨더, 보산케트와 레이시*가 동업하는 회사이다.

(회사가) 영원히 존속할지어다.**

한 이틀 동안 나는 압도된 나머지 어리벙벙한 상태로 지냈다. 나는 적절한 시기에 찾아온 내 행복을 단지 붙잡고 있었을 뿐 마음이 너무 산란해서 진심으로 그 복을 즐기지는 못했다. 여기저기 헤매고 다니며 나는 행복하다고 여겼지만 행복하지 않다는 것을 알고 있었다. 나는 바스티유 감옥의 수인으로 40년간 갇혀 있다가 갑자기 석방된 느낌이었다. 나 자신을 스스로 떠맡을 힘이 내게는 없었다. 현세의 시간에서 벗어나 영원 속으로 옮겨가는 기분이었다. 현세의 시간을 혼자 독차지한다는 것은 일종의 영원 속에 있다는 뜻이기도 하다. 내 힘으로 관리할 수 있는 것보다 더 많은 시간이 내 손 안에 있는 듯했다. 나는 늘 시간적으로 빈한하던 가난뱅이에서 갑자기 광대한 시간을 쓸 수 있는 위치로 올라섰던 것이다. 나는 내가 소유한 시간이 한없이 많다는 것을 알고 있었다. 나는 나 대신에 시간이라는 재산을 관리해줄 집사라든지 영리한 마름이 필요했다. 그

---

*모두 동인도회사 동업자들의 가명이다.
**이 라틴어 모토는 한 역사가가 임종 때 베네치아를 두고 한 말이라는 설이 있다.

러므로 나는 활발한 업무에 종사하다가 노년에 이르게 된 분들에게 주의를 주고 싶다. 자기가 감당할 수 있는 능력을 헤아려 보지 않고 경솔하게 자기의 일상 업무를 갑자기 그만두는 것은 위험할 수도 있으므로 절대로 그러지 말라는 주의 말이다. 나도 그 위험을 느끼지만 나에게는 감당할 능력이 충분하다는 것을 알고 있다. 그래서 그 최초의 현기증 나는 감격이 가라앉고 나서 나는 내 축복을 편안한 마음으로 조용히 받아들일 수 있었다. 나는 서두를 이유가 없다. 날이면 날마다 휴일이니 내게는 휴일이 없는 기분이다. 과거에는 시간이 나를 무겁게 누를 때마다 걸어 다니며 그 시간을 보냈다. 이전에는 건듯 지나가 버리는 휴일을 최대한으로 이용하기 위해서 하루에 30마일씩이나 걸어 다니곤 했지만 지금은 하루 종일 걷는 일이 없다. 시간이 귀찮을 정도로 많다고 느낄 때는 책을 읽으며 그 시간을 보낼 수도 있다. 지난날 나에게는 촛불을 켜야 하는 시간밖에 허용되지 않았기 때문에 기나긴 겨울밤이면 내 머리와 눈이 지칠 정도로 미친 듯이 책을 읽었지만 지금은 그렇게 읽지 않는다. 나는 산책을 하고 독서도 하고 발작적 욕구에 사로잡히면 지금처럼 글을 쓰기도 한다. 나는 이제 환락을 찾아다니지 않고 환락이 나를 찾아오게 한다. 나는

한 푸른 황무지에서 태어나
세월이 자기에게 다가오게 하는*

*토머스 미들턴의 희극 《퀸즈버러의 시장님》에 나오는 구절을 램이 자유로이 고쳐서 인용하고 있다.

사람에 비유될 수 있다.

"세월이라니," 독자 여러분은 말하고 싶으리라. "이 바보 같은 퇴직자가 무슨 심산인가? 이미 우리에게 자기 나이가 쉰을 넘었다고 말해놓고는."

참으로 나는 명목상으로만 50년을 살아온 셈이다. 내 자신을 위해서가 아니라 다른 사람들을 위해서 살았던 시간을 그 50년에서 빼낸다면 여러분은 내가 아직도 젊은 녀석이라는 사실을 알게 될 것이다. 우리 자신을 위해서 가지는 시간—바로 이런 시간만이 진정한 시간이요 우리 자신의 것이라고 불러도 어폐가 없다. 그 나머지 시간으로 말하자면, 어떤 의미에서 우리가 그 시간을 살았다고 말할 수는 있어도, 다른 사람들의 시간이지 결코 우리의 시간은 아니다. 내 빈한한 나날에서 앞으로 남아 있는 시간이 길든 짧든, 내게 그것은 적어도 세 곱으로 늘어나 있다. 그래서 내가 10년을 더 살 수 있다면 그 10년은 지난날의 30년만큼 길 것이다. 이건 풀기 쉬운 비례산(比例算)이다.

내 자유가 처음 시작되던 무렵 나를 둘러싸고 있던 신기한 환상의 흔적들은 아직도 완전히 사라지지 않았거니와, 그 환상 중의 하나는 내가 그 회계사무실을 그만두던 날부터 지금까지 광대한 시간이 흐른 것 같다는 느낌이다. 나는 그것을 어제 있었던 일로 생각할 수가 없었다. 그 많은 세월 동안 날이면 날마다 내가 가까이 섞여 지냈던 사주(社主)들이며 서기들이었건만, 갑자기 그들을 떠나고 나니까 마치 그들이 죽은 사람처럼 느껴진다. 로버트 하워드가 쓴 어떤 비극 속에는 친구의 죽음을 말하는 다음 구절이 나오는데, 이 구절이 혹시 내 환상을 설명하는 데 도움이 될지도 모르겠다.

그가 이제 막 세상을 떠나
아직 눈물 한 방울 흘릴 시간도 없었건만,
그간의 거리는 마치
그가 나를 떠난 지 천 년이나 흐른 듯하네.
영원 속에서는 시간을 젤 수 없기 때문일까.*

　이런 어색한 느낌을 해소하기 위해서 나는 한두 차례 사무
실 사람들과 섞여보려 했고, 내가 분투적 상황을 벗어나며 버
려두었던 옛 동료 서기들이랄까 펜잡이 형제들을 기꺼이 찾아
보았다. 그들은 나를 맞으며 여전히 정다운 태도를 보였지만
내가 그간 그들 사이에서 누렸던 유쾌한 친근함을 되찾을 수는
없었다. 우리는 예전에 하던 농담도 다시 터뜨렸지만 그 효과
는 미미했을 뿐이다. 내 옛 책상이며 모자걸이는 다른 사람이
차지하고 있었다. 그건 당연한 일이었지만 나는 그걸 마음 편
히 받아들일 수 없었다. 36년간이나 내 고역의 충실한 파트너
가 되어 내가 직장인으로서 걸어야 했던 험한 길을 농담과 수
수께끼로 평탄하게 해주었던 그 옛 동료들을 떠나면서 내가 얼
마의 회한을 느끼지 않았다면 나는 나쁜 사람이요 짐승 같은
사람이라 해야 할 것이다. 한데 그 길이 그처럼 험했던가? 아
니면 내가 그저 겁쟁이에 불과했던가? 어쨌든 이제는 너무 늦
어 후회조차 할 수 없다. 게다가 나는 이 후회스러운 생각들

*로버트 하워드(1626~1678)는 역사가요 시인이다. 이 구절은 그의 《성처녀와 로
마의 귀부인들》에서 인용된 것이다(〈시편〉 90편 4절의 "당신 앞에서는 천 년도 하
루와 같아"라는 구절 및 아리스토텔레스 《형이상학》 X권 10장의 "시간은 동작을
통해 측정된다"는 구절 참조).

도 그런 경우에 흔히 있는 마음의 오류라는 것을 알고 있다. 그러나 나는 마음으로 가책을 느꼈다. 나는 우리들 사이의 결속 관계를 미련 없이 깨고 말았던 것이다. 적어도 나는 예의를 지키지 못했다. 내가 그 헤어짐과 화해하려면 얼마 동안의 시간이 흘러야 할 것이다. 그러니 옛 친구들아, 잘 있어라. 그대들이 허락해준다면 머지않아 나는 그대들을 다시 찾아오겠다. 재미없고 신랄하면서도 정다운 Ch__여! 온화하고 동작이 굼뜨면서도 신사다운 Do__여! 선뜻 나서서 자발적으로 훌륭한 봉사를 하는 Pl__이여! 모두들 잘 있거라. 그 옛날 당당한 상사(商社)를 거느리고 있던 그레셤이나 휘팅턴* 같은 사람들의 저택으로나 어울릴 살벌한 건물이여, 그 속의 미궁 같은 통로들과 햇빛이 들지 않아 한 해의 반은 촛불을 켜고 지내야 했던 답답한 사무실들이여, 비록 건강에는 해로웠으나 내 복지에 기여했고 내 생계의 엄한 부양자 노릇을 해주던 곳이여, 잘 있어라. 내 일생의 "노작(勞作)들"**은 유랑 서적상의 하찮은 소장품 속이 아니라 그대 회사 건물 속에 남아 있다. 내가 노역을 마치고 이제 쉬고 있듯이 내 노작들도 그 건물 속에서 쉬게 하자. 우람한 선반 위에 쌓여 있는 2절판 장부들이 일찍이 아퀴나스가 남긴 원고보다 더 많고 그 쓰임새도 못지않구나. 이제 나는 겉옷을 벗어 그대들에게 물려주고자 하노라.**

---

*토머스 그레셤(1519~1579)은 영국의 큰 상인이었고, 리처드 휘팅턴(1360~1425)은 세 차례나 런던 시장을 지낸 인물이다.
**여기서 "노작들"이라고 번역된 "works"는 문학 작품들이라는 뜻이지만, 램은 자기가 쓴 글이나 책보다도 회사에서 기재해온 장부들(books)이 더 중요한 "작품"이었다고 주장한다.
***여기서 겉옷(mantle)은 남성의 정기 및 권능을 상징한다(구약 〈열왕기상〉 19장 19절에서 엘리아가 엘리사에게 겉옷을 벗어 건네는 대목 참조).

내가 처음 통보를 받던 날부터 두 주일이 지났다. 그간 나는 마음의 안정을 되찾고 있었지만 아직 안정에 이르지는 못했다. 내 마음이 평정을 자랑하고 있었지만 그것은 상대적 평정이었을 뿐이다. 처음에 느꼈던 가슴 설렘이 얼마쯤 남아 있었고, 새로운 상황이 주는 불안정한 느낌과 연약한 눈이 익숙하지 않은 빛 앞에서 겪는 눈부심 같은 것도 있었다. 사실 이전에 나를 얽어매고 있던 사슬이 마치 내 복장의 필수적 일부인 것처럼 그리워지기까지 했다. 나는 감방 같은 수도원에서 엄격한 생활을 하다가 혁명 때문에 속세로 돌아오게 된 가엾은 카르도지오회*의 수도사 같았다. 이제 나는 과거에 내가 내 자신의 주인이 아니었던 적이 한 번도 없었던 것처럼 느낀다. 내가 원하는 곳이면 어디든 가고 무엇이든 마음대로 하는 것이 이제는 나에게 자연스럽다. 나는 오전 11시에 본드 스트리트**에 나가기도 하는데 마치 지난 몇 년간 그 시각에 그 거리를 어슬렁거리고 다녔던 것처럼 느껴진다. 나는 옆으로 빠져서 소호 구역으로 들어가서 한 책방을 뒤져보기도 한다. 나는 지난 30년간 수집가로 지내왔다고 자부한다. 그래서 그곳에도 신기하거나 새로운 것은 아무것도 없다. 나는 오전 시간에 어떤 멋진 그림 앞에 서 있기도 한다. 그러지 않았던 적이 있었던가. 피셔 스트리트 힐***은 어떻게 되었지? 펜처치 스트리트는 어디지? 내가 36년간이나 매일 찾아다니며 닳게 했던 민싱 레인의 도로 포장석이여! 지금

---

*1086년에 창단된 수도회로서 회원들에게 엄격한 수도 규칙을 과했다.
**런던 도심지에 있는 번화한 상가.
***런던 브리지 북쪽의 거리 이름. 그 광장에 1666년의 런던 대화재 추모비가 서 있다.

은 어느 고된 일에 지친 서기들의 발걸음에 맞춰 너희들 영원한 석재가 소리를 울리고 있느냐? 나는 펠멜 거리*에서 더욱 유쾌한 판석들을 딛고 다닌다. 지금은 상거래 시간이지만 나는 별나게도 엘긴** 대리석 조각들 사이에 와 있다. 내 형편이 이렇게 변한 것을 어떤 별천지로 들어간 것에 비유한다 해도 과장은 아닐 것이다. 나에게는 시간도 어떤 면에서는 정지했다고 할 수 있다. 나는 계절의 구분도 놓치고 말았다. 나는 하루하루가 무슨 요일인지 몇 월 며칠인지 모른다. 과거에는 내가 해외 우편물이 집배되는 날과 관련해서 또는 일요일이 얼마나 멀고 얼마나 가까운가 하는 것과 관련해서, 하루씩 따로 느끼고 있었다. 나에게는 수요일의 기분이 있는가 하면 토요일 저녁의 느낌이 있었다. 날마다 그날의 정령이 종일토록 분명하게 나를 지배하면서 내 식욕이며 기백 따위에 영향을 미치고 있었다. 일요일에 내가 초라하게 안식일 오락이라도 즐길 때면 그 이튿날의 유령이 뒤이어 등장할 닷새 동안의 유령과 함께 나타나서 무거운 짐처럼 나를 짓누르곤 했다. 무슨 마력으로 그 검은 에티오피아인***을 씻어 하얗게 만들었단 말인가? 그 검은 월요일은 어떻게 되었는가? 모든 요일이 똑같아지고 말았다. 과거에는 일요일을 맞을 때마다 건듯 지나가버린다는 느낌 때문에 또는 그날을 최대한 즐겁게 보내야겠다고 지나치게 마음

*원래는 펠멜(pall-mall)이라는 구기(球技)를 하던 곳이지만 오늘날에는 크리스티와 필립스 같은 경매장이 있고 사교 클럽도 많이 있는 유행과 환락의 거리이다.
**19세기 초에 엘긴 백작이 아테네의 파르테논 신전에서 가져온 대리석 조각들을 대영박물관에서 구입해서 전시했다.
***구약 〈예레미야〉 13장 23절 참조. 여기서 에티오피아인은 뒤에 나오는 "검은 월요일"을 가리킨다.

을 씀으로써 불행히도 그날이 실패한 휴일이 되곤 했건만, 이
제는 그 일요일마저 평일 중의 하루가 되어버리고 말았다. 이
제는 마음의 여유를 가지고 교회에 가면서도 휴일에서 커다란
토막이 잘려나가는 듯한 아까움을 느끼지 않는다. 나에게는 모
든 것을 할 수 있는 시간 여유가 있다. 나는 친구를 문병할 수
있고, 많은 일을 하는 친구를 가장 바쁜 시간에 찾아가서 방해
할 수도 있다. 올해 5월 초하루 날* 하루를 내서 윈저로 즐거운
나들이나 하자고 초대함으로써 그에게 거드름을 피울 수도 있
다. 내가 버리고 온 세계에서 아직도 근심 걱정에 시달리고 있
는 가엾은 사람들의 고역을 바라본다는 것은 루크레티우스적
인 즐거움**이다. 그 사람들은 연자방아를 돌리고 있는 말처
럼 같은 길을 빙빙 돌며 고생하고 있는데 그게 모두 무엇을 위
한 것인가? 우리에게 시간이 너무 많아서 문제가 될 수는 없고
할 일이 너무 없어서 문제가 될 수도 없다. 내게 아들이 있다면
그의 이름을 '나싱투두'***라고 붙여주고 그에게 아무 일도 하
지 않도록 하겠다. 나는 인간이 일을 하는 동안은 자기의 본성
에서 벗어난다고 진정으로 믿는다. 나는 전적으로 명상적인 삶
을 바란다. 멋진 지진이 발생하여 저 저주받을 면직물 공장들

*5월 1일이 세계노동절로 제정되기 전에도 영국에서는 메이-모닝(may-morning)
이라 하여 이날 이웃이나 친구를 초대하거나 동네 잔치를 벌이는 풍습이 있었다.
오래 끌어오던 춥고 습한 계절이 끝나고 드디어 봄철이 다가왔음을 자축하는 이런
행락 풍습을 메잉(maying)이라고 부르기도 한다.
**루크레티우스는 기원전 1세기 로마의 시인이자 철학자. 그는 《사물의 본성에 대
해》에서 "폭풍이 몰아칠 때 바닷가에서 파도에 시달리고 있는 사람들을 바라보는
일은 달콤하다. 다른 사람의 고통을 보고 희열을 느끼는 것이 아니라 내가 모면한
고통은 축복일 수 있기 때문이다"라고 말한 바 있다.
***나싱투두(Nothing-to-do)는 문자 그대로 "아무것도 할 일이 없는 것"이라는
뜻이다.

을 모두 삼켜버릴 수는 없을까? 제발 저 거추장스런 책상을 치워버리고

악마들이 사는 지옥으로*

밀어 떨어뜨리자.

　이제 나는 모 회사의 서기 모 씨가 아니다. 나는 '은퇴한 레저 씨'**이다. 나를 만나려면 이제 멋진 정원으로 와야 한다. 어느새 아무 정해진 목표 없이 자유로운 페이스로 산책하고 있는 나의 느긋한 얼굴과 태평스러운 몸짓을 보고 사람들은 내가 누군지를 알아보게 되었다. 나는 일정한 곳을 오가는 것이 아니라 여기저기 돌아다닌다. 사람들은 오랫동안 나의 다른 장점들과 함께 묻혀 있던 한 '존엄한' 모습***이 내 몸에서 싹트기 시작했다고 나에게 일러준다. 나는 점점 눈에 띄게 신사다운 모습을 하고 있다. 내가 신문을 펼쳐 든다면 오페라계의 현황을 알아보기 위해서이다. 나의 일은 끝났다. 내가 이 세상에서 하게 되어 있던 일을 모두 마쳤다는 뜻이다. 나는 내게 할당된 과업을 수행했고 이제 여생은 내 차지다.

---

*《햄릿》 2막 2장 501행.
**밀턴의 〈일펜세로소〉의 다음 구절에서 인용된 어구. "멋진 정원에서 즐기고 있는 / '은퇴한 여가 씨'도 이들에게 보태자."
***이 구절은 키케로의 "존엄한 여가의 모습"에 대한 인유이다.

나의 친척들

나의 일생도 이제는 양친 중 어느 한 분이나마 살아 계신다면 희귀한 일이 될 것이요, 따라서 축복이라고 여겨질 그런 고비에 이르렀다.* 나는 그런 축복을 누리지 못하고 있으며, 이따금 브라운의 〈기독교도의 도덕〉**에 나오는 한 구절을 생각하면서 애절한 기분을 느낀다. 그 구절에서 브라운은 60년 혹은 70년 동안 이 세상에서 살아온 사람에 대해 이렇게 말한다. "그 긴 세월을 살아오는 동안 그는 결국 자기 부친을 기억해주는 사람이 하나도 없고 젊은 시절의 친구조차 거의 찾아볼 수 없다는 것을 알게 되고는 불안감을 절실히 느낄 것이며, 멀지 않은 날에 '망각'의 신이 그 험상궂은 얼굴을 자기에게도 들이미는 것을 보게 될 것이다."

내게는 고모가 한 분 계셨는데 정답고 착한 분이었다. 그분

*램은 46세가 되던 1821년에 이 글을 썼다.
**토머스 브라운(1605~1682)의 《기독교도의 도덕》은 저자의 사후에 출판되었다.

은 일생 동안 독신으로 사시느라 세상을 보는 눈이 비딱해져 있었다. 그분은 나야말로 자기가 이 세상에서 사랑하는 유일한 존재이므로 내가 이 세상을 떠난다는 생각을 하면 자기는 어머니처럼 눈물이 나며 슬퍼진다는 말을 자주 하곤 했다. 그처럼 유독 나만 편애하는 데 대해서 나의 이성은 동의할 수 없다. 아침부터 저녁까지 그분은 좋은 책과 종교생활에 관한 책을 탐독했다. 그분이 애독한 책은 스탠호프가 번역한 토머스 아 켐피스*의 책과 가톨릭 교회의 기도서였는데, 아침예배와 저녁기도가 규칙적으로 정해져 있는 그 기도서의 용어들을 나는 그 당시 너무 어려서 이해할 수 없었다. 그 책들은 가톨릭교에 편향되어 있었기 때문에 그분은 매일같이 읽지 말라는 말을 들었지만 고집스럽게 읽었다. 그러다가도 일요일이 되면 그분은 훌륭한 신교도답게 교회에 갔다. 그분은 그 두 권의 책만 공부했지만, 한때는 《한 불행한 젊은 귀족의 모험》**을 읽으며 크게 만족스러워했다는 말을 나에게 한 적이 있다. 유니테리언파의 교리가 이단***이라는 주장이 제기되던 초기의 어느 날 에섹스 거리의 교회 문이 열려 있는 것을 보고 그분은 안으로 들어가게 되었고 그 교파의 설교와 기도하는 방식을 좋아하게 된 나머지 한동안은 이따금 그 교회에 출입했다. 그분이 교리를 찾아간 것은 아니고 교리의 결핍을 절감하지도 않았다. 내가 앞

*15세기 독일 학자. 그의 책 《그리스도를 닮는 법(De Imitatione Christi)》은 라틴어로 쓰여진 책으로 여러 차례 영역되었다.
**이런 제목의 책은 영국에 간행된 적이 없는 것으로 알려져 있다.
***유니테리언 교회는 유일신을 믿으면서도 삼위일체설과 예수의 신성은 믿지 않아 이단으로 몰리기도 했다.

서 암시한 것처럼 성품이 약간 비딱하기는 했지만, 그분은 굳건하고 정다웠으며 훌륭한 기독교도였다. 그분은 뛰어난 센스와 기민한 정신을 가진 여인으로서 재치 있는 대꾸를 하는 데에 비범한 소질을 보였지만, 그것은 그분이 침묵을 깨는 드문 경우 중의 하나였을 뿐 보통 때는 위트를 그다지 소중하게 여기지 않았다. 그분이 했던 세속적인 일 중에서 내가 아직 기억하고 있는 것이라고는 프랑스 콩을 까서 맑은 물이 담긴 도자기 그릇에 떨어뜨리는 것이었다. 그 부드러운 콩 냄새는 오늘날까지도 마음을 어루만지는 듯한 향기를 풍기면서 내 코끝을 스치고 있다. 그것은 요리를 하는 일 중에서도 가장 기분 좋은 대목이라 할 수 있다.

어떤 사람들은 '남자 숙모'라는 말을 쓰기도 하지만 나는 그런 분의 기억이 없다. 숙부 쪽에서 보면 나는 고아로 태어난 셈이라 해도 좋을 것이다. 내게는 형제나 자매가 없었다. 엘리자베스라는 이름의 누이가 있었지만 어린 시절에 죽었다. 그애가 살아 있었더라면 얼마나 위안이 되었을 것이고 또 얼마나 걱정거리가 많았을 것인가. 하지만 나에게는 하포드셔 여기저기에 흩어져 사는 종형제들이 있다. 내가 일생 동안 절친하게 지내고 있으며 참으로 종형제라고 부를 수 있는 두 사람 말고도 여럿이 있다는 뜻이다. 그 두 사람은 제임스 엘리아와 브리짓 엘리아*이다. 그들은 나보다 각각 나이가 열두 살 및 열 살씩 더 많다. 그리고 두 사람 중 어느 한쪽도 충고와 지도를 할 때 연장자에게 허용되는 특권을 포기할 생각이 없는 듯하다. 그들이

*램은 친형 제임스와 누이 메리를 사촌이라면서 가명으로 부르고 있다.

그런 마음가짐을 계속 유지하기 바란다. 그리고 그들이 각각 75세 및 73세가 되거든―그전에는 안 된다―63세로 대액년(大厄年)*을 맞게 되는 나를 여전히 애송이 혹은 연하의 동생으로 취급해주기를 바란다.

제임스는 뭐라고 형언하기 어려운 종형이다. 자연 속에는 여러 가지 개체들이 있어서 모든 비평가들이 그것을 꿰뚫을 수는 없으며, 설사 느끼기는 하더라도 모두 해명할 수는 없다. 요리크**의 펜이 그 멋진 샌디풍(風)의 명암으로 이야기를 구성해낸다면 모를까 훗날 그 어느 누구의 펜으로도 제임스 엘리아의 사람됨을 온전하게 그려낼 수 없을 것이다. 나는 운명이 나에게 허용해준 은총과 재능에 따라 내 변변찮은 대조법으로 온 힘을 다해 그려내야겠다. 적어도 보통 관찰자의 눈으로 보기에, 제임스 엘리아라는 사람은 여러 가지 상호 모순되는 원칙이 혼합되어 있는 것처럼 보였다. 충동에 휘둘리는 진짜 아이 같으면서도 신중하고 냉정한 철학자였던 내 종형의 이론은 고도로 다혈질적인 그의 성품과 어김없이 갈등했다. 언제나 자기 머릿속에 최신 계획을 가지고 있으면서도 제임스 엘리아는 혁신이라면 체계적으로 반대하고 시대와 실험의 테스트를 견뎌내지 못한 것은 무엇이건 모조리 깎아내렸다. 자기의 공상 속에서는 시시각각 연이어 오만가지 생각을 하면서도 다른 사람들이 보이는 허황한 성향은 조금만 접해도 깜짝 놀란다. 그는 또 모든 일에서 감성에 따른 결심을 하면서도 다른 사람들에게

*영국 사람들은 일생 동안 7년 또는 9년마다 액년을 맞는다고 생각했으며, 특히 63은 7과 9가 곱해져서 만든 숫자이므로 63세가 되는 해를 대액년이라고 여겼다.
**18세기 영국 작가 로렌스 스턴의 《트리스트럼 샌디》에 나오는 인물.

는 만사에서 상식의 인도를 받으라고 권고한다. 그 스스로는 모든 언행에서 괴짜의 기미를 보이면서도 다른 사람들이 바보처럼 부조리하고 괴팍한 짓을 할까봐 조바심한다. 언젠가 한번은 식탁에서 내가 무심코 사람들이 즐겨 먹는 음식 한 가지를 좋아하지 않는다고 말했을 때, 그는 세상 사람들이 나를 미쳤다고 여길지도 모르니 어쨌든 그런 생각일랑 제발 입에 올리지 말라고 했다. 그는 고급 미술품을 열정적으로 애호하면서 오직 다시 팔기 위해서 사둔다는 구실로 엄선된 작품을 수집하고 있었지만, 자기의 열광적 미술애호벽이 다른 사람들까지 부추기게 될까봐 그 사실을 숨기고 있었다. 하지만 만약에 다시 팔 예정이었다면, 그 부드럽고 목가적인 도메니치노*의 그림이 어찌하여 언제나 그의 벽에 걸려 있을까? 그에게는 자신의 안목이 그 그림보다 더 소중할까? 세상에 그 어느 그림 장사가 그처럼 그림 이야기를 할 수 있을까?

일반적으로 인간은 사변적으로 내린 결론을 자기의 성향에 맞게 왜곡하는 것을 볼 수 있지만, 그 종형의 이론은 그 자신의 성품과 정반대되는 것이 분명했다. 그는 스웨덴의 찰스**만큼 본능적으로 용감했고, 떠도는 퀘이커 교도만큼이나 몸을 사렸다. 나는 한평생 위대한 사람에게는 몸을 굽혀야 한다는 이론과 출세하기 위해서는 형식과 예절도 필요하다는 설교를 그에게 들었다. 하지만 내가 알기로, 그 자신은 그 두 가지 중 어느 것도 목표로 삼지 않았고 타타르족의 왕*** 앞에서도 굽힘

*이탈리아의 화가요 건축가였던 도메니코 참피에리(1581∼1641)를 가리킨다.
**스웨덴의 왕 칼 12세를 가리킨다('찰스'는 '칼'의 영어식 표기).
***동방의 무자비한 폭군을 대표한다.

없이 서 있을 만한 기백이 있었다. 그가 인내를 최고의 지혜라고 찬양하는 사설을 늘어놓는 것을 듣거나, 정찬이 준비되고 있는 마지막 7분 동안 그의 모습을 바라보는 것은 유쾌한 일이다. 일찍이 자연이 만물을 만들 때 나의 성급한 종형을 빚어낼 때만큼 조급하게 만든 적은 없었을 것이다. 그리고 우리가 어떤 처지에 있든 조용히 만족하고 사는 것이 유리하다는 이야기를 그는 즐겨 하곤 했는데, 그럴 때면 사람의 힘으로는 아무리 노력한다고 해도 그보다 더 훌륭한 웅변가가 될 수 없을 것이라는 생각이 들었다. 존 머리 거리의 한쪽 끝에서 서쪽 도로로 나가는 단거리 역마차를 타보면 빈 차일 경우에는 승객이 다 찰 때까지 45분씩이나 괴롭게 기다려야 하거니와, 이렇게 꼼짝 못하고 마차 속에 갇혀 있을 때면 그는 그런 화제를 놓고 기고만장하게 이야기를 늘어놓았다. 이런 경우에 내가 견디지 못하고 괴로워하면 그는 의아해하면서 "이렇게 앉아서 이야기를 나누기에 이곳보다 더 나은 곳이 있을까?"라느니, "나에게는 마차가 운행 중일 때보다도 정지하고 있을 때가 더 낫다"고 말했다. 그동안 그는 사뭇 마부를 지켜보고 있다가 내가 참지 못하는 것을 보고는 드디어 스스로도 참을성을 잃고 자기가 이야기를 늘어놓던 그 긴 시간 동안 마부가 우리를 붙잡아둔 것에 대해 감동적으로 훈계하면서 "당장 출발하지 않으면 이분은 마차에서 내릴 것"이라고 엄포를 놓기도 했다.

그는 논쟁거리를 아주 잽싸게 만들어내거나 궤변을 간파해 낼 수 있지만 연쇄적 논쟁이 계속될 때 상대방에 대한 배려를 하지 못한다. 사실 그는 논리를 어지럽히는가 하면, 전혀 그럴듯하지도 않은 과정을 거쳐 아주 찬양할 만한 결론으로 비약하

는 듯하다. 바로 이런 점과 일맥상통하는 일이거니와, 몇몇 계
제에 그는 인간에게 '이성'이라는 능력이 있다는 것 자체를 부
정하는 발언도 했다. 뿐만 아니라 그는 인간이 어떻게 이성이
있다는 생각을 하게 되었는지 자기로서는 알 수가 없다고 했는
데, 그때마다 자기 힘이 미치는 한 이성적 추리력을 총동원하
여 그런 논리에 힘을 실었다. 그는 웃음을 반대하는 모종의 사
변적 관념을 가지고 있어서 자기에게는 웃는 일이 자연스럽지
못하다는 주장을 하려 하지만, 다음 순간 허파가 터져라고 깔
깔거리며 웃기도 한다. 그는 세상에서 가장 재치 있는 이야기
를 하면서도 자기는 위트를 혐오한다고 공언하기도 한다. 운동
장에 놀고 있는 이튼 학교의 학생들을 보았을 때 "이 멋지고 순
박한 젊은이들이 몇 년 후에는 모조리 경망스러운 국회의원으
로 변해 있을 것을 생각하니 딱하기 짝이 없다"라고 말한 사람
도 바로 그였다.

젊은 시절에 그는 이글거리는 불길 같고 폭풍 같은 성미를
보이고 있었으며, 노년기에 이르러서도 그 열기를 식히는 기미
를 드러내지 않는다. 내가 그를 찬양하는 이유도 바로 여기에
있다. 나는 나이가 들면서 세월 앞에서 부실해지는 사람들을
싫어한다. 나는 세월이라는 그 불가피한 파괴자와 타협하고 싶
지 않다. 살아 있는 동안 제임스 엘리아는 아무 거침없이 삶을
향유할 것이다. 화창한 5월 아침에 내가 매일 일터가 있는 거
리를 향해 걷고 있을 때 전혀 반대 방향에서 걸어오는 그를 만
나면 기분이 좋아진다. 꽤 잘생긴 풍모와 혈색 좋은 얼굴에 감
도는 빛은 곧 그가 클로드나 호베마* 같은 화가의 작품 같은 것
들을 사들일 생각을 하고 있음을 암시한다. 그는 그 탐나는 여

가 시간의 많은 부분을 크리스티와 필립스 같은 경매장에서 보내며, 그림이나 뭐 그런 매력적인 것을 손에 넣기 위해서는 찾아가지 못할 곳이 없다. 그런 경우에 그는 대체로 나를 붙잡아 세우고 잠시 강의를 한다. 즉 자기가 해야 할 일에 종사하고 있다는 점에 있어서 나 같은 사람은 자기 자신보다도 더 유리하다면서, 자기에게는 노는 날이 너무 많아서 주체할 수 없으므로 휴일이 좀 줄어들었으면 좋겠다고 말한다. 그러고 나서 그는 한 곡조를 흥얼거리며 펠멜 거리가 있는 런던의 웨스트엔드 지역을 향해 가면서 내가 자기 말뜻을 알아들었으리라고 확신한다. 하지만 나는 아무 노래도 부르지 않으며 반대 방향으로 간다.

'무사무욕주의 제창자'로 자처하는 종형이 새로 구입한 작품을 집에 안치한 후에 손님을 초대하는 모습도 지켜보면 즐겁다. 그 작품 감상에 가장 알맞은 거리를 찾아내기까지 손님들은 이쯤 혹은 저쯤 떨어진 곳에서 여러 각도로 감상해야 하는데, 결국 우리의 시선 초점을 그의 초점에 맞춰야 한다. 이른바 농담(濃淡) 원근법의 효과를 얻기 위해서는 우리가 손가락 사이로 그 작품을 훔쳐보기도 해야 한다. 이때 그런 방법을 쓰지 않아야 풍경화가 우리 마음에 더 들 수 있을 거라고 그에게 주장해보아야 아무 소용이 없다. 종형이 감격해서 말하면 그 감격에 부응해야 할 뿐만 아니라 새로 구입한 작품보다는 이전에 구입한 작품 중 하나가 더 마음에 든다는 말을 하고 싶어도 분위기를 보아 그런 말을 포기해야 하는 운이 없는 사람들은 참

*클로드 로랭(1600~1682)과 메인더르트 호베마(1638~1709)는 각각 프랑스와 네덜란드의 풍경화가이다.

으로 보기 딱하다. 종형에게는 늘 가장 최근에 산 작품이 최고 작품이고 얼마 동안 그는 그 작품만 편애한다. 얼마나 많은 온화한 마돈나 상(像)이, 그것도 라파엘의 그림이랍시고 사온 것들이 종형의 집으로 들어와서 몇 달씩 가장 높은 위치를 점하다가 거실에서 뒤쪽 전시실로 옮겨지는 중간 격하과정을 거친 후 결국 침침한 방으로 옮겨졌던가. 그러는 동안에 그 그림들은 카라치 일가*의 화가들에게 잇달아 이리저리 입양되면서 신분의 급속한 추락은 면하되 꾸준히 지위 하락을 겪다가 끝내 루카 지오르다노 아니면 변변찮은 카를로 마라티**에게로 쫓겨나서 창고 속에 들어가 잊히게 된다. 이 세상에서의 운명의 기회와 변천을 생각하면서 그 그림들이 겪는 곡절을 바라볼 때 나는 거룩한 분들의 팔자가 바뀐다든지,

　　화려하게 출발해서
　　아름다운 5월처럼 치장을 하고 왔다가
　　만성절 날이나 가장 짧은 동짓날처럼 음울하게 되돌려 보내진***

리처드 왕의 왕비를 생각해보지 않을 수 없게 된다.
　제임스 엘리아는 사람들을 아주 좋아하지만 사람들의 감정

---

*16세기 후반에 카라치 일가에서는 여러 화가를 배출했는데 안니발레 카라치가 유명했을 뿐 거의 모두 대수롭잖은 평가를 받았다.
**모두 17세기의 하찮은 이탈리아 화가들이다. 이 대목에서 램은 종형이 구입한 그림이 처음에는 라파엘의 작품이라고 주장되다가 차츰 명성이 떨어지는 화가의 작품으로 간주되면서 "신분"의 하락을 겪게 되었다는 뜻을 비치고 있다.
***셰익스피어의 《리처드 2세》 5막 1장에서 인용된 구절.

이나 행동에 공감하는 능력은 한정되어 있다. 그는 자기 자신의 세계에 묻혀 살면서 사람들이 마음속으로 무슨 생각을 하는지를 별로 알아보고자 하지 않는다. 그가 사람들의 습성에서 핵심을 꿰뚫어보는 일은 결코 없다. 연극 구경에 이골이 난 사람을 만났을 때에도 그는 마치 새 소식이라도 전하듯이 여사여사한 극장의 모모 배우는 아주 발랄한 코미디언이라는 말을 한다. 불과 수일 전에 그는 내가 산책을 좋아한다는 것을 잘 알고 있다면서 우리집 근처에 상쾌한 초록 오솔길이 있다는 것을 나에게 알려주었는데, 바로 그곳은 내가 지난 20년간 출입하던 곳이다. 그는 센티멘탈하다는 형용어로 표현되는 부류의 감정들을 별로 존중하지 않는다. 그는 진짜 악이 될 수 있는 것은 육체적 고통에 한정시키고 다른 모든 것들은 상상된 것일 뿐이라며 배격한다. 그는 고통을 당하고 있는 인간을 보거나 그저 상상만 하고도 가슴 아파하는데 그 정도가 심한 편이어서 나는 일찍이 여성들에게서도 그 정도로 아파하는 모습을 본 적이 없다. 이런 종류의 고통에 대한 체질적 민감성이 그가 아파하는 이유를 부분적으로나마 설명할 수 있을지도 모르겠다. 그는 특히 동물을 각별하게 보호한다. 호흡곤란을 겪고 있거나 박차에 찔린 말을 보면 그는 도와주러 나선다. 짐을 너무 많이 싣고 있는 당나귀도 언제나 그가 변호할 대상이다. 그는 짐승들을 위한 인도주의 사도이며 아무도 돌봐주지 않는 짐승들에게는 어김없이 친구가 된다. 바다가재를 삶거나 살아 있는 뱀장어의 껍질을 벗기는 짓을 생각만 하고도 그는 고통 때문에 몸을 비틀면서 "불쌍해서 죽을 지경"이 된다. 그러고 나면 그는 며칠 동안 낮과 밤에 입맛을 잃고 자리에 들어도 안식을 얻지 못한다. 그에게는 토머스 클라크슨* 같은 강렬한 감정이 있었지만, 클라크슨이 흑인들을 위해서 했던 만큼의 일을 그가 짐승들을 위해서 성취해내려면 "세월의 진정한 협력자"**라고 할 수 있는 꾸준한 추구와 단일한 목표가 있어야 했다. 하지만 그에게는 그런 자질이 부족했다. 나의 못말리는 종형은 협력을 요하는 목표를 달성하기 위해서 온전하게 태어난 사람이 되지 못했다. 그는 기다릴 줄을 몰랐다. 그의 개선 계획들은 하루아침에 성숙되어야 했다. 바로 이런 이유 때문에 그는 여러 자선 협회와 인간의 고통 경감을 위해 결성된 단체에서 희미한 존재밖에 되지 못한다. 그는 열정 때문에 늘 협력자들을 앞지르며 괴롭힌다. 다른 사람들이 토론을 하고 있는 동안 그는 구조하는 일부터 생각한다. 그의 인도주의 열정이 동료 회원들의 형식적 이해와 느린 절차를 앞서가고 있었기 때문에 그는 XX구조협회***에서 제명 처분 당하기도 했다. 하지만 언제나 나는 이런 눈에 띄는 특성이야말로 엘리아 집안의 고귀함을 말해주는 징표로 여긴다.

내가 이런 겉으로 보기에 모순되는 특성들을 거론하는 것은 이 별난 종형을 비웃기 위함인가 아니면 비난하기 위함인가? 절대로 그렇지는 않다. 인간의 예절이나 친척 간에 있어야 할 이해가 그런 것을 허용하지 않으리라! 엘리아 집안에서도 가장 이상한 이 종형에게는 온갖 이상한 면이 있지만 나는 그분이 그 참모습에서 조금이라도 달라지는 것을 원하지 않는다. 살아

*노예 무역의 철폐를 위해 일생을 바쳤던 박애주의자(1760~1846).
**워드워스의 〈클라크슨에 대한 소네트〉에 나오는 구절.
***실제로 램의 종형은 조난선원구조협회에서 제명당한 일이 있다.

있는 친척 중에서 가장 정확하고 규칙적이며 어느 모로 보아도 모순되지 않는 분이 있다고 해도 나는 이 걷잡을 수 없이 제멋대로인 종형과 바꾸지는 않을 것이다.

만약에 독자 여러분께서 나의 종자매 이야기에 싫증을 내시지 않는다면, 다음 에세이에서는 내가 사촌누이 브리짓 이야기를 좀 하게 될지도 모르겠다. 그리고 여러분이 우리와 동행할 생각이 있다면 나는 여러분의 손을 잡고, 누이와 내가 한두 해 전 여름에

　　　상쾌한 하포드셔의 녹색 평원을 지나

더 많은 종형제들을 찾아 나섰던 길을 다시 떠나볼까 한다.

하포드셔의 매커리 엔드

브리짓 엘리아*는 여러 해 동안 내 가정부 노릇을 해왔다. 나는 기억이 나지도 않을 만큼 오랫동안 브리짓에게 신세를 졌다. 노총각과 노처녀가 한집에 살고 있으니 말하자면 겹으로 독신 생활을 하는 셈이다. 나는 대체로 이만하면 괜찮다 할 정도로 안락하게 생활하고 있으므로, 어느 성급한 왕의 자식이 그랬던 것처럼, 내 독신 신세를 한탄하기 위해 산으로 갈 생각은 조금도 없다.** 우리는 취미나 습관이 꽤 일치하는 편이지만 "상이한 점"도 없지 않다. 우리는 일반적으로 조화를 이루고 살면서도 가까운 친척들 간에 흔히 있을 법한 말다툼 정도는 이따금 한다. 우리 사이의 공감은 말로 표현되기보다는 암묵적으로 이해되는 편이다. 그러므로 언젠가 한번 내가 보통 때보다 더 다

---

*램의 누이 메리(Mary)의 가명. 이 에세이에서 램은 누이를 사촌이라 부르고 있는데, 이 사촌에 해당하는 영어 낱말 cousin은 넓은 의미로 친척을 뜻하기도 한다.
**구약 〈사사기〉 11장에 나오는 판관 입다의 경솔한 맹세로 인해 번제로 바쳐지게 된 그의 딸이 산으로 가서 처녀의 몸으로 죽게 된 것을 한탄했다는 고사에 대한 인유.

정하게 어조를 바꾸는 척하자 내 사촌은 눈물을 쏟으며 내가 변했다고 불평했다. 각기 독서 취향은 다르지만 우리는 둘 다 대단한 독서가들이다. 내가 이미 골백번도 더 읽은 버턴이나 그와 같은 시대에 등장한 색다른 작가들의 책에 나오는 구절에 열중하고 있을 때, 그녀는 현대판 이야기나 모험담에 빠져 있다. 우리가 함께 쓰는 독서 테이블에는 날마다 이런 책들이 정성스럽게 새로 쌓이곤 한다. 나는 이야기 문학을 달가워하지 않는다. 사건 진행에 별로 관심이 없기 때문이다. 그러나 그녀에게는 서툴거나 변변찮게 서술된 것이라도 이야기가 있어야 한다. 그리고 그 속에는 활발한 삶이 있고 좋든 나쁘든 많은 사건이 있어야 한다. 실생활에서도 거의 그러하거니와 허구문학 속에서도 운명의 성쇠는 나에게 흥밋거리가 되지 못하며 따분하게 작용할 뿐이다. 상궤(常軌)를 벗어난 유머와 견해, 무언가 기분전환을 주는 비틀림이 들어 있는 제목들, 저술가의 기발함 같은 것들이 내게는 가장 즐겁다. 내 사촌은 이상하거나 괴팍해 보이는 것이면 무엇이건 천성적으로 싫어한다. 괴상하거나 규칙에서 벗어나거나 상례적 공감의 길에서 벗어나는 것이면 아무것도 그녀에게 용납되지 않는다. 그녀는 "자연스러운 것을 더 영리하다고 여긴다."* 《의사의 종교》**에 나오는 파격적 견해의 아름다움에 대해 그녀가 눈을 감고 있는 것을 나는 용서할 수 있다. 그러나 두 세기 전의 저술가이며 지극히 고귀하고 정숙하고 덕망 높은 반면에 약간은 환상적이고 창의적 두뇌를

*18세기 시인 토머스 그레이의 시에서 따온 구절.
**토머스 브라운(1605~1682)의 저서.

가지고 있고 관대하기도 해서 내가 몹시 좋아하는 마거릿 뉴캐슬*의 지성에 대해서 그녀가 최근에 넌지시 무시하는 견해를 던지고는 즐거워하던 일에 대해서만은 사과를 받아야겠다.

내 사촌과 나는, 내가 바라던 것 이상으로 빈번히, 색다른 철학 및 이론 체계의 선도자들이나 그 제자들 같은 자유사상가들을 사귀었는데 이는 그녀의 운명이기도 했다. 그러나 그녀는 그 사상가들의 견해를 상대로 시비를 벌이지 않았고 그렇다고 그들의 견해를 받아들이는 것도 아니었다. 어린 시절에 그녀에게 좋아 보였거나 존경할 만한 것으로 보였던 것들이 아직도 그녀의 마음을 지배하고 있다. 그녀는 자기의 이해력을 가지고 경망스럽게 굴거나 허튼짓을 하는 일도 결코 없다.

우리 두 사람은 모두 약간 지나치게 주장이 강한 편이다. 그간 내가 관찰하기로는, 우리가 벌이는 언쟁의 결과는 거의 언제나 일정하게 끝났다. 사실이나 날짜나 상황 따위가 쟁점으로 된 경우에는 늘 내가 옳고 내 사촌이 틀렸다는 것이 판명되곤 했다. 하지만 도덕적인 문제라든지 마땅히 해야 할 일 또는 그만두어야 할 일 따위를 놓고 견해가 갈라질 경우에는, 처음에 내가 아무리 열렬히 반대하고 아무리 확고한 신념을 가지고 나선다 해도, 결국 나는 그녀의 사고방식 쪽으로 설복되고 만다.

브리짓은 남이 자기 결점 이야기를 하는 것을 좋아하지 않으므로, 나는 그녀의 약점에 대해서 부드럽게 언급해야겠다. 더 나쁜 말은 말고 한 가지만 말해본다면, 그녀에게는 사람들과 함께 있는 자리에서 책을 읽는 난처한 버릇이 있다. 그럴 때

*본명이 마거릿 캐빈디시인 뉴캐슬 공작부인(1624~1673)은 당대의 문사로서 램은 그녀의 전기와 서간문을 즐겨 읽었다고 한다.

그녀에게 무엇을 물으면 그녀는 물음의 요지를 이해하지도 못한 채 '응' 또는 '아니야'라고만 대답하는데, 물음을 던진 사람에게는 이런 대답이 도발적이고 또 체면을 극도로 손상시킨다. 마음을 다잡고 있을 때면 그녀가 인생의 가장 절박한 시련도 감당할 수 있지만, 이따금 사소한 일에서 그녀는 방심하고 만다. 그 목적이 마음을 다잡을 필요가 있고 또 중대한 사안일 경우에는 그녀가 아주 잘 말할 수 있지만, 도덕적으로 중요한 양심의 사안이 아닐 경우에는 이따금 적절치 못한 실언도 한 것으로 알려져 있다.

젊었던 시절 가족들은 그녀의 교육에 별로 마음을 쓰지 않았다. 그래서 그녀는 교양이라는 이름으로 통하는 일련의 여성 장식물을 다행히도 갖추지 못했다. 우연이었는지 계획적인 의도의 결과였는지는 모르겠으나, 그녀는 일찍부터 좋은 독서를 할 수 있는 널찍한 방*으로 굴러들게 되었고, 아무도 선정해주거나 금지하지 않는 가운데, 훌륭하고 건전한 문헌을 마음껏 섭렵했다. 만약 나에게 딸이 스무 명 있다면 그들을 모두 그런 식으로 키우고 싶다. 그런 식의 양육으로 그들의 혼인 전망이 줄어들지 모르겠지만 상황이 최악에 이를 경우에도 그런 양육은 유례가 없을 만큼 지극히 훌륭한 노처녀들을 만들어낼 것임을 보장할 수 있다.

우리가 슬픔을 겪을 때면 그녀는 가장 참된 위안자가 된다. 그러나 성가신 사고나 사소한 어려움을 겪을 경우, 그런 일에 대처할 강한 의욕을 불러들일 필요가 없는데도 그녀는 이따금

---

*램의 부친이 받들고 있던 새뮤얼 솔트라는 사람의 서재를 가리킨다는 설이 있다.

과도하게 참견함으로써 일을 그르치기도 한다. 그녀가 우리의 고통을 늘 반감해주지는 못하지만, 살다가 즐거운 일을 당할 경우에는 어김없이 우리의 만족감을 세 곱으로 늘려준다. 함께 연극을 구경하거나 친지를 방문할 때 그녀는 뛰어난 동반자가 되지만, 그녀가 가장 훌륭한 동반자가 되는 것은 함께 여행을 할 때이다.

몇 해 전 여름에 우리는 함께 하포드셔를 여행했는데, 그 좋은 곡창지대에 사는 비교적 덜 알려진 친척들을 불쑥 찾아보기 위해서였다.

내가 기억하는 가장 오래된 곳은 매커리 엔드이다. 어쩌면 어느 하포드셔의 지도에 적힌 스펠링대로 그곳을 매커럴 엔드라고 부르는 것이 더 적절할지도 모르겠다. 그곳은 휘탬스테드에서 조금만 걸어가면 되는 곳에 있는 농가이다. 내가 아이일 적에 브리짓의 보살핌 속에서 그곳으로 종조모 한 분을 찾아갔던 기억이 난다. 내가 앞서 말한 대로 브리짓은 나보다 열 살쯤 나이가 많다. 함께 살고 있는 우리 두 사람의 여생을 하나로 합쳤다가 똑같이 둘로 나누어 가질 수 있다면 좋겠다. 하지만 그건 불가능한 일이다. 당시 그 집에는 한 견실한 자작농이 내 조모의 언니와 결혼해서 살고 있었다. 그의 이름은 글래드먼이었다. 내 조모는 성이 브루턴이었는데 필드라는 성을 가진 사람과 결혼했다. 글래드먼 일가와 브루턴 일가는 그 지역에서 아직 번창하고 있지만 필드 일가는 거의 사라지고 말았다. 내가 말한 그 방문 이후에 40년 이상의 세월이 흘렀다. 그 대부분의 기간을 우리는 그 두 집안과의 연락을 끊고 살아왔다. 누가 또는 어떤 부류의 사람들이 매커리 엔드를 상속했는지, 그 상속자가 우리 친척인지 모르는 사람인지를 추측해보기가 두려울 지경이었지만 우리는 어느 날 한번 탐방해보기로 작정했던 것이다.

선트 올반즈에서 출발한 후 도중에 루턴에 있는 그 멋진 공원에 들리는 우회 도로로 가다 보니 우리는 정오 무렵에야 그 간절한 호기심의 대상이 되었던 곳에 도착했다. 그 오래된 농가의 풍경은, 비록 그 자취가 내 기억에서 모조리 지워지긴 했으나, 그간 여러 해 동안 체험하지 못했던 즐거움으로 나를 감동시켰다. 내가 잊고는 있었지만, 우리 두 사람이 그곳에서 함께 지내던 일을 잊어버렸던 적은 그간 한 번도 없었던 것이다. 우리는 일생 동안 매커리 엔드에 관한 이야기를 해오고 있었지만, 결국 내 쪽의 기억력이 그 자체의 망령 때문에 우롱당하게 된 탓에 내가 잘 알고 있다고 여기던 그곳을 막상 다시 찾아와 보니 우리가 그간 마음속으로 떠올리곤 하던 곳과 어쩌면 그렇게 다를까 싶었다.

그 농가 주변의 공기는 예전처럼 향기로웠다. 마침 계절은 "유월 한가운데"*였고, 나는 다음 구절**을 읊은 시인의 심경을 이해할 수 있었다.

어리석게 상상하기로는
그처럼 아름답게 보이던 너,
햇빛 속에 실제로 바라보니

*17세기 시인 벤 존슨의 시구.
**워즈워스의 〈야로 탐방〉에 나오는 구절.

상상력이 빚은 고운 모습과 상반되누나.

　내 기쁨이 몽상적인 데 비해 브리짓의 기쁨은 더 현실적이
었다. 그녀는 예전에 알고 있던 것들을 쉽사리 기억해낼 수 있
었기 때문이다. 물론 더러는 그 모습이 바뀌었다고 그녀가 불
평하기도 했다. 사실, 처음에 그녀는 기쁜 나머지 그렇게 변할
수가 있으랴 싶었지만, 이내 그 풍경은 그녀의 애정 속에서 재
확인되었다. 그녀는 그 오래된 저택의 외곽지역을 모조리 다
니면서 목재 창고, 과수원 및 비둘기 집―지금은 집도 새도 간
곳이 없었다―이 있던 곳에 이르기까지 이것저것 찾아보느라
숨가빴다. 나이 쉰이 넘은 여성으로서 품위 있는 행동은 아니
었지만 그런 대로 봐줄 만했다.
　이제 남아 있는 일은 그 집 안으로 들어가는 일이었다. 그런
데 그건 나 혼자서는 극복할 수 없을 정도로 어려운 일이었다.
나는 낯선 사람들이나 오래 만나지 못한 친척들에게 자신을 소
개해야 할 경우 몹시 수줍어하기 때문이다. 망설임보다도 더
강한 애정이 있었기에 내 사촌은 나를 버려둔 채 안으로 들어
갔다. 그러나 이내 그녀는 '반가움'의 이미지를 조각작품으로
표현하려는 사람에게 모델이 되어도 좋을 만한 사람을 데리고
나왔다. 글래드먼 집안의 막내로서 브루턴 집안의 남자와 결혼
함으로써 그 오래된 저택의 안주인이 된 여인이었다. 브루턴 일
가의 후손들은 용모가 예쁘다. 여섯이 여자였는데 그 군(郡)에서
가장 아름다운 젊은 여인들로 주목을 받고 있었다. 그러나 내
생각으로는, 혼인을 통해 브루턴 집안으로 들어가게 된 그 여인
이 브루턴 일가의 다른 여인들보다 더 착하고 더 예뻤다. 그녀

68

는 너무 늦게 태어나서 나를 기억하지는 못했다. 그녀는 그저 어린 시절에 사람들이 나무 울타리에 올라가고 있는 브리짓을 가리키며 친척이라고 말해주던 것을 기억하고 있을 뿐이었다. 그러나 친척이니 종자매(從姉妹)니 하는 호칭만으로도 충분했다. 인간을 소외시키는 대도시에서는 그런 미약한 친척관계가 거미줄만큼이나 힘이 없겠지만, 우리가 알기로, 정답고 안온하며 사랑이 넘치는 하포드셔에서는 다른 곳에서보다도 더 빨리 사람들을 가깝게 해준다. 5분이 지나자 우리는 마치 함께 태어나서 자라기라도 한 것처럼 허물없이 가까워졌고 서로 세례명을 부를 정도로 친해졌다. 기독교도들이라면 마땅히 서로 그렇게 불러야 할 것이다. 브리짓과 그녀를 보고 있자니 성경에서 두 종자매가 만나는 장면*을 보는 듯하지 않았던가! 이 농부의 아내에게는 그녀의 마음씨에 상응하는 우아함과 품위, 그리고 몸매와 몸집의 넉넉함도 있었기에, 그녀를 궁정에 내어놓아도 아무 손색이 없었을 것이다. 우리는 그렇게 생각했다. 우리는 그 집 남편과 아내로부터 똑같이 환대받았다. 여기서 '우리'라는 말에는 내가 잊을 뻔한 친구도 포함된다. 그 B. F.**라는 친구가 캥거루가 출몰하는 머나먼 이역에서 혹시 이 글을 읽는다면 그 만남을 쉽게 잊지 못하고 있을 것이다. 성찬이 차려졌다. 우리가 올 것을 예상하고 이미 성찬을 장만해둔 것이 아니었을

---

*〈누가복음〉 1장 39~40절 참조. 성모마리아와 세례자 요한의 모친 엘리사벳이 만나는 장면을 많은 화가들이 그렸다. 가장 유명한 것은 피렌체의 우피치 미술관에 있는 마리오토 알베르티넬리의 그림이다.
**배런 필드(1786~1846). 시드니에서 대법원 판사가 된 사람. 〈먼 곳에 있는 친지에게〉라는 서간체 에세이에서 그는 주인공으로 나온다.

까 싶을 지경이었다. 그 지역 토산품 술을 알맞게 마신 뒤에 그 정다운 종자매가 자기 모친과 글래드먼 자매들에게 우리를 소개하기 위해 휘탬스테드로 데리고 가면서 참으로 숨김없이 자랑스러워하던 일을 내가 어찌 잊을 수 있을 것인가. 그녀가 우리들에 대해 아무것도 모르던 시절에 그분들은 무언가 더 많은 것을 알고 있었던 것이다. 그분들도 우리가 이미 받은 환대 못지않은 환대를 진심으로 베풀어주었다. 그 분위기 덕분에 고조된 브리짓의 기억력이 그간 거의 지워지다시피 했던 옛일이나 옛사람에 대한 회고를 떠올렸으므로 나와 그녀 자신도 온통 놀랐고, 아무 인척관계가 없는 유일한 사람으로 그 자리에 앉아 있었을 B. F.까지도 놀랐을 것이다. 거의 잊힌 이름이나 상황의 희미한 이미지들이 그녀에게 몰려왔는데, 마치 레몬즙으로 쓴 보이지 않는 낱말들이 우정의 열기에 노출되자 나타난 것 같았다.* 내가 이 모든 것을 잊어버리는 날이면, 그때 가서 내 시골 종자매들이 나를 잊어도 좋다. 그러면 브리짓도, 내가 어리석은 어른으로 자란 후에 나를 돌보아주었듯이, 내 연약한 유년 시절이나 오래 전에 하포드셔의 매커리 엔드 주변의 그 아름다운 목가적 산책길에서 늘 나를 다정하게 돌보았던 일을 더 이상은 기억하지 않게 되리라.

*레몬, 양파 등의 즙으로 종이에 쓴 글자는 보이지 않지만, 강한 열을 쏘이면 갈색으로 나타난다.

H___셔의 블레익스무어

오래된 집안의 훌륭한 저택에서 지금은 사람이 살지 않는 빈방들을 내 마음대로 둘러보는 일만큼 내게 감명적인 기쁨은 없다. 사라져버린 옛 장려함의 흔적들은 단순한 선망이 아니라 그보다 더 나은 열정을 불러일으킨다. 그곳에서 대대로 거주했으리라고 상상되는 위대하고 선한 분들에 대한 명상은 우리에게 여러 가지 환상을 빚어내는데, 지금도 거주하고 있는 저택에서 볼 수 있는 번잡함이나 오늘날 바보 같은 귀족들이 보이는 허영과는 양립할 수 없는 환상들이다. 텅 빈 교회에 들어갈 때와 혼잡한 교회에 들어갈 때에도 똑같은 느낌의 차이가 우리에게 수반된다고 생각한다. 혼잡한 교회에서는 몇몇 신도들이 보이는 부주의한 행위와 사제가 보이는 허식이나 그보다 더 나쁜 허세 부리기 특성 같은 인간적 나약함이 교회와 예배를 어지럽힘으로써 우리가 최선의 생각을 하지 못하게 할 공산이 높다. 하지만 독자 여러분은 거룩하심의 아름다움*을 알고 싶지 않은가? 평일에 시골 교회의 종치기에게서 출입문 열쇠를 빌려 시원한 교회 내의 통로를 걸어보시라. 그리고 이전에 거기서 무릎을 꿇었던 이들의 경건한 신심이며, 노유(老幼)를 가리지 않고 거기서 위안을 얻었던 신도들과 온유한 목사님과 고분고분한 교구민 등을 생각해보시라. 마음을 산란케 하는 감정이나 달갑잖은 갈등을 조장하는 비교행위는 접어두고 그 교회의 정밀(靜謐)을 마셔보시라. 그러면 결국 당신도 주위에서 무릎을 꿇거나 울고 있는 대리석상들처럼 그 자리에 꼼짝 않고 서 있게 되리라.

최근에 북쪽을 여행하다가 나는 어린 시절에 이런 식으로 감명을 받은 적이 있던 어느 오래된 대저택의 잔해를 보기 위해 가던 길을 몇 마일이나 벗어나고 싶은 유혹을 물리치지 못했다. 나는 그 집 주인이 근자에 그 집을 헐었다는 말을 들었지만, 그 집이 송두리째 사라졌을 리는 만무하고 그처럼 단단하고 화려하게 지은 집이라면 대번에 허물어져서 내가 결국 보게 되었던 그런 쓰레기 더미로 화할 수는 없었을 것이라는 생각을 막연히 하고 있었던 것이다.

헐어내는 작업은 재빨리 진행되었고, 몇 주간의 작업 끝에 그 저택은 하나의 옛 이야기로 영락하고 말았다.

모든 것이 구분조차 할 수 없게 된 것을 보고 나는 놀랐다. 그 큰 문들은 어디 서 있었더라? 뜰의 경계를 이루고 있던 것은 무엇이었지? 별채는 어디쯤에서 시작되었지? 몇 개의 벽돌만이 남아서 그처럼 당당하고 그처럼 널찍하던 저택을 대신하

*흠정판 영역성경 〈시편〉 29편 2절과 96편 9절에서 "the beauty of holiness"는 하느님을 거룩하심을 기리는 말이다.

고 있었다.

사신(死神)도 자기가 희생시킨 인간을 이렇게 줄어들게 하지는 못한다. 시신을 태우고 남은 재도 비례적으로는 이 집을 허물고 남은 것보다는 무게가 더 나갈 것이다.

벽돌공 녀석들이 집을 허물고 있는 광경을 보았더라면, 그들이 패널을 한 장씩 뜯어낼 때마다 나는 내 심장이 뜯겨지는 듯한 느낌이 들었을 것이다. 나는 그들을 향해 그 유쾌한 저장고에서 뜯은 널빤지 한 장은 버리지 말라고 소리쳤을 것이다. 나는 그 더운 방에서 창가의 의자에 앉아 카울리*를 읽곤 했는데, 내 앞에는 잔디밭이 있었고 곁에서는 늘 한 마리 외로운 말벌이 나타나서 붕붕거리거나 퍼덕이는 소리를 냈다. 오늘날까지 해마다 여름철이 되면 그 소리가 내 귀에 들리고 그 노란색 방의 패널도 생각난다.

정녕, 나에게는 그 집에 붙어 있던 모든 널빤지나 패널이 마력을 지니고 있었다. 침실에는 태피스트리가 걸려 있었는데, 태피스트리는 장식적인 데에 그치지 않고 벽판(壁板)에 여러 사람들의 모습이 우글거리게 하므로 그림보다도 훨씬 더 낫다. 아이들은 그 그림을 훔쳐보려고 가끔 침대커버를 벗긴 후 서로 노려보고 있는 준엄하고 밝은 얼굴들과 순간적인 눈맞춤을 하며 자기네의 여린 용기를 시험해보다가 재빨리 커버를 뒤집어 쓰곤 했다. 그 벽은 온통 오비디우스**에 나오는 인물들로 가득했는데 책 속에 묘사된 것보다는 더 발랄한 색채로 그려져

*에이브러햄 카울리(1618~1667)는 영국의 시인이다.
**로마의 시인 오비디우스의 《변신 이야기》 속에 나오는 신화 이야기는 흔히 그림의 소재로 활용되었다.

있었다. 뿔이 반쯤 돋은 악테온이 달랠 수 없이 새치름한 다이 아나*와 함께 있는 모습이며, 요리사가 뱀장어의 껍질을 벗기 듯이 냉정하게 마르시아스의 껍질을 벗기고 있던 태양 신 포이 보스의 도발적인 모습** 등이 그려져 있었던 것이다.

그리고 유령이 나온다는 방도 있었다. 나는 예전에 배틀 부 인***이 죽었다는 그 방에 몰래 들어가보곤 했는데, 언제나 낮 시간에만 겁에 질린 채 공포에 젖은 호기심을 숨기며 지난 세 월과 교류를 해보려고 했다. 그 방을 다시 짓는다 해도 어찌 그 방의 스산한 분위기까지 되찾을 수 있을 것인가?

그곳은 버림받은 지 오래되는 곳이었지만 그곳에 거처하던 사람들의 화려한 삶의 흔적들이 뚜렷이 드러나지 않을 정도로 오래되지는 않았다. 가구들은 여전히 놓여 있었고, 유아실에는 깃이 사그라지고 있는 셔틀콕과 금박이 퇴색한 가죽 채****도 보였는데, 이런 것들은 한때 그곳에서 아이들이 놀았다는 것을 말해주었다. 어린 나는 혼자서 모든 방을 자유로이 둘러보았고 모든 구석구석을 알고 있었다. 어느 한 곳 경탄과 숭배의 대상 이 되지 않는 곳이 없었다.

어린 시절의 고독은 사상의 모태라기보다도 사랑, 침묵 및

---

*로마 신화에서 사냥꾼 악테온은 어느 날 요정들을 데리고 목욕을 하고 있던 다이 아나를 보게 되었는데, 사냥과 처녀성의 수호 여신이었던 다이아나는 그를 벌하여 사슴으로 바꾸었고 결국 그는 자기가 데리고 다니던 사냥개에게 잡아먹힌다.
**음악가 마르시아스는 노래의 신을 상대로 노래 및 유희 시합을 하자고 덤볐다가 패한 후 포이보스(일명 아폴론)에게 죽임을 당하는 벌을 받았다.
***배틀 부인은 가공의 인물이라는 설도 있고 실제 모델이 있다는 설도 있으나 분 명치가 않다. 램은 〈휘스트에 대한 배틀 부인의 견해〉라는 제목의 에세이를 쓴 적 이 있다.
****예전에 영국 가정에서는 아이들이 가죽 채로 셔틀콕을 치면서 놀았다.

찬탄을 키워준다. 그 시절에는 그곳에 대한 너무 이상한 열정이 나를 사로잡고 있었기 때문에, 그 저택에서 조금밖에 떨어지지 않은 곳에 내가 로맨틱한 호수일 거라고 여긴 곳이 나무에 반쯤 가려진 채 보였지만 부끄럽게도 나는 그 물가를 탐색해보지 못했다. 나를 그 저택에 묶어두었던 마력은 너무 강했고 나도 그 저택 고유의 엄밀한 경내를 벗어나지 않으려고 조심했기 때문이다. 훗날 나이가 들어 호기심이 그 저택에 대한 나의 헌신적 애착을 누르게 되고 나서야 비로소 나는 어린 시절의 그 미지의 호수가 요란하게 흐르는 아름다운 개울임을 알게 되어 놀랐다. 그 저택에서 그리 멀지 않은 곳에 이채로운 경치가 있고 넓은 전망이 있다는 이야기도 들었지만 그런 것들이 내가 에덴동산이라고 여기던 곳의 경계 밖에 있는 나에게 무슨 의미가 있었겠는가? 바깥세상을 떠돌아다니려는 욕구가 전혀 없었던 나는 내 스스로 선택한 감옥의 울타리만 더욱 좁게 끌어당기고 있었을 것이며, 또 그 배타적 동산의 안온한 테두리 속에 기꺼이 갇혀 있고 싶어 했을 것이다. 정원을 사랑했던 어느 시인*이 다음과 같이 읊을 때 나도 동참하고 싶은 심경이었을 것이다.

> 그대 인동덩굴이여, 내 몸을 묶어다오.
> 그대 어지러운 덩굴들이여, 나를 감고 올라라.
> 오, 칭칭 감고 조여서

*영국 시인 앤드루 마벌(1620~1678). 인용된 구절의 출전은 그의 시 〈애플튼 하우스에서〉이다.

내가 이곳을 떠나지 못하게 하라.
하지만 너의 질곡이 너무 연약해서
내가 네 보드라운 구속을 벗어날지 모르니
가시덤불이여, 그대도 나를 묶어다오.
예절바른 찔레여, 내 몸에 못질을 하려무나.

   나는 고적한 사원에 와 있듯이 이곳에 있었다. 아늑한 난롯
가, 나직하게 지은 지붕, 가로와 세로가 10피트씩인 응접실, 검
소한 식탁, 그리고 가정을 가정답게 만들어주는 그 모든 것—이
런 것들은 나의 출생 환경이었고 내가 심어져 있던 건강한 토양
이었다. 하지만 나는 가난이 주는 아주 소중한 교훈에 대해 흠잡
을 생각이 없으며, 그런 것들 너머에 있는 것을 힐끔거렸다든지
또는 어린 시절에 가난과 대조되는 막대한 재산에 부대되는 것
들을 몰래 들여다본 데 대해 유감스럽게 여기지도 않는다.
   신사계층의 정서를 지니기 위해 반드시 신사계층에서 태어
나야 할 필요는 없다. 우리는 선조라는 귀찮은 족속에게 지고
있는 빚보다 더 값싼 조건으로도 선조에 대한 긍지를 지닐 수
있다.* 그리고 가문의 문장(紋章)으로 장식되지 않은 방에서 모
브레이**니 드 클리포드***니 하는 명문의 긴 가계보를 곰곰이
생각해보는 서민은 그런 요란스러운 집안의 이름만 듣고도 그

*서양의 귀족들은 자기네가 누리는 특전에 일정한 도덕적 의무가 수반되고 있다고
믿었다. 프랑스어에는 "귀족 출신은 그 계층의 의무를 진다"는 뜻의 '노블레스 오
블리주'라는 말이 있는데 이것이 바로 그런 의무를 가리킨다. 여기서 램이 의미하
는 것은 서민도 오래된 명문 집안의 긍지를 느낄 수는 있되 그 계층의 '귀찮은' 의
무는 질 필요가 없다는 뜻이다.
**14세기 말에서 15세기 말까지 노포크 공작의 자리를 세습한 집안의 가성(家姓).
***13세기 말에 남작으로 책봉된 로베르 드 클리포드 집안의 가성.

가문의 실제 세습자들 못지않게 열띤 허영심에 젖을 수 있다. 출생이 고귀하다는 주장은 관념적일 뿐인데, 어떤 문장관(紋章官)이 나에게서 그런 관념을 박탈하려 할 수 있을 것인가? 문장관의 장검인들 나의 관념을 베어낼 수 있을까? 박차(拍車)를 잘라버리듯이 그렇게 잘라내고, 퇴색한 가터를 뜯어버리듯이 그렇게 뜯어낼 수 있을까?*

우리 서민이 그런 허영심을 가지지 못한다면 위대한 집안인들 우리에게 무슨 의미가 있을 것인가? 그들의 지루한 족보라든지 지위와 공훈 등을 나열해놓은 놋쇠 기념물에서 우리가 무슨 즐거움을 느낄 수 있을 것인가? 단절 없이 이어온 긴 혈통이라 하더라도, 우리 자신이 그것을 생각하면서 속으로 그것에 상응하는 긍지를 느끼지 않는다면, 우리에게 무슨 의미가 있을 것인가?

블레익스무어**의 당당한 계단의 오래된 벽에 걸린 그 헐어서 보잘것없게 된 가문(家紋)의 방패여! 만약 그런 긍지를 느끼지 못했다면, 무엇 때문에 내가 어린 시절에 빈번히 거기 서서 그대를 받쳐든 두 정체불명의 상징적 형상들과 "나는 다시 일어나리라"는 예언적 라틴어 모토를 곰곰이 들여다보고 있었겠는가? 그러다 보면 결국 내 몸도 서민의 잔재를 말끔히 씻어내고 그 대신 진짜 신사계층의 품성을 받아들이는 것이었다. 아침에 내가 눈을 뜨면 그대가 내 눈에 가장 먼저 들어왔고, 밤이

---

*구두 뒤꿈치에 달려 있는 박차는 기사의 상징이고, 가터라는 양말대님은 '가터 훈작 기사'의 상징이다. 그러므로 여기서 박차를 잘라내고 가터를 뜯어버린다는 것은 그런 훈위를 박탈한다는 뜻이다.
**'블레익스무어'는 저택을 포함한 어느 영지의 익명인데, 실제로는 영국 동남부 하퍼드셔 군의 블레익스웨어를 가리킨다는 설이 있다.

되면 그대가 잠자리로 향하는 내 발걸음을 붙잡곤 했으며 그 결과 그대를 응시하는 것과 그대에 대한 꿈을 꾸는 것 사이의 차이는 단 한 발짝밖에 되지 않았다.

이거야말로 입양에 의해 진정한 신사계층이 되는 유일한 길이요 진정한 혈통 바꾸기이며, 돌팔이 의사들이 허황하게 주장하듯이, 실제 수혈에 의해서 신사계층에 편입될 수 있는 것은 아니다.

죽음을 수단으로 화려한 트로피를 얻게 된 사람이 누구였는지 나는 알지 못하며 또 알려고 들지도 않았다. 그러나 그 퇴색해가는 누더기와 채색이 거미줄로 더럽혀진 것을 보면 그 주인공이 200년 전의 인물임을 알 수 있다.

그 시대에는 나의 선조가 링컨의 야산에서 다모에타스*처럼 자기 소유도 아닌 양떼를 먹이는 촌뜨기였다 한들 어떠랴. 영주 아에곤이 일생 동안 내 가엾은 양치기 선조에게 가했을지도 모르는 모욕을 되돌아보며 내가 기고만장하게 앙갚음을 했다든가 한때 도도했던 그 영주의 집안 장식들을 조금이나마 덜 영광스럽게 여긴 적이 있었던가?

나의 이런 사색이 주제넘다고 해도 이 저택의 현재 소유주들은 불평할 이유가 별로 없다. 그들은 변변치 않은 새곳으로 옮겨가기 위해 조상들이 살던 그 저택을 버린 지 이미 오래다. 그러므로 나는 그곳에서 스스로 온갖 심상을 한껏 떠올릴 수 있고 공상을 키우기도 하며 또 내 허영심을 달랠 수 있었다.

---

*베르길리우스의 《에클로그》에서 아에곤에게 고용되어 양치기 노릇을 하는 사람. 여기서 램은 자기 조상이 링컨 군 출신의 서민이었음을 암시하고 있다.

나야말로 그 오래된 W 일가의 진정한 후손이라 할 수 있으며, 폐허로 화한 그 옛 저택을 피해 다른 곳으로 옮겨간 W라는 이름을 가진 사람들은 그 후손이라 할 수 없다.

그 오래된 집안의 초상화들도 우리 집안 것이라 할 수 있었다. 내가 그 그림들을 훑어보면서 마음속으로 우리집 성(姓)을 붙여주자, 그 초상화들은 하나씩 차례로 미소를 지으며 새로운 친족관계를 인정해주려고 화폭에서 앞으로 나오는 듯했다. 그러는 동안 다른 초상화들은 그 텅 비어버린 저택이라든지 도망치고 만 후손들을 생각하며 침통한 표정을 짓는 듯했다.

시원한 청색 천을 목동처럼 걸치고 새끼 양을 한 마리 데리고 있던 그 미인의 초상화는 퇴창(退窓) 바로 곁에 걸려 있었는데 그녀의 머리카락은 H__tu 출신답게 밝은 노란색이고 눈은 연한 푸른색으로 나의 앨리스*를 닮았었지! 나는 그녀가 진정한 엘리아 집안의 여인 밀드레드 엘리아였다고 여기고 싶다.

블레익스무어여! 모자이크로 포장되어 있고 열두 명의 로마 황제들의 대리석 흉상이 빙 둘러 서 있던 그대의 고귀한 대리석 홀 또한 내 것이었다. 어린 인상가(人相家)였던 내 눈에 그 흉상들 중에서도 네로의 찡그린 미모가 가장 경이로웠던 기억이 난다. 하지만 나는 온화한 표정의 갈바를 좋아했다. 거기서 황제들은 싸늘한 죽음 속에서나마 불멸성을 참신하게 과시하며 서 있었다.

그대의 높다란 치안재판 홀 또한 내 것이었다. 재판관의 권위를 갖춘 의자에는 고리버들로 짠 높다란 등받이가 있었는데,

---

*젊은 시절의 램의 애인에 붙인 가명. 〈꿈에 본 아이들─하나의 환상〉 참조.

한때는 운수 나쁜 밀엽꾼이나 본분을 잊고 실수한 하녀들에게 공포의 대상이었다. 그러나 지금은 너무 평범한 의자로 전락한 나머지 박쥐들의 보금자리가 되고 말았다.

남쪽 벽이 햇볕에 구워지고 있던 그대의 값진 과수원 또한 나의 것일 뿐, 누가 감히 자기 것이라 주장할 것인가? 그보다 더 풍요로운 놀이정원은 집 뒤쪽으로 세 단의 축대를 이루고 있었는데, 화분들은 아주 창백한 납색이었고, 오직 여기저기 비바람을 겪으면서도 남아 있는 반점들만이 그 화분들이 원래 는 금빛으로 반짝거렸음을 말해주고 있었다. 그 뒤쪽에는 풀 밭이 있었고, 그보다 더 뒤쪽에는 옛날 방식으로 심은 전나무들이 멋대로 자라서 청설모와 종일 꾸꾸거리는 숲비둘기의 서식지가 되어 있었는데 그 가운데에 신인지 여신인지 분명치 않은 오래된 조상이 있었다. 하지만 내가 그 정체불명의 조각 난 조상에게 바치던 경배는 그 옛날 아테네나 로마 시민이 고향 땅의 목신(牧神)이나 숲의 신에게 바친 경배보다 훨씬 더 진지했다.

블레익스무어의 산책로와 꾸불거리는 오솔길들이여! 내가 블레익스무어의 파괴라는 이런 벌을 받게 된 것도 그대들을 너무 열렬히 우상으로 숭배했기 때문인가? 그대의 유쾌한 땅을 쟁기가 지나가며 갈아엎은 것도 바로 그것 때문인가? 아니면 내게 다른 무슨 죄가 있기 때문인가? 이따금 나는 인간이 죽어도 완전히 죽어 없어지지는 않는 것처럼 그 소멸해버린 저택에도 희망이랄까 다시 소생할 씨앗이 남아 있을지 모른다는 생각을 해본다.

크라이스츠 호스피틀 학교—35년 전 이야기

한두 해 전에 간행된 램 씨의 《저작집》에는 내가 다닌 학교를 멋지게 찬양하는 글*이 실려 있다. 1782년에서 1789년 사이에 그 학교가 어떤 모습이었는지 혹은 램 씨에게 어떤 모습으로 비쳤는지를 그리는 글이다. 참으로 묘하게도 내가 크라이스츠 호스피틀 학교를 다니던 시기와 그가 다니던 시기는 거의 일치한다.** 그래서 나는 그가 이 학교에 보인 열의를 고맙게 여긴다. 그리고 그가 이 학교에 대해 할 수 있는 찬사는 모두 끌어모으는 한편 그 밖의 언설은 아주 교묘하게 모조리 피하려 했다는 생각이 든다.

나는 학창시절의 L***을 기억하고 있으며, 나와 다른 학우

*램이 1813년에 쓴 〈크라이스츠 호스피틀 학교에 대한 회고〉라는 글은 1818년에 간행된 그의 《저작집》에 수록되어 있다.
**이 에세이에서 램은 다른 에세이에서처럼 엘리아라는 필명을 쓰고 있지만, 실제로는 2년 선배였고 훗날 시인으로 이름을 떨친 새뮤얼 테일러 콜리지의 '페르소나'를 취하고 있다.
***여기서 '나'는 콜리지고 L은 램이다.

들에게는 없었던 그의 몇 가지 이점을 지금도 잘 회고할 수 있다. 그의 친구들이 런던 시내에 살고 있었으므로 그는 그들을 가까이할 수 있었다. 그는 원할 때면 언제든 그 친구들을 찾아가는 특전을 누렸는데, 이런 괘씸한 특혜가 우리에게는 주어지지 않고 있었다. 어떻게 해서 그런 일이 일어날 수 있었는지는 오늘날 이너 템플 법학원의 분국장으로 있는 존대한 어른*께서나 해명할 수 있을 것이다. 아침이면 그는 차와 뜨거운 롤빵으로 조반을 들었다. 우리는 1페니짜리 빵 한 덩이를 4등분 한 것—우리는 그것을 '크러그'라고 불렀다—을 나무잔에 담긴 소량의 묽은 맥주에 적셔서 배를 채웠는데, 수지 처리를 한 가죽 통에 담겨 있던 그 맥주에서는 냄새가 났다. 우리가 월요일마다 먹은 퍼렇고 맛없는 밀크 오트밀이라든지 토요일마다 먹은 너무 조잡해서 목에 걸리던 완두 수프도 그에게는 특별히 이너 템플에서 가져온 버터 바른 빵 한 조각이 얹혀져 제공되었다. 우리는 일주일에서 나흘은 육식을 했고 사흘은 채식을 했는데, 수요일에 나오는 기장은 그래도 좀 덜 혐오스러운 음식이었다. 이 기장을 먹을 때도 그는 잘 정제된 설탕 한 덩이로 입맛을 돋우었고, 더 술술 넘어갈 수 있도록 생강 맛이나 향기로운 계피를 곁들이기도 했다. 일요일에 우리는 소금물에 반쯤 절인 쇠고기를 먹었고, 목요일에는 들통 속에 떠다니며 국물 맛을 망치는 끔찍한 메리골드와 말고기처럼 질긴 갓 삶은 쇠고기를 섞어 먹었으며, 금요일에는 변변찮은 뼈투성이의 양고기를 먹었다. 화요일에는 너무 굽거나 설 구운 채 쩨쩨하게 나오는 양고

*램 가문의 오래된 친구 랜돌 노리스. 이 사람은 찰스 램을 '찰리'라는 애칭으로 부른 유일한 사람이었다고 한다.

기가 우리의 입맛을 자극하는 유일한 요리였지만 양이 너무 적
어서 맛이 좋은 만큼 우리에게는 실망도 컸다. 그러나 L은 이런
음식 대신에 따스하게 나온 구운 송아지 고기라든지 보다 유혹
적인 돼지 등살 요리—우리들은 맛본 적이 없는 진미였다!—
를 들었다. 이런 것들은 부친의 부엌에서—이건 중요하다—조
리된 것으로서 매일 부친의 하녀나 숙모 손에 들려 그에게 배
달되었다. 그 착하고 연만한 친척 아주머니*는 애정을 위해서
개인적인 자존심 따위를 금기시하는 분이었는데, 나는 그분이
학교 안의 구석진 곳에서 돌에 쭈그리고 앉아 일찍이 까마귀
들이 디셉 사람 엘리야에게 가져다 준 음식**보다도 더 맛있는
음식을 펼쳐 놓던 광경이며, 그것을 보면서 L이 착잡한 감정
을 보이던 일을 기억하고 있다. 그는 음식을 가지고 온 분에 대
한 애정이며, 가져온 음식과 그것을 가지고 오는 방식에 대한
부끄럼이며, 함께 나눠 먹기에는 너무 많은 학생들에 대한 동
정심을 느끼고 있었다. 그러나 그 모든 것에 앞서서, 인간의 감
정 중에서도 가장 오래되고 가장 강렬한 감정인 배고픔이 지배
적으로 작용함으로써 부끄럼이니 난처함이니 괴로운 과잉의식
같은 단단한 담장을 허물어뜨리고 있었다.

　나는 가난하고 친구도 없는 소년이었다. 나의 부모와 나를
돌볼 분들은 멀리 떨어져 있었다. 그분들은 자기네가 알고 있
던 몇 안 되는 친지가 대도시에 와 있던 나를 돌봐주었으면 하
고 바랐다. 하지만 내가 처음 도착했을 때에는 마지못해 나에

---

*램은 자기 집에서 함께 살고 있던 헤티라는 숙모에게 깊은 애정을 느끼고 있었다.
**구약 〈열왕기 상〉 17장 4~6절 참조.

게 다정하게 아는 체하던 분들도 내가 휴일 때마다 찾아뵙자 이내 짜증스러워했다. 나는 휴일이 너무 드물게 찾아온다고 생각했지만 그분들은 휴일이 너무 빈번히 찾아온다고 여기는 듯했다. 그분들은 차례로 나를 낙담케 했고, 나는 600명의 학우들 사이에서 외톨이라는 느낌이 들었다.

오, 가엾은 젊은이가 어려서부터 가정을 떠나 살도록 하는 것은 얼마나 잔인한 일인가! 누군가의 보살핌을 받으며 자라야 했던 시절에 내가 가정을 향해 품었던 동경은 얼마나 절실했던가! 밤이면 나는 먼 서쪽에 있던 내 고향의 교회며 수목이며 다정한 얼굴들을 꿈꾸지 않았던가! 울면서 잠이 깬 나는 아픈 마음으로 윌트셔의 정다운 카안*을 부르짖지 않았던가!

인생의 만년에 이르러서도 나는 친구조차 없던 그 시절에 대한 추억이 남긴 인상을 더듬어보곤 한다. 덥고 기나긴 여름날이 되면 으레 나는 이른바 '종일 외출'에 대한 괴로운 기억들이 가져오는 우울함을 느끼게 된다. 그런 날이 되면, 우리는 찾아갈 친구가 있느냐 없느냐에 상관없이 모두 학교에서 쫓겨나 우리 스스로 그 긴 날을 보내야 했다. 뉴 리버**로 목욕 소풍 가던 일을 L은 재미있게 회고하고 있지만, 실제로는 L보다도 내가 그날을 더 잘 기억하고 있다. 그는 가정을 찾아가는 젊은이였으며 그런 물놀이를 별로 좋아하지 않았던 것이다. 우리는 들판으로 즐겁게 뛰어나갔고 첫 햇살 아래서 벌거벗은 후에 물속에서 어린 황어 새끼들처럼 장난을 치며 놀았다. 그리고 나

---

*여기서 램은 콜리지의 정체를 숨기기 위해서 일부러 그의 고향을 그릇되게 제시하고 있다. 콜리지가 어린 시절에 살았던 고장은 윌트셔가 아니라 데본셔에 있었다.
**하퍼드셔에 있는 어느 샘에서 런던으로 물을 끌어들이는 인공 수로의 이름.

면 아침에 먹은 변변찮은 빵 조각이 모두 소화되어 점심 밥 생각이 났지만 돈이 없는 우리들은 시장기를 달랠 도리가 없었다. 우리 주위에서 소와 새 그리고 물고기들이 먹이를 먹고 있는데도 우리는 식욕을 만족시켜줄 만한 것을 아무것도 가지지 못했다. 그 하루의 아름다운 날씨와 물놀이 운동 그리고 자유롭다는 느낌은 그 식욕을 한층 강하게 할 뿐이었다. 저녁 무렵에 아주 지치고 맥이 빠진 채 그 갈망하던 한 술의 저녁밥을 얻어먹으러 돌아올 때면, 우리는 불편한 자유의 시간들이 끝나고 말았다는 생각에 반은 즐거우면서 또 반은 아쉬웠다.

겨울철에는 할 일 없이 거리를 어슬렁거리고 다니기가 더욱 괴로웠다. 우리는 조금이나마 흥밋거리를 찾아내기 위해서 판화 가게의 추운 진열창 앞에 서 있거나, 정녕 갈 곳이 없을 경우에는 혹시 약간의 신기한 일이라도 있을까 싶어 런던탑 인근에 있는 사자 동물원을 반복해서 찾아갔는데 그 횟수가 50차례도 넘을 것이다. 그래서 그곳 원장님에게는 그분이 돌보는 동물들의 생김새 못지않게 우리 개개인의 얼굴도 익히 알려져 있었다. 언제부터 허용되기 시작한 혜택인지는 몰라도, 우리는 규정에 따라 백수의 왕이라는 사자를 접견할 자격을 누리고 있었던 것이다.*

우리를 학교 재단에 추천해준 후견인을 우리는 '감독자'라고 불렀는데, 어떤 의미에서는 L의 감독자가 그의 부친 집에서 살고 있었다고 할 수도 있다.** 그러므로 L이 불평을 하면 학교

*크라이스츠 호스피틀 학교는 왕실에서 세운 학교였으므로 학생들에게 그 동물원을 무상 출입하도록 허용했다고 한다.
**L의 감독자는 새뮤얼 솔트라는 판사였는데 램의 집에서 붙어산 것이 아니고, 오

관계자가 반드시 귀를 기울이게 되어 있었다. 이런 사실은 크라이스츠 호스피틀 학교에서 이미 잘 알려져 있었고, 선생들의 가혹한 처벌이나 그보다도 더 고약한 기율반 학생들의 횡포로부터 그를 보호해주는 방패 효과가 있었다. 난폭한 기율반 아이들이 가하는 압제는 세월이 지난 지금 떠올리기만 해도 속이 상한다. 가장 추운 겨울밤에 나는 침대에서 불려 나오곤 했는데, 따로 이유가 있었던 것이 아니고 그저 잠을 자지 못하게 하기 위한 잠 깨우기였을 뿐이었다. 그것도 한 번이 아니고 매일 밤이었다. 나는 다른 열한 명의 급우들과 함께 셔츠 바람으로 가죽 회초리를 맞는 고초를 겪었다. 왜냐하면 우리가 잠자리에 든 후에 누군가의 말소리가 들리기라도 하는 날이면 우리의 풋내기 감시자는 대뜸 기숙사의 가장 어린 학생들이 자는 마지막 여섯 대의 침상 쪽으로 그 비행의 책임을 돌리곤 했기 때문이다. 그러나 사실 우리에게는 그런 비행을 저지를 용기가 없었고 또 다른 아이들이 저지르는 비행을 막을 힘도 없었다. 같은 녀석의 밉살스러운 횡포 때문에 눈에 젖은 발이 얼어 터질 듯할 때도 비교적 어린 쪽 아이들은 난롯불에서 밀려났고, 가장 잔인한 처벌을 받을 때에는 더위와 하루 동안의 스포츠로 인해 화끈거리는 몸으로 잠을 이루지 못하고 있는 여름밤인데도 우리는 물 한잔 마시는 것마저 금지당했다.

　　H라는 자가 있었는데, 훗날 내가 듣기로는, 나이 들어 지은 죄로 감옥선에서 죗값을 치르고 있는 그의 모습을 본 사람이

히려 램의 부친 쪽에서 솔트 판사에게 붙어살았고 모친은 가정부로 일했다. 학비가 거의 들지 않는 크라이스츠 호스피틀 학교에 아들 찰스를 입학시키기 위해서 그의 부친은 자기 상전의 영향력을 이용했던 것이다.

있다고 한다. (이자가 필경 니비스나 선트 키츠* 같은 식민지에서 개척 사업을 하다가 몇 년 전에 유죄판결을 받은 적이 있던 H라는 자와 동일 인물일 것이라고 생각한다면 나의 지나친 소망이 될 것인가? 내 친구 토빈은 그자를 교수대로 끌고 가게 하는 데 고맙게도 결정적인 역할을 했다.) 이 네로처럼 흉포한 어린 녀석은 실제로 자기 비위를 거스르는 아이 하나를 빨갛게 단 다리미로 지진 적이 있다. 뿐만 아니라 그자는 우리가 먹을 빵을 절반씩 기부하라고 강요함으로써 마흔 명이나 되는 우리들을 굶기다시피 한 적도 있다. 그 목적은 한 어린 나귀의 먹이로 쓰자는 데 있었다. 믿을 수 없는 이야기로 들리겠지만, 학교 양호원의 딸이요 자기의 어린 애인이기도 했던 한 소녀의 묵인 아래 그자는 그 나귀를 몰래 끌고 와서 연판(鉛版)을 씌운 '숙소' —사람들은 우리 기숙사를 '숙소'라고 불렀다—의 평평한 지붕 위에서 기르고 있었다. 이런 놀이가 한 주일 이상 계속되자 결국 이 멍청한 짐승은 자기의 행운을 떠벌리지 않고는 배길 수 없는 지경에 이르렀다. 그 나귀가 슬기롭게만 처신했더라면 칼리굴라에게 총애를 받은 말**보다도 더 행복해졌겠지만, 참으로 딱하게도, 실제로는 우화에 나오는 어느 말보다도 더 멍청했었다. 빵을 실컷 얻어먹으며 점점 살이 찌고 건방진 발길질이나 하고 있던 그 나귀는 그만 아래 세상을 향해 자기의 행운을 선언해야 할 필요를 느끼게 된 나머지 보잘것없는 목을

*두 곳 모두 카리브해에 있는 작은 섬 이름이고, 선트 키츠는 선트 트리스토퍼즈의 약칭이다.
**기원후 37~41년에 걸쳐 로마의 황제로 재임했던 포악한 칼리굴라는 자기 말을 고위 성직자로 삼고 금잔에 담은 포도주를 먹이는가 하면 보석으로 장식된 대리석 방에 거처하게 했다.

길게 빼고는 여리고의 성벽이라도 허물어뜨릴 듯한 기세로 양 각나팔 소리를 내면서* 더 이상 숨어 지낼 생각을 하지 않고 있었다. 결국 나귀는 쫓겨났고 모종의 격식을 갖춰 스미드필드의 가축시장으로 보내졌다. 하지만 그때 나귀의 후견자가 무슨 견책이라도 받았는지에 대해서는 아는 바가 없다. L이 찬양하던 페리가 학교의 집사로 재임하던 시절에 있었던 일이다.

바로 그 집사가 안이하게 학교 행정을 맡고 있던 시절, 조심스러운 양호 책임자가 우리들의 정찬을 위해 양심적으로 무게를 달아 나누어준 더운 고깃덩어리를 놓고 양호원들이 두 개 중 하나 꼴로 공공연하게 접시에 담아 숨김없이 자기네 식탁으로 옮겨가고도 깨끗이 아무런 벌도 받지 않던 일을 L이 잊어버릴 수 있었을 것인가. 그 멋진 기숙사에서는 이런 일들이 매일같이 일어나고 있었지만, 우리가 생각하기에 훗날 상당한 수준의 감식가로 성장한 L은 학교를 "빙 둘러가며 장식하고 있던 베리오** 및 기타 화가들"의 그림들을 들먹이며 우리 기숙사를 찬양하고 있다. 하지만 그 그림들 속에 그려진 푸른 코트의 소년들이 잘 먹어서 윤기가 도는 모습을 하고 있다고 해도, 살아 있는 L이나 우리들에게는 별로 위안을 주지 못했다. 우리는 탐욕스러운 인간들이 우리가 먹을 음식의 상당한 부분을 가져가버리는 것을 눈앞에서 지켜보면서, 디도의 홀에 있는 트로이사람 아이네아스처럼,

---

*구약 〈여호수아〉 6장 1~5절 참조.
**안토니오 베리오는 17세기 이탈리아 화가다. 크라이스츠 호스피틀 학교의 홀에 걸린 베리오의 커다란 그림에는 제임스 2세가 수학을 공부하는 이 학교 학생들을 접견하는 광경이 그려져 있다고 한다.

부질없이 초상화나 바라보면서 우리의 마음이나 배불려야
했다.*

L은 갓 삶은 쇠고기에 붙은 지방 덩어리를 학생들이 싫어하
던 일을 기록한 적이 있으며 그 원인을 어떤 미신 탓으로 돌리
고 있다. 그러나 아이들은 일반적으로 지방질을 싫어하므로 어
린 학생들의 입맛에 그 기름진 조각들은 달갑지 않으며, 간이
되지 않은 질긴 저질의 고기에 붙은 것은 역겹기까지 하다. 그
러므로 우리가 학교에 다니던 시절에는 '지방 덩어리를 먹는
놈'이라는 말은 '묻혀 있는 시신을 파먹는 놈'과 동의어로 이해
되었고 똑같이 혐오의 대상이 되었으며, 따라서 비난을 받기도
했다.

　　사람들이 그러는데
　　그는 수상쩍은 고기를 먹었대.**

식사가 끝난 후에 그런 아이 하나가 자기 식탁에서 아이들
이 먹다 남긴 음식물을 조심스럽게 모으는 광경이 목격되었다.
물론 남긴 음식이 많지는 않았고 맛이 좋은 부위는 별로 남지
않았다고 해야 옳을 것이다. 특히 그는 이 평판 나쁜 지방 덩어
리를 가져가서 자기 침대 옆에 놓인 의자 겸용 사물함 속에 몰

---

*베르길리우스의 《아이네이스》 1권 464행. 이 대목에서 아이네아스는 트로이 전쟁
을 그려낸 조각품들을 곰곰이 바라보고 있다. 아이네이스는 '아이네아스의 노래'
라는 뜻이다.
**셰익스피어의 《안토니와 클레오파트라》 1막 4장에서 시저가 한 말을 자유로이
인용한 것.

래 저장해두곤 했다. 그가 언제 그것을 먹는지 아무도 본 사람은 없다. 밤에 혼자서 그것을 먹는다는 소문이 돌았을 뿐이다. 아이들은 그를 감시했지만 한밤중에 그런 짓을 했다는 흔적은 찾을 수 없었다. 몇몇 아이들은 휴일에 그가 커다란 청색 체크 무늬 보자기에 무언가를 가득히 담아 들고 학교 밖으로 나가는 것을 본 적이 있다는 말을 하기도 했다. 그것이 바로 그 지방 덩어리 아니겠느냐고도 했다. 그러고 나면 그가 그것을 어떻게 처분했을 것인가를 놓고 추측들을 했다. 더러는 그가 그것을 거지들에게 팔 것이라고 말했다. 그런 생각이 대체로 우세했다. 그 아이는 우울하게 지내고 있었다. 아무도 그에게 말을 걸지 않았고 그와 함께 놀려고 하지도 않았다. 그는 파문을 당한 것이나 마찬가지였고 학교생활의 경계 밖으로 밀려나 있었다. 그는 힘이 너무 세서 구타를 당할 아이는 아니었지만, 많은 매를 맞는 것보다도 더 속이 상할 온갖 고약한 벌을 받고 있었던 셈이다. 그러나 그는 잘 견뎌내고 있었다. 드디어 두 명의 학우들이 그의 비밀을 캐내기로 작정하고 어느 휴일에 그의 뒤를 쫓았고 그가 한 허름한 건물로 들어가는 것을 보았다. 챈서리 레인에 있는 그 건물은 여러 층의 빈한한 계층의 사람들에게 임대되어 있었고 출입문이 열려 있는가 하면 계단도 공용이었다. 두 학우는 말없이 그를 따라 슬며시 들어가서 몰래 5층까지 올라갔다. 어느 초라한 쪽문에서 그가 노크를 하자 변변찮은 차림의 한 노파가 문을 열어주었다. 그동안 반신반의하던 것이 이제는 확실해졌다. 정탐꾼들은 자기네 희생자를 꼼짝 못하게 붙잡아버렸던 것이다. 그들은 그를 그물 속에 가두고 있었던 셈이다. 공식적인 기소가 있기를 바랐고 가장 뚜렷한 응징을 찾고 있었다. 이 일은 내가 학교를 떠난 뒤에 있었는데, 자기의 모든 행위를 조율하는 참을성 있는 슬기로움을 갖추고 있던 그 당시의 집사 해더웨이 씨는 판결을 내리기 전에 그 문제를 조사해보기로 마음먹었다. 그 결과, 그 신비에 싸여 있던 음식물을 얻어먹거나 아니면 사서 먹었으리라 여겨지던 걸인들이 실은 ___의 부모이며, 정직하게 살다가 몰락하게 된 그 내외가 구걸을 면할 수 있었던 것도 아마 때맞춰 공급되던 그 음식물 덕분이었을 것이라는 사실이 판명되었다. 그 어린 황새는 자기의 평판이 나빠지는 것을 감수하면서 그동안 사뭇 그 늙은 새들을 먹여 살리고 있었던 것이다. 그 이야기를 듣자 감독자들은, 참으로 훌륭하게도, ___의 가족을 위한 즉각적인 구호를 의결했고, 소년에게는 은메달을 수여했다. ___에게 메달을 수여하던 자리에서 집사가 〈경솔한 판단〉이라는 주제로 읽었던 훈시는 청중에게 헛되지 않았을 것이라고 나는 믿는다. 그 당시에 나는 이미 학교를 떠나 있었지만 ___를 잘 기억하고 있다. 그는 키가 커서 휘청거리며 걷는 소년이었고 약간 사팔뜨기였는데 자기에 대한 적대적 편견을 누그러뜨릴 만한 사람이 되지 못했다. 그 후에 나는 그가 빵 가게의 광주리를 메고 다니는 것을 본 적이 있다. 그는 부모를 위해서는 잘 할 수 있었지만 스스로를 위해서는 그리 잘 해내지 못하고 있다는 말을 들었던 것 같다.

　나는 우울증에 걸린 소년이었다. 그러므로 내가 청색 제복을 입게 된 첫날 족쇄를 차고 있는 한 소년의 모습을 보게 된 것은 내가 처음 입학한 학교에 대해 당연히 느끼고 있었을 두려움을 경감하는 데 도움이 되지 못했다. 나는 겨우 일곱 살이 된 아이였고 그런 광경은 책에서나 읽었고 꿈속에서나 보았을 뿐이었다. 나는 그 아이가 도망을 쳤다가 붙잡혀 왔다는 말을 들었다. 그는 처음 저지른 비행 때문에 그런 처벌을 받고 있었다. 풋내기 학생이었던 나는 이내 감옥도 구경하게 되었다. 정방형의 작은 정신병자 감방 같은 곳이었는데 한 소년이 짚에 담요를 깔고 겨우 다리를 펴고 누울 수 있는 공간이었다. 훗날 짚 대신에 매트리스가 들어왔던 것으로 생각된다. 감옥 위쪽에 있는 구멍을 통해 한 줄기 빛이 비스듬히 들어왔지만 책을 읽기도 어려울 정도로 침침했다. 그런 곳에서 가엾은 소년은 종일 혼자 갇혀 있었고, 그에게 빵과 물을 가져다줄 뿐 말도 걸지 않았던 사람을 제외하고는 아무도 보이지 않았다. 그리고 일주일에 두 차례씩 훈육 담당자가 그를 불러내어 정기적인 징벌을 받게 했는데, 그는 잠시나마 고독에서 벗어날 수 있기 때문에 그 징벌 시간을 반갑게 맞곤 했다. 밤이면 아무 소리도 들리지 않는 그곳에 혼자 갇힌 그는 약한 신경으로 인해 또는 그 또래 아이들에게 으레 따라다니는 미신 때문에 온갖 공포감에 시달려야 했다.* 이것은 두 번째로 저지른 비행에 대한 벌이었다. 독자여, 그대는 그가 다음번 비행을 저지르면 어떻게 되는지 알고 싶지 않은가?

비행을 세 번이나 저지른 결과 이제 퇴학이 불가피해 보이는 아이는 그간 입고 다니던 청색 제복의 흔적을 조심스럽게

---

*[원주] 그 결과로 광란과 자살미수 사건이 한두 차례 있게 되자 감독자들은 처벌 중의 이 부분은 현명치 못한 방침이라고 확신하게 되었고 한밤에 정신적으로 가하는 이런 고통은 없어졌다. 아이들을 가두는 감옥을 만들자는 생각은 하워드의 머리에서 나왔다. 세인트 폴 대사원에 대한 경외심만 아니라면 나는 그의 조상(彫像)에 침이라도 뱉고 싶은 심경이다. (존 하워드는 유명한 감옥 자선가였고, 런던의 세인트 폴 대사원에는 그의 조상이 있다. ―옮긴이)

지워버린 채 어색하고도 흉측한 옷차림으로 엄숙한 종교재판 화형장에 나오듯이 끌려 나왔다. 그는 전에 런던 거리에서 가로등을 켜던 사람들이 즐겨 입고 다니던 윗옷에 역시 그들이 쓰고 다니던 모자를 쓴 채 모습을 드러냈다. 이런 제복 벗기기는 그 제도를 처음 생각해낸 사람들이 애당초 기대했던 것만큼 효과가 컸다. 겁을 먹고 창백해진 그의 모습을 보면 단테에 나오는 이지러진 모습들*이 그에게 들이닥친 것 같은 느낌이 들었다. 이렇게 변장한 모습으로 그는 L이 좋아하던 홀로 끌려왔고, 장차 함께 공부하거나 놀 수 없는 학생들 전원이 거기서 그의 등장을 기다리고 있었다. 그가 마지막으로 보게 될 집사, 그 행사를 위해 당당하게 정장을 차려입고 형을 집행하려 나온 훈육 담당자, 그리고 이런 극단적인 경우가 아니고는 모습을 드러내지 않는 무시무시한 요직에 있는 두 사람이 끔찍한 모습으로 나와 있었다. 이들은 감독자들이었는데, 이런 극형에 상당하는 처벌을 할 경우에는 언제나 선출이나 헌장에 따라 나오게 된 두 명의 감독자들이 회합을 주재하곤 했다. 적어도 우리가 이해하기로는, 그들은 벌을 경감하기 위해서가 아니라 극단적인 매질을 집행하기 위해서 나왔다. 한번은 뱀버 개스코인과 피터 오버트가 동료 감독자로 나왔는데, 훈육 담당자의 얼굴이 아주 파리해지자 그의 매질 집행 준비를 돕기 위해 브랜디 한 잔이 주문되었다. 옛 로마의 방식을 따라 매질은 오랫동안 위엄 있게 집행되었다. 시중을 들고 있던 훈육 담당자는 죄인을 따라 홀을 한 바퀴 돌았다. 우리는 집행에 앞선 이런 불쾌한 분

*단테의 《신곡》 지옥편 23, 29, 30곡 등 참조.

위기에 정신을 쏟느라 너무 맥이 빠진 나머지 육체적으로 당하는 고통의 정도를 눈으로 보고 정확히 전달할 수가 없을 지경이 되었다. 들은 바에 의하면 매를 맞은 등에는 매듭이 지고 검푸른 색이 돈다고 했다. 매질이 끝나면 죄인은 죄수복을 입은 채, 친구들이 있을 경우에는, 친구들에게 인도되지만, 대체로 이런 나쁜 녀석에게는 친구들이 없는 법이다. 그러면 그는 자기 교구의 담당관에게 인도되는데, 그 담당관은 그 장면의 효과를 높이기 위해서 홀 바깥쪽에 자기의 위치를 할당받는다.

이런 엄중한 구경거리는 우리 학교 구성원들의 일반적 즐거움을 해칠 정도로 빈번하지는 않았다. 우리는 학과 시간이 끝난 '이후에' 많은 운동과 오락을 했는데, 나는 학과 공부를 하고 있는 '도중이' 가장 행복했다고 고백해야겠다. 상급 문법반과 하급 문법반은 같은 방에서 수업을 받았는데 오직 마음속으로만 상상할 수 있는 줄 하나가 두 반을 갈라놓고 있었다. 두 반 사이의 성격적 차이는 피레네 산맥 양쪽 주민들 사이의 차이만큼이나 컸다. 제임스 보이어 신부는 상급반 선생이었고 매슈 필드 신부는 내가 운이 좋게도 구성원이 되어 있던 반의 수업을 주관하고 있었다. 우리는 새처럼 아무 근심 없이 살고 있었다. 우리는 하고 싶은 대로 말하고 또 행동했지만 아무도 우리를 못살게 굴지 않았다. 우리는 어형론(語形論)이나 문법책 등을 들고 다녔지만 그것은 그저 겉치레를 위해서였다. 그런 책 때문에 우리가 고생을 했다고 해도, 이태동사(異態動詞)를 모두 익히는 데는 2년이 걸릴 수도 있었고 그 배운 내용을 깡그리 잊어버리는 데에 다시 2년이 걸렸다. 한 과를 배워서 말하는 데에도 격식을 지켜야 할 때가 있었는데, 그것을 익히지 못했을 경우에는 벌로 매를 맞았지만 겨우 파리를 쫓을 수 있을 정도로 어깨를 살짝 스치는 매질이었을 뿐이다. 필드는 매를 쓰지 않았다. 그는 막대기 하나를 "장식품으로" 들고 다녔을 뿐 진심으로 그것을 휘두른 적이 없었다. 그가 손에 쥐고 있던 그 막대기는 권위의 도구라기보다 하나의 상징에 더 가까웠지만 그런 상징에 대해서마저 부끄럽게 여기고 있었다. 착하고 너그러웠던 그는 자신의 마음의 평화가 어지럽혀지는 것을 원치 않았고, 아마도 청소년 시절의 가치를 크게 고려하는 편도 아니었을 것이다. 이따금 그가 우리와 함께 있기도 했지만, 그보다는 종일 우리를 떠나 있을 때가 더 많았다. 그가 우리를 찾아올 경우에도 떠나 있을 때와 아무런 차이가 없었다. 왜냐하면 우리와 함께 지내는 그 짧은 기간마저 그는 우리들이 내는 시끄러운 소리가 듣기 싫어서 자기 혼자 지낼 수 있는 방으로 들어가버리곤 했기 때문이다. 우리가 즐겁게 떠드는 소란은 계속되곤 했다. "건방진 그리스와 거만한 로마"*에서 굳이 빌리지 않는다 해도 우리에게는 우리끼리만 아는 고유의 고전이 있었다. 《피터 윌킨스》**니, 《로버트 보일 선장의 모험》***이니, 《행운의 청색 코트 소년》****이니 하는 것들이었다. 우리는 또 기계적이고 과학적인 조작을 해보는 취향을 기르기도 했다. 그래서 종이로 작은 해시계를 만들거나, 손가락으로 '고양이의 요람'이라고 하는 실뜨기 놀이를 하거나, 주석 파이프 끝에서 마른 콩이 춤을 추게 하거나,

---

*17세기 작가 벤 존슨이 〈셰익스피어에 대한 만가〉에서 그리스와 로마의 작가들을 가리키면서 썼던 말.
**로버트 팔토크가 쓴 《피터 윌킨스의 삶과 모험》(1750)을 가리킨다.
***W. R. 체트워드가 쓴 책(1828) 이름.
****1788년에 간행된 책 이름.

그 멋진 줄다리기 놀이를 놓고 용병술을 연구했고, 그 밖에도 온갖 짓들을 하며 시간을 보냈다. 그런 것들은 유용성에다 즐거움을 섞은 것*으로서, 루소나 로크** 같은 사람들이 우리의 모습을 보았더라면 껄껄 웃었을 것이다.

매슈 필드는 신사, 학자 및 기독교도의 자질을 균등하게 중요시하는 겸손한 성직자 부류에 속했다. 그러나 그런 구성에 있어서, 그 경위는 알 수 없지만, 일반적으로 신사적 자질이 지배적으로 드러나고 있었다. 그는 우리를 돌보고 있어야 할 시간에도 즐거운 모임에 참석하거나 주교의 접견장에서 머리를 조아리고 있었다. 여러 해 동안 그는 100명의 학생들이 받는 처음 4~5년간의 고전교육을 담당해오고 있었다. 그런데 그가 가르친 최고 학급도 파이드루스의 이솝우화***를 두세 편 읽는 것 이상은 나가지 못했다. 어떻게 이런 진도의 교육이 허용되고 있었는지 나로서는 짐작할 수도 없다. 이런 잘못된 교육을 바로잡을 수 있는 적임자는 보이어였지만, 아마도 그는 엄밀히 말해서 자기 영역이 아닌 일에 간섭하는 것은 민감한 문제라고 여겼고 또 그걸 절감하고 있었을 것이다. 그의 교육 목표와 대조되는 모습을 우리가 보일 때에도 그가 반드시 불쾌해하지는 않았을 것이라 여겨진다. 그가 가르치는 젊은 스파르타인들에

---

*호라티우스가 《시론》 343행에서 시는 즐거움과 교훈을 아울러 주어야 한다고 한 구절을 연상시키는 대목이다.
**장 자크 루소(1712~1778)는 프랑스의 철학자이자 교육사상가. 존 로크(1632~1704)는 영국의 철학자. 두 사람 모두 아동교육의 실용적 측면을 강조한 것으로 알려져 있다.
***로마의 아우구스투스 황제 시대의 우화 시인 파이드루스가 라틴어 운문으로 번역한 이솝우화.

게 우리는 못난 헬롯 사람들*로 비쳤을 것이기 때문이다. 그는
또 이따금 비꼬는 투의 존경을 보이며 하급반 선생의 매를 빌
려오게 하고는, 비웃으면서, 상급반 학생에게 "어쩌면 이 매는
이토록 깨끗하고 새것처럼 보일까"라고 말하곤 했다. 그 옛날
사모스 사람**이 명한 것 같은 깊은 침묵 속에서 창백한 표정
을 한 그의 학생들이 크세노폰과 플라톤을 놓고 머리를 쥐어짜
고 있는 동안, 우리는 안전한 고센 땅***에서 편안하게 즐기고
있었다. 우리는 그의 훈육 비밀을 조금은 알 수 있게 되었고,
장차 그의 교육을 받을 생각을 하니 현재의 처지가 더욱 더 마
음에 들었을 뿐이다. 천둥 같은 그의 목소리가 우리에게도 들
렸지만 아무런 해를 끼치지는 않았고, 그의 폭풍이 다가오고는
있었지만 우리를 다치게 하지는 않았다. 기드온의 기적****
과는 달리, 우리의 주변은 이슬로 젖어 있는데 우리의 양털만
은 말라 있었던 것이다. 그가 가르친 아이들이 더 나은 학생이
되었고, 우리는 기분으로나 이득을 보고 있지 않았나 싶다. 그
에게 배운 학생들은 그를 거론할 때마다 으레 감사의 정은 억
누르고 무서웠다는 말을 하곤 한다. 한편 필드에 대해 추억할
때면 우리는 으레 흐뭇하게 게으름을 피우던 일이며, 여름철의
잠이며, 놀이 같던 학과 공부며, 천진스러운 빈둥거림이며, 천

---

*스파르타에서는 젊은이들의 교육을 위해서 라코니아의 노예계급인 헬롯인들이
술에 취한 모습을 보여주며 우롱의 대상으로 삼았다고 한다.
**그리스의 사모스 출신이었던 피타고라스는 학생들에게 자기 강의를 5년간 듣기
전에는 아무 말도 하지 못하게 했다.
***구약 〈출애굽기〉 8장 22절, 9장 23~26절 등 참조.
****구약 〈사사기〉 6장 39~40절과 17세기 영국 시인 에이브러햄 카울리의 〈불평〉
제6연 참조.

국에서처럼 근심 걱정 없이 지내던 일이며, 사는 일 자체가 "놀고 먹는 휴일"* 같았던 것 따위를 떠올린다.

비록 우리가 보이어의 관할구역에서 멀찍이 떨어져 있기는 했지만, 앞서 말했듯이, 우리는 그의 체계를 얼마쯤 이해할 수 있을 만큼은 가까이 있었다. 가끔 우리는 매를 맞으며 울부짖는 소리를 들었고 지옥 같은 장면을 보기도 했다. B는 굉장한 현학자였다. 그의 영어 스타일은 야만적이라 할 만큼 옹색했다. 그는 자기 임무 때문에 부활절 때마다 주기적으로 시작(詩作)의 날개를 펴고 솟아올라야 했는데, 그가 지은 부활절 찬송은 변변찮은 피리 소리처럼 귀에 거슬렸다.** 그는 물론 웃기도 했다. 그것도 아주 진심으로 웃었다. 그러나 그럴 때는 웃음의 대상이 왕이라는 낱말에 대한 플라쿠스의 말장난***이라든지, 테렌티우스의 작품에 나오는 "그의 얼굴에는 가혹한 엄중함이 보인다"라는 구절 또는 "냄비 속이나 곰곰이 들여다보아라"****라는 구절 같은 것이라야 한다. 그런데 그런 얄팍한 농담들이 처음 들먹여졌을 때 로마인들의 얼굴에 웃음이 감돌게

*셰익스피어의 《헨리 4세》 제1부 4막 2장에서 황태자가 하는 말 중에서 인용.
**[원주] 바로 이 점에 있어서나 다른 모든 점에서 B는 그의 보좌역과 정반대되는 사람이었다. B는 땅콩 한 알 값어치밖에 나가지 않는 조잡한 찬송 한 편을 짓기 위해서도 머리를 쥐어짜야 했지만, F는 시신(詩神)들의 보다 화려한 꽃밭 길에서 자기의 신사다운 상상력을 북돋우곤 했다. 그가 연극적인 재주를 발산해서 지어낸 작품 《베르툼누스와 포모나》는 연극문학 분야의 역사를 쓰는 이들에 의해 아직도 잊히지 않고 있다. 개릭도 그 작품을 수락한 바 있지만 시중의 연극계는 그 작품을 인정해주지 않았다. B는 그 작품에 대해서 반은 찬양하고 반은 빈정대는 어투로 "너무 고전적이라서 상연되기 어렵다"고 말하곤 했다.
***로마 시대의 문인 호라티우스의 정식 이름은 퀸투스 호라티우스 플라쿠스이다. 그는 《풍자집》 1권 7장 33행에서 '왕(Rex)'이라는 낱말을 놓고 말장난을 한다.
****고대 로마의 희극작가 푸블리우스 테렌티우스(고대 로마)의 작품에서 인용된 구절들.

할 만한 힘조차 없었을 것이다. 그에게는 가발이 두 벌 있었는데, 둘 다 현학적으로 보였지만 그것이 각기 전조(前兆)하는 바는 달랐다. 조용하고 온화해 보이는 가발에 새로 가루를 발라서 쓰고 오는 날이면 원만한 하루를 예상할 수 있었다. 반면에 낡고 바래고 단정치 못해서 꼴사나운 가발을 쓰고 나오면 그것은 종종 피투성이 처벌이 있을 것임을 예고했다. 그가 아침에 그 '따분해' 보이거나 '격정적'으로 보이는 가발 차림으로 나타나는 날이면 온 학교가 괴로워했다. 그 어느 혜성도 그의 가발만큼 확실한 불행의 조짐이 되지는 못했던 것이다. J. B.는 고압적이었다. 입술에 엄마 젖이 미처 마르지도 않은 채 떨고 있는 한 불쌍한 아이를 향해 그가 울퉁불퉁한 주먹을 불끈 쥐어 보이면서 "이놈, 네가 나하고 언쟁이라도 벌일 작정이냐?"라고 말하는 것을 본 적이 있다. 안쪽에 있던 자기 방이나 서재에서 곧장 교실로 뛰어든 그는 눈알을 굴리며 한 아이를 지적한 후 "무슨 일이 있어도 기어이"—이는 그가 맹세할 때 즐겨 쓴 말이다—"네놈에게는 매질을 해야겠다"고 으르렁댔다. 그런 후에 그는 그 말을 취소하려는 충동이라도 받은 듯이 자기 방으로 휙 되돌아갔고, 몇 분간 진정할 시간이 흘러 그 아이를 제외한 모든 아이들이 그 상황을 까맣게 잊어버릴 무렵에 다시 불쑥 나타나서 자기가 끝맺지 않고 두었던 말이 악마의 연도(連禱)라도 되는 것처럼 "그러니 기어이 하리"라고 외치며 끝맺었다. 한편 그가 비교적 부드러운 기분에 빠져서 '격한 분노'가 가라앉을 때면, 내가 듣기로는, 자기 고유의 교묘한 방법에 의존하여 매질과 의사당에서의 토론 내용 읽기를 동시에 수행하기도 했다. 의사당에서의 연설이 최고조에 달해 있던 그 시절에 연설문의 한 구절을 읽어주고 나서 매를 한 대 때리는 식의 처벌은 매를 맞는 학생에게 비교적 산만한 수사의 아름다움에 대한 존경심을 심어주기에는 부적합했다.

언젠가 한번 치켜든 매가 아무 성과 없이 그의 손에서 떨어진 적이 있는데 그런 적은 딱 한 번밖에 없다고 한다. 익살맞은 사팔뜨기 W가 선생의 책상 내부를 애당초 그 설계자가 분명히 의도하지 않은 목적으로 활용하다가 붙잡혔을 때였다. 그는 자기의 소행을 정당화하기 위해서 아주 순진하게도 자기는 '그런 것이 규정에 위반되는지를 몰랐다'고 주장했다. 그 말을 들은 모든 사람들에게 그의 경우는 그 규정이 구두로나 선언문으로 공포되기 전에 미묘하게 위반된 사례였다는 거역할 수 없는 생각이 들었고, 그 점에 있어서는 선생 자신도 예외가 아니었기 때문에, 처벌의 감면은 불가피했다.

교사로서 B의 커다란 공적을 L이 높이 평가한 적이 있다. 콜리지도 그의 《문학평전》에서 그 공적에 대해 보다 지적으로 푸짐한 찬양을 한 적이 있다. 《컨트리 스펙테이터》*의 저자는 그를 과거 가장 유능한 교사들과 비교하기를 주저하지 않는다. B에 대한 이야기를 끝내는 가장 좋은 길은 C의 경건한 절규를 인용하는 데 있을 것이다. 그는 자기의 옛 은사가 임종의 자리에 누워 있다는 말을 듣고, "가엾은 J. B.! 그분의 모든 결함이 용서되기를 비옵나이다. 머리와 날개만 있을 뿐 이승에서 그분이 저지른 잘못들을 원망할 몸을 가지지 못한 어린 천사들**이

*토머스 팬쇼 미들턴 주교가 창간한 정기간행물.
**전통적으로 화가들은 어린 천사를 그릴 때 예쁜 얼굴과 날개를 강조하고 몸뚱이는 그리지 않았다. 여기서 몸뚱이는 물론 B의 모진 매질을 상기시키는 것으로 간

그분을 환희의 땅으로 인도하기를 비옵나이다"라고 말했던 것이다.

그의 지도로 많은 훌륭하고 건전한 학자들이 배출되었다. 우리 시절 으뜸이던 그리스반 학생*은 란슬롯 핍스 스티븐스였는데 소년 시절이나 성인이 되어서나 가장 다정하던 그는 훗날 T__e 박사의 동료교사가 되어 함께 문법반을 담당하게 되었다. 그들의 선임자들이 서로 친하게 지내지 못하던 것을 기억하고 있는 사람들에게 이 두 사람의 친구 교사들은 참으로 보기 좋은 광경으로 비치지 않았던가! 우리는 혹시 길거리에서 그중 한 사람을 만날 때면 으레 다른 한 사람은 어떻게 되었을까 궁금히 여겼지만, 그가 뒤에 바짝 붙어 따라오고 있는 것을 보고는 금방 그 궁금증을 씻었다. 늘 붙어 다니던 이 보조교사들은 서로 자기네 직업이 요구하는 고통스러운 임무를 덜어주었다. 노령이 되어 한 사람이 은퇴할 때가 되었다고 생각하자, 나머지 한 사람도 머지않아서 교편을 놓는 것이 좋겠다고 판단했다. 열세 살 때에는 키케로의 《우정론》이라든지 그 밖에 선인들의 우정을 논하는 이야기를 읽고서 어린 마음에도 장차 그런 우정을 누리게 되기를 갈망했거니와, 우리들이 그런 책을 읽는 데 도움을 주었던 바로 그 사람의 팔을 우리가 마흔이 되어 다시 붙잡는다는 것은 보기 드문 일이고 그만큼 즐거운 일이기도 하다. S와 같은 그리스반에 있던 학생으로 Th가 있는데, 그는 훗날 북유럽의 여러 궁정에서 외교관으로 능력을 발

주되고 있다.
*크라이스츠 호스피틀 학교의 최고급반 학생들은 "그리스인(Grecians)"이라는 별칭을 가지고 있었고, 졸업 후에 대개 옥스퍼드나 캠브리지로 진학했다.

휘했다. 키가 큰 Th는 어둡고 침통한 젊은이로서 말이 적었고 머리카락은 검었다. 그다음으로는 토머스 팬쇼 미들턴이 있었는데, 지금은 캘커타 주교로 있는 그도 10대에는 학자요 신사였다. 오늘날 그는 뛰어난 비평가라는 평판을 누리고 있는데, 그는 《컨트리 스펙테이터》 말고도 그리스어 정관사에 대한 샤프*의 견해를 반대하는 논설을 쓰기도 했다. M은 인도에서 주교로서의 권위를 드높이고 있다는데, 새로 생긴 영토이니만큼 그런 위압적 태도도 충분히 정당화될 수 있을 것이라고 나는 말하고 싶다. 주얼이나 후커** 같은 사람들이 보였던 고풍 어린 겸손은 영국 국내의 제도 및 교부(敎父)들이 키워온 교회에 대한 존경심을 영국령 아시아 지역 신자들에게 심어주기에 부적절할지도 모른다. 학창시절에 M의 태도는 비록 단호했지만 온화하고 겸손했다. M 다음으로 그의 선배는 아니었으나 리처드가 있었다. 그는 옥스퍼드 상을 받은 시 작품 중에서도 가장 기백이 있는 〈영국의 원주민〉이란 작품을 쓴 사람이었는데, 창백하고 공부밖에 모르는 그리스반 학생이었다. 그다음으로는 가엾은 S와 운이 나쁜 M***이 있었지만, 이들에 대해서는 시신(詩神)도 침묵하고 있다.

에드워드 왕의 백성 중에서 몇몇이 불행하더라도

*노예제도 반대 운동에 대한 책의 저자였던 그랜빌 샤프는 그리스어 성경 속의 정관사 용법에 대한 논문을 쓰기도 했다.
**존 주얼(1522~1571)은 박식하고 겸손했던 영국의 주교이고, 리처드 후커(1544~1594)는 영국의 신학자요 산문가이다.
***전자는 정신병으로 죽었고 후자는 퇴학당했다.

그들에 대한 이야기는 못 본 척하고 지나가소서.*

　논리학자요 형이상학자요 시인이던 새뮤얼 테일러 콜리지여! 암울한 먹구름 기둥이 그대를 억압하기 전의 젊은 날 그대가 상상력을 싹 틔우던 시절처럼 불기둥** 같은 희망을 품고 내 기억 속으로 되돌아오라. 우연히 회랑을 따라 지나가던 사람이, 젊은 미란둘라***의 언변과 복장 사이의 불균형을 헤아려보며 찬탄한 나머지 황홀경에 빠진 채, 가만히 서서 귀를 기울이고 있는 것을 나는 자주 보았다. 그럴 때면 그대는 으레 그 깊고 아름다운 어조로 얌블리쿠스나 플로티누스****의 불가사의한 철학을 펼치고 있었으니 그 당시에도 그대는 철학의 가뭄을 보고도 파랗게 질리지는 않았던 것이다.***** 혹은 그대가 호메로스를 그 당대의 그리스어로 읽는다든지 핀다르를 낭송하고 있을 때면 그 오래된 그레이 수도원의 벽******은 '영감을 받은 빈민 장학생'의 어투를 다시 울려 퍼지게 했다. 그

---

*시인이요 외교관이었던 매슈 프라이어(1664~1721)의 작품에서 자유로이 인용한 구절. 여기서 시인은 날카로운 눈으로 인간의 역사를 살피고 있는 야누스 신에게 호소하고 있다. "에드워드 왕"은 1553년에 크라이스츠 호스피틀 학교를 창설한 에드워드 6세를 가리키고, 그의 "백성들"은 물론 이 학교의 학생들이다.
**구약 〈출애굽기〉 13장 21~22절 참조. 여기서 램은, 성경 속에서와는 달리, "구름 기둥"을 콜리지의 정신적 질환을 가리키는 은유로 쓰고 있다. 그리고 이 대목에 이르러 램은 콜리지라는 '페르소나'를 버리고 다시 엘리아의 목소리로 돌아간다.
***조바니 피코 델라 미란둘라(1463~1494)를 가리킨다. 그는 재능, 학식 및 기억력이 비상하여 어려서부터 메디치 가문의 총애를 받았으나 요절했다.
****얌블리쿠스는 기원후 4세기의 신플라톤 학파 철학자로 많은 저술을 남겼다. 플로티누스는 기원후 3세기의 그리스 철학자로 신플라톤학파를 창시한 사람이다.
*****호라티우스의 "핀다르의 봄이 가문 것을 보고도 파랗게 질리지 않았다"는 구절에 대한 인유.
******크라이스츠 호스피틀 학교는 그레이 수도원 자리에 세워졌다.

대와 C. V. Le. G__* 사이에는 한동안 풀러**의 구절을 희롱하는 "재치 싸움"이 여러 차례 있었다. "이 두 사람을 바라볼 때면 3, 4층의 갑판을 가진 스페인의 군함과 영국의 전함 생각이 났다. 콜리지 도련님은 스페인 군함 같아서 학문이 훨씬 더 높고 견고했지만 그것을 수행함에 있어서는 굼떴다. 반면에 영국의 전함 같던 C. V. L.은 덩치가 더 작았지만 더 경쾌하게 항해할 수 있었고, 언제나 방향을 바꾸거나 갈지자 항해를 할 수 있었으며, 자기의 빠른 기지와 창의력을 수단으로 모든 조건의 바람을 이용할 수도 있었다."

이 두 사람의 친구였던 알렌이여! 그대 또한 쉽게 잊힐 수는 없다. 그대는 그들의 짜릿한 농담을 인지할 때, 또는 그대 자신의 보다 실질적이고 어쩌면 보다 더 실용적인 농담을 예견할 때, 따뜻한 미소와 더욱 따뜻한 웃음으로 그 오래된 회랑을 흔들어놓곤 했다. 그 미소들은 그대의 아름다운 모습과 함께 사라지고 말았다. 우리 학교의 미소년이었던 그대의 농담이 보다 성숙해졌던 시절에 그대는 그 미모를 가지고 화가 난 읍내 처녀의 분노를 누그러뜨리기도 했다. 도발적으로 꼬집히고 화가 났던 그 처녀는 암호랑이처럼 휙 돌아서서 덤벼들려고 했지만 천사 같은 그대의 얼굴을 보고는 그만 갑자기 "망할 것!"이라고 하려던 마음을 바꾸어 그 대신 훨씬 부드러운 말로 "당신은

*찰스 밸런타인 르 그리스는 훗날 램의 절친한 친구가 되었고 고향 콘월에서 성직자로 있었다.
**토머스 풀러는《영국의 명사들》이라는 책 속에서 셰익스피어와 벤 존슨 사이의 재치 경합을 묘사하고 있다. 뒤에 나오는 인용문은 이 책의 구절을 적절하게 번안한 것이다.

참으로 잘생긴 얼굴로 복을 받으셨군요"라고 말하고 말았다.

다음으로는 엘리아의 친구들로서 지금도 마땅히 살아 있었어야 할 Le. G의 아우와 F가 있다. 전자는 방랑벽 때문에, 후자는 첨예한 모멸감 때문에 우리 학교의 근로 장학생들이 이따금 처하게 되는 냉대를 견디지 못하고 모교를 떠나 입대하고 말았다. 그중 하나는 이역의 기후 탓에 병사했고 나머지 하나는 살라망카 평원에서 전사했다. Le. G는 다혈질이고 변덕스러웠으나 착한 성품이었고, F는 끈질기고 충실했으나 모욕에 대해서 민감했고 따뜻한 마음씨에 어딘지 옛 로마인 같은 높은 기품이 있었다.

현재 옥스퍼드의 하퍼드 칼리지에서 학장으로 있는 훌륭하고 솔직한 성미의 Fr과 아주 온정이 많은 선교사 마마듀크 T는 지금도 나의 좋은 친구들이지만 이로써 우리 시절의 그리스반 학생 이야기는 끝내기로 한다.

가난 혹은
사회문제

굴뚝 청소부 예찬

나는 굴뚝 청소부를 만나면 즐겁다. 혹시 오해는 마시라. 내가
말하는 청소부는 어른들이 아니다. 나이 든 청소부들이란 어떻
게 보아도 매력이 없다. 어머니가 씻겨준 흔적이 아직 지워지
지도 않은 채 처음 묻은 검댕 사이로 꽃이 피는 듯한 얼굴을 하
고 있는 그런 어린 풋내기 청소부들을 나는 만나고 싶은 것이
다. 그들은 동이 틀 무렵이나 그보다 더 일찍 일어나서 "청소합
쇼. 청소합쇼(sweep, sweep)" 하고 외치며 다니는데 그 소리는
마치 어린 참새가 "쩍쩍(peep-peep)"거리는 것처럼 들린다. 때
로는 해가 뜨기도 전에 그 아이들이 공중 높이 굴뚝을 기어오
르는 일이 드물지 않으므로 그들을 새벽 종달새에 비유하는 것
이 더 가까울 듯하다.

흐릿한 반점이나 보잘것없는 얼룩처럼 보이는 이 철부지 검
둥이들을 나는 진심으로 어여삐 여긴다.

영국에서 성장한 아프리카 토인 같은 이 어린이들을 나는
존경한다. 그들은 검정 제의를 입은 어린 목사 같은 행색을 하

고 있지만 결코 뽐내는 일이 없고, 그 작은 제대(祭臺)인 굴뚝 위에서 살을 에는 듯한 섣달 아침 바람을 맞으며 인류에게 인내의 교훈을 설교한다.

어린 시절에는 이 아이들이 작업하는 광경을 쳐다본다든지, 우리보다 몸집이 더 크지 않은 작은 아이가 어떤 알 수 없는 절차를 거쳐 "지옥의 아가리"처럼 보이는 구멍 속으로 들어가는 것을 본다든지, 그 많은 어둡고 질식할 듯한 동굴과 무시무시한 어둠 속을 그 애가 무서운 허깨비처럼 더듬고 다닐 것을 마음속으로 그려본다든지, "저러다 저 애가 영영 나오지 못하고 말 것" 같은 생각이 들어 몸서리를 친다든지, 다시 햇빛을 보게 되었음을 알리는 그 가냘픈 목소리를 듣고는 생기를 되찾게 된다든지, 넘치는 기쁨을 이기지 못해 문 밖으로 뛰어나가서는 그 유령 같은 검둥이가 멀쩡하게 나타나 정복한 성채 위에 깃발을 휘날리듯 의기양양하게 솔을 휘두르고 있는 광경을 때맞춰 본다든지 하는 것이 참으로 신비한 즐거움이 아니었던가! 언젠가 한번 성미 고약한 청소부를 지붕 위의 굴뚝에 올려놓은 채 풍향을 가리키도록 했다는 얘기를 들은 적이 있는 듯하다. 그것은 《맥베스》에 나오는 "왕관을 쓴 아이의 유령이 손에 나무 한 그루를 들고 나타나다"*라는 무대 지시와 비슷한 광경이었을 터이니 실로 끔찍했을 것이다.

독자여, 혹시 이른 아침에 산책을 하다가 이런 어린 양반을 마주치거든 돈을 한 푼 주시는 것이 좋겠다. 두 푼을 주시면 더욱더 좋으리라. 혹시 몹시 추운 계절이라 그 애가 그 힘든 일

*《맥베스》 4막 1장 참조.

고유의 고통스러움에다 뒤꿈치 동상까지 앓고 있거든—그런 상처가 눈에 띄는 일은 드물지 않다—당신의 적선을 여섯 푼 짜리 한 닢까지 올릴 필요가 있을 것이다.

내가 알기로 사사프라스*라고 하는 향기로운 나무를 주성분 으로 한 혼합물이 있다. 이 나무를 차처럼 달인 물에 우유와 설 탕을 곁들이면 입맛에 따라서는 중국차를 능가하는 진미가 되 기도 한다. 이 차가 여러분의 입에 맞을지는 모르겠다. 플리트 가 남쪽으로 브릿지가를 향해 가다 보면 어떤 가게에서, 기억 도 할 수 없는 예전부터 이 "몸에 좋고 향기로운 음료"라는 차 를 팔고 있다. 런던에는 한 곳밖에 없다는 이 "유일한 살롭 차 가게"의 슬기로운 주인 리드 씨의 의견을 아무리 존중하려 해 도, 아직 나는 그 좋다는 재료를 달여 만든 차 그릇에 내 까다 로운 입술을 댈 엄두를 내지 못하고 있다. 그 이유는 내 후각의 조심스런 예감이 어쩐지 내 위장은 그 차를 아주 정중히 사절 할 듯하다고 꾸준히 속삭이고 있기 때문이다. 하지만 나는 식 도락적 교양이 없어 보이지 않는 사람들까지도 그 차를 열심히 마시는 광경을 본 적이 있다.

미각 기관이 어떻게 되어 있기에 그럴 수가 있는지 모르겠 지만, 그간 내가 보기에, 그 차는 놀랍게도 어린 굴뚝 청소부의 입맛에 딱 들어맞는다. 이 철부지 청소부들의 시체를 해부해 보면 입천장에 응결되어 있는 검댕을 더러 볼 수 있는데, 사사 프라스 속에 든 약간의 기름기가 그것을 줄이거나 녹여 없애는

---

*북미산 녹나무과 낙엽수이지만 우리나라에는 자생하지 않는다. 그 껍질과 뿌리를 향료나 약으로 쓰는데, 아래 나오는 '살롭'은 그 뿌리를 말려서 만든 사사프라스 차의 재료이다.

지도 모를 일이요, 아니면 자연이 이 미숙한 희생자들의 운명에 너무 가혹한 쓴맛을 섞어 넣은 것을 안타깝게 여긴 나머지 달콤한 진통제 삼아 사사프라스를 대지에서 자라게 했는지도 모를 일이다. 하여간 세상의 그 어느 맛이나 냄새도 이 사사프라스 혼합물만큼 어린 굴뚝 청소부를 미묘하게 흥분시키지는 못한다. 돈이 한 푼도 없는 그들은 무럭무럭 솟아오르는 김 위에 검은 머리를 숙인 채 가능하다면 한 가지 감각이나마 충족시켜보려고 하거니와, 그럴 때 그들은 집짐승인 고양이가 새로 찾아낸 쥐오줌풀*의 줄기를 놓고 좋다고 가르랑거릴 때만큼이나 즐거워하는 듯하다. 이런 공감 속에는 철학이 가르칠 수 있는 것 이상의 무엇이 들어 있다.

리드 씨는 자기네가 살룹 차를 달이는 유일한 가게라고 자랑하고 있고 또 그럴 만한 이유가 없지는 않다. 하지만 독자 여러분, 여러분들이 일찍 자리에 드는 편이라면 아마 잘 모르시겠지만, 리드 씨의 장사를 흉내 내는 사람들은 아주 많다. 그들은 황량한 첫새벽에 길가의 가게나 노천에서 비교적 가난한 고객들을 상대로 이 향기로운 차를 달여 판다. 그 시각에 한밤중까지 술잔을 기울이다 비틀대며 집으로 돌아가는 놈팡이들과 이른 새벽에 일자리를 찾아가는 억센 손의 기능공들이 마치 양극단이 만나듯 길에서 마주친다면 서로 포장된 길 쪽을 걷겠다고 밀치지만 결국은 놈팡이 쪽이 곤혹을 당할 때가 더 흔하다. 그리고 여름철에는 집집마다 부엌 불을 끈 후 아직 다시 불을 지피지 않고 있기 때문에 이 아름다운 대도시의 하수구에서

---

*뿌리에서 강한 향기가 나는 마타릿과 식물이다.

풍기는 냄새가 가장 고약한 것도 바로 이 시각이다. 간밤에 진탕 마셔댄 놈팡이들은 커피 한 잔으로 숙취를 달래보고 싶기에 살롭 차 가게를 지나며 냄새가 역하다고 생각하겠지만, 기능공들이야 가던 길을 멈추고 이 차를 맛보면서 향기로운 첫아침을 여는 음료라고 찬양한다.

이게 바로 '살롭' 차인데, 이른 새벽부터 뛰어 다니는 허브 장수 아줌마들이 애음하는가 하면, 동이 틀 무렵 해머스미스에서 코벤트 가든의 그 유명한 광장까지 김이 나는 양배추를 실어 나르는 채소 장수들도 즐겨 마신다. 굴뚝 청소부들 또한 이 차를 즐기지만 슬프게도 돈이 한 푼도 없는 애들은 그저 탐이 나 내고 마는 경우가 너무 흔하다. 혹시 그대가 그 흐뭇하게 솟는 김에 검은 얼굴을 들이대고 있는 어린 굴뚝 청소부를 보게 되거든 가득한 차 한 잔—반 푼짜리 동전 세 닢이면 된다—에 맛있게 버터를 바른 빵 한 조각—겨우 반 푼이다—을 얹어서 그에게 대접해보시라. 그러면 엉뚱하게도 배부른 친구들을 불러 음식 대접을 하느라 막혀버린 굴뚝이 뚫려서 연기가 하늘로 잘 빠지게 될 것이다. 그리고 갖은 재료를 넣어 만든 비싼 수프 속에 검댕이 내려앉는 일이 없어질 것이요, "굴뚝에 불이야" 하는 끔찍한 외침이 거리에서 거리로 재빨리 번져나가고 여남은 군데나 되는 이웃 교구에서 소방차들이 덜컥거리며 달려온 결과 하찮은 불티 하나 때문에 생활의 평온이 깨지고 지갑이 손실을 입는 일도 없을 것이다.

나의 천성은 길거리에서 당하는 모욕, 이를테면, 사람들의 야유나 조소라든가, 어떤 신사가 발을 헛디며 넘어지는 광경이나 스타킹에 진흙이 튄 것을 보고 교양 없는 인간들이 기고

만장해 하는 것을 보면 참을 수가 없다. 하지만 나는 어린 굴뚝 청소부가 즐겁게 떠들고 있는 광경만은 용서하는 마음 이상의 아량으로 참을 수 있다. 재작년 겨울, 치프사이드 거리에서 서쪽으로 걸을 때마다 늘 그랬듯이 나는 황급히 걸어 가다가 얼음판을 미처 보지 못하고 넘어져서 대번에 길바닥에 등을 대고 눕게 되었다. 나는 고통과 수치를 느끼며 일어나면서도 겉으로는 아무 일이 없었던 것처럼 태연한 표정을 지으려고 했는데, 바로 그때 그 어린 재치꾼 중 하나가 악동처럼 히죽 웃고 있는 모습이 보였다. 그는 저만큼 서서 구경꾼들에게, 특히 자기 어미인 듯한 초라한 여인에게, 내 꼴 좀 보라며 그 시커먼 손가락으로 가리키고 있었는데 너무 기막히게 재미있는 일이라 여겼는지 끝내 그 가엾은 붉은 눈가에는 눈물까지 고였다. 그 눈은 이미 여러 번 울어서 빨갰고 검댕으로 인해 충혈되어 있었지만, 서글픈 생활에서나마 그런 재미나는 꼴을 보자 반짝이고 있었다. 호가스가 현장에 있었더라면 그림을 그리고 싶었을 것이다. 아니, 호가스 같은 화가가 어찌 그런 광경을 놓칠 수 있었으랴? 그는 이미 〈핀츨리로의 행진〉이라는 그림 속에서 한 굴뚝 청소부가 파이 장수에게 씩 웃는 광경을 그린 적이 있다. 그 그림 속의 소년처럼 그 어린 청소부는 마치 익살이 영원히 계속될 것 같은 자세로 꼼짝 않고 서서 최대의 환희를 느끼고 있었지만 그 속에 짓궂은 의도는 조금도 섞여 있지 않았다. 천진한 청소부가 히죽 웃을 때 그에게 악의라고는 조금도 없는 법이다. 그래서 나는 신사의 체통으로 견뎌낼 수만 있다면 한밤이 되도록 거기 누워서 그에게 웃음거리나 조롱의 대상이 되어주고 싶었다.

이론적으로 나는 이른바 멋진 치열(齒列)의 유혹에 대해서 냉담한 편이다. 불그레한 한 쌍의 입술이란—부인네들께선 내가 이런 표현을 쓰는 것을 용서하시라—이 보석 같은 이빨들을 담아두게 되어 있는 상자이다. 하지만 내 생각으로는 입술이 이를 드러내는 짓을 되도록 삼가야 한다. 훌륭한 숙녀나 신사라고 하더라도 이를 드러낸다면 나에게 뼈를 보여주는 꼴이 된다. 하지만 진정한 굴뚝 청소부의 입이 그 하얗게 반짝이는 이빨들을 과시하듯 드러내 보이는 것은 나에게 기분 좋은 예절위반이요 용납할 만한 멋 부리기의 일종이다. 그것은 마치

검은 구름도
밤이 되면 은빛 속살을 드러내는 것*

에 비유될 수 있다. 그것은 아직 완전히 멸망하지는 않은 어떤 점잖은 혈통의 잔재요, 보다 잘 살던 시절의 징표요, 고귀한 가문의 암시 같다. 그리고 틀림없이, 굴뚝 청소부들은 비록 침침한 어둠이나 두 겹의 밤 같은 암흑으로 처량하게 위장하고 있지만 그 이면에는 사라져버린 선조와 영락한 가계의 좋은 혈통과 점잖은 지위가 숨어 있을 수도 있다. 이 어린 희생자들에게 굴뚝 청소라는 일을 일찍부터 가르치는 풍습이 몰래 어린이들을 유괴하는 짓을 조장하지 않을까 두렵다. 그 어린이들에게서 흔히 눈에 띄는 공손함과 진정한 예절의 씨앗을 보면 그들이 어린 나이에 남의 집에 입양되어 살 것이라는 추측을 할 수

*밀턴의 작품에서 인용된 시구.

있을 뿐 달리 설명할 도리가 없거니와, 이는 곧 모종의 강압적 입양이 있었을 것임을 명백히 암시한다. 자식을 잃고 슬퍼하는 명문의 라헬*들이 오늘날에도 많다는 사실은 이 점을 확인해 주고 있다. 요정이 아기를 유괴했다는 이야기들이 한 슬픈 진실을 암시하고 있으며, 어린 몬터규**가 집으로 돌아온 사례는 잃은 아이를 되찾지 못해 절망하는 수많은 경우 중에서 단 하나의 운 좋은 사례에 불과하다.

몇 년 전에 애런들 성***에서는 대낮에 행방불명이 된 후 온 갖 수단으로도 찾을 수 없었던 굴뚝 청소부가 귀빈용 침대에서 잠든 채 발견된 적이 있다. 하워드 일가의 근거지였던 이 고성이 많은 관광객들의 호기심을 끈 것은 주로 성 안의 침대들 때문이었고, 고인이 된 공작에게는 좋은 침대를 알아보는 각별한 안목이 있었다. 고귀한 천개(天蓋) 아래, 별 모양의 왕관을 넣어서 짠 고운 진홍색 커튼에 둘러싸인 채, 비너스가 아스카니우스를 잠재우던 곳보다도 더 희고 부드러운 두 장의 시트를 깔고 덮고 그 실종된 청소부가 잠이 들어 있었던 것이다. 그 어린 녀석은 그 고귀한 성의 굴뚝들이 복잡하게 설계되어 있어서 그만 통로를 혼동하고 어떤 미지의 구멍으로 나가다가 그 화려한 침실에 이르렀고, 지루하게 길을 찾느라 지쳐 있던 그는 그만 방에 널려 있던 달콤한 안식의 초대를 거역할 수 없었다. 그래서 아주 조용히 시트 사이로 기어 들어가서 그 시커먼 머리를

---

*〈예레미야〉31장 15절 및 〈마태복음〉2장 18절 참조.
**명문의 아들 에드워드 워틀리 몬터규(1714~1776)는 학교에서 도망친 후 굴뚝 청소부가 되었다가 친지의 눈에 띄어 집으로 돌아온 일이 있다.
***영국 잉글랜드 동남부 서식스 군에 있는 고성으로 노포크 공작의 저택이었다.

베개에 낸 채 하워드 집안의 어린 도련님처럼 잠이 들어버렸던 것이다.

그 성을 찾은 관광객들이 듣게 되는 이야기는 그러했다. 하지만 그 이야기를 떠올리면 나는 앞서 암시한 바 있는 점을 확인받는 듯한 느낌이 든다. 그 경우에 어린 청소부의 지체 높은 신분적 본능이 작용했을 거라고 단언한다면 잘못된 생각일까. 그 초라한 행색의 아이에게는 융단이나 양탄자만 해도 감히 넘볼 수 없는 잠자리였을 텐데, 그가 아무리 피곤했기로서니 자기가 배운 처벌을 예상했다면 공작께서 주무시는 침대의 시트를 고의로 젖히고 그 속에 기어 들어가서 누울 수가 있었을까? 내가 주장하는 그 타고난 천성이라는 커다란 힘이 그에게 작용하여 그런 모험을 감행하도록 충동하지 않았다면 그런 일이 있을 법이나 하냐고 묻고 싶다. 어쩐지 나는 그 아이가 어린 귀족이었으리라는 생각을 하지 않을 수 없거니와, 그는 비록 유년 시절의 자기 신분을 완전히 의식하지는 못했다 해도 모종의 기억에 유인되고 있었음에 틀림없다. 어머니나 유모가 그날 본 것 같은 그런 고귀한 시트로 자기를 감싸주곤 했기 때문에, 그는 자기 본래의 강보나 잠자리를 찾아가듯이 그 침대로 들어갔을 뿐이다. 그에게는 이전에 누렸던 어떤 지위에 대한 느낌이 있었다고 나는 말하고 싶으며, 그런 설명이 아니라면 다른 어떤 이론으로도 그 어리고 철없는 아이의 대담하고 또 어떻게 보아도 무례한 소행을 설명할 길이 없다.

내 명랑한 친구 젬 화이트는 이와 같은 신분변화가 자주 있을 수 있다는 믿음에 너무 감명을 받은 나머지, 운명이 바뀌어버린 이 가엾은 어린이들의 부당한 처지를 조금이나마 바로잡아주기 위해 매년 굴뚝 청소부들의 잔치를 마련했고 스스로 기꺼이 주최자와 웨이터 노릇을 겸했다. 그것은 성 바르톨로메오의 축일에 스미스필드에 시장*이 설 때 벌이는 엄숙한 만찬이었다. 한 주일 전에 런던과 근교의 우두머리 청소부들에게 초대장을 발송했지만 오직 어린 청소부들만 초대되었다. 이따금 나이가 꽤 든 친구들이 나타나서 선의의 눈총을 받기도 했지만 초대객들은 대부분 어린 녀석이였다. 한 운이 나쁜 녀석이 자기의 검댕 투성이 옷을 핑계로 잔치 마당에 침입한 적이 있었지만, 다행히도 여러 증거로 인해 그가 굴뚝 청소부가 아님이 때맞춰 판명되자—검댕으로 보인다고 해서 모든 것이 검댕일 수 있으랴—정당한 예복을 갖추지 못했다는 이유로 모든 사람들의 빈축을 사며 자리에서 쫓겨났다.** 하지만 대체로 최대의 화합이 이루어지고 있었다. 연회장은 스미스필드 시장 북쪽의 가축우리 사이에 있는 편리한 곳으로서 그 허영의 시장에 모인 사람들이 기분 좋게 떠드는 소리가 들리지 않을 정도로 멀지는 않았으며 거기 모인 구경꾼들이 모두 입을 벌리고 바라보는 통에 방해를 받을 만큼 가깝지도 않았다. 손님들은 7시경에 모였다. 임시로 마련된 작은 응접실에 식탁이 세 개 놓였고 그 위에는 곱다기보다는 실용적인 식탁보들을 깔았다. 식탁마다 한 사람씩, 예쁜 잔치의 안주인들이 찍찍거리는 소리를 내는 소시지 냄비를 앞에 두고 있었다. 어린 개구쟁이들은 그 냄새를 맡고 콧구멍을 벌름거렸다. 수석 웨이터가 된 제임스 화이트는

---

*12세기에서 19세기 중엽에 이르기까지 매년 9월 3일이면 스미스필드에 장이 섰다.
**〈마태복음〉 22장 11절 참조.

첫 번째 식탁을 담당했다. 나와 우리의 믿음직한 친구 비고드가 으레 나머지 두 식탁을 돌봤다. 애들은 해마다 어김없이 서로 첫 번째 식탁에 앉겠다고 밀고 밀리곤 했는데 그 이유는 내 친구가 전성기의 로체스터*를 능가할 재주로 손님들을 즐겁게 해주었기 때문이다. 내 친구는 여러분이 초대에 응해주어 자기에게는 영광이라고 감사를 표한 후에 만찬을 시작하는 의식 삼아 세 안주인들 중에서도 가장 뚱뚱한 노파 어슐라의 비곗덩이 허리를 껴안았다. 그러면 서서 튀김을 하며 안달하던 노파는 "이 양반이!" 하면서 그에게 축복 반 저주 반의 말을 퍼부었고, 그가 노파의 정결한 입술에 다정한 인사의 키스를 하는 순간 아이들이 하늘을 찌를 듯한 환성을 올리면 수백 개의 히쭉대는 이빨들이 반짝이며 밤의 어둠을 무색케 했다. 그 어린 검둥이 신사들이 기름진 고기에다 내 친구의 더욱 기름진 농담까지 곁들여서 맛있게 먹는 광경을 지켜보는 일은 즐거웠다. 그밖에도 즐거움은 많았다. 내 친구는 맛있는 소시지 조각들을 작은 입에 맞춰서 넣어주었고 비교적 긴 토막은 나이 든 아이들 몫으로 돌려놓았다. 그는 어린 악동의 입에 이미 들어가버린 토막마저 가로챈 후 "냄비에 넣고 더 구워야 해요. 아직 신사께서 잡수시기에 알맞도록 익지 않았네요"라고 말하기도 했다. 그는 어린 녀석들에게 여기서는 흰 빵 조각을, 저기서는 얄팍해진 빵 껍질을 권하면서 부모에게 물려받은 것 중 가장 소중한 것은 이빨이니 부디 부러뜨리지 않도록 조심하라고 타일렀다. 그는 또 약한 맥주를 포도주처럼 점잖게 돌리면서 그 양조장의

---

*왕정복고기에 재치와 방탕한 생활로 이름을 떨치던 로체스터 백작을 가리킨다.

이름을 말했고 만약 맛이 없으면 그 양조장이 앞으로 고객들을 잃게 될 거라고 엄포를 놓으며 마시기 전에는 입술을 닦으라는 각별한 당부도 했다. 그러고 나서 우리는 축배를 들었다. "임금님을 위해서"니 "검은 제복을 입은 분들을 위해서"니 하는 말을 들먹였는데, 그 뜻을 이해했건 말건 하여간 애들은 똑같이 그 말들을 재미있고 기분 좋은 것으로 여겼다. 그리고 "솔로 월계수를 대신할 수 있기를!"* 기원하는 축배를 들 때 기분은 어김없이 최고조에 달했다. 내 친구가 식탁 위에 서서 이런 말 이외에도 수십 가지나 되는 허황한 말들을 지껄이면 그의 손님들은 그 뜻을 이해한다기보다도 육감으로 받아들였다. 그는 자기의 기분을 표현할 때마다 "신사 여러분께서 허락해주신다면 저는 감히 축배를 제안하고자 합니다"라고 토를 달았는데, 이런 말이 그 어린 고아들에게는 엄청난 위안을 주었다. 이런 경우에 너무 점잖게 구는 것은 좋지 않으므로 내 친구는 이따금 김이 무럭무럭 나는 소시지 토막을 마구 입에 처넣기도 했는데 이 광경은 아이들에게 아주 즐거운 일이었고 또 그 행사 중에서도 가장 맛 좋은 부분이기도 했다.

> 호사스런 젊은이나 아가씨들도 모두
> 굴뚝 청소부와 마찬가지로 흙으로 돌아가노니**

제임스 화이트는 죽었고, 그와 더불어 만찬도 사라지고 말

*여기서 솔은 물론 굴뚝 청소용 솔을 말하고, 월계수는 영광, 승리의 상징이다. 솔 대신에 월계수 가지로 굴뚝 청소를 했다는 설도 있다.
**셰익스피어의 《심벨린》 4막 2장 263행.

있다. 그의 죽음이, 적어도 나에게는, 이 세상 재미를 반감시키고 말았다. 그의 옛 손님들은 가축우리를 기웃거리다가 그를 끝내 찾아내지 못하고는 성 바르톨로메오의 축일이 변해버린 것을 원망한다. 그러니 스미스필드의 영광도 이제는 영영 사라지고 만 셈이다.

오래된 도자기

나는 오래된 도자기에 대해 거의 여성적이라 할 정도의 애착을 가지고 있다. 큰 저택을 구경하러 갈 때에도 꼭 도자기를 보관하는 진열장부터 찾아간 후에야 화랑을 찾는다. 나는 이 취향의 순위를 두고 뭐라 변명할 수 없다. 기껏해야 모든 사람들에게는 각기 취미가 있으며 그 내력이 너무 오래되어 후천적으로 길러진 취미라는 것을 분명히 기억할 수조차 없을 지경이라고 말할 수 있을 뿐이다. 나는 어른들에게 이끌려 처음으로 가보았던 연극과 첫 전람회에 대해 기억할 수 있지만, 언제부터 도자 항아리나 쟁반 따위가 내 상상 세계 속으로 들어오게 되었는지 모른다.

미술의 기법을 무시한 채 소위 남자와 여자랍시고 진청색으로 그려놓은 작고 기이한 형상들이 원근법 도입 이전의 세계에서 어떤 원소*의 제한도 받지 않으며 여기저기 떠다니는 도자

---

*고대부터 내려오던 물, 불, 흙, 공기 같은 기본 물질을 가리키는 듯하다.

기 찻잔을 그 당시에 내가 싫어하지 않았거늘, 이제 와서 새삼스럽게 싫어해야 할 이유가 있겠는가?

그 오래된 친구들을 바라보면 즐겁다. 그 형상들은 거리감 때문에 작아지지 않으며, 우리 눈에는 허공에 떠 있는 것처럼 보일지 모르나 실은 단단한 땅을 딛고 서 있다. 그 단정한 화가는 그림이 부조리해 보이지 않도록 그 형상들의 신발 사이로 더 진한 청색의 반점을 그려 놓았는데 우리는 그 화가를 대접해서 그것을 땅이라고 해석해야 한다.

나는 그 여자 얼굴을 한 남자들이라든지 되도록 더 여자다운 표정을 지으려 하는 여인들을 사랑한다.

한 젊은 중국인 관리가 예의 바르게 두어 마일쯤 떨어진 곳에서 귀부인에게 쟁반에 받쳐 든 찻잔을 올리고 있다. 그 거리가 그의 존경심을 얼마나 돋보이게 하는가! 그런가 하면 저쪽에선 바로 그 귀부인 혹은 다른 부인—찻잔의 그림에서는 비슷하다는 것이 곧 같다는 것을 의미할 수도 있다—이 조용한 정원 속에 흐르는 시내의 이쪽에 매어 둔 작은 선녀의 배를 타고 있다. 그 전족을 한 귀여운 발의 각도를 현세적인 각도 개념으로 풀이해보건대 그녀는 신기한 시냇물 저쪽으로 한참 떨어져 있는 꽃밭에 어김없이 내리게 될 것이다.

그들의 세계에서도 원근(遠近)을 단정할 수 있을지 모르겠으나, 더 멀리 떨어진 곳에서는 말이며 나무며 탑 같은 것들이 빙 둘러서서 춤을 추고 있는 듯하다.

여기 머리를 들고 엎디어 있는 소와 토끼가 같은 크기로 보이는 것은 아마도 아름다운 중국의 맑은 공기가 부리는 조화이리라.

사촌누이*와 나는 오후에 아무것도 섞지 않은 희춘차(熙春茶)를 마실 정도로 구식 인물들이거니와, 간밤에 나는 그 차를 마시며 최근에 사와서 처음으로 쓰게 된 희귀한 청색 도자기 잔의 경이로운 아름다움을 누이에게 지적해 보이고 있었다. 내가 이런 사소한 것들을 가지고서나마 이따금 우리의 눈을 즐겁게 할 여유가 있게 되었으니 근년에는 우리 형편도 무척 좋아진 셈이 아니냐는 말을 하고 있는데, 그때 모종의 건듯 지나는 감정이 내 사촌의 미간을 어둡게 하는 듯했다. 나는 브리짓의 얼굴에 비치는 그런 우울함을 대번에 간파할 수가 있다.

　　"형편이 전혀 넉넉하지 못했지만 그런 대로 좋았던 옛날이 그리워지는구나." 누이가 말했다. "다시 가난해지고 싶다는 뜻은 아니야. 하지만 우리는 일종의 중류 수준 생활은 하고 있었고 그때가 지금보다 훨씬 더 행복했다고 확신해." 누이는 유쾌하게 마구 지껄이고 있었다. "이제는 너에게 생활비의 여유가 있으니 물건 구입도 단순한 지출에 불과해. 이전에는 물건을 하나 산다는 것이 싸워서 이기는 것 같은 기쁨을 주었어. 그당시 우리가 싸구려 사치품 하나를 탐내게 되면, 나는 너의 동의를 얻어내느라 엄청난 소동을 벌여야 했고, 우리는 사나흘씩 토론하며 사느냐 마느냐를 놓고 그 경중을 따져보았고, 그만한 돈을 마련하기 위해서는 어떤 명목의 생활비에서 갹출해야 할 것인지 또는 어떤 식의 절약을 해야 할 것인지 궁리하곤 했지. 그러고 나면 어떤 물건이건 구입할 가치가 있게 되지만, 그

*여기서 말하는 사촌누이 브리짓 엘리아는 실은 램보다 11년이나 연상인 친누이 메리이다.

값을 치른 만큼은 쪼들려야만 했어.

그 갈색 양복이 아직도 생각나니? 너무 낡아빠져서 창피하니 좀 벗어버릴 수 없느냐고 네 친구들이 아우성칠 정도로 네가 오랫동안 걸치고 다니던 옷 말이다. 그게 모두 네가 어느 날 저녁 늦게 코벤트 가든에 있는 바카 서점에서 2절판의 《보몬트와 플레처》*를 사들고 왔기 때문이 아니었니? 그것을 구입하기로 결심하기까지 우리가 여러 주일을 두고 눈독을 들이던 일이 기억나니? 그 토요일 밤 10시가 되어서야 결정을 내리고는 너무 늦지 않았길 바라면서 곧장 이슬링턴에서 나섰지. 늙은 책가게 주인이 투덜대며 가게 문을 열어주던 일이며, 마침 잠자리를 찾아가던 중이라 깜박이는 촛불을 들고 먼지투성이의 귀중본들 중에서 그 고서를 찾아내던 일이며, 네가 그 무거운 책을 집으로 들고 오면서도 두 배나 더 무거워도 상관없겠다고 말하던 일이며, 네가 그 책을 내 앞에 내어놓고 우리가 함께 혹시 낙장이나 없을까 살펴보던 일—너는 그것을 '맞춰보기'라고 불렀어—이며, 너에게는 찢어진 책장을 이튿날 아침까지 내버려둘 만한 참을성이 없었기에 내가 곧장 풀을 발라 고쳐놓던 일이 생각나니? 가난뱅이로 사는 데에도 즐거움은 있지 않았니? 지금이야 우리도 생활이 넉넉해졌고 까다로워졌기 때문에 깔끔한 검정 양복을 늘 깨끗이 솔질해서 입고 다닐 수가 있지만, 그 옛날 낡아빠진 양복이나마 걸치고 으스대던 시절에 느끼던 정직한 허영심을 지금은 절반도 느낄 수가 없잖니? 그 낡

---

*17세기 초에 프랜시스 보몬트와 존 플레처는 합작으로 희곡을 썼는데, 여기서는 그 전집을 가리킨다.

은 2절판 책을 사느라 아낌없이 써버린 15실링—16실링이던
가?—은 우리 형편엔 엄청난 액수였기 때문에 너는 죄책감을
덜기 위해 이미 벗어버려야 했던 낡은 검정 양복을 4~5주간이
나 더 입고 다녔지. 지금이야 네가 무슨 책이든 마음대로 살 수
있을 만큼 여유가 있지만, 귀한 고서를 사가지고 오는 걸 요즈
음은 좀처럼 볼 수가 없구나.

네가 레오나르도 다 빈치를 모사한 판화를 사느라 위에서
말한 책값보다는 적은 액수의 돈을 쓰고서 수십 번씩 변명을
하며 집에 돌아왔을 때 우리는 그 그림을 '아름다운 여인'*이라
고 명명했었지. 그때 너는 그 그림을 보고는 그 값을 생각했고
값을 생각하고는 다시 그림을 바라보곤 했으니, 참으로 가난하
다는 것 속에는 즐거움이 있지 않니? 지금이야 아무것도 따지
지 않고 그저 판화상 콜라기의 가게로 들어가기만 하면 되고
레오나르도의 모사품 정도야 얼마라도 살 수 있지만, 너는 이
제 그림 한 장 사오는 일이 없구나.

넉넉해진 지금은 휴가니 뭐니 하는 재미도 다 사라지고 말
았다만, 그때는 휴일이 되면 우리가 엔필드니, 폿터즈 바니, 월
섬이니 하는 곳으로 즐거운 산책을 나가곤 했지. 그때 양고기
와 샐러드를 담아 다니던 그 자그마한 광주리가 생각나니? 정
오 무렵이 되면 너는 여기저기 기웃거리며 어디 괜찮은 주점이
없을까 찾아다니고 있었지. 들어가서 맥주 값만 지불한 후 가
지고 온 점심 광주리를 펴도 괜찮을지 자신이 없었기 때문이었
어. 우리는 주인 아주머니의 표정을 살피면서 그녀가 우리 같

*이 모사품의 원화 〈바위 위의 처녀〉는 오늘날 루브르 박물관에 소장되어 있다.

은 손님에게도 식탁보를 허용할 것인지 궁금해했고, 아이작 월턴*이 낚시하러 갔던 아름다운 리 강변에서 자주 그려냈던 주점의 정직한 안주인 같은 분이면 좋겠다고 생각했었지. 더러는 안주인이 우리에게 호의를 보였지만 더러는 못마땅하다는 듯이 바라보기도 했어. 하지만 우리는 언제나 즐거운 얼굴로 서로를 쳐다보며 변변찮은 음식이나마 맛있게 먹었고 낚시꾼 피스카토어가 트라우트 홀 같은 호화로운 곳에 들 수 있다는 것**을 조금도 부러워하지 않았지. 지금은 하루의 소일을 위해 출타하는 일도 드물지만, 어쩌다 나간다 해도 부분적으로는 마차를 타고 다니는 것이 보통이고, 호화로운 여관에 들어 비용 같은 건 따지지 않고 최고급 요리를 주문하지 않니. 하지만 그 맛은 지난날에 주인에게 박대를 받고 눈총이나 받지 않을지 조마조마해 하며 성급히 먹어치워야 했던 도시락 맛에 비하면 아무것도 아니야.

지금은 네가 연극 구경을 해도 무대 전면의 특별석이 아니면 안 될 정도로 오만해졌지만, 우리가 〈핵삼 전투〉나 〈칼레 함락〉***이라든지 〈숲 속의 아이들〉****에 나오는 배니스터와 블랜드 부인*****을 보러갈 때면 어떤 자리에 앉았는지 기억나니? 한철에 겨우 서너 차례씩 그나마 1실링짜리 대중석에서 연

---

*아이작 월턴(1593~1683): 영국 작가. 그의 유명한 《완벽한 낚시꾼》은 램의 애독서였다.
**월튼의 책 1부 2장에 나오는 구절에 대한 인유.
***조지 콜먼(1752~1836)의 역사극들.
****16세기에 씌어진 영국의 담시(譚詩)를 주제로 한 연극이나 가극. 〈꿈에 본 아이들—하나의 환상〉에도 언급되고 있다.
*****잭 배니스터(1760~1836)는 영국 배우. 그리고 아일랜드의 여배우 조든 부인은 처녀명이 도로시어 블랜드였다.

극 구경을 하기 위해 생활비에서 1실링씩을 짜내야만 하던 우리들이었어. 너는 그런 싸구려 좌석으로 나를 데리고 오는 것이 아니었다고 후회했지만, 나는 네가 데리고 가주어서 얼마나 고맙게 여겼는지 몰라. 조금은 수치스러웠기에 극을 보는 즐거움도 그만큼 더 컸던 거야. 막이 일단 오르고 나면 우리는 싸구려 좌석이 마음에 걸리지 않았고, 오히려 우리의 마음은 로잘린드*와 함께 아든 숲에 가 있거나 바이올라**와 더불어 일리리아 궁정에 가 있었으니까. 너는 늘 사람들과 어울려 연극 구경을 하기 위해서는 대중석이 제일 낫다느니, 연극 관람의 즐거움은 그 빈도의 희소성에 비례한다느니, 대중석에서 만나는 사람들이란 일반적으로 연극의 대본을 읽지 않으므로 어쩌다 대사를 한마디라도 놓치면 이야기 줄거리를 이어갈 수 없기 때문에 주의를 기울여야 하고 또 실제로 그렇게 하고 있다고 말했지. 우리는 그런 생각으로 자존심을 달래고 있었던 거야. 하지만 한 여자 관객으로서 그 당시 내가 싸구려 좌석에서 일반적으로 받았던 대우나 편의가 요즈음 극장의 비싼 좌석에서 받고 있는 대접만 못한 적이 있었더냐고 묻고 싶구나. 정말이지 극장에 들어가서 그 불편하고 혼잡한 계단을 올라가기는 괴로웠어. 하지만 그곳에서도 여자들에 대한 예법은 특석으로 가는 통로에서처럼 지켜지고 있었지. 게다가 약간의 어려움을 이겨내고 들어왔기에 싸구려 좌석이나마 더 안락하게 여겨졌고 연극도 그만큼 더 재미있었던 거야. 지금은 그저 돈을 지불하

---

*셰익스피어의 《뜻대로 하세요》에 나오는 인물.
**셰익스피어의 《십이야》에 나오는 인물.

고 들어가기만 하면 돼. 너는 이제 대중석에서는 극을 못 보겠다는 말을 하고 있어. 정말이지 그 당시에는 대중석에서도 우리는 잘도 듣고 잘도 볼 수 있었거든. 그런데 그 좋던 시력이니 뭐니 하는 것마저 가난과 함께 사라지고 말았으니!

제철이 되기 전의 딸기라든지 아직도 값이 비싼 완두콩을 먹는다는 것은 즐거움이고, 그런 것을 멋진 저녁 밥상에 올린다면 특식이 될 수가 있었어. 헌데 요즈음은 무슨 특식이 있니? 특식을 한다는 것은 우리의 재력을 약간 넘어서는 맛 좋은 음식들을 먹는다는 뜻일 텐데, 지금은 그런 것이 이기적이고 간악한 짓이 될 거야. 내가 특식이라고 부르는 것은 실제로 가난한 사람들이 먹는 것보다 조금 더 나은 음식을 스스로에게 허용하는 것이야. 우리들처럼 두 사람이 함께 살면서 두 사람이 좋아하는 싸구려 사치에 이따금 탐닉하면서, 각자는 그런 사치를 하는 데 대한 변명을 하며 책임을 나누기는커녕 혼자서만 자기 탓이라고 변명하는 거지. 사람들이 그런 의미의 싸구려 사치에 빠진다고 해서 전혀 해로울 것은 없어. 그건 다른 사람들을 극진히 대접하는 법을 암시해줄지도 몰라. 하지만 요즈음이야 우리가 그런 진정한 의미에 있어서의 사치에 탐닉하는 일도 없어. 오직 가난뱅이들만이 그런 사치를 할 수 있기 때문이지. 물론 찢어지게 가난한 사람들은 안 돼. 지난날의 우리들처럼 궁핍 상태를 약간 웃도는 형편이라야 그런 사치라도 할 수 있으니까.

네가 무슨 말을 하려고 하는지 나는 알고 있어. 연말에 한 해의 수입과 지출이 균형을 이루게 하면 무척 즐거웠다는 말이겠지. 매년 섣달 그믐날 밤 우리는 과도한 지출을 해명하느라 소동을 벌였고, 계산이 맞지 않으면 어쩌다 그 많은 돈을 쓰게 되었는지를 밝히느라 여러 번 침통한 표정을 짓곤 했어. 또는 그렇게 많이 쓰지는 않았다든지, 이듬해에는 그렇게 많은 돈을 써서는 안 된다고도 했지. 언제나 우리의 보잘것없는 자금이 줄어드는 것을 보면서 이런저런 생활방식이며 계획이며 타협 따위를 놓고 오가다가 앞으로는 이런 비용은 줄이고 저런 것은 없애고 살아보자고 결심하곤 했어. 그렇지만 우리에겐 젊음이 허용하는 희망이 있었고 오늘날까지 너는 웃어넘기는 기백에서 군색한 적이 없었어. 그래서 우리는 한 해의 결손을 견뎌낼 수 있었고, 결국은 '철철 넘치는 화사한 술잔'—이건 네가 '정답고 유쾌한 코튼 씨'라고 부르던 그 옛 시인의 시에서 인용한 구절이었어—을 들고 '찾아오는 손'*을 맞아들이곤 했었지. 지금은 연말이 되어도 우리는 아무 결산도 하지 않으며, 새해에는 형편이 펼 것이라는 기분 좋은 기약도 하지 않는구나."

브리짓은 대체로 말이 적은 편이라 어쩌다 입을 여는 날이면 나는 그녀의 말을 방해하게 될까봐 조심한다. 하지만 한 해에 몇백 파운드라는 초라한 수입을 가지고서 그녀의 소중한 상상력이 불러낸 부(富)의 망령 앞에서 나는 웃음을 금할 수가 없었다. "우리가 지금보다 가난했던 시절에 오히려 더 행복했던 것은 사실이지요. 하지만, 누님, 그때는 우리가 더 젊었지요. 지금이야 과도한 지출도 감내해야 하지 않을까 싶네요. 수입 중에서 쓰고 남는 돈을 바다에 버린다고 해서 별로 더 나아질

*새해를 가리키는 말. 여기서 코튼은 17세기의 영국 작가 찰스 코튼을 가리키나, 실제로 이 인용구는 알렉산더 포프의 번역시 《오디세이아》에서 나온 것이다.

것도 없을 테니까요. 우리가 함께 자라던 시절에 고생을 많이 한 데 대해서는 아주 고맙게 여길 만합니다. 그 고생 덕에 우리는 우애를 다지며 뭉칠 수 있었으니까요. 지금 누님께서 불만스럽게 여기시는 이 여유를 우리가 과거에도 늘 누릴 수 있었더라면 우리는 그처럼 친밀한 관계를 유지할 수 없었을 거예요. 고난에 저항하는 힘은 옹색한 환경도 억제하지 못하는 젊은 기백에서 저절로 솟구쳐 나오지만, 우리에게 그런 힘이 사라진 지도 오래 됩니다. 노년에 넉넉한 수입을 갖는다는 것은 젊음을 보충받는 것이나 마찬가집니다. 변변치 않은 보충이기는 하지만 그래도 젊음을 보충하는 최선의 방도일 거예요. 예전에는 걸어가던 곳을 지금은 타고 다녀야 하고, 방금 말씀하신 그 좋았던 옛날에 우리 형편으로 해낼 수 있었던 것에 비해서 지금은 더 편하게 살고 더 나은 잠자리에서 자야 하며 또 그렇게 하는 것이 현명할 겁니다. 하지만 그 옛날을 되찾을 수만 있다면, 누님과 내가 다시 하루에 30마일이나 되는 길을 걸어다닐 수만 있다면, 배니스터와 블랜드 부인이 다시 젊어지고 누님과 나도 젊어져서 그들의 연극을 구경할 수만 있다면, 1실링짜리 대중석에 앉아 구경하던 그 좋았던 옛날로 되돌아갈 수만 있다면—누님, 이건 모두 꿈이지요. 하지만 이 순간 우리가 지금 이 비싼 양탄자를 깔아 놓은 벽난로가의 사치스러운 안락의자에 앉아서 이렇게 한담을 주고받는 대신에 극장의 대중석을 찾아가서 몰려든 가난뱅이들에게 이리 밀리고 저리 부딪히면서 그 불편한 계단을 싸우다시피 올라갈 수만 있다면, 그리고 누님이 지르던 그 걱정스런 비명이며 그 계단의 맨 위까지 올라가서 아래쪽에 있던 즐거운 극장 내부의 불빛을 보게 되는 순간 늘 '맙소사, 이젠 살았다'고 달콤하게 말씀하시던 것을 다시 한 번 들을 수만 있다면—그럴 능력을 되찾기 위해서라면, 크로이소스*가 가지고 있었고 위대한 유대인 R**이 가지고 있다고 여겨지는 재산보다 더 많은 재산이라도 기꺼이 한없이 깊은 바닷속으로 묻어버릴 용의가 있답니다. 그런데 저 자그마하고 명랑한 중국 하인 좀 보세요. 짙푸른 색으로 그린 여름 별장에서 예쁘장하지만 얼이 빠져 보이고 성모마리아를 연상시키는 어린 귀부인의 머리 위에 침대의 천개로 써도 좋을 만큼 큼직한 양산을 받쳐 들고 있네요."

*기원전 6세기에 소아시아 지방을 다스리던 부유한 왕.
**런던의 은행가였던 네이션 메어 드 로스차일드(1777~1836)를 가리킨다.

잭슨 대위

이번 달 부고란에 오른 사망 소식 중에서 나는 "잭슨 대위, 바스 길목의 별장에서 별세"라는 기사를 유심히 보았다. 잭슨이라는 이름이나 대위라는 직위는 아주 흔하지만, 나에게는 일종의 자책감이 일면서 그 망자가 바로 내 정다운 옛 친구일 수도 있겠다는 생각이 들었다. 25년 전쯤에 그 친구는 웨스트번 그린에서 1마일가량 떨어진 곳에 집을 세낸 후에 '바스 길목의 별장'이라는 품위 있는 옥호(屋號)를 달았다. 슬프도다. 훌륭한 사람들과 그들이 우리에게 베푼 정다운 일들이 기억에서 사라지고, 지금 우리 앞에 놓인 이런 슬픈 소식이라도 갑자기 접해야 겨우 회상되다니!

여기서 내가 말하는 사람은 퇴역 후 급료를 반절만 받으며 살던 장교이다. 그는 그 변변찮은 수당을 받으면서도 아내와 장성한 두 딸에게는 귀부인들에게나 어울리는 풍모와 관념을 유지할 수 있게 해주었다. 게다가 두 딸은 잘생긴 소녀들이었다.

그런데 내가 이 사람을 잊어버릴 뻔했단 말인가? 그 유쾌한 만찬이며, 그 '별장'에 처음으로 들어가던 날 그가 고귀한 어투로 우리를 환대하던 일이며, 하늘이 알다시피 우리에게 접대할 것이 거의 없거나 전혀 없는데도 꼼꼼한 접대를 하던 일이며, 그 초라한 접시에 놓여 있던 알테아의 뿔*이며, 손님을 접대해야겠다는 화려한 소망 하나로 자기 밑천을 몇 배로 늘이기 위해 그가 빠지곤 하던 자기도취의 힘 같은 것들을 잊을 수는 없다.

우리가 육안으로 볼 수 있었던 것은 살이라곤 별로 붙어 있지 않은 양고기 뼈 한 조각이었는데, 밥상에서 먹다 남긴 것 같아 문간에 선 거지를 만족시키기에도 부족할 성싶었다. 하지만 집주인은 잔치라도 벌이고 있다고 생각하며 "샐로 님, 중요한 것은 마음이랍니다, 마음"**이라고 외치는 듯했으니, 그의 넉넉한 의지 속에서는 마치 100마리의 소라도 잡아서 내어놓은 듯이 자기의 식탁이 한없이 푸짐하기만 했다.

그 음식은 과부의 작은 병***이요, 떡 다섯 개와 물고기 두 마리**** 같은 것이어서 잘라내도 줄지 않고 먹어도 감소되지 않았다. 그 근간은 그냥 남아 있었고, 지엽적인 살을 발라내도 근원적인 뼈는 여전히 건재했다.

그 마음이 넓은 친구가 "살 수 있는 한 살도록 합시다", "가지고 있을 때는 부족하다고 여기지 맙시다", "여기 아직도 많

---

*여기서 램은 염소 아말테아의 뿔을 알테아의 뿔이라고 잘못 기억하고 있는 듯하다. 아말테아는 고대 신화에서 어린 제우스에게 젖을 먹여 키운 염소인데 그의 뿔은 풍요를 상징한다.
**여기서도 램은 셰익스피어의 《헨리 4세》를 잘못 인용하고 있다. 이 사극의 5막 3장에서 데이비는 샐로가 아니라 바돌프에게 차린 음식이 변변찮지만 술은 많이 대접할 테니 참아달라고 하면서 "중요한 것은 마음"이라고 한다.
***구약 〈열왕기 상〉 17장 12~17절 참조.
****〈마태복음〉 14장 16~21절 참조.

이 남아 있네요" 또는 "무엇이건 부족하다고 여기지 마세요" 라고 큰소리치던 것이 내 귀에 들리는 듯하다. 이 밖에도 그는 이런 접대용 언사들을 많이 늘어놓았는데, 모두 음식을 맛있게 드시라고 권하는 말이요 또 끽연 탁자나 잔치 음식이 잔뜩 담긴 커다란 접시에나 으레 수반될 말이었다. 그러고 나서 그는 가느다란 싱글 글로스터 치즈* 조각을 아내나 딸의 접시로 밀어놓고 자기 접시에는 남아 있던 껍질 부분을 옮겨 놓은 후, "뼈 쪽이 더 맛있다"**는 설이 있다고 재담을 부리며 자기는 일반적으로 바깥 부분을 더 좋아한다고 선언하곤 했다. 여기서 말해두어야 할 것은 우리가 식탁에서 특별히 대접받는 자리에 앉아 있었고 우리 중 몇몇은 상석을 차지하고 있었다는 것이다. 그래서 그에게 초대받은 손님 말고는 누구도 만찬 자리에서 고기라는 사치품을 맛볼 생각을 하지 않았다. 고기 조각들은 손님 접대로 쓰는 참으로 신성한 음식이었다. 하지만 한두 가지 다른 음식은 늘 풍족해서 남았는데, 그런 때가 되어야 이따금 그는 음식을 남기는 것을 원하지 않는다는 것을 보여주려는 듯이 그 부스러기를 다 먹어치웠다.

우리는 포도주를 마시지 못했고, 아주 드문 경우를 제외하고는 증류주도 나오지 않았다. 하지만 포도주를 마시는 듯한 기분만은 식탁에 감돌고 있었다. 모종의 묽은 맥주가 나왔던 것으로 기억된다. 그럴 때면 그는 "영국산 음료라네. 여보게들, 돌려가며 마시도록 하게나"라고 하거나 "애들은 애인들의 건

*비교적 품질이 낮은 영국산 치즈.
**영국 속담에 "뼈에 가까울수록 고기 맛은 더 좋다"는 것이 있다.

강을 위해 건배나 해라"고 말했다. 그 맥주를 감질나게 한 모금씩 마실 때마다 건배나 노래가 따라야 했다. 마치 온갖 좋은 술이 다 나온 덕에 우리가 기분을 내며 즐거워하는 격이었다. 눈을 감는다면 식탁 가운데 놓인 펀치 볼*에서 거품이 부글거리고, 식탁 구석마다 놓인 귀한 포르투산(産)이나 마데이라산 포도주 병에서 발산된 빛이 비친다는 생각이 들 지경이었다. 우리는 영문 모르게 술기운을 느꼈고, 주인의 말만 듣고도 취할 수 있었으며, 주인이 술도 내지 않고 부르는 권주가 덕분에 비틀거리지 않을 수 없었다.

우리는 노래도 불렀다. 〈무엇 때문에, 병사여, 무엇 때문에〉와 〈영국군 척탄병(擲彈兵)〉이라는 노래였는데, 이 두 번째 것을 부를 때는 우리 모두가 합창을 해야 했다. 그의 두 딸도 노래를 했다. 그들이 노래를 잘 부른다는 것이 저녁마다 화제가 되었다. 그가 구해준 음악 선생들이라든가, "젊은 여성에게 아주 필수적인" 음악을 딸들에게 가르치기 위해 "그까짓 비용"쯤은 아끼지 않았다는 이야기였다. 하지만 그 당시 그 딸들은 "악기가 없어서" 노래를 부르지 못하고 있었다.

너무 신성해서 나로서는 감히 범접할 수도 없는 빈곤의 비밀이여! 장려함을 향한 그대의 정직한 목표와 화려함을 내세우려는 그대의 어설픈 노력을 내가 폭로해야 한단 말인가? 다정한 루이사의 정겹지만 고장난 스피네트**여! 수많은 선인들

---

*펀치를 담는 커다란 유리 혹은 금속 사발. 펀치는 원래 설탕, 레몬, 향신료, 증류주 및 물 등 다섯 가지를 섞어서 만든 음료이지만, 최근에는 포도주와 과일 등을 추가하기도 한다.
**하프와 피아노의 중간쯤 되는 일종의 하프시코드이다.

이 두드리던 한 뭉치 건반이 남아 있다 해도 모두 고장 났으니, 잠이나 자도록 하라. 루이사의 가녀린 노래를 위한 그대 가녀린 반주자여! 내가 언급하지 않을 테니 잠자코 있어라. 참 잘도 망상에 빠지곤 하던 그 부친의 정답고 즐거운 얼굴에는 베일을 씌워주자. 아마도 이제는 그가 하늘에서 아기천사들의 노래나 듣고 있겠지만, 루이사가 그 세월에 시달린 스피네트를 일깨워서 미약한 목소리로 재잘대는 자기 노래에 반주를 하게 했을 때보다 더 진정한 기쁨을 느끼지는 못할 것이다.

우리에게는 문학 이야기도 없지는 않았다. 그리 깊이 들어가지는 않았지만 이야기는 그런 대로 좋았다. 바탕이 든든해서 이야기를 늘어놓기도 좋았다. 전해오는 말에 의하면 그 "별장"에 딸린 어느 방에서 이따금 휴양차 찾아온 글러버가《레오니다스》*의 대부분을 썼음이 확실하다고 한다. 저녁마다 그런 정황이 으레 언급되었지만, 내가 알기로는, 좌중의 어느 누구도 그 문제의 작품을 접해본 적이 없는 듯했다. 하지만 그런 것은 문제가 되지 않았다. 글러버가 그 방에서 글을 썼으며, 그 일화를 억지로 끌어들여서 지금 사는 가족도 대단한 집안이라는 이야기를 하고 있었기 때문이다. 그 일화는 그 방에 유식한 분위기가 감돌게 했다. 시인의 서재 창문이었다고 할 수 있는 그 방의 작은 곁창에서는 여러 세습 영지 너머로 해로**의 예쁜 첨탑에 이르기까지의 뛰어난 경관을 볼 수 있었다. 그 땅 중의 단 한 뙈기도 그의 소유가 아니었지만 노을이 불타는 여름 저녁에

*18세기 영국 시인이요 극작가였던 리처드 글러버는 열두 권으로 된 시《레오니다스》를 써서 명성을 얻었지만 오늘날 이 시는 아무도 읽지 않는다.
**런던 서부에 있는 마을 이름. 유명한 사립 중등학교 해로 스쿨이 있다.

그가 손님들에게 그 경치를 보여줄 때면 마치 그 땅이 자기 것이라도 되듯 그의 가슴에는—그걸 허영심이라고 불러야 하나?—터무니없는 뿌듯함이 가득했다. 그 땅은 모두 그의 것이었고, 그는 그것을 모두 끌어안고는 한 필지씩 넉넉하게 떼어내어 손님들에게 전하고 있는 듯했다. 그것은 그가 베푸는 선심과 환대의 일부였고 자기 땅을 둘러보는 일이기도 했다. 그가 손님들에게 땅을 보여주는 동안 그는 영주였고 손님들은 암묵적으로 그의 화려한 삶을 우러러보고 있는 셈이었다.

그는 마치 마술사처럼 우리의 눈앞에 안개를 끼게 했고 우리는 그의 오류를 간파할 시간이 없었다. 가령 그가 "저 은제 각사탕 집게 좀 집어 주시겠습니까?"라고 말할 경우, 그건 집게가 아니라 스푼이며 그것도 은으로 도금한 것이지만, 우리가 미처 그 사실을 알아내기 전에 그는 찻주전자를 '단지'라고 부른다든가 수수한 벤치를 소파라고 잘못 부름으로써 우리의 상상력을 혼란케 하거나 꼼짝 못하게 했다. 부자들은 자기네 가구 쪽으로 우리의 시선을 돌리고 가난뱅이들은 자기네 가구를 보지 못하게 한다. 하지만 그는 이도 저도 아니었고 오직 자기 주위에 있는 것은 모조리 품위 있는 것뿐이라고 여기기 때문에 우리는 그 '별장'에서 무엇을 보고 무엇을 볼 수 없는지를 판단하기 어려워 참으로 망설이지 않을 수 없었다. 먹고 살 밑천이 전혀 없었던 그는 모든 것에 의지해서 살고 있는 듯했다. 그는 마음속에 비축재산을 두고 있었지만, '만족'이라고 하기는 적합하지 않은 그런 재산이다. 사실 그는 어떤 '내용 속에 갇힐'* 사람이 아니었고 화려한 자기기만의 힘을 빌려 사방으로 넘쳐 흐르고 있었다.

신들린 상태는 사람을 꼼짝 못하게 한다. 그래서 영국 북부 지방 출신답게 성격이 차분하여 일반적으로 남편보다 사물을 있는 그대로 볼 수 있었던 그의 아내마저도 남편의 계속되는 경신(輕信) 버릇이 일으키는 충돌의 영향을 받지 않을 수 없었다. 그의 딸들은 합리적이고 신중한 편이어서 대체로 자기네가 처한 진정한 상황을 모르지는 않았다. 나는 그들이 이따금 생각에 잠기는 모습을 볼 수 있었다. 하지만 그의 허황한 생각이 압도적으로 우세했기 때문에 그들도 아버지의 얼굴을 보며 자기네의 장래가 암담하다는 생각을 단 반 시간도 한 적이 없었을 거라는 생각이 든다. 그의 기질이 일으키는 소용돌이는 거역할 도리가 없었다. 그의 걷잡을 수 없는 망상이 부리는 요술 덕분에 딸들은 자기네 눈앞에 넉넉한 혼인비용이 준비되어 있다고 생각할 수 있었을 뿐 아니라 세상 사람들의 눈에도 그렇게 비춰질 수 있었다. 그 결과 그의 망상은 실현된 것처럼 보인다. 듣건대, 두 딸 모두 시집을 잘 갔다고 한다.

너무 오래된 이야기라 몇 가지 점에 대한 내 기억이 흐려졌지만, 그 명랑한 인간이 자기의 혼례식 날 있었던 일들을 어떤 식으로 이야기했던가를 이 자리에서 전하고 싶다. 내가 지금 희미하게 기억하는 것은 말 네 마리가 끄는 호화마차에 관한 이야기인데, 그날 아침에 그는 그 마차를 몰고 글래스고로 들어갔다고 했다. 신부를 처가에서 데려오기 위해 그랬는지, 아니면 처가로 데려가기 위해 그랬는지는 생각이 나지 않는다.

*여기서 램은 말장난을 하고 있다. 영어 명사 content는 '내용'이라는 뜻과 '만족'이라는 뜻을 겸하고 있는데, '내용'은 어원적으로는 contained 즉 '한정되어' 있거나 '갇혀' 있는 상태를 뜻한다.

어쨌든 그 상황은 옛 담요(譚謠)에 나오는 다음 구절을 구현하
고 있는 듯했다.

> 우리가 글래스고 읍내를 지나갈 때
> 우리는 볼 만한 구경거리였지.
> 내 사랑은 검은 벨벳 옷을 입었고,
> 나는 진홍색 차림이었어.*

그 자신의 실제적 화려함이 그것에 대한 세상 사람들의 관
념과 일치되었던 적은 그때뿐이 아니었을까 싶다. 지금보다 못
살던 시절이라 사람들은 수수한 수레든 행상마차든 아무것이
나 닥치는 대로 타고 이동했는데, 호화마차를 타고 글래스고를
지나가보겠다는 생각이 그에게 떠오른 것은 현실과 모욕적 대
조를 이루어보자는 것이 아니라 그 혼례날의 화려함을 살리는
그럴듯한 계기로 삼자는 것이었다. 그것은 그에게 "영원한 호
화마차"였고, 일단 그가 마차에 타자 그 어떤 운명의 힘도 그를
내리게 할 수가 없었던 것 같다.

빈곤한 처지와 당당하게 맞서는 사람에게는 뭔가 찬양할
만한 데가 있다. 낯선 사람들 앞에서 허세를 부려서라도 빈곤
의 기미를 떨쳐버리는 것을 늘 나무랄 수는 없다. 팁스나 보바
딜** 같은 허풍선이들은 그 정체가 탄로 난 후에도 우리의 경

---

*폴그레이브(1824~1897)의 시집에서 인용.
**멋쟁이 팁스는 골드스미드의 희극 《세계의 시민》에 등장하는 인물이고, 보바딜
대위는 벤 존슨의 《각자는 기질대로》에 등장하는데, 두 사람 모두 극단적 허풍선이
들이다.

멸보다는 찬양을 더 받는 법이다. 한 인간이 자신을 속인다든가, 가정에서 보바딜처럼 처신한다든가, 빈곤에 빠져 허우적거리면서도 늘 막대한 재산을 가지고 있다는 공상을 한다면, 그것은 일종의 체질적 철학이요 운명을 극복하는 길이라 할 수 있으며 그런 특성은 내 옛 친구 잭슨 대위를 위해 마련되어 있었다.

가난한 친척들

가난한 친척이 있다는 것은 그 성격상 극히 거북한 일이다. 그
것은 반갑지 않은 관계요, 가까이 접하기가 역겨운 것이요, 양
심에 거리끼는 존재요, 우리의 번영이 절정에 있을 때 엉뚱하
게 드리워지는 기다란 그림자요, 잊고 싶은 옛일을 들추는가
하면 부단히 나타나서 괴롭히고, 우리의 주머니를 축내는가
하면 우리의 자존심을 견딜 수 없게 건드리고, 성공을 저해하
며, 승진을 헐뜯고, 혈통을 더럽히는가 하면 가문의 불명예이
기도 해서, 옷의 찢어진 흠집 같고, 잔칫상에 놓인 두개골* 같
다. 또 가난한 친척은 아가토클레스**의 항아리처럼 천한 근
본이 드러나게 하고, 모르드개***처럼 경의 표하기를 거역하

*memento mori는 "죽음을 기억하라"라는 뜻의 라틴어 성어. 서양에서는 학자나
수행자가 주변에 인간의 두개골을 놓아두고 "사람은 언젠가 죽게 되어 있다"는 명
제를 부단히 상기시키는 수단으로 삼는 풍습이 있다.
**아가토클레스는 고대 시칠리아에서 도공의 아들로 태어났지만 훗날 훌륭한 군인
이 되었다가 시칠리아의 시라쿠사에서 참주(僭主)의 지위에 올랐다.
***구약 〈에스더〉 제3장 참조.

고, 나사로*처럼 거지꼴로 문간에 나타나므로, 길목을 위협하는 사자요, 방에 들어온 개구리이며, 고약을 더럽히는 파리요, 눈에 든 티이며, 적군에게 바친 승리이고, 친구들에게 해야 하는 사죄요, 없어도 아쉽지 않은 것이며, 수확의 계절에 내리는 우박이니, 실로 한 파운드의 단맛 속에 섞인 한 온스의 신맛 같은 것이다.

가난한 친척이 문을 두드리면 우리는 그 소리만 듣고도 누군지 알 수 있다. 우리의 마음은 "저건 ___ 씨다"라고 말해준다. 친근함이나 존경심 중 어느 쪽도 아닌 그 마음 내키지 않는 노크 소리는 환대를 요구하면서도 동시에 환대받을 생각을 포기한 것처럼 들린다. 그는 들어오면서 미소를 짓지만 실은 곤혹스러워한다. 그는 악수를 하겠다고 손을 내밀었다가 다시 거두어들인다. 그는 우연히 들렀다고 하지만 으레 정찬 시간에 식탁을 차려놓으면 나타난다. 식탁에 손님들이 있는 것을 보고 그는 그냥 돌아가겠다고 하지만, 괜찮으니 앉으시라고 하면 못 이기는 척하고 앉는다. 그가 의자를 하나 차지하는 통에 손님이 데리고 온 두 아이는 곁 식탁을 마련해서 앉혀야 한다. 약속된 방문객이 없는 날이면 주부가 조금은 흐뭇해하면서 "여보, 오늘 혹시 ___ 씨가 들를지도 모르겠네요"라고 말하겠지만, 그는 이런 날에는 절대로 나타나지 않는다. 그는 생일날들을 기억해두었다가, 어쩌다 운이 좋게 생일날 찾아와서 잘 얻어먹게 되었다고 말한다. 작은 가자미 요리가 놓인 것을 보면 그는 생선은 먹지 않겠다고 사양하지만, 한 조각만 드시라고 질기게

*신약 〈누가복음〉 제16장 참조.

권하면 당초의 마음을 바꾸고 슬그머니 얻어먹는다. 그는 또 포트와인만 들겠다고 고집하지만, 처음 만난 사람이 자꾸 권하면 병에 남은 마지막 한 잔의 보르도 포도주를 마시기도 할 것이다. 그의 정체를 모르는 하인들은 자기네가 혹시 그에게 너무 굽실거리는 것이나 아닌지 혹은 충분한 예를 갖추어 대접하고 있는 것인지 잘 몰라 걱정한다. 손님들은 "저이를 이전에도 본 적이 있는데"라고 생각한다. 누구나 그의 신분에 대해서 추측해보지만 대부분의 사람들은 그가 세관의 물품 검사관쯤 되리라고 여긴다. 그는 우리를 세례명으로 부르는데 이는 그의 성이 우리의 성과 같다는 것을 넌지시 비치기 위해서이다. 그는 너무 친근하게 굴지만 우리는 더없이 우울해질 뿐이다. 그가 좀 덜 친근하게 군다면 어쩌다 들른 피부양자로 통했을 것이고, 조금만 더 당당해진다면 가난한 친척으로 여겨지는 위험에 처하지도 않을 것이다. 그는 친구가 되기에는 너무 겸손하지만, 손님이라고 하기에는 너무 위엄을 부린다. 토지 임대료를 가지고 온 것이 아니므로 그는 시골 소작인만도 못한 손님이지만, 그의 차림새와 거동을 본 다른 손님들은 그를 소작인으로 여길 공산이 높다. 함께 카드놀이를 하자는 제안을 받으면 그는 돈이 없기 때문에 사절하지만 제외된 데 대해서는 속상해 한다. 손님들이 헤어질 시간이 되면 그는 마차를 불러오겠다고 나서지만 실은 하인을 보낸다. 그는 우리 조부모 이야기를 곧잘 들추는가 하면, 시시하고 전혀 중요치 않은 집안 일화를 불쑥 끄집어내기도 한다. 그는 "지금은 집안이 흥한 것을 보니 다행이지만" 전혀 그렇지 못하던 시절이 있었다면서, 유리하게 비교한답시고 어려웠던 지난날의 형편을 회고하기도 한다. 과거를 돌이키며 축하라도 해야겠다는 듯이 그는 가구의 값을 물을 것이고, 창문 커튼에 대해 특별히 찬사를 늘어놓음으로써 우리를 무안하게 한다. 그는 꼭지 달린 주전자를 보고 예전에 쓰던 찻주전자보다 더 우아하게 생겼지만 편하게 쓰는 데에는 옛것만 못할 테니 그 점에 유의하라는 의견을 늘어놓기도 한다. 그는 또 개인 소유의 마차를 가진다면 아주 편리할 거라면서 우리의 안사람들에게 그렇지 않느냐고 하소연하듯이 묻기도 한다. 뿐만 아니라, 그는 우리가 근년에야 가계문장원에서 가문(家紋)을 취득하지 않았느냐면서, 우리 집안의 문장이 여사여사한 줄을 최근까지도 모르고 있었다고 말한다. 그의 기억은 때와 장소에 맞지 않고, 찬사도 조리가 없으며, 말썽거리나 이야기하면서도 그는 고집스럽게 자리에 남아 있다. 그러므로 그가 가버리면 우리는 그가 앉았던 의자를 재깍 구석으로 밀쳐버리고는 불쾌한 것 두 가지를 제거할 수 있어서 시원하다고 느낀다.

세상에는 더 고약한 것도 있으니 그것은 가난한 여성 친척이다. 남성의 경우에는 우리가 어떻게든 해볼 수가 있다. 가령 뭔가 그럴듯한 구실을 찾아서 그의 존재를 해명할 수도 있다. 하지만 가난한 여성 친척에 대해서는 도저히 어떻게 해볼 도리가 없다. 가령 우리는 이렇게 말할 수도 있다. "그 사람 정말 익살꾼이지. 남루한 행색을 좋아한다니까. 그의 처지는 사람들이 생각하는 것보다도 낫다고. 식탁에 괴짜 손님이 한 사람쯤 있는 것도 좋은 일 아니겠나. 그가 바로 그런 괴짜야." 그러나 여성의 경우에는 빈곤한 티가 밖으로 나타나면 감춰줄 도리가 없다. 괴팍한 성미 때문에 자기 신분 이하의 옷차림을 하고 다니

는 여자는 없다. 그래서 진실은 얼버무릴 수 없이 드러나고야
만다. "저 여자는 L 씨네 집안 친척임이 분명해. 그렇지 않고야
저 댁에 무슨 볼일이 있겠어?" 아무리 보아도 그 여자는 우리
네 안사람의 친척으로 보이고, 십중팔구 친척일 거라는 결론이
나온다. 옷차림을 봐서는 그녀가 숙녀도 아니고 거지도 아니지
만 그래도 분명히 숙녀 쪽에 가깝다. 그녀는 상대를 거북하게
할 정도로 겸손하지만 자기의 열등함에 대해서는 숨김없는 민
감성을 보인다. "이따금 말려야 한다"*라는 옛말처럼, 가난한
남자 친척의 경우는 더러 말을 못하게 해야 한다. 하지만 가난
한 여자 친척의 경우에는 말을 부추길 도리가 없다. 식탁에서
수프가 담긴 그릇을 그녀 쪽으로 보내면 자기는 남자 손님들이
다 드시고 난 후에 들게 해달라고 간청한다. 혹시 한 남자 손님
이 그녀에게 포도주를 권하면서 함께 드시지 않겠느냐고 하면
그녀는 포트와인과 마데이라 포도주 중에서 어느 쪽을 고를까
망설이다가 남자 쪽에서 포트와인을 드는 것을 보고는 같은 것
을 고른다. 그녀는 하인들을 부를 때도 경칭을 쓰고 자기 접시
를 받쳐 드는 수고를 그들에게 끼치지 않겠다고 우긴다. 그래
서 안주인이 나서서 그 가난한 여자 친척을 돌봐주게 된다. 그
리고 그녀가 피아노를 하프시코드라고 잘못 말할 때는 아이들
의 가정교사가 나서서 고쳐준다.

연극에 나오는 리처드 암릿**은 "친지 주장의 근거가 되는
인척관계"라는 이 괴상한 관념 때문에 한 신사의 기백이 처하

---

*로마의 황제 아우구스투스는 수사학자요 연설가였던 아테리우스를 두고 "저 사
람이 (말을 못하도록) 이따금 말려야 한다(aliquando sufflaminandus erat)"고 말했
다고 한다.

게 되는 딱한 처지를 여실히 보여주는 사례이다. 막대한 재산을 가진 한 부인과 암릿 사이에는 약간의 어이없는 혈연관계가 있을 뿐이다. 그를 "내 아들 딕"***이라고 부르기를 고집하는 한 노파의 악의적 모성 때문에 그의 행운은 늘 좌절된다. 그러나 결국 그가 당한 수모를 보상해줄 만한 재산이 그녀에게는 있었고, 그간 아들을 일삼아 수면 아래로 가라앉히면서 기뻐하던 그녀는 아들을 다시 화려한 수면 위로 부상시켜준다. 하지만 모든 남자들이 딕과 같은 기질을 가지고 있는 것은 아니다. 나는 암릿과 비교될 수 있는 실제 인물을 알고 있는데 딕과 같은 부력(浮力)을 가지지 못했던 그는 결국 가라앉고 말았다. 가없은 W는 나와 같은 신분의 학생으로 크라이스츠 호스피틀 학교에 함께 다녔는데 훌륭한 고전학자요 장래가 촉망되는 젊은 이였다. 그에게 결점이 있었다면 그것은 프라이드가 너무 강하다는 것이었다. 그러나 그것은 우리에게 거슬리는 프라이드는 아니었다. 사람들의 마음을 비참하게 하거나 자기보다 못한 사람들에게 거리를 두는 그런 종류의 프라이드도 아니었다. 그 프라이드는 오직 그 자체가 능멸당하는 것을 막으려 했을 뿐이다. 그는 모든 사람들이 똑같이 자존심을 가지기를 바랐으며, 남의 자존심을 해치는 일 없이 자기의 자존심을 최대한 키우겠다는 원칙이 바로 그의 프라이드였다. 그는 바로 이 문제에 대해서 우리 모두가 그와 같은 생각을 해주기를 바랐다. 나이가 더 들어 키가 커져서 푸른 교복을 입고 있던 우리의 모습

**영국 극작가 존 밴버러(1664~1726)의 희곡 《공모(The Confederacy)》의 주인공으로, 교양 없고 저속한 여인의 아들이다.
***'딕'은 '리처드'의 애칭.

이 사람들의 눈에 띄게 되자 나는 그와 수없이 싸웠다. 휴일에 우리가 함께 남의 일에 참견하며 빈정거리기를 좋아하는 사람들로 득실거리는 런던 거리로 외출할 때, 나는 남의 눈에 띌까 겁을 내며 뒷길이나 막다른 골목만을 누비고 다니는 것을 원치 않았기 때문이다. 이런 생각 때문에 마음 아파하던 W는 옥스퍼드로 진학했는데, 거기서는 학생생활의 존엄함과 감미로움이 낮은 계층의 입학생이라는 신분과 합쳐서 그로 하여금 대학생활에만 열심히 몰두하게 했고 심한 사회기피증을 보이게 했다. 그가 근로장학생으로 걸치고 다니던 가운*은 중등학교 시절의 제복보다도 훨씬 못해서 그의 몸에 네수스의 독한 피**처럼 달라붙었다. 그런 가운을 입고도 래티머***는 당당하게 걸어 다녔고, 젊은 날의 후커도 결코 불쾌하지 않게 허세까지 부리며 자랑스럽게 나돌아 다녔을 테지만, 그는 가운을 입은 자기 모습을 우스꽝스럽다고 여겼다. 그래서 대학 내의 아주 으슥한 곳이나 고적한 자기 방에 처박힌 채 그 가난뱅이 학생은 남의 눈에 띌까봐 움츠리고 있었다. 그는 책 속에 묻혀 살았지만 책은 그를 모욕하는 일이 없었고, 학문 속에서 피난처를 찾았지만 학문은 젊은 학생의 재정 형편을 캐묻지 않았다. 그는 책 속의 군주였으며 그 통치지역 너머로 내다보려고 한 적이

*옥스퍼드에서는 다른 많은 전통적 영국 대학에서처럼 교수나 학생들이 교실이나 연구실에서 가운을 입고 만났다.
**그리스 신화에서 헤라클레스의 처 데이아네이라는 네수스라는 괴물의 피가 미약(媚藥)이라는 그릇된 믿음에서 이 피로 물들인 옷을 남편에게 입혔는데, 헤라클레스는 그 피의 독성 때문에 고통스럽게 죽었다.
***휴 래티머(1490~1555)는 우스터의 주교가 되었지만 훗날 프로테스탄트 순교자가 되었다. 뒤에 나오는 리처드 후커(1544~1594)는 영국의 대신학자요 뛰어난 산문가였다.

거의 없었다. 학문 탐구의 치유적 효력이 작용하여 그를 무마하는가 하면 숨어 지내게 해주었다. 그는 건강한 사람이었다고 할 수 있지만, 운명이 이전보다 더 큰 악의를 품고 또다시 그에게 장난을 쳤다. W의 부친은 옥스퍼드 근처의 N이라는 고장에서 건물 도장(塗裝)이라는 비천한 일을 하며 살아오고 있었다. 그는 몇몇 학장들이 관심을 가져주리라고 기대하면서 당시에 거론 중이던 공공사업에 고용되겠다는 희망을 품고 옥스퍼드로 옮겨와 살았다. 그 순간부터 나는 그 젊은이의 얼굴에서 끝내 학문탐구를 그만두게 했던 결심을 읽을 수 있었다. 우리의 대학이 어떤 곳인지 잘 모르고 있는 사람들이 보기에는, 가운을 입고 다니는 대학인과 일반 시민, 특히 상공계층 사람들 사이의 사회적 간격은 너무 벌어져 있어서 실로 가혹하고 믿을 수 없을 정도이다. W의 부친은 기질적으로 그의 아들과 정반대되는 사람이었다. 아버지 W는 체구가 작고 부지런하고 매사에 굽실거리는 도장공이었다. 바로 곁에 아들이 있을 경우에도 그는 가운 비슷한 것을 걸친 사람이 보이면 모자를 벗어들고 한쪽 발을 뒤로 빼면서 굽실거렸고 아들이 눈짓을 하거나 드러내고 불평하더라도 그는 전혀 아랑곳하지 않았다. 그리고 아들과 방을 함께 쓰는 학생이나 신분이 같은 사람들 앞에서도 그는 저자세로 이유 없이 머리를 숙이곤 했다. 이런 상태가 오래 갈 수는 없었다. W는 옥스퍼드의 공기를 피해 다른 곳으로 떠나거나 아니면 질식해 죽을 지경에 이르렀고, 결국 전자를 택했다. 부모에 대한 효도를 최고의 덕목으로 떠받드는 완고한 도덕론자들은 W가 부친을 저버린 데 대해 비난을 하겠지만 할 수 없는 일이다. 그도 그런 갈등만은 평가할 수 없는 것이다.

내가 W를 본 마지막 날 오후에 우리는 함께 그의 부친 집 처마 아래에 서 있었다. 하이 스트리트에서 W가 거처하던 XX 칼리지의 뒤쪽으로 통하는 멋진 골목에 그 집이 있었다. 그는 생각에 잠겨 있었고 자기의 작심을 편안히 받아들이고 있는 듯했다. 그의 마음이 편안한 것을 보고 나는 예술가들의 수호성자라는 어느 복음전도자*의 그림에 대한 농담까지 해보았다. 마침 사업이 번창하기 시작하자 그의 부친은 그 그림을 화려한 액자에 담아 자기의 아담한 가게에 걸어두었는데 그것은 아마도 사업 번성의 징표였거나 아니면 자기가 받드는 성인에 대한 감사의 표시였을 것이다. W는 성자 누가의 모습을 쳐다보더니 사탄처럼 "액자에 담긴 자기의 징표를 알아보고 도망쳤다."** 이튿날 아침에 그의 부친의 식탁에 놓여 있던 편지 한 장은 그가 포르투갈로 출병하려는 한 연대의 장교 임관을 수락했음을 알리고 있었다. 산세바스티안의 성벽*** 앞에서 최초로 전사한 장병들의 명단 속에 그의 이름이 포함되어 있었다.

별 생각 없이 시작한 화제를 놓고 어쩌다 그만 이처럼 지독히 가슴 아픈 이야기를 늘어놓게 되었는지 나도 모르겠다. 그러나 이 가난한 친지라는 주제는 희극적 연상뿐만 아니라 비극

---

*세 번째 복음서의 저자인 성(聖) 누가는 중세 이래로 화가들의 주보성인으로 여겨져오고 있다.
**램은 여기서 밀턴의 《실낙원》 제4권의 마지막 대목을 자유로이 인용하고 있다. 밀턴은 이 부분에서 가브리엘과 대결하던 사탄이 자기의 힘이 열세임을 가리키는 저울을 보고 싸울 의욕을 잃고 도망하는 장면을 그리며, "악마가 쳐다보더니 자기 쪽 저울이 높이 올라가 있음을 알았다. 그는 아무 말도 더 하지 못하고 투덜거리며 도망쳤다"고 읊었다.
***1813년에 웰링턴 장군과 연합군은 스페인 북부의 산세바스티안을 포위 공격했다.

적 연상으로도 넘치므로 이 두 가지가 서로 섞이지 않게 구분해서 이야기하기는 어렵다. 이 문제에 대해 내가 받은 최초의 인상에는, 회고하건대, 고통스럽거나 아주 모욕적인 것이 전혀 수반되어 있지 않았음이 분명하다. 매주 토요일이면 그리 화려하지 않았던 내 선친의 식탁에는 정체를 알 수 없는 연로한 신사 한 분이 앉아 있었는데 언제나 깔끔한 검정 복장에 침울하지만 단정한 외모였다. 그분의 태도는 극히 진중했고 말은 거의 없었다. 그래서 나는 그분 앞에서 아무 소리도 내지 못했다. 내가 할 일은 말없이 앉아서 찬탄하는 것이었으므로 아무 소리든 내고 싶지 않았다. 팔걸이가 달린 특정한 안락의자가 그분에게 제공되곤 했는데 어떤 경우든 이를 어길 수는 없었다. 다른 날에는 볼 수 없었던 특별한 종류의 감미로운 푸딩이 식탁에 나오는 날은 그분이 오는 날이었다. 나는 늘 그분이 대단한 부자일 거라고 생각했다. 내가 그분에 대해 알아낼 수 있었던 것은 그분과 나의 선친이 아주 오래전에 링컨에서 같은 학교를 다녔으며 그가 화폐주조소에서 온다는 것뿐이었다. 내가 알기에 화폐주조소는 주화를 만들어내는 곳이었으므로 나는 그분이 그 많은 돈의 소유주라고 생각하고 있었다. 런던탑*이 연상시키는 무시무시한 생각들이 식탁에 앉아 있는 그분과 언제나 뒤엉기곤 했다. 그분은 인간의 연약함이나 열정을 초월하고 있는 듯했다. 일종의 우울한 장려함이 그분을 덮고 있었다. 어떤 해명되지 않는 악운 때문에 그가 영원히 상복 차림으로 나

---

*램의 시대에 영국의 화폐주조소는 런던탑에 있었는데, 그곳은 오랫동안 감옥으로 사용되어 왔으며 여러 왕족과 귀족이 참수되기도 했다.

돌아다녀야 하는가보다고 나는 상상했다. 런던탑에 갇힌 죄수가 토요일이면 당당한 풍모로 외출하도록 허용 받는가보다 하는 생각이 들기도 했다. 우리 모두가 하나같이 그분에게 습관적으로 보이던 존경에도 불구하고, 이따금 선친은 젊은 시절에 관계되는 논쟁을 하다가 감히 그분의 견해에 맞서기도 했는데 그럴 때마다 나는 선친의 무모함에 놀라곤 했다. 대부분의 독자 여러분도 아시겠지만, 오래된 도시 링컨의 주민들은 언덕에 사는 사람들과 계곡에 사는 사람들로 나누어진다. 이 현저한 구분 때문에 윗동네에 살지만 평민들의 학교에 함께 다니게 된 소년들과 부모의 거주지가 아랫동네에 있는 소년들 사이에는 명확한 구분이 있었다. 그래서 이 어린 흐로티위스*들의 규범에는 적대관계가 생길 충분한 이유가 있었다. 선친은 언덕에 사는 패거리 중에서 지도자급이었으므로 자기가 속한 소위 '윗동네 소년들'이야말로 싸우는 솜씨나 강인함에 있어서 자기 동년배가 우두머리로 있던 세칭 '아랫동네 소년들'보다 대체로 우월하다는 주장을 늘 하려고 했다. 그래서 이 문제를 놓고 많은 열띤 말싸움이 있었는데, 그 노신사가 성질을 부리며 악감을 드러내는 경우는 그때뿐이었다. 그래서 나는 이따금 이러다가 진짜 싸움이 다시 벌어지는 것이 아닐까 싶기도 했다. 그러나 자기의 유리한 지위만 고집하기를 싫어하는 선친은 언제나 링컨의 오래된 대사원을 찬양하는 쪽으로 교묘하게 화제를 돌렸다. 영국의 다른 대사원들을 제쳐두고 링컨 대사원을 일반적

*휘호 흐로티위스(1583~1645)는 네덜란드의 정치가요, 전쟁과 평화에 관계되는 국제법 권위자였다. 그러므로 "젊은 흐로티위스"라고 하면 싸움에 관계되는 법이나 규범을 잘 알고 있는 소년들이라는 뜻이다.

으로 더 선호하는 데 있어서는 언덕 위에 사는 사람들이나 아랫동네에서 미천하게 태어난 사람들이 늘 견해를 같이했고, 비교적 덜 중요한 의견 차이 따위는 걷어치울 수 있었다. 그 노신사가 진짜로 화를 냈던 적은 딱 한 번 있었다. 그때 내가 "아마저분이 다시는 오시지 않을 걸" 하고 생각했던 것이 지금도 고통스럽게 회상된다. 앞서 나는 그분이 오는 날이면 반드시 장만하는 음식이 있다고 했거니와, 그날도 어른들은 그분에게 그푸딩을 한 접시 더 드시라고 권했다. 그러나 그분은 거의 심하다 싶을 만큼 완강하게 거절했다. 그러자 역시 링컨 출신이었던 내 숙모가 한 말씀을 거들었다. 이따금 때와 장소를 가리지 않고 지나치게 권하는 버릇이 있다는 점에서 내 사촌 브리짓과 닮은 데가 있던 숙모는 그만 "한 접시만 더 드세요. 빌레트씨, 이런 푸딩을 매일 드실 처지가 아니실 텐데"라는 쉽게 잊히지 않을 말을 중얼거리고 말았다. 그 노신사는 당장은 아무 말도 하지 않았다. 그러나 그날 저녁에 두 분 사이에 논쟁이 벌어지자 그 기회를 타고 그분은 "이봐요, 당신도 이젠 노망할 나이야"라고 힘주어 말했다. 그러자 좌중은 오싹해졌고 이 글을 쓰고 있는 나는 지금까지도 오싹하다. 존 빌레트는 그날 당한 모욕을 삭힌 후 그리 오래 살지 못했으나, 마음의 평정을 되찾았다는 확신을 나에게 줄 수 있을 만큼은 오래 살았다. 지금 내기억이 옳다면, 그날 불화를 일으켰던 그 푸딩은 다른 종류의 푸딩으로 조심스럽게 대체되었다. 그분은 스스로 편안하고 독립적 삶이라고 부르던 생활을 오랫동안 누리고 있던 화폐주조소에서 1771년에 별세했다. 사후에 그의 책상 서랍에서는 5파운드 14실링 1페니가 발견되었다. 그분은 자기에게 장례를 위한 충분한 돈이 있고 어느 누구에게도 한 푼의 빚을 지지 않은 데 대해 하느님께 감사하며 이 세상을 떠났던 것이다. 이것도 한 가난한 친지 이야기이다.

수도에서 거지들이 쇠퇴하는 데 대한 불평

우리 시대의 병폐를 제거하려는 유일한 현대판 알키데스의 몽둥이*라고 할 수 있는 어느 사회개혁 단체에서는 우리 수도에서 허수아비처럼 누더기를 펄럭이고 다니는 거지들을 모조리 쓸어버리겠답시고 여럿이 매를 휘두르며 나섰다. 몸에 걸치는 각종 주머니며 자루, 그리고 지팡이, 목발 같은 것들을 가지고, 개를 데리고 다니던 거지들 전부가 짐을 모두 챙겨 이 열한 번째 대박해**가 자행되고 있는 현장에서 허겁지겁 떠나고 있는 중이다. 혼잡한 건널목 및 한길과 골목 모퉁이를 떠나는 걸신이 "한숨 속에 보내지고 있다."***

*델포이의 무녀가 헤라클레스('헤라의 영광'이라는 뜻)라는 이름으로 부르기 전까지, 헤라클레스는 알카이오스('대단한 사람'이라는 뜻. 그리스 신화에는 동명이인의 알카이오스가 여럿 등장한다)의 이름을 따서 알키데스로 불렸다고 한다. 헤라클레스는 사회적 병폐와 괴물을 상대로 싸운 역사(力士)인데, 항상 몽둥이를 가지고 다니는 것으로 묘사된다.
**기원후 1세기 중엽부터 4세기 초엽까지 있었던 이른바 "역사상 10대 기독교도 박해"를 빗댄 말이다.
***밀턴의 시 〈성탄일 아침에〉 186행.

나는 한 족속을 상대로 이런 부당한 십자군 운동이나 종족말살 전쟁을 전면적으로 선포하는 데 찬동할 수 없다. 우리는 거지들로부터도 좋은 것을 많이 얻을 수 있다.

　거지들은 빈곤의 형태 중에서도 가장 오래되고 가장 명예로운 것이다. 거지들은 우리에게 공통되는 천성에 호소하므로, 솔직담백한 사람들이 보기에는, 어떤 교구나 협회에 속하는 동료 개인 또는 집단의 특정한 기질이나 일시적 기분에 호소하는 자들에 비해 거부감을 덜 자아낸다. 그들이 거두는 돈이야말로 징수당해도 불쾌하지 않고 부과되어도 아깝지 않은 유일한 세금이다.

　그들이 사는 황량한 삶의 심연에서는 일종의 존엄함이 솟아오른다. 벌거벗고 지내는 것이 하인 제복을 걸치고 사는 것보다도 인간다워지는 데에 훨씬 더 가깝기 때문이다.

　가장 위대한 사람들도 자기네 운명이 뒤집어지면 그 점을 절감했다. 왕의 자리에 있던 디오니시우스가 학교 선생이 되었을 때* 우리는 그에 대해 경멸 이외에 무슨 감정을 느낄 수 있는가? 반다이크가 한 푼의 돈을 구걸하고 있는 벨리사리우스의 모습을 그린 그림**을 보며 우리는 영웅적 연민과 동정 어린 찬탄을 느끼거니와, 만약에 반다이크가 왕홀(王笏) 대신에 교편을 휘두르고 있는 디오니시우스의 모습을 그렸다면 우리

---

*시라쿠사의 참주 디오니시우스는 기원전 343년 왕위에서 쫓겨난 후 코린토스로 가서 학교 선생을 하다가 죽었다.
**로마의 장군 벨리사리우스(505~565)는 황제에 대한 반역죄로 기소되었다가 풀려난 적이 있는데, 야사에 의하면 만년에 그는 실명하고 거지가 되었다고 한다. 17세기 네덜란드 화가 반다이크는 길에서 "이 벨리사리우스에게 한 푼 주십시오"라고 외치며 구걸하는 벨리사리우스의 모습을 그린 바 있다.

가 그 그림을 보고도 똑같은 연민과 찬탄을 느낄 수 있을까? 그 그림이 주는 교훈이 더 우아하고 더 많은 비감을 자아낼 수 있을까?

전설에 나오는 '장님 거지'는 예쁜 베시의 부친이기도 한데 그의 이야기가 껄렁한 시로 노래되고 술집 간판으로 쓰이기도 하지만 그 품위를 손상하거나 저하시키는 못하며, 오히려 그의 위장(僞裝)에도 불구하고 빛나는 정신의 섬광들이 겉으로 드러나 반짝인다.* 이 고귀한 콘월 백작—실제로 그는 백작이었다—은 대단한 운명의 희롱을 받으며 자기가 모시던 군주로부터 부당한 판결을 받고는 모든 것을 박탈당하고 도망친 후, 꽃이 피는 베드놀 풀밭에서 꽃보다 싱싱하게 활짝 피고 있던 딸 곁에 앉아, 걸치고 있던 누더기와 거지 행색을 빛내고 있었다. 만약에 이 소녀와 그녀의 부친이 가게의 점원 노릇을 한다든지 3피트 높이의 봉제 작업대에서 자기네의 영락한 신세를 두고 속죄라도 하고 있다면 그 꼴이 보기에 더 좋을 것인가?

이야기나 역사 속에서는 거지가 늘 왕과는 정반대되는 인물로 나온다. 시인들이나 이른바 로맨스 작가들—정다운 마거릿 뉴캐슬**은 늘 그렇게 불렀다—이 운명의 전락을 가장 예리하고 절실하게 그릴 때면 으레 주인공이 본격적으로 거지꼴을 하게 될 때까지 이야기를 끌고 갔다. 그가 떨어지는 바닥의 깊이는 곧 그가 처해 있던 지위의 높이를 말해준다. 이도 저도 아닌

---

*엘리자베스 왕조 때 쓰인 담요(譚謠) 《베드놀 그린에 사는 거지의 딸》에 나오는 전설. 여기서 장님 거지는 시몽 드 몽포르의 아들 헨리일 거라고 여겨져 왔는데, 그는 전투 중에 시력을 잃었다고 한다. 그의 딸 베시는 기사와 결혼한다.
**64쪽 주석 참조.

어중간한 이야기의 제시는 우리의 상상력을 해칠 뿐이다. 운명의 전락을 미지근하게 그려서는 안 된다. 궁에서 쫓겨난 리어왕은 자기 의상을 벗고 결국은 "순수한 자연"에게 화답해야 하고,* 왕자의 총애를 잃게 된 크레시다도 아름답게 흰 것이 아니라 나병으로 인해 창백해진 두 팔을 뻗어 방울을 딸랑거리며 그릇을 내밀고 돈 한 푼 주십사고 애걸해야 한다.**

루키아노스*** 같은 풍자가들은 이 점을 아주 잘 알고 있으므로 위대한 인간들에 대한 경멸을 가차 없이 표하고자 할 때는 그 처지를 뒤집는 수법을 써서, 이를테면, 알렉산더 대제에 비할 만한 사람들이 그늘에 앉아 신발을 깁고 있는 모습이라든가 세미라미스**** 같은 지체 높은 여인들이 더러운 빨래를 걸고 있는 모습을 보여준다.

위대한 군주가 자세를 낮추어 빵집 주인 딸에게 애정을 쏟았다는 이야기가 노래된다면 어떻게 들릴 것인가? 하지만 코페투아 왕*****이 거지 처녀에게 청혼한다는 "진정한 담요(譚謠)"를 읽을 때 우리의 상상력은 조금도 손상되지 않는다.

가난, 가난뱅이, 빈민 같은 말은 모두 연민을 표하지만 그 연민에는 경멸이 섞여 있다. 그러나 거지를 당당하게 멸시할

---

*셰익스피어의 《리어 왕》 3막 4장 참조.
**셰익스피어도 《트로일로스와 크레시다》라는 희곡을 썼지만, 나병에 걸린 크레시다 이야기의 출전은 이 작품이 아니고 다른 작품이라고 한다. 옛날에는 나병 환자가 구걸할 때 사람들이 경계하도록 방울을 울렸다고 하는데, 그들이 내미는 그릇에도 뚜껑이 있어서 동전 따위를 넣어 흔들어 소리를 내기도 했다.
***기원후 2세기의 그리스어 풍자 작가.
****아시리아의 왕 니누스의 처.
*****거지 처녀와 결혼했다는 신화적인 아프리카의 왕. 셰익스피어의 《로미오와 줄리엣》 2막 1장에도 "코페투아 왕이 거지 처녀를 사랑하도록 화살을 정통으로 맞히었던 큐피드" 운운하는 구절이 나온다.

수 있는 사람은 없다. 가난은 상대적인 것이므로 각 단계의 가난은 그 "이웃 단계의 가난"에 의해 조롱된다. 가난이 거두는 임대료와 수입은 이내 합산되고 계산될 수 있다. 가난한 자들이 재산이 있다고 뽐내는 것은 우스꽝스러운 일이다. 그들이 저축을 하겠다고 가련하게 덤비는 것은 웃음이나 유발한다. 그 것을 보고 경멸하는 사람들이라면 누구나 별로 나을 것도 없는 자기 주머니를 그것과 비교해볼 수도 있다. 가난뱅이가 다른 가난뱅이를 길거리에서 만나면 무례하게도 상대방은 가난하지만 자기는 그래도 조금은 낫다는 것을 들먹이면서 상대를 괄시하는데, 지나가던 부자들은 이 두 가난뱅이를 모두 조롱한다. 하지만 비교하기를 좋아하는 악한도 거지에게 모욕을 주거나 거지의 주머니를 자기 주머니와 비교해볼 생각은 하지 않는다. 거지는 비교의 잣대에 오르지 않는다. 그는 재산 평가를 받지도 않는다. 그는 고백대로 가진 것이 아무것도 없는데 그것은 개나 양에게 가진 것이 없는 것이나 마찬가지이다. 거지가 가진 것 이상으로 으스댄다고 꼬집는 사람은 없다. 거지가 잘난 척한다고 비난하거나 거짓 겸손을 보인다고 나무라는 사람도 없다. 안전한 벽 쪽으로 걷겠다거나 먼저 지나가겠다며 거지와 몸싸움을 하는 사람도 없다. 부유한 이웃이 그를 거처에서 쫓아내려고 하는 일도 없다. 아무도 그에게 소송을 걸지 않는다. 아무도 그를 데리고 법정에 가지도 않는다. 내가 자립해서 살 수 있는 사람이니 망정이지, 만약 그렇지 못하다면 한 명문의 가신이나 충복이나 가난한 친척이 되느니 차라리 내 정신의 고매함이나 진정한 위대함을 고려해서 거지의 길을 택하겠다.

누더기가 가난한 자들에게는 치욕이 되겠지만 거지들에게

는 의상이요, 우아한 직업 표지(標識)요, 거지 노릇을 할 권리의 증표요, 정장이며, 공석에 나타날 때 으레 입고 나올 것이라고 기대되는 복장이다. 거지는 옷의 유행을 따르지 못하거나 유행에 뒤처진 채 어색하게 뒤뚱거리는 일이 없다. 그는 궁중 상복을 입을 일도 없다. 특별히 꺼리는 색이 없기 때문에 그는 모든 색의 옷을 입을 수 있다. 그의 의상은 퀘이커 교도들의 의상만큼도 변하지 않았다. 그는 이 세상에서 외모에 대한 연구를 하지 않아도 되는 유일한 사람이다. 세상사의 흥망성쇠는 더 이상 그의 관심거리가 아니다. 그만이 한 위치에 계속해서 머문다. 주식과 땅값은 그에게 아무 영향도 주지 않는다. 농업과 상업의 경기가 기복을 그려도 그와는 상관이 없고, 최악의 경우 그의 시주(施主)가 바뀔 뿐이다. 누구든 거지에게는 보석보증이나 신원보증을 서달라고 하지도 않는다. 아무도 그에게 종교나 정치적 견해를 물으며 귀찮게 굴지 않는다. 거지야말로 이 우주에서 유일한 자유인이다.

이 위대한 도시의 거지들은 많은 구경거리요 명물이었다. 나는 런던 거리에서 호객하는 소리를 없애고 싶지 않은 것처럼 거지도 없애고 싶지 않다. 거리의 어느 한 구석도 거지 없이는 완전하지 못하다. 거지들은 담요 노래꾼만큼이나 꼭 필요한 존재이며, 그 화려한 옷차림은 구시가지의 간판들만큼 장식적이다. 그들은 항구적인 교훈이요, 귀감이며, 기념물이고, 해시계에 새겨진 명문(銘文)이요, 부활절 월요일에 듣는 설교이며, 아이들이 읽어야 할 책이고, 높다란 밀물처럼 몰려드는 살찐 시민에 대한 건전한 억제요 저지이기도 하다.

보아라

저 가엾게 영락한 파산자들을.*

무엇보다도, 링컨즈 인 가든의 벽을 따라 앉아 있던 토비트**들이 생각난다. 그 장님들은 현대인의 결벽증 때문에 그곳에서 쫓겨나게 될 때까지 충실한 안내견 옆에서 연민의 빛과, 혹시 가능하다면, 광명까지도 붙잡으려고 망가진 눈을 치켜뜨고 있었는데 지금은 어디로 가버렸단 말인가? 깨끗한 공기와 따스한 햇살이 있는 곳에서 쫓겨난 그들이 자기네 시력만큼이나 꽉 막힌 어느 답답한 구석으로 가 있을까? 어느 황량한 빈민구제소에서 그들은 사방으로 벽에 둘러싸인 채 실명과 구속이라는 두 겹의 암흑을 견디며 살고 있을까? 행인들의 명랑하고 희망적인 발걸음 소리가 들리지 않는 곳에서는 반 푼짜리 동전이 떨어지며 내는 쨍그랑 소리가 그들의 쓸쓸한 박탈감을 위무해주는 일도 더 이상은 없지 않을까. 이제는 쓸모없게 된 그들의 지팡이는 어디 걸려 있을까? 그들이 데리고 다니던 안내견을 지금은 누가 부려먹고 있을까? 선트 L. 교회의 빈민 감독관들이 그 개들을 사살하도록 했을까? 아니면 __교회의 인정 많은 목사님이신 B의 제안으로 그 개들은 자루 속에 묶인 채 템스 강에 던져진 것일까?

라틴어로 시를 쓴 시인들 중에서도 가장 고전적인 동시에 가장 영국적이었으며 성미도 까다롭지 않았던 빈센트 번***의

*셰익스피어의 희극《뜻대로 하세요》 2막 1장의 한 구절을 자유롭게 인용한 것.
**구약성서의 외경 〈토비트〉에 나오는 장님이다.

영혼은 안식하시라! 그는 자기가 쓴 시 중에서도 가장 아름다운 〈개의 묘비명(Epitaphium in Canem)〉에서 인간과 네발짐승 간의 연대랄까 개와 사람사이의 우정이랄까 하는 주제를 다룬 적이 있다. 독자여, 그것을 읽어보시라. 그러고 나서 이런 좋은 시를 쓰도록 영감을 준 그 흔한 광경의 성격이 이 넓고 번잡한 수도의 거리를 날마다 지나다니는 행인들의 도덕적 감정에 해를 끼칠 것인지 아니면 유익할 것인지를 말해보시라.

> 가엾은 아이러스의 충실한 개였던 나, 여기 누워 있노라.
> 나는 장님 주인의 길잡이요 보호자가 되어
> 그분의 발걸음을 보살폈다네. 지금은 그분이
> 길거리나 건널목에서 겁을 먹고 지팡이를 내밀며
> 길을 찾아다니지만, 내가 섬길 때는
> 지팡이가 필요하지 않아 세워 두곤 했었지.
> 내 정다운 목띠를 잡고 안전하게 안내받으며
> 그분은 꿋꿋이 나아가서 어떤 돌 위에 있는
> 자기 자리에 이르곤 했었지. 그 근처에서는
> 밀물처럼 모여든 많은 행인들이 오갔고,
> 주인은 그들을 향해 아침부터 저녁까지
> 크고 열띤 소리로 자기의 암담한 처지를 울부짖었네.
> 그 울부짖음이 온통 헛되지는 않아, 여기저기서
> 마음씨 곱고 착한 이들이 푼돈을 주었지.

***시인 윌리엄 쿠퍼의 스승이었던 빈센트 번(1697~1747)은 웨스트민스터 학교의 교사로서 라틴어로 쓴 시집을 낸 적이 있다. 여기서는 인용된 라틴어 시구의 영역본을 옮겼다.

그사이 나는 그분의 발치에서 고분고분 잠을 잤지만,
자기만 한 것은 아니고 듣기도 했었지.
그분이 조금만 움직여도 내 귀는 쫑긋하며
늘 그분이 나눠 주는 빵 조각을 얻어먹거나
그분의 고기 잔치에도 동참했다네.
그러면 밤이 찾아와 긴 하루를 지루하게 구걸하느라
지쳐빠진 우리를 집으로 향하게 했지.
그런 식으로 그렇게 살고 있었는데
끝내 노쇠와 고질병이 나를 찾아와
눈먼 주인 곁에서 떼어놓았네.
하지만 그 선한 공덕이 사라지지 않도록,
세월이 흘러 침묵의 망각 속에 묻히지 않도록,
아이러스는 이 작은 띠 무덤을 마련하고
검소하게 값싼 비석을 세운 후
짤막한 비명까지 새겼으니
오랫동안 영원한 삶을 함께한
거지와 그의 개의 미덕을 증언하기 위함이네.

　　지난 두세 달 동안 이 침침한 눈으로 한 유명인사의 모습이
랄까 아니면 그의 반쪽 모습을 찾아보았지만 헛일이었다. 그
사람의 단정한 상반신은 나무로 만든 장치를 타고 런던의 포장
도로 위를 아주 잽싸게 미끄러지듯 굴러다녔는데 시민들이나
외국인들 그리고 아이들에게는 구경거리였다. 건장한 체격에
선원처럼 혈색이 좋은 얼굴을 하고 있던 그는 비바람이 칠 때
나 맑을 때나 모자를 쓰지 않았다. 그는 자연히 호기심거리가

되었고, 과학적 탐구심을 가진 사람들에게는 억측의 대상이요 순박한 사람들이 보기에는 기이한 인간이었다. 아이들도 그 우람한 사람이 자기네 키 높이로 자세가 낮은 것을 보고는 눈이 휘둥그레지곤 했다. 보통 절름발이들은 사지를 반밖에 달고 있지 않은 이 거인의 체격이 그렇게 건장하고 마음이 씩씩한 것을 보고 자기네의 무기력함을 경멸했다. 그를 보지 못한 사람은 거의 없을 것이다. 그를 그런 불구자로 만든 사고는 1780년에 있었던 폭동* 때 일어났고, 그가 땅을 기어 다니기 시작한지도 오래됐다. 그는 대지에서 태어난 안타이오스**처럼 자기와 가까운 땅에서 늘 새 힘을 빨아들이는 듯했다. 그는 하나의 장대한 단편(斷片)이었으며 엘긴의 대리석 조각처럼 훌륭했다. 그의 박탈당한 두 정강이와 넓적다리를 보강해주어야 할 기력은 사라진 것이 아니라 그의 상반신 속으로 숨어들었고 그는 헤라클레스의 반쪽 같은 장사가 되었다. 지진 직전의 쿵쾅 소리 같은 으르렁거림을 듣고 내가 아래쪽을 보면, 맨드레이크***처럼 생긴 그가 불길하게 출현한 자기 모습을 보고 놀라 펄쩍 뛰는 말을 꾸짖고 있었다. 그는 자기에게 온전한 모습만 있다면 그 무례한 네발짐승을 갈기갈기 찢어놓고 싶다는 눈치였다. 그는 신화에 나오는 반인반수 켄타우로스*의 인간 부분에 해당하는

---

*1780년에 개신교 광신도들이 폭동을 일으켜 며칠간 런던 거리를 장악했던 일을 가리킨다.
**바다의 신과 대지 사이의 아들로 태어난 리비아의 거인. 그가 땅을 건드릴 때마다 그의 모친인 대지는 그에게 힘을 주었다고 한다. 하지만 그는 헤라클레스에게 살해되었다.
***지중해산 가지과 유독식물인데 뿌리가 인체를 닮았다고 해서 뽑으면 비명을 지른다는 전설이 있다.

사람이고, 말에 해당하는 나머지 반쪽은 라피타이족과의 무서운 싸움에서 그만 잘려나가고 만 듯했다. 그는 자기에게 남은 신체의 반쪽만으로도 잘해나갈 수 있는 것처럼 움직이고 다녔다. 얼굴을 위쪽으로 향하는 일도 없지 않았다. 그는 하늘을 향해 즐거운 얼굴을 치켜들기도 했다. 그는 42년간이나 옥외에서 볼일을 보았고, 그 일에 머리까지 희어진 지금은 그 멋진 기백이 전혀 손상되지 않았음에도 불구하고, 자기의 자유로운 옥외 활동을 빈민구제소에서의 구속 생활과 바꾸어야 했다. 그것에 만족하지 못한 탓에 지금은 '교도소'라는 아이러니컬한 이름이 붙게 된 곳 중의 하나에서 불복종의 대가로 죗값을 치르고 있다.

일상적으로 볼 수 있는 이런 광경은 흉물스럽다고 여겨지므로 법을 끌어들여 제거해야 할까? 이것이 대도시의 행인들에게 건전하거나 감동적인 광경이 될 수 없다는 걸까? 대도시라는 것은 온갖 광경, 박물관 및 입이 벌어지게 할 정도의 호기심 거리 같은 것들을 모아놓되 그것도 한없이 많이 모아둔 곳이 아니고 무엇이란 말인가? 그런 것이 없다면 우리가 무엇 때문에 대도시를 가지고 싶어할 건가? 그런데도 대도시의 풍경 중에는 자연의 변덕 때문이 아니라 사고로 인해 불구자가 된 사람이 들어설 여지가 없단 말인가? 42년 동안 돌아다니면서 그가 소문대로 수백 파운드의 재산을 자식에게 떼어 줄 수 있을 정도로 돈을 긁어모았다고 한들 그게 어떻단 말인가? 그 과정

*신화에 나오는 켄타우로스는 가슴부터 윗부분은 인간이고 그 아랫부분은 말이다. 켄타우로스 일족은 어느 결혼식장에서 라피타이족과 싸움을 벌인 것으로 전해지고 있다.

에 그가 누구에게 피해를 주었거나 속인 적이라도 있는가? 돈을 준 사람들은 그 대가로 구경거리를 보았던 셈이다. 종일 더위, 비 또는 추위에 시달리면서 그 볼썽사나운 상반신을 공들여 고통스럽게 끌고 다니던 그가 밤이 되면 동료 절름발이들의 클럽에 가서 따뜻이 데운 고기와 야채로 된 식사를 즐겼다면서 한 성직자는 의회 위원회에서 그를 엄중히 비난했다. 하지만 이런 이야기와 자식에게 참다운 부성애적 고려를 했다는 이야기는, 혹시 사실이라 하더라도, 비석을 세워주지는 못할망정 그를 말뚝에 묶어놓고 매질을 할 구실은 못 될뿐더러, 적어도 그를 중상모략할 핑계가 된 그가 밤마다 탐닉한다는 그 과장된 잔치와도 합치되지 않는 일이다. 그런데도 우리는 그런 것을 빌미로 그 스스로 선택했으며 남에게 해가 되기는커녕 오히려 교훈적이던 생활방식을 그에게서 박탈한 후 완강한 떠돌이라는 죄목을 씌워 노년기의 그를 감옥으로 보내서야 될 말인가?

한때는 요릭* 같은 사람도 있었는데, 요릭이라면 불구자들의 잔치에 합석해서 우의의 표시로 그들을 축복하고 얼마 안 되는 돈이라도 내어놓는 것을 부끄럽게 여기지 않았을 것이다. "시대여, 그대는 그 혈통이 끊어지고 말았구나."**

거지들이 모았다는 엄청난 재산에 대한 이야기들 중의 절반은 구두쇠들의 비방이라고 나는 진정으로 믿는다. 그런 이야기 중 하나가 얼마 전에 대중신문에 떠들썩한 화제로 올랐는데 늘

---

*셰익스피어의 《햄릿》 5막 1장에서 언급되는 궁중 광대의 이름. 18세기 소설가 로렌스 스턴의 《트리스트럼 섄디》에도 등장한다.
**셰익스피어의 《줄리어스 시저》에서 캐시우스가 "로마여, 그대의 고귀한 혈통이 끊어졌구나"라고 말하는 대목을 연상시킨다.

그렇듯이 자선행위와 관계된 여러 추측들이 있었다. 영국은행의 행원으로 있는 사람이 이름조차 모르는 사람으로부터 500파운드의 유산을 받게 되었다는 통보를 받고 놀랐다는 이야기였다. 매일 아침 그는 자기가 살고 있던 페컴 혹은 그 인근의 어느 마을에서 직장까지 걸어가는 도중에 그 구역의 도로에 앉아 바르티매오*처럼 구걸하고 있던 장님의 모자에 반 푼짜리 동전 떨어뜨리기를 20년이나 계속했다는 것이다. 그 늙은 거지는 자기에게 매일같이 동냥을 주는 사람을 목소리만 듣고도 알아보았는데, 죽을 때 아마도 반세기 동안이나 동냥을 해서 모았을 전 재산을 그 오랜 은행원 친구에게 남겼던 것이다. 이런 이야기는 장님에게 동냥을 주지 못하도록 우리의 마음을 닫게 하고 푼돈을 아끼게 하는가? 아니면, 한편으로는 바르게 베푸는 자선을, 다른 한편으로는 고귀한 보은을 가르치는 아름다운 교훈인가?

나는 내가 바로 그 은행원이었다면 좋겠다는 생각을 이따금 한다.

나는 햇빛을 받으며 앉아서 시력도 없는 두 눈을 치켜들고 껌벅이면서 고맙다고 하던 어느 가엾은 늙은이 생각이 나는 듯하다.

내가 지갑을 꼭 덮어두고 그를 내칠 수가 있었을까?

아마도 내게 잔돈이 없을 수는 있었을 것이다.

독자여, 속이기니 속임수니 하는 무정한 말이 들리더라도 겁을 먹지 마시라. 중요한 것은 '주고 아무것도 묻지 않는 것'

---

*〈마가복음〉 10장 46절에 나오는 예리고의 소경.

이다. 그대의 빵을 물 위에 던져두어라.* 그 은행원처럼 동냥을 주다가 더러는 부지불식간에 천사 같은 사람들을 대접하게 되는지도 모를 일이다.**

거지들이 궁핍을 가장하고 있을 거라고 여기면서 언제나 지갑 끈을 조이지는 마시라. 이따금 자선을 행하시라. 외관상 눈에 띄게 가난해 보이는 녀석이 당신 앞에 나타나서 어린 것들이 일곱 명이나 있으니 좀 도와달라고 하거든 그 아이들이 진짜로 있기나 하냐고 캐묻지 마시라. 반 푼짜리 한 닢을 아끼기 위해서 그 달갑잖은 진실의 내막 속으로 파고들지 마시라. 거지의 말을 그대로 믿어주는 것이 좋다. 그가 가장하는 외양과 그의 정체가 전혀 다르다고 하더라도 동냥을 주도록 하시고, 그가 가장 행세를 할 경우에도 가난한 총각 한 사람을 도와준다고 생각하는 편이 좋겠거든 그렇게 하도록 하시라. 그들이 거짓 표정으로 비렁뱅이 소리를 내며 다가오거든 그들을 연극배우라고 여기시라. 희극배우가 그런 짓을 하는 척할 때 우리는 그걸 보기 위해 돈을 내지만, 가난한 사람들의 경우에는 그런 짓들이 가장된 것인지 아닌지를 확실하게 분별할 수가 없다.

---

*구약 〈전도서〉 11장 1절 참조. 여기서는 흠정판 영어성경 구절을 직역했다. 공동번역 성서에서는 "돈이 있거든 눈감고 사업에 투자해두어라. 참고 기다리면 언젠가는 이윤이 되어 돌아올 것이다"라고 번역했지만 여기서 램은, 선행을 베풀면 반드시 보답 받는다는 뜻으로 이 구절을 인용하고 있다.
**〈창세기〉 18장 2절 및 19장 1절 등 참조.

세월 그리고
오래된 풍습

돼지구이를 논함

내 친구 M*이 어떤 중국 문헌을 읽고 나에게 친절하게 설명해
준 바에 의하면 인류는 처음 7만 년 동안, 아비시니아 사람들
이 오늘날까지도 그러는 것처럼, 살아 있는 짐승들의 날고기
를 할퀴거나 물어뜯어서 먹었다는 것이다. 중국의 위대한 공자
는 그의 저서 《세계의 변화》** 제2장에서 그 시기를 분명히 암
시하고 있으며, 글자 그대로 옮기면 "요리사의 휴일"이라는 뜻
이 되는 '초팡'***이란 말로써 그는 일종의 황금시대를 가리키
고 있다. 그 문헌에 의하면, 굽는(roasting) 기술 혹은 그보다
역사가 더 길다고 여겨지는 불에 쬐는(broiling) 기술은 다음
일화에서 보다시피 우연히 발견되었다. 어느 날 아침 돼지치기
호티가 여느 때처럼 돼지에게 먹일 갖가지 열매를 줍기 위해

*토머스 매닝(1774~1840). 언어학자요 동방 여행가였다.
**《역경(易經)》을 가리키지 않겠느냐고 생각할 수도 있겠으나, 램이 가공적인 책이
름을 거론하고 있을 가능성이 더 많다.
***초팡(Cho-fang)은 '주방(Chufang, 廚房)'을 가리키는 듯하지만, 여기서 램은 물
론 이 말의 뜻을 임의로 풀어서 쓰고 있다.

숲 속에 들어가며 맏아들 보보에게 오두막을 지키게 했다. 몸집만 컸지 매사에 서툴기만 하던 그 소년은 당시의 젊은이들이 흔히 그랬듯이 불장난을 좋아했는데, 그날 아침에는 짚단에 불티가 튀어 그만 불이 붙었고 그 초라한 주택은 온통 불길에 휩싸여 끝내 잿더미로 화하고 말았다. 집이랄 것도 없는 선사시대의 오두막이 타버렸을 테지만, 그것보다 더 중요한 것은 아홉 마리나 되는 갓 태어난 돼지 새끼들이 불에 타 죽었다는 것이었다. 우리가 책을 통해 알고 있는 아득한 옛날부터 중국산 돼지가 동양에서는 사치품으로 여겨지고 있었다. 독자 여러분도 짐작하시겠지만, 보보는 무척 놀랐는데 그건 타버린 집 때문이 아니고 잃어버린 돼지 새끼 때문이었다. 그까짓 집쯤이야 언제라도 아버지와 함께 마른나무 가지를 구해서 한두 시간쯤 일하면 쉽게 다시 지을 수가 있었을 것이다. 그래서 아버지가 돌아오면 무어라고 말해야 할까 곰곰이 생각하면서, 때 아니게 죽음을 당한 돼지 새끼 한 마리의 유해에서 아직도 연기가 나는 것을 지켜보며 두 손을 비비고 있는데, 일찍이 맡아본 적이 없는 묘한 냄새가 그의 코를 찔렀다. 어디서 나는 냄새였을까? 불타버린 오두막에서 나는 냄새는 아니었다. 그 운수 나쁜 불장난꾼의 부주의로 집에 불이 난 것이 처음이 아니었기 때문에 불탄 집 냄새는 전에도 맡은 적이 있었다. 그러나 그 냄새는 어떤 알려진 약초나 잡초나 꽃 냄새와는 전혀 닮지 않았다. 바로 그때 무엇인가를 예감케 해주듯이 그의 아랫입술에 침이 흐르기 시작했다. 그는 어떻게 생각해야 할지 알 수 없었다. 그는 그 돼지가 혹시 살아 있나 살피기 위해 허리를 굽혀 만져보았다. 손가락이 타는 듯한 느낌을 받은 그는 얼간이처럼 손가락을 입에 넣고 식혔다. 마침 바짝 탄 돼지 껍질 부스러기가 그의 손가락에 묻어 있었고, 그는 평생 처음으로, 아니, 이 세상이 아직 그 맛을 본 적이 없었으니 인류 역사상 처음으로, 구운 돼지의 바삭거리는 껍질 맛을 보게 되었다. 그는 다시 돼지를 만지고 더듬어보기도 했다. 이제는 전처럼 뜨겁지 않았지만 그는 습관대로 손가락을 핥았다. 그 소년은 이해력이 무뎠지만, 그 좋은 냄새를 풍기는 것은 돼지였고 그처럼 맛이 좋은 것도 바로 돼지였다는 진실을 깨쳤다. 그래서 그는 그 새로 터득한 즐거움에 홀딱 빠진 채, 타버린 껍질에 살코기까지 붙은 것을 한 줌씩 찢어서 야비하게 입에 처넣고 삼켰다. 그때 그의 아버지가 아들을 응징할 막대기를 찾아 들고 아직 연기가 나는 서까래 사이로 헤치고 들어왔고, 거기서 벌어지고 있는 광경을 보자 그 어린 악동의 어깨를 무수히 때리기 시작했다. 보보는 마치 굵은 우박을 맞는 듯한 느낌이 들었지만 그 매질을 파리 떼의 공세만큼도 개의치 않았다. 뱃속에서 느끼고 있던 그 간지러운 쾌감 때문에 그는 배에서 멀리 떨어진 몸의 다른 부위가 느낄지도 모르는 불편에 대해서 아주 무감각할 수 있었다. 그의 아버지는 아무리 매질을 해도 아들을 돼지에서 떼어낼 수 없었다. 결국 아들은 그 돼지를 거의 모두 먹어치웠고, 그 무렵이 되어서야 비로소 아버지는 상황을 눈치채고 아들과 다음 대화를 했다.

"못난 녀석 같으니, 대체 무얼 먹고 있는 거냐? 그 못된 장난을 하느라고 집을 세 채씩이나 태워 날 망치고도 아직 모자라서 그러니, 망할 녀석 같으니! 너, 불을 먹고 있는 거지? 그게 뭐냐? 말해봐."

"아버지, 돼지예요, 돼지란 말예요! 불탄 돼지의 맛이 얼마나 좋은지 아버지도 어서 맛을 보셔요."

호티의 귀는 놀라움으로 인해 얼얼했다. 그는 아들에게 욕을 하고 나서 불에 탄 돼지나 뜯어먹는 못난 아들을 둔 자신의 신세를 한탄했다.

아침부터 후각이 놀라울 정도로 예민해졌던 보보는 이내 다른 한 마리의 돼지를 긁어내더니 쭉 찢어서 작은 토막을 아버지의 손에 억지로 쥐어주고는 "잡숴보세요, 잡숴보시라니까요, 아버지, 불에 탄 돼지고기를 잡숴보세요, 그저 맛만 보세요, 제발요!" 이렇게 야만인처럼 소리를 지르면서도 그는 숨이 막힐 정도로 돼지고기를 입에 처넣고 있었다.

호티는 그 끔찍스러운 고기 토막을 쥔 채 온몸을 덜덜 떨면서, 그 어린 자식을 자연의 이치를 어기는 괴물로 보고 죽여야 할지 마음의 갈피를 잡지 못하고 있었다. 그때 아들의 경우처럼 뜨거운 돼지 껍질이 그의 손가락에 닿았고, 그 또한 손가락을 입에 넣어 식히느라 구운 고기 맛을 보게 되었다. 그가 아무리 역겹다는 표정을 지으려 해도 그 맛만은 싫지가 않았다. 이 대목에 이르자 그 문헌도 약간 지루해졌으므로 결론만 말하건대, 부자는 그 어지러운 자리에 버티고 앉아 그 한배의 돼지 새끼들을 모두 먹어치울 때까지 자리를 뜨지 않았다.

아버지는 보보에게 그 비밀을 누설치 말도록 당부했다. 만약에 이웃 사람들이 알게 되면 호티 부자야말로 하늘이 내리신 훌륭한 고기의 맛을 개량해보려고 한 혐오할 만한 녀석들이라고 여기고 돌로 때려죽일 것이 분명했다. 하지만 이상한 소문이 나돌았다. 호티의 오두막이 이전보다 더 자주 불타버린다는 사실을 동네 사람들이 눈여겨보고 있었던 것이다. 그때부터는 일어나는 일이라곤 화재뿐이었다. 대낮에 불이 나는가 하면 밤에도 났다. 호티네 암퇘지가 새끼를 낳을 때마다 그의 집은 어김없이 불길에 휩싸였다. 더욱 눈에 띄는 것은 호티 자신이 불을 낸 아들에게 벌을 주기는커녕 전보다도 아들을 더 귀여워하는 듯했다는 점이었다. 드디어 부자는 감시를 받았고 그 무시무시한 비밀이 탄로 나자 당시 순회재판소 소재지로, 보잘것없는 고을이었던 베이징으로 소환되어 재판을 받았다. 증거물이 제시되고 그 흉칙한 음식이 법정에 제출된 후 배심원들이 평결을 내리려는 순간, 배심원 대표는 죄인들의 기소 이유가 된 그 불에 탄 돼지고기를 조금만 배심원 석으로 보내달라고 했다. 그는 그 고깃덩어리를 만져보았고 나머지 배심원들도 모두 만져보았다. 보보 부자처럼 손가락이 뜨거워지자 그들은 본능적 충동에 따라 똑같이 손가락을 입에 넣는 처방을 썼다. 그 결과, 겉으로 드러난 모든 사실 및 판사가 제시한 분명한 기소 내용과는 어긋나게, 배심원들은 자리를 떠나 어떤 식으로든 협의하는 일도 없이 그 자리에서 이구동성으로 '무죄' 평결을 내리고 말았고, 그걸 본 고을 사람들, 이방인들 그리고 기자 등 법정에 있던 모든 사람들은 몹시 놀랐다.

판사는 눈치 빠른 녀석이라 그 평결이 명백히 잘못되었음을 알았지만 눈을 감아주었다. 법정이 파한 후 그는 몰래 가서 돈과 갖은 수단을 써서 모든 돼지를 사들였다. 며칠 후에 그 판사의 집에 불이 난 것을 사람들은 볼 수 있었다. 그 소문은 날개가 돋친 듯이 고을에 번져나갔고, 그때부터는 사방에서 볼 수 있는 것은 불밖에 없었다. 그 일대에서는 땔감과 돼지 값이 엄청나게 올랐다. 화재보험 회사들은 하나같이 문을 닫고 말았다. 사람들은 매번 더 빈약하게 집을 지었기 때문에 그러다가는 건축술 자체가 머지않아 잊히고 말 것이 아니냐는 걱정마저 일게 되었다. 이렇게 집에 불을 지르는 풍습이 계속되며 세월은 흘렀고, 내가 본 문헌에 의하건대, 결국은 우리 영국의 로크*에 비할 만한 현인이 나타나서 돼지고기나 그 밖의 짐승 고기를 조리하기 위해 집에 불을 지르지 않고도 "불에 구워" 요리할 수 있다는 것을 발견했다. 그래서 조잡한 형태의 석쇠가 고안되었다. 끈이나 꼬챙이에 꿰어 굽는 법은 한두 세기 지나 고안되었지만 그게 어떤 왕조 때였는지는 잊었다. 인류에게 가장 쓸모 있고 또 언뜻 보기에 가장 뻔한 조리 기술이 이런 식으로 서서히 발전했다는 것이 그 문헌의 결론이다.

위의 이야기에 지나친 암묵적 신임을 주지는 않는다 하더라도, 특별히 오늘날 어떤 요리건 하기 위해 집에 불을 지르는 것 같은 위험한 실험에 그럴듯한 핑계를 대어야 한다면, 돼지 구이에서 그 핑계나 변명을 찾을 수 있을 거라는 데에 누구나 동의할 것이다.

'먹을 수 있는 것들의 세계'에서 볼 수 있는 모든 맛 좋은 것들 중에서도 나는 구운 돼지야말로 '진미 중의 으뜸'이라고 주장하고 싶다.

내가 말하는 것은 다 자란 돼지나 너무 크지도 작지도 않은 중돼지가 아니라, 태어난 지 한 달도 되지 않아 아직도 젖을 빠는 새끼 돼지이다. 이 어린 돼지들은 우리 속의 오물이 아직 묻

*영국의 철학자 존 로크를 뜻한다.

지 않았고, 선조들로부터 전습된 결함인 '오물 애호'라는 원죄를 아직 드러내기 전이며, 그 울음도 변성기에 들기 전이라 새끼다운 고음으로 겨우 꿀꿀대는 법이나 흉내 내고 있으므로 어른 돼지 울음의 온건한 전조(前兆)랄까 서주(序奏)일 뿐이다.

이 돼지는 모름지기 구워야 제맛이 난다. 나는 우리의 선조들이 돼지를 끓이거나 삶아서 먹었다는 것을 모르는 바 아니나, 그럴 경우 그 바삭바삭한 껍질 맛을 희생해야 한다.

나는 노릇하고 바삭하게 조심조심 알맞게 구워낸 새끼 돼지 껍질에 비유할 만한 맛이 이 세상에는 없다고 주장하겠다. 그걸 영어로 '크랙클링'*이라고 부르는데 그럴듯하게 붙인 이름이다. 그것이 나오는 잔칫상에서는 이빨을 써서 그 단단하지만 쉽게 부서지는 껍질을 씹는 즐거움을 한몫 누릴 수 있다. 이에 달라붙는 껍질의 기름기를 어찌 지방이라고만 부를 수 있으랴! 그것은 무어라 형언할 수 없는 달콤함이 자라나 생성된 것이요, 지방이 부드럽게 꽃을 피운 것이요, 꽃봉오리 상태에서 거두거나 새순 상태에서 취한 지방이다. 아직 철이 들지 않은 상태에서 아기 돼지가 먹은 음식에서 빚어진 진수는 기름기야 있든 없든 고기 '만나'**요, 굳이 지방이니 맨 살코기니 하는 속된 말을 써야 한다면, 그 두 가지가 서로 섞이고 어우러져서 천신들이 즐길 만한 음식 또는 누구나 즐기는 공동의 음식이 되었다.

*crackling은 바삭거리는 물체를 형용하는 의성어인데 여기서는 명사로 쓰이고 있다.
**'만나'는 하늘나라의 음식인데 원래 곡식으로 만들었다. 〈출애굽기〉 16장 14~15절 참조.

새끼 돼지가 구워지는 광경을 보시라. 그가 받아들이고 있는 것은 태우는 열기가 아니라 상쾌한 훈기인 것 같다. 줄에 꿰인 채 얼마나 의젓하게 빙빙 돌고 있는가! 이제 다 구워졌군. 그 어린 나이에 어떻게 그런 극단적 감수성을 보일 수 있을까! 그 귀여운 눈은 너무 울어 빠져버렸는지 빛나는 젤리 같다. 아니, 별똥 같다.

접시 위에 놓인 새끼 돼지를 보시라. 그 두 번째 요람에서 온유하게 누워 있지 않은가! 여러분은 그 새끼 돼지가 커서 성숙한 돼지들에게 흔히 나타나는 거칠고 고집 센 성미를 보이게 하고 싶은가? 그것이 자라났다면 십중팔구 많이 먹기나 하고 지저분하고 고집 세고 불쾌한 짐승이 되어버렸을 것이며, 온갖 추잡함이나 보이며 버둥거리고 있었을 것이다. 그러니 그 새끼 돼지는 다행히도 그런 죄악에서 떨어져 나온 셈이다.

죄악에 메마르고 슬픔에 시들기 전에
때맞춰 죽음이 찾아와서 돌보노니*

새끼 돼지에 대한 기억은 향기롭기만 하다. 싸구려 베이컨을 먹다가 그 역겨운 맛에 메스꺼움을 느낀 촌뜨기처럼 욕을 하는 사람도 없고, 석탄운반원이 냄새 고약한 소시지 속에 그를 채워서 꿀컥 삼킬 일도 없다. 새끼 돼지는 현명한 미식가의 흡족한 위장 속에 아름다운 무덤을 가지게 되며, 그런 무덤이라면 미련 없이 죽을 수도 있다.

*콜리지의 〈어떤 아이의 묘비명〉에서 인용된 구절.

새끼 돼지는 진미 중에서도 최고 진미다. 파인애플도 맛은 기막히다. 그 맛은 너무나 뛰어나서 그것을 먹는 즐거움이 죄를 짓는 일은 아니라 해도 거의 죄를 짓는 듯한 느낌을 줄 정도이기 때문에 양심이 고운 사람은 먹기를 주저할 지경이다. 또 그것은 인간의 미각을 너무 황홀하게 하기 때문에 먹으려고 다가오는 입술을 해치거나 따끔하게 할 정도이고, 애인들의 키스처럼 물기도 한다. 그것을 즐기는 일은 너무 치열해서 사람들을 미치게 하기 때문에 그 즐거움은 거의 고통에 이를 지경이다. 하지만 파인애플의 맛이야 어디까지나 입에서 그칠 뿐 결코 식욕을 좌우하지는 못하며 심하게 배가 고픈 사람이라면 언제나 파인애플을 양고기 토막과 바꾸려고 할 것이다.

이제 새끼 돼지를 찬양해보자. 돼지는 비판적인 미각을 가진 이들의 까다로움을 만족시킬 뿐만 아니라 식욕을 자극하기도 한다. 힘이 센 사람은 그를 양껏 먹을 것이고, 약한 사람도 그 부드러운 육즙은 사양치 않는다.

인간의 성품에서는 미덕과 죄악이 섞여 한 덩이로 복잡하게 엉켜 있기 때문에 그것을 푸는 데 으레 위험이 따르지만, 새끼 돼지는 처음부터 끝까지 선(善)으로 일관한다. 새끼 돼지는 어느 한 부분이 다른 부분보다 맛이 더 낫거나 못하지 않기 때문에, 그 얼마 되지 않는 분량이 미치는 한, 식탁에 둘러앉은 사람들이 고루 맛 좋은 부분을 먹을 수 있게 하며 결코 손님들의 불평을 사는 일이 없다. 실로 새끼 돼지는 이웃 간의 친목을 도모하는 먹을거리이다.

이 세상에 살다가 운이 좋아서 맛있는 것을 얻게 되면 아끼지 않고 친구에게 거침없이 나누어주는 사람들이 있거니와, 나는 그런 행운을 거의 누리지 못하면서도 그런 사람들 축에는 들어간다. 장담하거니와, 나는 친구의 즐거움이나 기호나 마땅히 누려야 할 만족에 대해 마치 내 자신의 일인 양 큰 관심을 가진다. 나는 "선물을 하면 눈앞에 없는 사람들과도 정다워진다(Presents endear Absents)"*는 말을 자주 쓴다. 그래서 토끼니 꿩이니 자고니 도요새니 '길든 농가의 새'**라고 일컬어지는 닭이니 거세한 수탉이니 물떼새니 소금에 절인 돼지고기니 여러 통의 굴 같은 것들이 생기면 나는 거침없이 나누어 먹는다. 말하자면 나는 내 친구의 혀를 통해 그런 것들을 맛보고 싶어 한다. 그러나 이런 선심 쓰기도 어느 정도에 이르면 중단해야 한다. 우리는 리어 왕처럼 "모든 것을 주어버리려"*** 하지는 않는다. 그러니 새끼 돼지 앞에서는 내 선심 쓰기에도 단호한 선을 그어야겠다. 내 개인적인 입맛에 맞추어서 각별히 정해서 보내온 반가운 선물에다 우정이니 뭐니 하는 구실을 붙여 집 밖으로 내보낸다는 것은 모든 진미들을 보내주시는 하느님에 대한 배은망덕이라고 여긴다. 그러다가는 내가 무정한 사람이라는 주장이 나오게 될 것이다.

학창 시절에 그런 일로 내가 양심의 가책을 느꼈던 일이 생각난다. 나이가 지긋하고 인자한 숙모님께서는 휴일이 끝나 내가 떠날 때가 되면 어김없이 내 주머니에 사탕과자라든가 뭐 그런 맛 좋은 것을 가득히 넣어주곤 했는데, 어느 날 저녁에는

---

*여기서 "선물(presents)"이란 말은 "참석자"라는 뜻으로 풀이될 수 있고, "부재자들(absents)"과 압운을 이루기도 한다.
**밀턴의 《투사 삼손》에 나오는 구절.
***셰익스피어 《리어 왕》 2막 4장 246행 참조.

오븐에서 갓 나와서 아직 김이 모락모락 나는 건포도 과자를 나에게 주면서 잘 가라고 하셨다. 런던 브리지 건너편에 있던 학교로 돌아가는 길에 백발이 성성한 늙은 거지 한 사람이 내게 절을 했다. 지금 생각해보면 그가 거짓으로 거지 행세를 하고 있었음에 틀림이 없다. 마침 그를 위로해줄 만한 잔돈이 내게는 없었다. 그래서 나는 학생답게 극기(克己)라는 허영심과 자선을 베풀겠다는 허세로 그만 그에게 과자를 몽땅 주고 말았다. 그런 경우에 누구나 느끼겠지만 나는 흐뭇한 자기만족으로 들뜬 채 얼마 동안 걸어가고 있었다. 그러나 미처 다리를 다 건너기도 전에 나는 제정신을 차렸고 착한 숙모님께 내가 배은망덕했다는 생각을 하며 그만 울음을 터뜨리고 말았다. 그 맛 좋은 선물을 한 번도 만난 적이 없는 낯선 사람에게 주어버리다니! 게다가 그자가 혹시 악한일 수도 있지 않은가! 숙모님께서는 다른 사람이 아니고 바로 내가 그 맛 좋은 과자를 먹으리라 생각하며 얼마나 즐거워하셨을까? 다음에 숙모님을 만나면 무어라고 말씀드린다? 그 좋은 선물을 그렇게 없애버리다니 나는 망나니가 아닌가! 게다가 그 향기로운 과자 냄새가 회상되었고, 숙모님께서 그걸 만드는 것을 지켜보며 내가 느끼던 기쁨과 호기심이며, 그걸 오븐 속에 넣으며 즐거워하시던 모습이며, 내가 결국은 그 과자를 한 조각도 입에 넣지 않았다는 사실을 알게 되었을 때 느끼실 실망 등을 생각해보았다. 그러자 나는 나 자신의 주제넘은 보시 정신과 엉뚱하게 드러낸 위선을 원망하지 않을 수 없었다. 무엇보다도 나는 그 교활하고 쓸모없는 늙은 사기꾼의 얼굴을 다시는 보고 싶지 않았다.

우리의 선조들이 어린 돼지를 희생물로 삼는 방법은 까다로웠다. 몽둥이질로 돼지를 죽인다는 얘기를 들을 때 우리는 다른 낡아빠진 풍습에 관한 얘기를 들을 때처럼 충격을 받는다. 몽둥이로 기강을 잡아야 한다고 생각하던 시대가 지나갔으니 망정이지, 그렇지 않다면 어린 돼지처럼 원래부터 연하고 맛 좋은 고기를 더 연하게 하고 더 맛있게 하는 데에 몽둥이질이 무슨 효과가 있는지를 (오직 철학적인 관점에서만) 탐구하다면 그건 이상해 보일 것이다. 그런 짓은 이미 맛있는 것을 더 기막힌 맛이 나게 하려는 소행으로 보인다. 하지만 우리가 그 비인간적인 짓을 규탄하면서도 다른 한편으로는 몽둥이질하는 관행의 슬기로움을 규탄하는 데 조심해야 한다. 혹시 몽둥이질의 결과로 고기의 맛이 더 좋아질지도 모르기 때문이다.

내가 생 오메르*에 다닐 때 있었던 일이 생각난다. 〈몽둥이를 맞고 죽은 돼지의 고기 맛이 우리의 입맛에 더해줄 즐거움이 돼지가 겪을 것으로 여겨지는 고통보다도 더 크다고 가정한다면, 그런 방법으로 짐승을 죽이는 행위가 정당화될 수 있을까?〉라는 논제를 놓고 어린 학생들 간에 논쟁이 벌어졌고 찬반 양쪽에서는 온갖 지식과 익살을 동원했는데, 그때 내린 판정을 나는 잊어버렸다.

돼지고기 조리에는 소스도 고려되어야 한다. 단연코, 약간의 빵 부스러기에 돼지의 간과 골을 섞고 소량의 연한 세이지 향도 곁들여야 한다. 하지만 친애하는 쿡** 부인, 제발 양파 계열은 추방하시라. 다 큰 돼지는 당신네 입맛에 맞춰 통째로 굽

*프랑스 칼레의 동남쪽에 있는 예수회 계통의 학교인데, 램은 물론 이 학교에 다닌 적이 없다.
**쿡(Cook)은 물론 요리사란 뜻이다.

182

고 골파 속에 푹 담그거나 맛이 강하고 지독한 마늘을 양껏 채워도 좋다. 어차피 원래의 맛을 망치거나 더 강하게 할 수는 없다. 그러나 새끼 돼지는 여린 짐승이라 그 향미가 쉽게 상할 수 있음을 염두에 두도록 하시라.

식전기도

식사 때 감사 기도를 올리는 풍습은 아마도 아주 오랜 옛날 인간이 수렵생활을 하던 시대에 시작되었을 것이다. 그 당시에는 끼니를 보장받는 일이 불안정했기 때문에 충분히 한 끼니를 먹는다는 것은 흔한 축복이 아니었다. 또 배불리 먹는 것은 뜻밖의 행운이어서 마치 하늘이 특별히 내려준 은혜처럼 보였을 것이다. 고통스럽게 굶주리는 절제의 철이 지나고 운이 좋게 사슴이나 염소를 잡게 되면 당연히 집으로 가져오면서 사람들은 함성을 지르며 개선의 노래를 불렀을 텐데 아마 바로 거기서 오늘날의 식전기도가 생겨났을 것이다. 우리는 살면서 다른 많은 선물이나 좋은 일들을 누릴 때에도 은연중에 말없이 감사하다는 생각을 하거니와, 그런 일반적 감사와는 구별되는 특정한 감사 표시를 음식의 축복 즉 먹는 행위에다 결부시키는 이유를 달리는 설명하기가 쉽지 않은 것이다.

나는 하루를 지나면서 식사 때 말고도 스무남은 가지의 감사기도를 드리고 싶어진다는 고백을 하겠다. 즐거운 산책을 나설 때, 달빛을 받으며 소요할 때, 정다운 모임을 가질 때 또는 어떤 문제를 해결했을 때 드릴 일정한 형식의 기도가 있었으면 좋겠다. 정신적 양식이 되는 책을 위한 기도도 있으면 좋지 않을까. 이를테면 밀턴을 읽기 전에 드리는 기도, 셰익스피어를 읽기 전의 기도, 《요정 여왕》*을 읽기 전에 암송하면 좋을 기도문 같은 것이 있으면 좋겠다. 그러나 관례적 의식은 오직 식사라는 단일 의례에 한해서만 기도 형식을 정해놓았으므로, 나는 식전기도라고 일컬어지고 있는 그 기도에 대한 경험에 한정하여 의견을 말하고자 한다. 모든 유토피아적이고 라블레적**인 기독교도들이 집회 장소를 가리지 않고 아늑한 모임을 가지는 곳이면 어디서나 쓸 수 있도록 내 친구 호모 후마누스***가 지금 철학적이고 시적이며 아마도 부분적으로는 이단적인 의례문을 거창하게 작성하고 있는 중이므로, 기도 형식을 확대하려는 나의 새로운 계획은 그 의례문 속의 한 구절에 위탁해 두도록 하겠다.

그런데 식전에 드리는 축복의 기도는 가난한 사람들의 식탁이나 소박하고 별 맛도 없는 아이들의 식사 때에 아름다워질 수 있다. 그 기도가 지극히 우아해질 수 있는 곳도 바로 그런 곳이다.**** 다음 날에도 한 끼 밥을 먹게 될지 어쩔지 잘 모르

*영국 시인 에드먼드 스펜서(1552?~1599)가 쓴 장편 시.
**유토피아는 흔히 "이상향"으로 즐겨 쓰지만 어원적 의미는 "아무 데도 없는 곳"이라는 뜻이다. 프랑수아 라블레(1483~1553)는 위트에 넘치는 풍자 《가르강튀아》를 남긴 프랑스 작가이다. "라블레적"이라는 말은 "기분이 좋고, 즐거우며 청교도 정신으로부터 자유롭다"는 뜻의 형용어로 쓰이기도 한다.
***Homo humanus는 '인간적인 사람'이라는 뜻이다.
****여기서 램은 한 문장 속에 grace(식전 기도)와 graceful(우아하다)을 섞어 씀으로써 말장난을 하고 있다.

는 가난뱅이는 밥상에 앉아 축복을 실감할 수 있지만, 부자들은 어떤 극단적 이론에 의하지 않고는 한 끼라도 밥을 먹지 못하게 된다는 생각을 떠올릴 수 없기 때문에 그런 축복을 받고 있는 척하기가 쉽지 않다. 부자들은 동물적 생명 유지라고 하는 음식물 고유의 목적을 생각하기가 어렵다. 가난뱅이의 양식은 일용할 양식이요 문자 그대로 그날 먹을 양식이다. 반면에 부자가 절차를 갖추어 먹는 음식은 영원히 보장되어 있다.

다시 말하거니와, 가장 수수한 음식이 식전기도에 가장 적합해 보인다. 입맛을 가장 덜 자극하는 음식이야말로 먹는 이로 하여금 가장 자유롭게 엉뚱한 생각을 할 수 있게 한다. 한 접시의 맛없는 양고기에 무를 곁들여 먹고 있을 때에나 인간은 진심으로 감사히 여길 수 있으며 식사라는 의식 및 제도에 대해서도 성찰해볼 여유를 가지게 된다. 그러다가 사슴고기나 자라 요리를 앞에 두게 되면 그는 식전기도의 목적과는 부합되지 않는 마음의 동요를 느낀다는 고백을 하게 될 것이다. 내게는 익숙하지 않은 일이지만 어쩌다 부잣집 식탁에 손님으로 앉게 되면, 맛 좋은 수프와 음식물에서 피어오른 김이 코에 스치고, 또 식욕을 느끼며 무엇을 골라 먹을까 궁리하는 손님들의 입술을 촉촉하게 하기 때문에, 나는 그런 자리에 식전기도를 끌어들이는 것은 어울리지 않는다고 생각해왔다. 탐식의 욕구 때문에 흥분하고 있는 사람을 종교적인 감정으로 방해하는 것은 적절치 않아 보인다. 군침이 도는 입으로 신을 찬미하는 말을 중얼거린다면 그것은 찬미의 목적을 어지럽히는 일이다. 미식의 열기는 경배라고 하는 조용한 불꽃을 끄고 만다. 식탁에 감도는 향내는 이단적이므로 우리의 배를 지배하는 신이 그것을 가로채어 자기 것으로 삼는다. 필요 이상으로 제공되어 남아도는 음식물 자체는 그 목표와 수단 간의 균형감각을 모조리 앗아가 버린다. 음식을 주시는 하느님은 그 음식물에 가려 보이지 않게 된다. 많은 사람들이 굶주리고 있는데 우리만 지나치게 많이 먹을 수 있어서 감사하다는 격이 되므로 그런 감사드리기의 부당함 앞에서 우리는 경악한다. 신을 그런 식으로 찬미한다면 그것은 잘못이다.

선량한 사람이 식전기도를 드리면서, 아마 거의 무의식적으로 그런 난처함을 느끼고 있는 것을 나는 관찰한 적이 있다. 나는 성직자와 다른 여러 사람들이 그렇게 난처해하는 것을 보았는데, 그것은 일종의 수치심이거나 아니면 그 축복의 신성함을 더럽히는 상황이 그 자리에 함께하고 있다는 느낌이었다. 몇 초 동안 거룩한 어투로 기도문을 외운 뒤에 그 사람은 재빨리 평상시의 목소리로 전락한 후에 자기가 위선을 범했다는 편치 못한 감정을 떨쳐버리기라도 하듯이 스스로 먹기 시작하거나 음식을 권하지 않았던가! 그 선량한 사람이 위선자였다든지 또는 그 식전기도라는 임무의 수행에 있어서 아주 양심적이지는 못했다는 뜻이 아니고, 자기 앞의 정경과 음식이 조용하고 합리적인 감사드리기와는 양립할 수 없다는 것을 그가 마음속 가장 깊이 느끼고 있었다는 뜻이다.

누군가가 "그렇다면 당신은 기독교도들이 양식을 주신 하느님을 기억하지 않고 여물통으로 몰려든 돼지들처럼 식탁에 앉아 있기를 바란단 말이오? 그건 안 되지요! 나는 기독교도들이 돼지들과는 달리 식탁에 앉아서 하느님을 기억하기를 바랍니다"라고 소리치는 것이 들리는 듯하다. 또 만약에 식욕이 광분하고 그래서 사방을 뒤져서 구해온 산해진미를 실컷 먹어야 할 경우에는, 더 적절한 시기가 될 때까지 그들이 축복의 기도를 연기하기를 나는 바란다. 이를테면 식욕이 진정되고, 절제된 음식과 한정된 가짓수의 요리만 차린 식탁에서 하느님의 "나직하고 여린 목소리"*가 들리고 식전기도를 드려야 할 이유가 되살아날 때까지 연기하는 것이 좋겠다는 뜻이다. 대식과 포식은 감사드릴 핑계로 적절하지 못하다. 여수룬도 살이 찌게 되자 신을 버렸다고 한다.** 베르길리우스는 하피의 성질을 잘 알고 있어서 켈라이노의 입에서 축복의 말만은 나오지 못하게 했다.*** 우리는 어떤 종류의 음식이 다른 음식보다 더 맛있다는 것을 의식하며 감사히 여길 수 있지만, 그런 감사는 상대적으로 야비하고 열등하다. 식전기도 원래의 목적은 맛을 즐기는 것이 아니라 연명이고, 진미가 아니라 일용할 양식이며, 시신을 배불리는 수단이 아니라 생명의 수단이다. 런던의 시티구역에 있는 회사의 소속 목사는 잔치가 벌어지고 있는 거대한 홀에서 축복의 말을 할 때 심경이 어떨지 또 그의 마음이 편안하기나 할지 궁금하다. 왜냐하면 그의 기도를 맺는 경건한 말은 필경 그가 설교하는 성스러운 이름 예수 그리스도가 될 터인데 그 말이 떨어지는 것을 신호로 그 많은 참을성 없는 하피들이 추잡한 탐닉을 시작하면서도 베르길리우스의 독수리들처

---

*구약 〈열왕기 상〉 19장 12절 참조.
**구약 〈신명기〉 32장 15절 참조.
***로마 신화에서 하피는 해신 넵튠과 테라 사이에서 태어난 여러 명의 괴물이며 여인의 얼굴에 독수리의 몸을 가지고 있다. 베르길리우스의 《아이네이스》 3장에는 아이네아스와 그의 추종자들이 앉아 있는 식탁에서 하피들이 식사를 방해하는 장면이 나오는데, 하피 중의 하나인 켈라이노는 뒷전에서 저주의 말을 한다.

럼 진정한 감사 즉 절제라고는 거의 느끼지 못하고 있을 것이
기 때문이다. 음식에서 피어오르는 육감적인 김이 제단에서 올
리는 순순한 감사의 기도와 섞이며 더럽힐 터인데 그 착한 목
사님께서 자기의 기도가 약간 혼탁해졌다고 느끼지 않는다면
다행이겠다.

　성찬과 포식에 대한 가장 신랄한 풍자는 《복낙원》*에서 사
탄이 황야에서의 유혹을 위해 차리는 잔치이다.

> 제왕을 위해 차리듯 잘 차린 식탁에는
> 가장 고귀하고 맛 좋은 고기 접시가 쌓여 있었네.
> 사냥해온 짐승과 새를
> 부치고, 꼬치로 굽고, 삶고, 고래 똥을 섞어 쪄냈구나.
> 바다며, 해변이며, 큰 강이며, 쫄쫄 흐르는 개울에서
> 잡아온 조개와 물고기들, 그 모든 것들 때문에
> 흑해와, 루크린 만과 아프리카 해안의 물이 말랐겠구나.

　사탄은 식전에 축복의 말로 권하지 않아도 이런 진미들이
목구멍을 잘 넘어간다고 여겼을 것이라고 나는 장담할 수 있
다. 사탄이 차린 잔치에서는 식전기도도 짧을 공산이 높다. 이
대목에서는 밀턴이 늘 보이던 범절을 저버리고 있지 않나 싶
다. 그는 그 옛날 로마인들의 사치를 생각하고 있었을까 아니
면 케임브리지의 축제날을 생각했을까? 그 정도면 엘라가발루

---

*아래 시구는 밀턴의 《복낙원》 2권 340~347행에서 아주 불완전하게 인용된 구절
이다.

스* 같은 사람을 유혹하는 데 더 어울릴 식탁이었다. 그 잔치는 송두리째 공식 행사의 요리 냄새를 너무 풍기고 있으며, 거기에 수반되는 것들도 전적으로 그 심오하고 그윽하고 성스러운 장면을 모독하고 있었다. 악마 요리사가 불러일으키는 그 엄청난 요리 공세는 손님의 수수한 욕구나 평범한 시장기와 균형이 맞지 않는다. 꿈속에서 그 손님을 어지럽혔던 그는 그 꿈에서 제대로 배울 수도 있었을 것이다. 굶주린 신의 아들의 그 절제된 공상 속에서는 어떤 종류의 밥상이 떠오르고 있었을까? 사실 그는

> 허기진 사람이 으레 그렇듯
> 자연의 진미인 먹을 것과 마실 것**

을 꿈꾸고 있었다. 하지만 무슨 음식물을 꿈꾸었을까?

> 생각하니, 그분은 케리스 강가에 서서
> 아침저녁으로 까마귀들이 그 뾰쪽한 부리로
> 엘리아에게 음식물을 나르는 것을 본 듯했다.
> 배가 몹시 고파도 가져온 음식을 삼가라는 가르침을 받았다.
> 그분은 또 예언자가 사막으로 달아난 후
> 노간주나무 아래서 잠이 들던 모습을 보았고.
> 다시 잠이 깨어 저녁 밥상이

---

*바시아누스 바리우스 아비투스 황제(219~222)에게 붙였던 별명으로 대식가를 가리킨다.
**《복낙원》 2권 264~265행.

숯불 위에 차려진 것을 보고는
일어나서 먹으라는 천사의 명을 받았고
휴식 뒤에 다시 먹었으니
거기서 얻은 힘은 사십일을 지탱하기에 넉넉했다.
때로는 그분이 엘리아와 함께 먹었고
때로는 다니엘의 손님이 되어 그의 콩을 얻어먹었다.*

　밀턴의 작품에서 이 굶주린 거룩한 분의 절제된 꿈보다 더 아름답게 상상된 구절은 없다. 여러분의 생각으로는, 이 두 환상적인 식사 중에서 어느 쪽이 이른바 식전기도를 끌어들이기에 더 적합하고 합당할까?

　이론적으로는 나도 식전기도를 적대시하지 않는다. 그러나 실제로는 특별히 식사를 앞두고 드리는 기도가 어쩐지 어색하고 불합리해 보인다고 실토하는 바이다. 이런저런 종류의 인간 욕망이 우리의 이성을 위해서는 탁월한 자극제 구실을 한다. 그 욕구가 없다면 이성이 인종의 보존과 존속이라는 그 큰 목표를 수행하는 데에 별로 힘을 쓰지 못하고 말 것이다. 인간의 욕망은 축복이지만 멀찍이 떨어져서 적당히 감사하는 마음으로 명상해보는 데에나 알맞은 축복이다. 하지만 아마도 욕망의 순간은 그런 감사를 드리기에 가장 부적합한 때이고, 현명한 독자라면 나의 이 말을 알아들을 것이다. 모든 종류의 일을 우리들보다도 더 조용하게 수행하는 퀘이커 교도들은 식전기

---

*《복낙원》 2권 266~278행. 구약 〈열왕기 상〉 17장 5~6절 및 19장 4~8절, 그리고 〈다니엘〉 1장 12절 등 참조. 실제로는 다니엘이 콩 대신에 야채와 물만 먹는다.

도라는 축복의 서막을 이용할 자격을 누구보다 많이 갖추고 있다. 나는 그들이 드리는 침묵의 기도를 늘 찬양해왔고, 뒤이어 식사를 할 때도 우리들에 비해 덜 열정적이고 덜 육감적인 것을 지켜보았기에 그들을 그만큼 더 찬양했다. 그들은 결코 많이 먹지도 많이 마시지도 않는 백성이다. 그들은 말이 잘게 쓴 건초를 먹을 때처럼 냉담하게 조용히 그리고 주위를 깨끗이 하고 먹는다. 그들은 기름기나 물로 옷을 더럽히는 일도 없다. 식탁에서 턱받이를 하고 있는 사람을 볼 때면 나는 그것을 성직자의 법의라고 도저히 생각할 수가 없다.

나는 음식 앞에서 퀘이커 교도가 될 수는 없다. 나는 음식의 종류에 대해서 냉담할 수 없음을 고백하는 바이다. 저 기름진 사슴고기 조각들을 무덤덤하게 받아먹을 수는 없는 일이다. 나는 사슴고기를 삼키면서 자기가 무엇을 먹고 있는지 모르는 척하는 사람을 증오한다. 그런 사람이라면 식사보다도 더 고귀한 일들에서 그들이 드러내 보일 취향마저 의심스럽다. 나는 잘게 썬 송아지고기를 좋아한다고 공언하는 사람을 본능적으로 꺼린다. 음식물에 대한 취향에는 인상학(人相學)적 특성이 들어 있다. C*는 사과를 채워 만든 경단을 거절하는 사람은 마음이 순수할 수 없다고 여긴다. 내가 장담은 할 수 없지만, 그의 말이 옳은 듯하다. 나는 천진난만함이 쇠퇴함에 따라 그 해롭잖은 진미들에 대한 나의 기호도 나날이 줄어들고 있음을 고백하는 바이다. 모든 종류의 야채에 대한 입맛도 나는 상실하고 말았다. 나는 여전히 우아한 생각을 고취해줄 성싶은 아스파라거스만을 먹을 따름

*램 당대의 시인이요 비평가였던 콜리지를 가리킨다.

이다. 정찬 시간에 맛난 음식을 기대하고 집으로 돌아왔다가 맛없고 김빠진 음식을 대하게 될 때처럼, 요리에 대해 실망할 경우 나는 참지 못하고 불평한다. 잘못 녹인 버터는 주방에서 가장 흔하게 저지르는 실수이거니와 이런 버터를 대할 때마다 나는 침착성을 잃고 만다. 《램블러》의 저자*는 좋아하는 음식을 먹을 때마다 알아들을 수 없는 동물 울음 같은 소리를 내곤 했다고 한다. 이런 소리를 듣게 될 텐데 식전기도를 앞세워서야 말이 되겠는가? 그렇다고 그 경건한 분이 방해를 덜 받으며 축복을 생각해볼 수 있는 때가 되기까지 자기의 기도를 미루는 편이 더 나을 것인가? 나는 어느 누구의 취향에 대해서도 시비를 걸지 않으며, 그 나름으로 왁자지껄 잔치 분위기를 내는 멋진 것들을 반대하면서 금욕주의적인 얼굴을 내밀지도 않겠다. 하지만 이런 기도 드리기는 아무리 찬양할 만한 것이라 해도 그 자체의 존엄성이나 우아함을 별로 가지지 못하기 때문에, 우리가 감히 그 기도를 존귀하게 만들려고 하기 전에 확인해야 할 것이 있다. 그것은 우리가 한편으로는 기도를 올리는 척하면서 다른 한편으로는 특별히 받들어야 할 궤가 앞에 놓인 걸쭉한 스프 그릇뿐이므로 자기의 다곤**이라고 할 만한 큼직한 물고기 쪽으로 슬쩍 손을 뻗고 있지나 않은지 살펴봐야 한다는 것이다. 식전기도는 천사와 아이들이 잔치를 벌일 때라든지, 샤르트뢰즈 수도승***들이 변변

*《램블러》는 18세기에 새뮤얼 존슨이 발행한 정기간행물이다. 존슨은 자두를 넣은 송아지고기 파이를 무척 좋아했던 것으로 알려져 있다.
**여기서 언급된 "궤"와 "다곤"은 모두 구약 〈사무엘 상〉 5장으로부터의 인유이다.
***프랑스 그르노블 인근의 그랑드 샤르트뢰즈 수도원에서는 수도사들이 가혹한 상황에서 침묵을 지키며 수도생활을 하는 것으로 알려져 있다.

찮은 음식으로 식사를 할 때, 그리고 가난하고 천한 사람들이 보잘것없는 음식을 먹으면서도 크게 고마워할 줄 알 때나 아름다운 서곡이 될 수 있는 법이다. 하지만 배불리 먹으며 호화롭게 사는 사람들의 식탁에 음식이 산더미로 쌓여 있을 때는 식전기도라는 것이 시의적절하지 못해서 사람들의 기분과 조화를 이룰 수 없으며, 그 기도보다는 차라리 호그스 노턴*의 돼지들이 연주한다는 동화 속의 오르간 소리가 더 어울릴 것이다. 우리는 식탁에서 너무 많은 시간을 보내거나, 음식을 들여다보며 너무 신기해하거나, 너무 어지럽게 식사를 하거나, 별것이 아닌데도 진미라며 혼자 너무 많이 차지하려 하기 때문에, 식전기도를 우아하게 드릴 수조차 없게 된다. 우리에게 배당될 몫을 초과하도록 차지하고는 감사하다고 여긴다면 그것은 옳지 못한 짓에다 위선까지 추가하는 꼴이 된다. 이 진실에 대한 인식이 마음속에 도사리고 있기 때문인지 대부분의 식탁에서는 식전기도가 냉담하고 맥빠진 의무가 되고 있다. 식전기도를 식탁의 냅킨만큼이나 필수불가결한 것으로 여기는 가정에서도 누가 그 기도문을 외워야 하느냐 하는 문제가 끊임없이 제기된다는 것을 우리 모두는 알고 있다. 한편 그런 집에서는 주인과 손님으로 찾아온 성직자 또는 연령이나 중후함에 있어서 그 다음쯤 권위가 있어 보이는 사람들이 기도문 외우는 역할을 서로 양보해야 인사가 된다고 여기지만, 실제로는 각자가 이 애매한 역할이라는 난처한 짐을 벗어버리고 싶은 생각이 없지 않을 것이다.

*영국 옥스퍼드셔에 있는 마을. 주민들이 우스꽝스러운 짓을 하고 돼지가 오르간을 연주한다는 전설이 있다.

한번은 내가 종파가 다른 감리교 목사 두 분을 모시고 차를 든 적이 있는데, 마침 그날 저녁에 두 분은 내 소개로 처음 만난 사이였다. 첫 잔을 돌리기 전에 두 목사님 중의 한 분이 아주 근엄한 격식을 갖추어 상대방에게 뭐라고 한 말씀 하시지 않겠느냐고 물었다. 어떤 종파에서는 차를 마실 때에도 짤막한 기도를 드리는 풍습이 있는 듯했다. 상대방이 처음에는 그의 말을 알아듣지 못했지만, 설명을 듣게 되자 역시 못지않게 점잖은 목소리로 자기 교회에는 그런 풍습이 없다고 대답했다. 이런 정중한 사절이 있자 청을 넣었던 목사는 예의상 승복했든지 아니면 그 믿음이 약한 동료 성직자의 뜻을 그대로 따르기로 했든지 하여간 그 보충 기도랄까 아니면 차 마시기 기도랄까 하는 것은 깨끗이 생략되고 말았다. 루키아노스*는 자기 시대 종교의 두 사제가 희생 의식을 수행할 것이냐 말 것이냐를 놓고 서로 정중하게 미루는 사이에 허기진 신이 냄새를 수상쩍어 하면서 두 사제 사이에서 이리저리 코를 벌름거렸지만 결국 이도 저도 아닌 채 저녁을 굶고 마는 것을 신명나게 그려내지 않았던가?

　이런 경우에 기도의 형식이 짧으면 경건함이 부족하다고 여겨질 것이고, 너무 길면 주제넘다는 비난을 면하기 어려울 것이다. 늘 애매한 말로 익살을 부리곤 하던 내 학창시절의 유쾌한 친구 C. V. L.**은 식전기도를 해달라는 간청을 받으면 식탁

---

*기원후 2세기의 그리스 풍자 작가. 아리스토파네스도 《새》에서 루키아노스가 그린 것과 유사한 허기진 신의 모습을 그린 바 있다.
**램의 학창시절 친구 찰스 밸런타인 르 그리스는 훗날 성직자가 되어 램과 친하게 지냈다.

에서 약게 곁눈질을 하며 "이곳에 성직자는 안 계시겠지요?"라고 한 후에 의미심장하게 "하느님, 감사합니다"라고 말하곤 했는데, 나는 이런 경구처럼 간결한 기도에는 전혀 찬동할 수 없다. 그렇지만 나는 학교에서 쓰던 그 낡은 형식의 기도도 적절하다고 여기지는 않는다. 그 당시 우리는 빵과 치즈로 된 변변찮은 저녁을 먹으면서도 식전기도를 앞세우곤 했는데, 종교가 제공한다는 상상하기조차 끔찍하고 위압적인 이익들을 그 시원찮은 음식과 결부시키며 인정해야 했던 것이다. "이런 일을 하기에 합당한 경우가 못되었다(Non tunc illis erat locus)."*라는 말이 있다. 그 당시 우리는 기도의 근거가 되던 "좋은 창조물"이라는 말이 우리 앞에 놓인 음식물과는 어울리지 않는 것을 보고 당황한 나머지 일부러 그 말을 저급한 동물적 의미로 이해하려고 했다.** 결국 누군가가 한 전설을 회고해냈는데 그 내용인즉, 크라이스츠 호스피틀 학교도 황금기에는 학생들이 저녁마다 김이 모락모락 나는 구운 고기를 먹었지만, 한 경건한 후원자가 학생들의 입맛보다 옷차림을 더 딱하게 여긴 나머지 고기를 옷과 바꾸는 통에—생각만 해도 몸서리가 나는구나!—그만 우리는 양고기를 먹는 대신에 바지를 입게 되었다는 것이다.

---

*램은 호라티우스의 《시론》에 나오는 구절 "Sed nunc non erat his locus"(19행)를 잘못 인용하고 있다.
**기도문에는 "하느님께서 이 좋은 창조물들을 우리가 쓸 수 있도록 축복해주시기를 간절히 비나이다"라는 구절이 있지만, 여기서 학생들은 "좋은 창조물"이라는 뜻을 "짐승들의 먹이"로 비하해서 이해하려 했음을 비치고 있다.

밸런타인데이

그 옛날의 발렌티누스 주교*여! 당신을 기리는 축일이 다시 돌아와서 반갑다. 혼례를 주관하는 대사제여! 교회의 달력 속에 담긴 당신의 이름은 위대하다.** 영원불멸한 중매쟁이여! 당신은 누구이고 대체 어떤 사람인가? 당신은 못난 인간들로 하여금 남녀의 결합 속에서 완벽한 삶을 찾도록 몰아세우는 영원한 원리를 상징하는 이름일 뿐인가? 아니면 당신은 법의(法衣)에 어깨걸이를 하고 앞자락을 두르고 위엄 있게 소매 장식을 한 고위의 인간 성직자인가? 정체를 알 수 없는 분이여! 사교관(司教冠)을 쓴 사제 치고 당신과 비교될 만한 분이 달력 속에 나오지 않음이 분명하다. 제롬, 암브로즈 및 시릴***은 당신을 닮지

*발렌티누스는 270년경에 순교한 로마의 주교이다. 로마 시대에 이교도들이 목신을 찬양하기 위해 2월에 행하던 떠들썩한 축제가 발렌티누스 축일의 풍습으로 바뀌었다는 설이 있다. 연인들이 밸런타인데이인 2월 14일에 선물을 주고받는 풍습은 봄을 맞은 새들이 이날 짝짓기를 시작한다는 항간의 믿음에서 유래되었다는 설도 있다.
**교회의 달력에는 성자들을 기리는 축일이 표시되어 있다.
***4~5세기의 이탈리아 성직자들.

않았고, 세례를 받지 못하고 죽은 영아들은 지옥으로 가야 한 다고 주장해서 뭇 어머니들의 미움을 산 오스틴*, 모든 어머니 들을 미워했던 오리겐**, 불 주교, 파커 대주교 및 휘트기프트 대주교***도 당신을 닮지는 않았다. 당신은 수많은 어린 사랑 의 천사들의 시중을 받으며 찾아오고, 허공에는

　　　살랑대는 날갯소리가 스친다.****

　노래하는 큐피드들이 당신의 합창대원들이요 당신의 선창 자들이다. 그러므로 당신은 목자의 지팡이 대신에 신비한 화살 을 앞세우고 다닌다.
　바꾸어 말하건대, 이날은 바로 밸런타인*****이라고 하는 작 고 귀여운 서신들이 거리마다 모퉁이마다 서로 엇갈리게 이 리저리로 보내지는 날이다. 지치고 힘이 빠진 2펜스짜리 우편 물****** 배달원은 자기 것도 아닌 남의 연애편지들을 잔뜩 짊 어지고 다니느라 허리가 휜다. 이 연애하는 도시에서 진행되는 단명한 구애 행위가 심부름꾼들의 주머니를 얼마나 두둑하게

*아프리카의 히포에서 주교로 있던 성 아우구스티누스. 그는 세례를 받지 않고 죽 은 영아들의 영혼은 지옥에 떨어진다고 주장했다.
**〈마태복음〉 19장 12절의 뜻을 액면 그대로 받아들여 젊은 시절 한때 신체훼손을 옹호했지만 훗날 자기의 오류를 시인했던 3세기의 유식한 성직자.
***불은 17세기 영국 주교. 파커와 휘트기프트는 모두 16세기의 캔터베리 대주교.
****밀턴, 《실낙원》 1권 768행.
*****여기서 일반명사 밸런타인(valentine)은 밸런타인 축일에 보내는 편지, 징표 및 선물들을 총칭한다.
******영국에서는 런던 지역을 위한 2펜스짜리 우편물 발송 제도가 1790년에 제정 되었다고 한다.

하는지 그리고 문간에 달린 문두드리개와 설렁줄을 얼마나 손상하고 있는지 참으로 믿기가 어려울 지경이다. 이렇게 시각적으로 애정을 표명함에 있어서 하트만큼 흔히 등장하는 상징물도 없을 것이다. 우리의 모든 희망과 두려움을 나타내는 이 세모난 상징물은 곧 큐피드의 화살을 맞고 피를 흘리는 하트이다. 이 상징물은 오페라모(帽)*보다도 더 비틀리고 뒤틀려서 많은 알레고리 및 허식으로 화하기도 한다. 도대체 역사와 신화 속에 무슨 근거가 있기에 우리는 이 큐피드의 본거지 혹은 수도의 위치를 다른 어느 곳도 아니요 바로 이 심장이라는 해부학적 부위로 정하게 되었는지 전혀 분명치가 않다. 그러나 우리는 그렇게 정했으며 심장은 다른 어떤 신체 부위 못지않게 우리의 소용에 닿을 것이다. 혹은 오늘날 우리 의학이 알고 있는 것과는 반대되는 것을 믿었던 탓에 유행했을지도 모르는 다른 어떤 체계를 근거로 해서 한 사내가 완벽히 순박한 감정으로 사랑하는 여인에게 "부인, 저의 간(肝)과 재산을 전적으로 당신의 처분에 맡기겠습니다"라고 한다든지, 또는 "아만다**, 당신에게는 저에게 주실 횡격막이 있습니까?"라고 말하는 것을 우리는 쉽게 상상해볼 수도 있다. 그러나 다행히도 풍습이 이런 것들을 정해놓은 결과, 앞서 말한 세모꼴 장기가 애정의 자리로 되었고 그보다 불운한 이웃 장기들은 동물적 기능이나 수행하는 해부학적 부위로 멀찍이 떨어져나가게 되었다.

---

*오페라나 연극 구경꾼들이 쓰는 굴뚝모자인데 가운데 용수철이 들어 있어서 편리하게 접었다 폈다 할 수 있게 되어 있다.
**아만다(Amanda)는 "사랑스럽다"는 뜻이며 애인을 가리키는 로맨틱한 이름이기도 하다.

도시나 농촌에서 들을 수 있는 모든 소리를 포함하여 사람들이 생활 속에서 접하는 소리 중에서 문을 두드리는 소리만큼 우리의 흥미를 끄는 것은 없다. 그 소리는 "희망이 자리 잡고 있는 왕좌에 진정한 메아리를 울려준다."* 그러나 그 소리를 듣고 마음속에 일게 된 기대가 실현되는 일은 좀처럼 없다. 우리가 보고 싶어 하는 사람이 찾아오는 일이 그처럼 드물기 때문이다. 그러나 모든 떠들썩한 내방 중에서도 우리의 기대 속에 가장 반가운 것은 밸런타인을 맞아들이거나 맞아들이고 있는 것처럼 들리는 소리이다. 던컨 왕의 불운한 등장을 알리는 까마귀 소리가 거칠게 들린다면,** 이날의 우체부 노크 소리는 가볍고 자신감에 들떠 있으며 희소식을 전하는 데 적합한 소리이다. 이날은 노크 소리도 다른 날에 비해 덜 기계적이다. "우체부의 노크 소리는 저렇지 않은데"라는 말이 나올 지경이다. 사랑이며 큐피드며 혼인 같은 것들의 비전이여! 그대들은 "지난날에 있었고 앞으로도 있게 될"*** 반갑고도 영원한 다반사들이므로, 학생들이 쓰는 서툰 글이나 중세 신학자들이 쓴 여성혐오적인 논설로는 그대들을 말살할 수 없다. 행복한 처녀들이, 상징이 각인된 봉랍(封蠟)을 행여나 깨뜨릴세라 조심스런 손길로 편지를 뜯은 후 그 속에서 어떤 멋진 도안의 알레고리라든지, 표장(標章)이라든지,

---

*램은 셰익스피어의 《십이야》에 나오는 "그 소리는 사랑의 왕좌에 울림을 준다"라는 구절을 약간 바꾸어 인용하고 있다. 여기서 희망 또는 사랑의 왕좌는 물론 심장을 말한다.
**《맥베스》 1막 2장 36행 참조.
***워즈워스의 〈불멸성의 고지(告知)〉에 나오는 "과거에 있었고 앞으로도 언제나 있을 것임에 틀림없는 원초적 공감"이라는 구절을 연상시킨다.

모든 애인들이여,
마드리갈을 부르자*

라는 시구를 빠뜨리지 않은 젊은이다운 공상이라든지, 사랑에
빠진 젊은이들 치고 이치를 따지는 사람이 있을까 싶지만 별로
이치에 맞지도 않고 그렇다고 해서 전적으로 바보 같지도 않고
그 중간쯤에 속하는 명구(銘句)라든지, 내가 알기로 아카디아**
에서 그랬듯이 양 떼까지도 목동과 함께 부를 수 있을 만큼 쉬
운 합창의 가사 같은 것들을 발견하고 기뻐서 날뛸 때, 공상과
애정 속에서 뒤집힐 수 없는 왕좌를 차지하고 있는 그대들 또
한 얼마나 황홀해하는가!
  모든 밸런타인이 다 바보스럽지는 않다. 내가 그대를 친구
라고 부르는 것을 허용해준다면, 내 다정한 친구 E. B.***여,
나는 그대의 경우를 쉽게 잊을 수 없을 것이다. E. B.는 어떤
처녀가 사는 집 맞은편에 살았는데, C__e가에 있던 자기 집 응
접실 창가에서 그는 눈에 띄지 않게 서서 그 처녀를 자주 바라
보곤 했다. 그녀는 온통 명랑하고 순진하기만 했는데 마침 밸
런타인을 받고 싶어 할 만한 나이였고 기질적으로는 기다리던
밸런타인을 받지 못한다 해도 그 실망감을 삭일 수 있는 사람
이었다. E. B.는 비범한 능력의 화가이고, 아마도 디자인하는
진귀한 재주에 있어서는 그 어느 누구에게도 뒤지지 않을 것이

*제임스 화이트라는 사람의 책에서 인용된 구절. 마드리갈은 서정적 단가(短歌) 또
는 연가(戀歌)를 뜻한다.
**고대 그리스의 펠로폰네소스 지역에서 주민들이 양을 치며 살던 이상향.
***램 당대의 초상화가요 삽화가였던 에드워드 프랜시스 버니(1760~1848)를 가
리킨다.

다. 그가 전문 분야에서 훌륭하게 그려낸 많은 비넷화(畵)의 밑부분을 통해 그의 이름은 알려져 있었지만, 그가 그 이상으로 명성을 떨치고 있지는 않다. 왜냐하면 E. B.는 겸손한 사람인데, 세상 사람들이 이런 겸손한 화가를 찾아 나서지는 않기 때문이다. E. B.는 이 처녀가 모르는 사이에 자기에게 베풀어주었던 여러 차례의 은혜에 대해 어떻게 갚을까 생각해보았다. 얼굴이 정답게 생긴 사람이 우리에게 인사를 던진다면, 그것이 비록 지나는 길에 던진 인사에 불과하고 앞으로는 서로 다시 만날 일이 없다고 하더라도, 우리는 고마움을 느끼는 법이다. E. B.의 심경이 바로 그러했다. 그래서 이 착한 화가는 그 처녀를 즐겁게 해주기 위한 작업에 착수했다. 3년 전 밸런타인 축일이 되기 직전이었다. 그는 눈에 띄지 않게 그리고 아무도 눈치채지 못하게 놀라운 작품을 만들고 있었다. 그가 사용한 금빛 종이가 최고 품질의 것이었음은 말할 필요도 없다. 그가 거기에 가득히 그려 넣은 것은 평범한 감정의 인간이나 무정한 알레고리들이 아니라 오비디우스 및 오비디우스보다도 더 오래된 시인들의 책에 나오는 가장 아름다운 사랑의 이야기들이었다. E. B.는 학자였기 때문에 그런 이야기에 밝았던 것이다. 피라머스와 티스비의 이야기가 들어 있었고, 디도의 이야기며 히어로와 리앤더의 이야기도 빠지지 않았고, 케이스터 강의 고니들*은 노래만 하고 있는 것이 아니었으며, 그 그림들에 어울리는 여러 가지 모토며 재미나는 명구들도 적어 넣었다. 그러니 요컨대 그 그림은 마술이 빚어낸 작품이라 할 만했다. 화면은 무지개색이었다. 그는 밸런타인데이 전날에 무엇이건 창피한 줄도 모르고 무분별하게 믿고 삼키는 일반 우체통 구멍에 그것을 집어넣었다. 하지만 그 수수한 매개물은 그 임무를 수행했다. 이튿날 아침 자기가 늘 서서 지켜보던 자리에서 그는 명랑한 우체부가 문을 두드리는 것을 보았고, 이윽고 그 소중한 우편물은 배달되었다. 그는 눈에 띄지 않게 서서 그 행복한 소녀가 그 밸런타인을 펼치면서 예쁜 징표들이 하나씩 드러날 때마다 그 주위에서 춤을 추거나 손뼉을 치는 것을 바라보고 있었다. 그녀에게는 애인이 없었기 때문에 춤을 추되 경박한 애정이나 우둔한 기대를 가지고 추지는 않았다. 혹시 그녀에게 애인이 있었다 해도 그녀를 그토록 즐겁게 해준 그 환한 그림들을 그려낼 만한 재주는 아무에게도 없었다. 그러므로 그것은 무엇보다도 요정이 보낸 선물이라 할 수 있었고, 우리가 익히 아는 대로 경건한 선인들이 모르는 사람으로부터 받은 은혜에 붙여 준 이름 그대로 '횡재'라 할 수도 있었다. 그 선물이 장차 그녀에게 해가 되지는 않을 것이다. 오히려 그것은 앞으로도 영원히 그녀에게 득이 될 것이다. 그 알려지지 않은 사람을 사랑한다는 것은 좋은 일이니까. 내가 이 이야기를 하는 것은 E. B.의 솜씨와 그가 남모르게 친절을 베푸는 겸허한 방법을 보여 주기 위해서이다.

"반갑도다, 나의 밸런타인이여"라고 가엾은 오필리아는 노래한다.* 충실한 애인들이 그 오래된 전설을 무시할 수 있을 만큼 현명하지 못해서 그 옛날의 발렌티누스 주교와 그의 참된

---

*피라머스와 티스비는 신화에 나오는 바빌로니아의 애인들이고, 디도는 애인 아이네아스로부터 버림받은 카르타고의 불운한 여왕이고, 히어로와 리앤더는 신화에서 이상적인 인간의 애정을 상징하는 인물들이고, 케이스터는 고니들이 서식하는 리디아의 강 이름이다.

교회의 미천한 신도가 되는 데에 만족한다면, 나는 그들 모두가 이런 노래를 부를 수 있기를 바라지만, 오필리아의 경우와는 달리, 행운의 조짐이 따르기를 바란다.

*《햄릿》의 4막 5장에서 실성한 오필리아는 자기가 밸런타인이 되어 애인의 침실을 찾아가는 내용의 노래를 하지만 실제로 인용구와 똑같은 말은 하지 않는다. 오필리아는 이 노래를 부른 뒤에 곧 죽는다.

만우절

존대하신 어른들에게 계절 인사를 드린다. 그리고 우리 모두
이 4월 초하룻날*을 즐겁게 보내길 바란다.

　이 행복한 날을 몇 번이고 되풀이해서 맞으시기 바란다. 그
러니 선생, 선생께서는 이날을 향해 상을 찌푸리거나 침통한
얼굴을 하지 마시라. 우리는 서로 알고 지내는 사이가 아닌가?
그러니 친구들 사이에 무슨 격식이 필요하단 말인가? 우리 모
두는 똑같은 성향을 조금씩 나누어 가지고 있다. 그게 바로 얼
룩덜룩한 옷을 걸친 어릿광대**의 성향이라고 한다면 선생께
서는 알아들으시리라. 오늘처럼 온 백성이 축제 분위기에 젖어

---

*영국에서는 4월 1일에 바보들에게 우스꽝스러운 심부름을 가게 한다든지 장난기
어린 짓거리를 하는 풍습이 있는데, 이 만우절의 기원에 대해서는 확실히 알려진
바가 없다. 그러나 3월 25일을 새해의 첫날로 꼽던 옛날에 사람들이 1주일간에 걸
친 경망스런 새해 축하행사들을 끝내면서 이날 여러 가지 장난을 치던 풍습이 오
늘날까지 전수되지 않았겠느냐는 추측도 있다.
**여기서 어릿광대로 옮긴 원어는 fool이다. 우리가 관례적으로 All Fools' Day를
만우절이라고 번역해서 쓰지만, 실제로 fool은 어릿광대를 가리킨다.

있는 날 혼자 멀찍이 떨어져서 관심이 없는 것처럼 처신하고 있는 사람은 저주받아 마땅하다. 나는 그런 야비한 사람이 아니다. 나는 어릿광대 집단의 일원이 되어 그 특전을 자유로이 누리고 있으며, 누가 그 사실을 알게 된다 해도 개의치 않는다. 오늘 숲 속*에서 나를 만나는 사람이라면 내가 현자 행세나 하고 다니는 사람이 아님을 알게 될 것이라고 장담하는 바이다. Stultus sum.** 나에게 이 어구를 번역해주고 그 수고의 대가로 그 의미를 여러분 자신에게 적용해보시라. 자, 여보게나, 아무리 줄잡아 계산해도 사해(四海)의 백성들은 모두 우리 어릿광대 편이라니까.

우리에게 거품이 나는 구즈베리 와인***이나 한잔 채워다오. 오늘은 현명하고 음울한 정치가들이나 마시는 붉은 포도주를 마시지 않으리라. 그러니 에이미엔즈의 노래 구절이나 윤창(輪唱)하자꾸나. 덕 아드 미, 덕 아드 미, 그리고 어떻게 되더라?

여기서 그는 보게 되리
자기 같은 천박한 어릿광대들을.****

*셰익스피어의 《뜻대로 하세요》 2막 7장에는 "어릿광대, 어릿광대! 나는 숲 속에서 얼룩덜룩한 옷을 입은 어릿광대를 만났네"라는 구절이 나온다.
**"나는 어릿광대로다"라는 뜻의 라틴어구.
***구즈베리(gooseberry)라는 열매로 빚은 술은 가짜 샴페인의 대명사로 쓰이기도 한다. 그리고 거위(goose)를 바보 같은 새라고 여기는 항간의 풍속도 여기서는 고려할 필요가 있다.
****《뜻대로 하세요》 2막 5장 54~55행. 이 구절에 바로 앞서서 "덕데임, 덕데임, 덕데임"이라는 구절이 나오는데 에이미엔즈가 그 뜻을 묻자 노래꾼은 어릿광대들을 불러들기 위한 그리스어 주문이라고 답한다. 램의 "덕 아드 미, 덕 아드 미(duc ad me, duc ad me)"는 물론 이 구절을 흉내 낸 것이다.

일찍이 가장 위대했던 어릿광대가 누구였는지 그 역사적 정설을 알 수만 있다면 나는 약간의 사례라도 하리라. 나는 어김없이 잔에 포도주를 채워 그에게 축배를 올릴 것이다. 아니, 나는 오늘 이 무리 중에서 당신이 바로 그 어릿광대라고 지명하는 데 별 어려움이 없다.

모자를 조금만 제껴 쓰시라. 그게 내 어릿광대 지팡이의 장식을 가리는구나. 이제 각자는 자기 취향대로 마음에 드는 곡조에 맞춰 방울을 딸랑거린다. 나로서는, 당신에게

허물어져가는 낡은 교회의 시계,
그리고 그 어지러운 차임 소리를*

내어보도록 하겠다.

훌륭한 스승 엠페도클레스**여, 어서 오시라. 당신이 샐러맨더를 찾으러 에트나 산의 분화구로 내려간 지도 오래되는구려. 그 일은 샘파이어***를 따는 일보다도 훨씬 더 어렵지. 당신의 샐러맨더 숭배가 당신의 콧수염까지 태우지는 않았다니 다행이다.

하! 클레옴브로토스****여! 지중해의 바닥에서 당신은 대체

*워즈워스의 시 〈샘(The Fountain: A Conversation)〉에서 인용된 구절.
**〔원주〕신으로 여겨지기 위해서 어리석게도 에트나 화산의 불길 속으로 뛰어든 사람. 여기서 램은 기원전 5세기의 그리스 철학자 엠페도클레스가 불의 화신으로 알려진 전설적 도마뱀 샐러맨더를 찾아 에트나의 분화구로 들어갔다고 쓰고 있다.
***해변 절벽에 자란다는 미나리과의 식용 식물.
****〔원주〕플라톤의 낙토(樂土)를 즐기기 위해서 바다에 뛰어든 사람. 그는 플라톤의 영혼 불멸설을 믿고 바다에 뛰어들었다가 익사한 것으로 알려져 있다.

무슨 신앙의 먹이들을 찾게 되었소? 당신이야말로 일사병 환자들*로 구성된 사심 없는 종단(宗團)의 창시자라고 나는 생각하오.

그 옛날의 프리메이슨이며 바벨탑을 세운 미장이들**의 왕자이신 게비르여! 가장 오래된 위대한 지도자여, 당신의 흙손을 가지고 오시라. 당신은 말더듬이들의 후견인*** 자격으로 여기 내 오른쪽 자리에 앉을 권리가 있다. 내가 헤로도토스****를 읽은 기억이 정확하다면 당신은 해발 8억 발쯤 되는 곳에서 작업을 그만두었소. 그러니, 맙소사, 당신이 시날 땅 평지에 사이참을 차려놓고 공사장 꼭대기에서 일하는 인부들을 불러 내리자면 얼마나 긴 줄을 당겨야 종을 울릴 수 있었을까. 혹시 당신은 로켓을 쏘아서 마늘과 양파 따위를 꼭대기로 올려 보냈던가요? 그 정도의 높이를 달성한 당신에게 내가 피시 스트리트 힐에 있는 기념탑*****을 보여주면서 부끄럼을 느끼지 않는다면 나는 철면피일 거요. 하지만 우리는 이 기념탑도 상당한 건

*열대지방을 향해하는 선원들이 일사병으로 인한 착란증 때문에 바닷물을 초원으로 착각하고 바다로 뛰어드는 일이 더러 있었다고 한다.
**[원주] 시날 평원에 바벨탑을 세운 사람들. 게비르는 8세기의 아라비아 연금술사인데, 여기서 램은 참으로 이상하게도 그를 구약시대에 바벨탑을 세우려 한 미장이들의 이야기(《창세기》 11장)와 관련짓고 있다. 더러 '자유 석공'이라고 옮겨지기도 하는 프리메이슨(Freemason)은 중세에 석공들이 결성한 비밀결사의 단원. 이 단체는 자기네의 근원이 바벨탑의 미장이들에게까지 소급한다고 믿고 있었다.
***램은 여기서 바벨탑을 세우던 미장이들이 갑자기 여러 갈래로 나누어진 언어 때문에 의사 소통에 혼란을 겪었을 것이라고 여기고 있으며 동시에 자기 자신에게 가벼운 말더듬이 증세가 있었음을 암시하고 있다.
****흔히 역사 기록의 창시자라고 일컬어지는 기원전 5세기의 그리스 사학자 헤로도토스는 바벨탑에 대한 기록을 남긴 일이 없으며, 여기서 램은 그저 허풍을 떨고 있을 뿐이다.
*****1666년의 런던 대화재를 추모하며 건축가 크리스토퍼 렌이 1677년에 세운 기념탑으로 높이는 60미터가 넘는다.

조물이라 여기며 자랑스러워한다오.

뭐라고? 그 통 큰 알렉산더가 눈물을 흘리고 있다고?* 울어라, 아가야, 손가락을 눈알에 대보렴.** 그러면 오렌지처럼 둥근 또 하나의 지구를 얻게 되리라, 귀여운 것아!

애덤스 목사, 내가 당신의 사제복을 존중해서 하는 말인데, 슬립슬롭 여인***에게 빌려준 그 설교문 좀 우리에게 읽어주실 수 없겠소? 당신의 가방 속에 든 그 스물두 번째의 설교 말이요. 여성의 부정을 나무라는 바로 그 설교문이 오늘 이 행사에서는 가당찮게 들릴 것이오.

훌륭하신 라이문두스 룰루스 선생,**** 지혜로워 보이는구려. 제발 그 과오 좀 바로잡도록 하시오.

던스,***** 함부로 정의를 내릴 생각일랑 마시오. 나는 당신에게 벌주 한 잔을 들게 하든지 아니면 역설을 하나 말해보라고 명하겠소. 오늘은 우리가 무엇이건 삼단논법으로 논하거나 행하는 것을 삼가야겠소. 웨이터, 저 논리적 형식이라는 장애를 걸어치우게. 신사들이 그 형식에 걸려 넘어져서 이지력(理智力)이라는 이름의 여린 정강이를 부러뜨릴까 걱정이 된다네.

스티븐 도련님, 지각하셨소. 하! 콕스,****** 자네인가? 내

---

*알렉산더 대제는 "이제 정복할 땅이 더 남지 않았다"고 하면서 슬퍼했다고 한다.
**동요의 한 구절.
***애덤스 목사와 슬립슬롭 여인은 모두 헨리 필딩의 소설 《조지프 앤드루스》에 나오는 인물들이다.
****마요르카 태생의 13세기 철학자 및 연금술사.
*****존 던스 스코터스(1266~1308)는 13세기 스코틀랜드의 스콜라 철학자다. 그는 지나치게 세밀하게, 또는 부조리하게 사안을 구분하며 논하려 했으므로, 르네상스 시대의 학자들은 던스류의 학문을 하는 학자들을 dunce(저능아, 바보라는 뜻)라는 말로 우롱했다.
******스티븐과 콕스는 벤 존슨의 희곡에 나오는 바보들이다.

다정한 기사 에이규치크여, 나는 당신에게 경의를 표할까 하오. 샐로 판사님, 당신의 시원찮은 하인이 인사드립니다. 사일런스 판사님, 판사님께는 말을 걸지 않겠습니다. 슬렌더*, 당신 같은 깡마른 사람 하나를 들이밀 공간을 내가 찾지 못해서야 되겠소? 당신네 여섯 사람이면 오늘 이 자리에 모인 사람들의 변변찮은 이지력을 사로잡을 수 있을 것이오. 내가 그걸 알지, 알아.

하! 정직한 R**이여, 기억할 수 없을 정도로 긴 세월 동안 내 멋진 러드게이트 문고의 주인이었던 그대도 다시 이곳에 왔는가? 입고 온 그 멋진 윗옷은 그대의 이야기만큼이나 닳고 닳아서 그다지 새것으로 보이지 않는구나. 이렇게 경박하게 세상을 나돌아 다니면서 도대체 그대는 무엇을 하나? 그대의 고객들은 사라졌거나 죽었거나 자리보전을 하고 있으므로 독서를 그만둔 지가 오래된다네. 그대는 아직도 그들 사이를 돌아다니고 있는데, 아마도 한두 권의 책을 팔기 위한 호객행위라도 할 수 있을까 알아보고 있으리라. 당신의 마지막 고객이었던 그 착한 그랜빌 S***도 떠났다오.

> 판디온 왕, 그는 죽었고,
> 그대의 벗들도 모두 연관(鉛棺) 속에 들어갔다네.****

*에이규치크(Aguecheek)는 셰익스피어의 희곡에 나오는 겁 많은 어릿광대. 샐로(Shallow)와 사일런스(Silence)는 셰익스피어의 희곡에 나오는 우둔한 시골 판사들. 슬렌더(Slender)는 샐로의 사촌. 이 네 이름은 모두 사람의 체격이나 성품을 그리는 낱말들로서 각각 "오한이 든 뺨", "천박하다", "침묵", "가늘다"라는 뜻이다.
**러드게이트가에서 런던 문고를 경영하던 램지라는 사람을 가리킨다.
***유명한 자선가로 노예제도 철폐론자였던 그랜빌 샤프(1735~1813).
****엘리자베스 왕조 때의 리처드 반필드라는 시인이 남긴 시구.

하지만, 고귀한 R이여, 들어와서 아르마도와 키사다* 사이에 앉게나. 왜냐하면 진정으로 예절 바르다든지, 엄숙하다든지, 혼자서 황홀한 미소를 짓는다든지, 다른 사람들에게 정중하게 웃어 보인다든지, 잘 꾸민 연설을 훌륭히 장식한다든지, 또는 현명한 어구로 된 찬사를 늘어놓음에 있어서 그대는 이 스페인의 명사들에 비해 조금도 손색이 없으니까. 두 노처녀 사이에 앉은 맥히드**가 자기는 어느 쪽 여인하고도 행복해질 수 있다고 선언하는 장면을 그대가 노래로 불렀다는 사실을 내가 잊어버린다면, 그리고 그대가 말보리아***처럼 멍청한 미소를 지으면서 지금은 이쪽 여인에게 다음에는 저쪽 여인에게 그 특유의 격식 갖춘 구애를 하던 일을 내가 잊어버린다면, 기사도 정신이 영영 나를 버리고 만 셈이 될 것이야. 사실, 그대가 맡은 맥히드의 역을 보노라면, 마치 게이가 아니라 세르반테스가 그런 주인공을 부각하기 위해 그 작품을 썼을지도 모른다는 느낌이 들 지경이고, 또는 예절의 귀감이라고 할 만한 그가 훌륭한 성품에 장점까지 똑같이 지닌 두 여인 중의 한쪽을 골라서 다른 쪽의 질투를 사는 일이 있기까지는 숱한 세월이 순환해야 할 것 같은 느낌도 들 지경이었지.

이제 4월 2일이 되기까지 몇 시간 남지 않은 듯해서 하는 말

---

*아르마도는 셰익스피어의 《사랑의 헛수고》에 나오는 스페인의 유명인사이고, 키사다는 돈키호테를 가리킨다.
**존 게이(1685~1732)의 《거지의 오페라》에는 주인공인 노상강도 맥히드가 두 여인 사이에서 난처해하면서 한쪽 여인이 피해준다면 다른 쪽 여인과 행복해질 수 있으련만 하고 노래하는 장면이 나온다.
***셰익스피어의 《십이야》에 나오는 집사. 멍청하게도 안주인이 자기를 사랑한다는 생각을 한다.

인데, 우리가 벌이는 어릿광대 잔치가 그 정해진 시간을 넘기며 계속되지 않도록 하고, 우리가 그 절정에서 내려올 수 있도록, 독자여, 나는 그대에게 차분히 한 가지 진실을 고백하고자한다. 나는 마치 어릿광대와 일가친척이라도 되는 것처럼 자연스럽게 어릿광대를 사랑하고 있다. 내가 사안(事案)의 이면을들여다보지 못하는 그런 유치한 이해력밖에 가지고 있지 못했던 어린 시절에 나는 성경의 비유담을 읽으면서도 거기 함축된지혜를 짐작하지 못했다. 내가 동경심을 품고 있었던 것은 모래 위에 집을 짓는 어리석은 건축가*에 대해서였지 보다 경계심 많은 그의 이웃에 대해서가 아니었다. 나는 주인이 맡긴 돈을 소중히 간직했던 그 조용한 사람에게 가해진 가혹한 질책**에 대해서도 불만스럽게 여겼다. 그리고 나는 다섯 명의 미련한 처녀들***에 대해서 거의 애정에 가깝다고나 할 정다움을느꼈는데, 이는 그들의 경쟁자들이 더 준비성이 있고, 또 내가이해하기로는, 조금은 여성답지 않다고 해야 할 정도로 경계심이 많은 데 비해서, 그 다섯 처녀들은 우둔했던 것을 내가 높이평가했기 때문이었다. 그 후 나는 다소 어수룩해 보이지 않는성품을 가진 사람하고는 그 어느 누구와도 지속적인 친교라든가 상호 화답하는 우정을 맺지 않았다. 나는 정직하게 비뚤어진 이해력을 가진 사람을 존경한다. 우리들 앞에서 우스꽝스러운 실수를 많이 저지르는 사람일수록 장차 우리를 배반하거나속일 가망성이 그만큼 적을 것임을 우리에게 시험해 보이고 있

*〈마태복음〉 7장 24절 참조.
**〈누가복음〉 19장 12~28절 참조.
***〈마태복음〉 25장 1~13절 참조.

는 셈이다. 나는 그런 사람이 빠져 있는 그 뻔한 환상이 보장해주는 안전함을 사랑한다. 그것은 시의적절하지 않은 말이 인준해주는 안전보장이다. 이 점을 두고 내가 하고 싶은 말은 성품 속에 우둔함을 조금 지니고 있지 않는 사람은 그 됨됨이 속에 우둔함보다 더 나쁜 것을 다량 지니고 있다는 점이다. 독자여, 내 말을 믿으시라. 그리고 원하신다면, 어떤 바보가 그런 말을 하더라고 전하시라. 누른도요새니 물떼새니 대구 대가리니 하는 말이 모두 얼간이를 가리키는 말로도 쓰이고 있거니와, 새든 물고기든 우둔한 놈일수록 그 고기 맛은 더 좋다는 것이 항간의 견해이다. 그러니 이 세상 사람들이 흔히 바보라고 여기는 사람들도 실은 그들에게 과분한 사람들이 아니고 무엇이겠는가.* 그리고 우리 인류 중에서 가장 정다웠던 몇몇 부류의 사람들도 여신의 귀염과 총애를 받았던 귀염둥이 바보들이 아니고 누구였단 말인가? 하지만, 독자여, 그대가 내 말을 정당하게 해석하지 못하고 곡해한다 해도 이 만우절에 바보가 된 쪽은 그대이지 결코 내가 아닐 것이다.

*여기서 램은 "하나님의 인정"을 받았으면서도 세상 사람들에게는 학대받고 황야와 산을 떠도는 사람들(《히브리서》11장 38~40절)을 바보들에 비유하고 있다.

혼례식

지난주에 친구의 딸 혼례식에 참석해달라는 초청장을 받고 나는 전례 없이 기뻤다. 그런 예식의 하객이 되는 것은 기쁜 일이다. 혼례식은 어떤 면에서는 우리 늙은이들에게도 젊음을 되돌려주고, 결혼이 성사된 것을 보면서 우리 자신이 성공했던 일 혹은 성공에 비해 못지않게 애틋했던 젊은 날의 실망에 대한 회한을 추억하며 가장 즐거웠던 시절을 되찾게 해준다. 혼례식에 다녀오면 나는 한두 주일 동안 기분이 좋고 마치 내 스스로 밀월을 즐기는 듯한 상상도 할 수 있다.* 가족이 없는 나는 이처럼 일시적으로나마 친구 집안의 한 가족처럼 된다는 생각을 하며 흐뭇해한다. 나는 그 한철 동안 사촌 관계나 숙질 관계를 느끼면서 여러 층의 친분을 맺는다. 그리고 그 작은 공동체의 사교생활에 동참하면서 나는 잠시 동안 내 외로운 독신생활을

---

*젊은 시절에 결혼에 실패했던 일을 램은 〈꿈에 본 아이들—하나의 환상〉 속에서 회고하고 있다. 이 에세이 〈혼례식〉은 램이 50세 되던 해에 썼고 그는 그 후 9년을 더 살았다.

접어놓는다. 나는 이런 기분을 중시하므로 정다운 친구 집안에서 장례가 행해질 때에도 내가 제외되는 것은 정답지 못한 처사라고 여긴다. 각설하고—.

정혼한 지는 오래되지만 혼례식이 그때까지 지연되어 왔다. 불행히도 그것은 여성의 조혼(早婚) 문제에 대해 신부 부친이 가지게 된 완고한 편견 때문이었는데, 그 결과 두 연인들은 어처구니없을 정도의 불안 상태에 빠져 있었다. 구애 과정은 5년간이나 끌어왔고 그동안 그 부친은 신부가 만 스물다섯이 될 때까지 식을 연기하는 것이 온당하다는 설교를 해오고 있었다. 구혼이 아직은 조금도 열기를 잃지 않았지만 자꾸만 지연되다가 결국은 그 사이에 열정이 식어버리고 사랑도 사라지지나 않을까 우리는 두려워하기 시작했다. 그러나 그런 억지 생각을 결코 편들 수 없었던 신부의 모친이 감언이설로 남편을 달랬는가 하면, 부친의 친구들은 그 노신사의 병환이 점점 깊어지는 것을 보고는 우리 곁에 오래 살아 있을 수 없겠다고 여긴 나머지 그의 생전에 혼사를 매듭지으라고 진지하게 타이르기 시작했다. 이렇게 양측에서 힘을 합친 결과 드디어 그 부친은 설득되었다. 그래서 지난 월요일에 내 오랜 친구인 제독의 딸은 열아홉이라는 '여인다운' 나이로 몇 살 연상인 명랑한 사촌 J에게 이끌려 교회로 가게 되었다.

내 오랜 친구의 불합리한 생각이 이 두 연인에게 끼친 끔찍한 시간적 손실에 대해 젊은층의 여성 독자들께서는 분노를 표하시기에 앞서 딸과 헤어지기 싫어하는 다정한 아버지의 당연한 심경을 참작하시는 것이 좋을 것이다. 결혼 문제를 놓고 딸과 아버지 간에 의견이 갈라질 경우 겉으로는 이해관계니 신중한 결정이니 하는 구실을 내세워 호도하겠지만 대부분의 경우 그 실제 원인은 헤어지기 싫은 마음에 있다고 나는 믿는다. 아버지들의 강경한 심사는 로맨스 작가들에게 좋은 테마요 확실하고 감동적인 주제가 될 수 있다. 하지만 부친의 사랑을 받는 딸이 이따금 부모의 품에서 떨어져 나와 낯선 사내에게 자신을 맡기기 위해 서두른다면 그것 또한 적어도 무정한 데가 있다고 해야 하지 않을까? 이번 경우처럼 신부가 무남독녀일 경우에는 문제가 아주 심각하다. 내가 겪어보고 하는 말은 아니지만 그런 경우 아버지의 자존심이 상할 것임을 나는 기민하게 짐작할 수 있다. 나는 대부분의 경우 신랑 될 사람이 가장 두려워해야 할 라이벌은 자기의 장인 될 사람이라고 생각한다. 라이벌의 위치에 설 수 없는 사람에게도 확실히 질투심은 있으며, 그런 질투심은 보다 엄밀한 의미의 질투심이라고 부르는 감정 못지않게 우리의 가슴을 찢어놓을 수 있다. 모친 쪽의 내키지 않는 마음은 비교적 쉽게 극복될 수 있다. 이런 이유로 나는 딸이 부모를 떠나 남편의 보호를 받게 되는 것이 어머니 쪽보다는 아버지 쪽의 권위에 더 큰 훼손과 상실을 끼치게 된다고 생각한다. 뿐만 아니라 어머니들에게는 전율하는 선견지명이 있기 때문에 딸이 괜찮은 상대와 결혼하는 것을 막았다가 끝내 딸이 겪게 될지 모르는 살벌한 독신 생활의 불편을 상상해볼 수라도 있지만, 아버지들은 그런 불편을 어머니들만큼 생각하지 않는다. 이 점에 있어서는 아버지들의 냉철한 사리 판단보다도 어머니들의 본능이 더 확실한 지침이 된다. 남편들이 찬성은 하되 비교적 무관심하게 대하는 딸의 결혼 계획을 아내들이 밀어붙일 때 쓰는 보기 딱한 책략들도 바로 이 모성의 본능 탓으로 돌릴 수 있고 바로 그 본능에 의해서만 변명될 수 있다. 딸의 결혼 문제를 놓고 어머니들이 약간 염치없게 군다 해도 용서해 줄 만하다. 이렇게 설명할 때, 어머니들이 지나치게 주제넘게 나서는 것도 우아하게 보일 수 있고 모성적인 성화 부리기도 미덕이라 일컬어질 수 있다. 하지만 내가 이렇게 조리 없이 목사님 역할을 하는 동안 목사님이 기다리시겠다. 신부가 문간에 와 있는데 내가 설교나 하고 있다니!

내 여성 독자 여러분께서는 방금 내 입에서 튀어나온 이 슬기로운 성찰이 조금이나마 이 신부를 빗대고 한 말이라고는 생각하지 마시라. 아시게 되겠지만, 이 신부는 '성숙한 적령기를 맞아' 자기의 지위를 바꾸어보려고 하며, 결코 관계자 여러분의 완벽한 동의 없이 결혼하는 것도 아니다. 내가 비난하는 것은 '너무 조급하게 이루는 결혼'뿐이다.

예식은 이른 시간에 거행하기로 정해졌다. 식후에 베풀 작은 조찬 모임에 엄선된 친구들을 초대하기 위함이었다. 그래서 우리는 시계가 8시를 가리키기 조금 전에 교회에 가 있었다.

오늘 아침에 포레스터 일가에서 내보낸 세 명의 예쁜 신부 들러리들이 입고 있는 드레스보다 더 지각 있고 우아한 차림은 없을 것이다. 신부 혼자서만 광을 낼 수 있도록 하기 위해 그들은 온통 초록색 차림으로 나왔다. 나는 여성복을 묘사하는 데 서툴다. 하지만 신부가 자기의 생각만큼이나 결백하고 솔직한 차림을 한 채 고대 희생 의식에서 바쳐지는 하얀색 제물처럼 제단에 서 있을 때, 그 들러리들은 디아나*가 거느리는 님프들에게나 어울리는 복장으로 혼례를 돕고 있었으니, 아직 쌀쌀맞은 처녀성을 벗어버릴 결심에 이르지 않은 그들이야말로 자기네의 이름**에 어울리는 역할을 하고 있는 셈이었다. 내가 듣기로는, 불행히도 모친을 여읜 이 젊은 처녀들은 부친을 위해서 미혼으로 지내고 있는 중이며, 홀몸이 된 부친을 모시고 함께 아주 행복하게 살고 있다고 했다. 그러므로 그 처녀들에게 마음을 두고 있는 사내들은 자기네가 아무 방해도 받지 않으며 이보라는 듯이 가정적 평안을 찾게 될 전망이 자기네 혼인 전망만큼이나 불길해 보이자 애만 태우고 있었다. 참으로 씩씩한 처녀들이군! 이피게니아***처럼 부친을 위해서라면 희생 제물이 되고도 남을 만하군!

　내가 무슨 일로 그런 엄숙한 식전에 참석해야 하는지를 나는 모른다. 나는 가장 숙연해야 할 경우에 눈치 없이 경망스런 행동을 하는 성향****이 있는데 이런 성향을 버릴 수가 없다. 나는 공공 역할을 수행할 수 있는 위인이 못 된다. 나는 의식(儀式)이라는 것과 결별한 지 오래된다. 하지만 통풍 때문에 집에서만 머물고 있던 신부의 부친이 나더러 식장에 나가서 자기 대신에 신부를 신랑에게 인계하는 역할을 해달라고 간청했을 때 나는 거역할 수 없었다. 그 가장 진지해야 할 순간에 무언가 우스꽝스런 생각이 들었다. 내 곁에 서 있던 그 귀여운 것을 신

*로마 신화에서 처녀성과 수렵을 대표하는 여신으로, 처녀 님프들을 거느리고 다닌다. 그리스 신화의 아르테미스에 해당한다.
**이 처녀들의 성 포레스터(Forester)는 그 일반명사의 뜻이 "삼림 속의 거주자"이므로 디아나의 님프라는 암시를 풍긴다.
***트로이 전쟁 때 그리스군 사령관 아가멤논 장군의 딸 이피게니아는 격분한 아르테미스를 달래고 부친의 순항(順航)을 확보하기 위해서 스스로 희생 제물이 될 것을 자원했다.
****램은 어느 서간문 속에서 자기에게는 장례식장에서 웃는 등 엄숙한 식전을 어지럽히는 성향이 있음을 고백한 적이 있다.

랑에게 주어버리는 일을 내가 상상 속에서나마 해볼 자격이 있을까 하는 느낌이 들었던 것이다. 풀트리 거리에 있던 선트 밀드레드 교회의 목사님은 언제나 꾸짖는 듯한 눈매로 사람들을 쳐다보곤 했는데, 그분이 그 엄한 눈으로 나를 응시하는 순간 막 생겨나려던 내 장난기는 장례식장에서나 느낄 비통함으로 바뀌고 말았기 때문에 내가 경솔하지 않았나 싶다.

식이 끝난 후에 T 씨 집안의 어여쁜 따님 중 하나가 나의 처신에 반대하며 지적한 것을 나의 결례로 치지만 않는다면, 그 엄숙한 식전에서 내가 저질렀다고 인정할 수 있는 비행은 그 정도였을 뿐이다. 그녀는 검은색 복장을 한 신사가 신부를 인계하는 것을 본 적이 없다고 거침없이 말했다. 그런데 검은 양복은 오랫동안 내 일상적 복장이었으며 사실 나는 그걸 작가에게 합당한 의상이라 여기고 있고 또 내 활동 무대에서도 그걸 인정하고 있다. 그러므로 내가 밝은색 양복을 입고 식장에 나왔다면 사람들은 내 꼴을 보고 좋아라 했을 텐데 그것에 비하면 검은색 복장 때문에 받은 비난쯤은 별것 아니라 할 수 있다. 하지만, 맙소사! 내가 검은색이 아닌 다른 색의 양복 차림이었더라면 신부의 모친이나 식에 참석했던 몇몇 연로한 부인들께서는 아주 흡족해 했을 것임을 나는 알고 있다. 하지만 나는 다행히도 필파이* 혹은 다른 어느 인도 작가의 우화를 들추어냄으로써 불길한 조짐을 극복할 수 있었다. 그 우화에 의하면 홍방울새의 혼례식장에 초대받은 온갖 새들이 모두 진회색 깃으로 단장하고 왔는데 오직 까마귀만이 검은색 차림으로 나타나

*연대 미상의 힌두 우화 수집가. 비슈누 사르마라는 이름으로 알려져 있다.

서 "다른 색 옷이 없다"는 말로 변명을 했다고 한다. 이 우화를 들려주자 연로한 분들은 그런 대로 마음을 풀었다. 하지만 젊은이들의 경우는 온통 떠들썩하게 굴며 악수를 하거니 축하를 나누거니 키스로써 신부의 눈물을 닦아주거니 신부의 답례 키스를 받거니 하고 있었는데, 신부보다 4~5주일 앞서 결혼해서 이런 문제에 대해 약간의 경험이 있던 한 젊은 부인이 보다 못해 신부를 구해내고는 신랑을 지긋이 바라보며 "이러다가는 신랑에게 할 키스가 남아나지 않겠네"라며 짓궂은 농담을 했다.

내 친구인 해군 제독은 멋진 가발에 장신구를 차리고 식장에 나와 평상시 모습과 아주 달라 보였다. 그가 오전 공부를 할 때면 가발의 머릿단을 밀어 올려 그 속에 띄엄띄엄 숨어 있던 성긴 회색 머리카락을 드러내는 버릇이 있었지만 그날은 그러지 않았다. 그는 만족스럽게 생각에 잠긴 모습이었다. 차게 해서 빚어놓은 가금류 고기, 우설(牛舌), 햄, 소금에 절여 말린 숭어알, 말린 과일, 포도주, 코디얼* 등을 차려 놓은 식탁을 조찬이라는 빈약한 이름으로 불러도 좋을지 모르겠으나, 하여간 세 시간이나 끈 식사가 끝난 후에 하인들이 마차가 대령했음을 알릴 시간이 다가오기를 나는 조마조마하게 기다리고 있었다. 그것은 신랑 신부가 관습대로 시골에서 한철을 보내도록 태우고 갈 마차였다. 그렇게 정해진 대로 신랑 신부에게 즐거운 여행을 하라고 축복한 후 우리는 모여 있는 하객들에게로 되돌아가게 되어 있었다.

*향기롭고 달콤한 음료.

사랑받던 배우는 무대를 떠나고
관중의 눈이 이제 부질없이
다음에 등장할 배우에게 쏠릴 때처럼*

꼭 그렇게, 그날 아침 잔치의 주역들이 사라지자, 우리는 부질
없이 서로에게 눈길을 돌리고 있었다. 사내들은 이야기를 하
지 않았고 아낙들도 잔에 입을 대지 않았다. 가엾은 제독은 분
위기를 일신하기 위해 노력했지만 결과는 대단치 않았다. 나
도 그 정도는 예상하고 있었다. 제독 부인의 깔끔한 표정이나
조용한 태도가 드러내던 그 무한한 만족감마저도 어쩐지 불안
감으로 쇠퇴하기 시작했다. 아무도 자리를 떠야 할지 계속 머
물러야 할지 판단하지 못했다. 우리는 어떤 바보스러운 행사
를 위해 모인 것 같았다. 머무느냐 떠나느냐를 결정하지 못하
고 있던 그 위기의 순간에 나는 내 우둔한 재주나마 발휘해야
했다. 앞서 오늘의 예식에서는 나를 수치스럽게 했을 수도 있
는 그런 재주였다. 그것은 어떤 긴급한 순간에 온갖 종류의 기
이한 난센스를 생각해내고 발산할 수 있는 능력이다. 나는 그
어색한 진퇴양난의 처지에서는 그런 능력이 지극히 효과 있음
을 알고 있었다. 나는 최선을 다해 헛소리들을 늘어놓았다. 모
든 사람들은 아침에 있었던 소란 끝에 다가온 그 견딜 수 없는
침묵의 압력으로부터 구원받기 위해 이성쯤은 얼마든지 희생
시킬 용의가 있었다. 그런 수단을 통해 다행히도 나는 하객들
대부분을 늦도록 붙잡아둘 수 있었다. 제독이 좋아하던 휘스트

*셰익스피어의 《리처드 2세》 5막 2장 24행 참조.

놀이가 벌어졌고 드물게도 솜씨와 행운까지 그의 편으로 쏠린 결과 놀이는 자정까지 계속되었으며 결국 노신사께서는 비교적 편안한 마음으로 잠자리에 들 수 있었다.

그 후에도 나는 여러 차례 그의 집에 들렀다. 찾아간 손님들의 마음이 그렇게 완벽히 편안할 수 있는 곳은 아무 데도 없을 것이다. 참으로 기이하게도 혼란의 결과로 조화가 이루어지는 곳을 다른 곳에서는 볼 수가 없다. 모든 사람들의 언동이 서로 엇갈리지만 그 결과는 언동의 일치보다도 더 낫다. 주문도 서로 어긋난다. 하인들이 이쪽으로 끌고 가면, 주인 내외는 다른 쪽으로 밀어붙이고, 내외간에도 서로 엇갈린다. 방문객들은 구석구석 모여 있고, 의자들은 가지런히 놓여 있지 않으며, 촛대도 아무렇게나 놓여 있다. 음식도 아무 때나 나오므로 차와 만찬이 한꺼번에 나오는가 하면 만찬이 차를 앞지르기도 한다.* 주인과 손님이 대담을 할 때도 각기 화제가 다르므로 각자는 자기 말만 알고 있을 뿐 상대의 말을 듣거나 이해하려고 애쓰지 않는다. 드래프트 놀이와 정치, 체스와 정치경제학 이야기, 카드놀이와 항해 문제 등에 관한 이야기들이 동시에 진행되지만 서로 구별될 가망이나 구별하려는 희망이 없으므로 그 대화들은 우리가 볼 수 있는 가장 완벽한 '부조화 속의 조화'**가 된다. 그러나 어찌된 셈인지 그 오래된 저택은 예전 같지가 않다. 제독은 아직도 파이프 담배를 피우지만 그의 곁에는 파이프에

---

*여기서 말하는 '차'는 오찬과 만찬 사이에 간식으로 나오는 차 즉 '하이 티(high tea)'를 가리킨다. 영국인들은 하이 티를 들기 때문에 만찬은 저녁 늦게 하는 편이다.
**'부조화 속의 조화(concordia discors)'는 호라티우스의 인용구.

담배를 채워줄 에밀리 양이 없다. 악기는 이전처럼 제자리에 서 있지만, 고운 손으로 그걸 연주해서 그 불협화의 분위기를 잠시나마 진정시키곤 하던 소녀는 떠나고 없다. 마벌이 말한 대로, 제독은 "운명을 자기의 선택으로 만드는"* 법을 배웠던 것이다. 그는 잘 버텨내고 있지만, 이전처럼 거센 위트를 진하게 번뜩이지 못한다. 그가 바다의 노래를 부르는 일도 이제는 드물다. 그의 아내도 보다 젊은 사람이나 나무라며 행실을 바로잡아 보고 싶은 눈치다. 우리 모두는 그 집에 연소자가 있어야겠다고 생각한다. 젊은 처녀 하나가 자기 부모의 집에 생기를 불어넣고 싱싱한 분위기를 유지해주는 것을 보면 참으로 놀랍다. 그녀를 치워버리기 전까지는 늙은이든 젊은이든 모든 사람들이 그녀에게 관심을 갖는 듯하다. 그 집에서 이제 젊음의 기운은 날아가고 없다. 에밀리가 결혼을 해버렸기 때문이다.

*앤드루 마벌(1621~1678)의 시 〈애플튼 하우스에서〉에는 다음 구절이 있다. "한편 그녀의 부모는 가장 기뻐하며 / 운명을 자기네 선택으로 삼는다."

현대의 여성존중 풍습

고대의 풍습과 비교할 때 오늘날에는 우리가 여성을 여성으로 대하면서 아부 혹은 존경을 표하도록 되어 있는데, 이 점을 두고 자화자찬할 수 있어서 기쁘다.

우리의 문명시대가 시작된 이래로 가장 흉악한 남성 범법자들과 똑같이 여성에게도 공공연히 매질을 가하던 그 빈번한 관행을 19세기가 되어서야 겨우 버리기 시작했다는 사실만 잊을 수 있다면, 나는 여성존중의 원리가 우리의 행위를 좌우하고 있다고 믿을 것이다.

영국에서는 아직도 여인들이 이따금 교수형에 처해진다는 사실에 내가 눈 감을 수 있을 때야 나는 여성존중의 원리가 영향력이 있다고 믿을 것이다.

여배우들이 남성 관중들의 야유를 받고 무대에서 쫓겨나는 일이 더 이상 없게 되어야 나는 여성존중의 원리를 신봉하게 될 것이다.

멋쟁이 남성이 도랑을 건너고 있는 생선 장수 아낙의 손을 잡아주거나, 몹쓸 짐마차에 부딪쳐서 흩어진 과일을 줍고 있는 사과 장수 아낙을 도와주는 날, 비로소 나는 그런 원리가 있다는 것을 믿을 것이다.

이 여성존중이라는 예의범절에 있어서 자기네 나름으로는 아주 정통하다고 여겨지기를 바라는 하류사회의 멋쟁이가 자기를 알아보는 사람이 없거나 자기의 행위를 지켜보는 사람이 없다고 여겨지는 곳에서도 그 범절에 따라 처신하게 되는 날, 그리고 자기 교구를 찾아가는 가엾은 여인이 역마차의 지붕 위 좌석에서 속절없이 비에 흠뻑 젖고 있는 것을 본 부유한 상인의 외판원이 두터운 멋쟁이 외투를 벗어서 그녀의 어깨를 감싸주는 광경을 보게 되는 날, 그리고 영국 극장의 대중석에서 한 아낙이 서서 구경을 하고 있을 때, 그 주변에서 편안하게 자리를 잡고 있는 사내들이 그녀의 곤경을 보고 빈정거린다든지, 다른 사람들보다도 예절이나 양심이 더 있어 보이는 사내가 "저 여인이 좀 더 젊거나 예쁘다면 내가 자리를 양보해줄 텐데"라고 의미 있는 말을 하는 동안 그만 그녀가 지쳐서 쓰러지고 마는 광경이 더 이상 보이지 않게 되는 날, 비로소 나는 우리 영국에도 여성존중의 풍습이 있다고 믿을 것이다. 옷을 잘 입은 도매상이나 외판원을 그들이 잘 아는 여인들에게 데리고 가보시라. 그러면 여러분은 로스베리 구역*에 그 외판원들보다 더 예절 바른 사람들은 없을 거라는 생각이 들 것이다.

마지막으로, 이 세상의 중노동과 거친 잡역의 절반 이상을 여성이 담당하는 일이 없어지는 날, 비로소 나는 여성존중의

*런던의 영국은행 북쪽에 있는 상업 중심지 거리.

원칙이 우리의 행위에 약간은 영향을 미치고 있다는 믿음을 갖도록 하겠다.

그런 날이 다가오기까지는 사람들이 이런 풍습을 아무리 자랑한다 해도 나는 그것을 관례적인 허구 이상이라고 믿지 않을 것이다. 그것은 특정한 계층에서 양성 간의 이해관계가 동등해지는 특정 시기에나 내세워지는 거짓 치레에 불과할 것이다.

점잖은 계층의 사람들 사이에서도 노인을 젊은이 대하듯이, 수수하게 생긴 사람을 잘생긴 사람 대하듯이, 안색이 거친 사람을 안색이 맑은 사람 대하듯이 똑같이 잘 대접해주고, 또 여인을 대할 때도 그녀에게 아름다움이나 재산이나 작위가 있기 때문이 아니라 그녀가 여인이라는 이유 때문에 잘 대접해줄 때, 비로소 나는 여성존중의 풍습이 삶 속에서 건전한 허구 중 하나로 자리 잡았다고 여기고 싶어질 것이다.

잘 차려입은 신사가 잘 차려입은 친구들에게 "여성의 노년기"라는 화제를 언급하면서 빈정거리는 감정을 촉발하거나 촉발하려 의도가 없어질 때, 그리고 교양 있는 사람들 사이에서 "노후화된 처녀성"이라느니 아무개는 "값을 퉁기다가 팔려나가지 못했다"느니 하는 표현들이 그 말을 들은 남녀들을 즉각적으로 격분케 할 때, 비로소 여성존중이라는 말도 단순한 구호 이상의 의미를 지니게 될 것이라 믿는다.

브레드 스트리트 힐에 사는 상인이요 남양상사의 이사 중 한 분이었던 조지프 페이스는 셰익스피어 논평가인 에드워즈*로부터 멋진 소네트 한 편을 지어 받은 바로 그분인데, 내가 만

---

*토머스 에드워즈는 실존했던 비평가로서 조지프 페이스의 숙부였다고 한다.

난 사람들 중에서 여성존중 사상을 꾸준하게 모범적으로 실천한 유일한 분이다. 그분은 초년에 나를 자기 보호 아래 두었고 나를 위해 애를 써주기도 했다. 나의 됨됨이에 많지는 않지만 사업가 기질이 들어 있다면 그것은 모두 그분의 가르침이나 시범 덕분이다. 내가 그분에게서 더 많은 것을 얻어내지 못한 것이 그분 탓은 아니었다. 비록 장로교도로 양육되어 상인으로 성장했지만* 그분은 당대의 가장 훌륭한 신사였다. 그분은 응접실에서 여인을 대할 때와 가게나 판매대에서 여인을 대할 때 각각 다른 범절체계를 보이지 않았다. 그분이 그 두 장소를 구별하지 않았다는 뜻은 아니다. 오히려 그분은 자기가 여성을 대하고 있다는 사실을 망각하지 않았고 불리한 상황에서도 그것을 결코 간과하는 일이 없었다. 나는 거리에서 어느 가엾은 하녀가 그분에게 길을 묻자—독자여러분, 웃고 싶거든 웃으시라—그분이 모자까지 벗어 들고 그녀를 대하고 있던 광경을 본 적이 있다. 그런데 그 정중한 자세가 너무 자연스러워서 그런 대접을 받는 쪽이나 베푸는 쪽이 모두 조금도 곤혹스러워하지 않았다. 그분은, 항간의 비속어를 빌리건대, 여자들의 뒤꽁무니나 쫓아다니는 사람은 아니었다. 오히려 여성이 자기 앞에 어떤 형태로 다가오든 그 '여성됨'을 존경하며 떠받들었다. 나는 또 그분이—독자 여러분, 웃지 마시라—시장에서 장사하는 아낙을 정답게 에스코트하는 광경을 본 적도 있다. 소나기 속에서 그 아낙을 만나자 그는 그녀의 과일이 상하지 않도록 바

---

*램의 시대에 장로교도임을 자인하는 사람들은 대체로 상업계층에 속했고 세련된 예의범절을 가지지 못한 것으로 여겨졌다.

구니 위로 자기 우산을 받쳐들고 있었는데 마치 백작부인이라
도 모시듯이 조심스러워했다. 노령의 여성이라는 그 존대한 형
상 앞에서는, 설령 그녀가 늙은 거지에 불과할 경우에도, 길을
비켜주곤 했는데 우리가 조모들에게 보이는 격식 이상으로 예
를 갖추어 비켜주었다. 자기네들을 지켜줄 칼리도어*니 트리스
탄** 같은 기사를 가지지 못한 여인들을 위해서는 바로 그분이
당대의 예절 바른*** 기사가 되어 그런 역을 맡고 있었다. 그분
이 보기에, 그 쭈글쭈글하고 누렇게 변한 노파들의 뺨에서는
퇴색해버린 지 오래된 장미꽃도 여전히 활짝 피어 있었던 것이
다.

　　그분은 결혼을 한 적이 없었다. 젊은 시절에 그분은 클랩튼
에 살던 윈스탄리 씨의 어여쁜 딸 수잔 윈스탄리에게 구혼했지
만 그녀가 청혼 기간 초엽에 죽게 되자 영원히 독신생활을 하
리라 마음을 굳히고 말았다. 그분이 나에게 말해준 바에 의하
면, 그 짧은 구혼 기간 중 어느 날 그는 수잔에게, 남성이 여성
에게 할 수 있는 정중한 언사들을 잔뜩 늘어놓았다고 한다. 그
때까지는 그녀가 그런 언사에 대해 아무런 혐오감도 나타내지
않았지만, 그날만은 그 언사가 아무런 효과도 없었다. 다시 말
해, 그분은 그녀에게서 정중한 긍정적 반응을 조금도 얻어내지

*에드먼드 스펜서의 《요정 여왕》에 나오는 기사 이름. 여성에 대한 예절이 의인화
된 이 기사의 모델은 스펜서 당대의 문사요 정객이었던 필립 시드니였다고 한다.
**아서 왕 시절 원탁의 기사들 중 한 사람.
***여기서 편의상 "예절 바르다"고 번역한 원문 형용사는 "gallant"인데, 중세 서
양 기사의 속성인 "용감성"과 "여인에 대한 정중하고 예절 바른 태도" 등의 뜻을
널리 함축한다.

못하고 말았던 것이다. 오히려 그녀는 그분이 늘어놓는 찬사를 유감스럽게 여기는 듯했다. 그동안 그녀는 언제나 자기가 속 좁은 여인이 아님을 보여왔기 때문에, 그분으로서는 그녀의 태도를 일시적 변덕 탓으로 돌릴 수도 없었다. 이튿날 그녀의 기분이 좀 나아진 것을 보고 그분이 전날은 왜 그렇게 냉담했느냐고 따졌더니, 자기에 대해 관심을 가져주는 것을 싫어할 이유는 전혀 없다고 여느 때처럼 솔직하게 고백하더라는 것이었다. 뿐만 아니라 허풍이 심한 찬사도 자기로서는 견딜 수 있다느니, 자기와 같은 처지에 있는 젊은 여인이라면 남들이 하는 온갖 종류의 듣기 좋은 말을 기대할 권리가 있다느니, 불성실한 찬사만 아니라면 자기가 어느 정도의 찬사를 듣고도 소화해내고 대부분의 여성들처럼 겸허함을 손상하지 않기를 바란다는 등의 말을 했다. 또 그녀는 그분이 찬사를 늘어놓기 조금 전에 넥클로스*를 약속 시간까지 배달하지 못한 어떤 젊은 여성에 대해 상당히 거친 말로 욕을 하는 것을 엿들었다고 했다. 그래서 속으로 "나 수잔 윈스탄리라는 젊은 여인은 이름난 미모에 재산가로 알려져 있으므로, 나에게 구혼하고 있는 이 아주 훌륭한 신사의 입에서도 가장 훌륭한 언사만 골라 들을 권리가 있다. 하지만 내가 만약에 가엾은 메리 모모(某某) 같은 모자 가게 주인이라면, 그래서 배달 시간에 맞추려고 밤이 늦도록 자지 않고 일했음에도 결국은 약속한 시간까지 넥클로스를 배달하지 못하고 말았다면, 난들 무슨 찬사를 들었을 것인가? 이런

---

*넥타이가 유행하기 전에 남성들이 목에 걸어 앞가슴을 장식하던, 느슨하게 주름을 잡은 천. 흔히 크라바트(cravat)라고 일컬었다.

생각을 하니 여자로서의 자존심이 상한다. 그 찬사가 오직 '나'만을 떠받들기 위한 것이었다 하더라도, 나와 같은 다른 여성도 보다 점잖게 대접받는 것이 좋지 않았을까? 그러니 다른 여성을 비하하는 말을 들으면서까지 나 혼자서만 어떤 좋은 말이든 듣고 있지는 않겠다. 나 역시 여성에 속한다는 사실이야말로 어쨌든 가장 강력히 내세울 만한 주장이요 또 좋은 찬사를 들을 권리이기도 하다"고 생각했다는 것이었다.

나는 그 여인이 자기 구혼자를 나무라는 말 속에서 관대함뿐만 아니라 공정한 사고방식까지 드러냈다고 생각한다. 그리고 이따금 나는 그분이 일생 동안 지위나 연령을 가리지 않고 모든 여성에게 보여준 행동과 행위를 규제하던 그 비범한 예절의 근원도, 지금은 고인이 되어 애도의 대상이 된 그 여인의 입에서 시의적절하게 나온 교훈에 있었다고 생각한다.

나는 이런 문제에 대해서 윈스탄리 양이 보여준 것과 똑같은 생각을 온 여성계가 지니고 있기를 바란다. 그래야만 우리는 일관성 있는 여성존중 정신을 얼마쯤 보게 될 것이고 또 남자들의 변덕스러움, 즉 아내에게는 진정한 예절의 모범을 보이면서도 누이에게는 쌀쌀맞은 경멸과 무례를 보이는가 하면, 자기의 애인은 우상으로 받들면서도 역시 여성인 숙모나 독신녀로 사는 불행한 사촌은 멸시하고 얕보는 등의 변덕을 더 이상 보지 않게 될 것이다. 한편 한 여성이 사회적 지위와 관계없이 자기가 거느린 하녀나 식솔 같은 여성에 대한 존중을 손상한다면, 바로 그 이유 때문에 그녀 자신이 누려야 할 존중도 그만큼 손상되는 꼴을 당해야 마땅하다. 그리고 아마도 여성과는 불가분의 관계에 있지도 않은 젊음, 아름다움 및 유리한 지위 따위가 그 매력을 잃게 되는 날 그녀는 자기가 당한 손상을 절감하게 될 것이다. 여성이 구혼 기간 중이나 그 후에 남성에게 요구해야 하는 것은 첫째, 자기가 여자이므로 자기를 여자로 존중해달라는 것, 다음으로 자기를 다른 여성들보다 더 높이 존중해달라는 것이라야 한다. 그러나 중요한 것은 여성이 마치 단단한 주춧돌 위에 서듯, 자기의 여성됨이라는 토대 위에 스스로를 세우는 일이다. 그리고 나서 개인적인 기호에 수반되는 관심이 사소한 첨가물이나 장식물처럼 되어 다양하고 이채롭게 그 주된 구조물에 덧붙여지게 하면 될 것이다. 여성이 배워야 할 첫 교훈은 아리따운 수잔 윈스탄리의 경우처럼 '자기가 속한 성을 존중하는 일'이다.

책과 독서에 대한 초연한 생각

어떤 책의 내용에 대해 관심을 가진다는 것은 다른 사람의 두뇌가 인위적으로 빚어낸 산물을 가지고 우리 자신을 즐겁게 하는 행위이다. 이제 나는 자질과 교양을 갖춘 사람이라면 자기 자신의 두뇌에서 자연스럽게 싹트는 산물을 가지고서도 많이 즐거워할 수 있다고 생각한다. –《타락》*의 등장인물 포핑턴 경

내가 잘 아는 한 재사(才士)는 포핑턴 경의 이 재치 있는 말씀에 너무 감명을 받은 나머지 전적으로 독서를 그만두고 자기 자신의 독창성을 크게 개선하는 데 열중하고 있다. 이 독창성 문제와 관련해서는 얼마쯤 신망을 잃게 될 위험이 있지만, 나는 책을 통해 다른 사람들의 생각을 접하는 데에 적잖은 시간을 들인다는 고백을 해두어야겠다. 나는 다른 사람들의 사색 속에 묻혀서 내 삶을 꿈결처럼 보내고 있다. 나는 다른 사람들

*영국 극작가 존 밴버러(1664~1726)의 희극.

의 마음속에 홀딱 빠지기를 즐긴다. 나는 산책할 때를 제외하고는 책을 읽는다. 나는 그냥 앉아서 사색만 할 수가 없다. 책이 내 대신 생각을 해준다.

문학적 호불호에 있어서 나에게는 아무런 편견도 없다. 나에게는 새프츠베리*라고 해서 너무 고답적이지 않고, 조너선 와일드**라고 해서 너무 저급하지도 않다. 나는 내가 책이라고 부를 수 있는 것이면 무엇이건 읽을 수 있다. 책 형태를 갖추고는 있지만 내가 책이라고 부를 수 없는 것도 있다.

책이 아닌 책들, 이른바 그리스어 비블리아 아-비블리아(biblia a-biblia)의 목록에 넣을 수 있는 것으로는 궁정 달력, 인명록, 수첩, 책처럼 장정해서 뒷면에 글자까지 새겨 넣은 놀이판, 과학 논문집, 연감, 일반법전 등이 있는가 하면, 흄, 기번, 로버트슨, 비티, 솜 제닌스 등의 저작물,*** 그리고 일반적으로 "신사의 서재에 없어서는 안 된다"는 그 모든 서적들, 이를테면 저 유식한 유대인 플라비우스 요세푸스의 역사서 및 패일리의 도덕철학서**** 등을 들 수 있다. 이런 것들만 예외로 한다면 나는 거의 모든 책을 읽을 수 있다. 이런 대범하고 포용적인 취미를 가지게 된 행운에 대해 나는 고맙게 여긴다.

책처럼 차려 입었지만 실은 책이 아닌 것들이 거짓 성자, 참

---

*새프츠베리 백작(1671~1713)은 철학과 도덕까지 겨론한 작가.
**헨리 필딩의 소설 《조너선 와일드》의 주인공으로 등장하는 노상강도.
***데이빗 흄은 철학자, 에드워드 기번은 《로마제국 흥망사》를 쓴 역사가, 윌리엄 로버트슨은 역사가, 제임스 비티는 시인이요 철학자, 솜 제닌스는 시인이요 에세이스트로 모두 18세기 사람들이다. 아무 문학적 편견이 없다고 자처하는 램이 기번의 로마사 같은 책에 대해 편견을 피력하고 있는 것이 흥미롭다.
****요세푸스는 기원전 1세기 때의 유대족 역사가이고, 윌리엄 패일리는 18세기의 신학, 철학자다.

된 성전(聖殿)의 찬탈자, 성역의 침범자처럼 책꽂이에 버티고 앉아서 정당한 점유자들을 밀쳐내는 것을 보면 화가 치민다는 것이 내 솔직한 심경이다. 겉보기에 잘 장정된 책을 한 권 집어 들고는 가슴을 흐뭇하게 하는 각본집이기를 바라지만 정작 그 책장처럼 보이는 것을 펼쳐보면 난데없이 재미없는 인구론*이 아닌가. 스틸이나 파쿼의 책이기를 기대했는데 애덤 스미스** 일 때도 있다. 러시아나 모로코산 가죽으로 장정된 앵글리카나 라든가 메트로폴리타나 같은 멍청한 백과사전들이 잘 진열되어 있는 것도 볼 수 있는데, 그 멋진 가죽의 10분의 1만 있어도 헐벗은 채 떨고 있는 내 2절판 책들에다 따뜻한 옷을 해 입힐 수 있을 것이고, 파라셀수스***의 책도 면모를 일신할 수 있을 것이며, 낡은 라이문두스 룰루스의 저술도 세상에서 제 모습을 되찾게 할 수 있을 것이다. 그런 사기꾼 같은 서적을 볼 때마다 나는 그 껍질을 벗겨서 남루해진 나의 노병들에게 따뜻하게 입혀주고 싶다.

　한 권의 책에서 꼭 필요한 것은 단단한 제작과 깔끔한 장정이다. 호화로운 장본은 그다음 문제이다. 혹시 호화 장본을 할 여유가 있을 경우에도 무분별하게 모든 책을 호화롭게 제작해서는 안 된다. 예를 들어 나는 한 세트의 잡지에게 성장(盛裝)을 시키지는 않겠다. 반혁장정(半革裝幀) 같은 약식 장정이면 이 에세이를 싣고 있는 이런 잡지에는 알맞은 의상이 된다. 셰익스

---

*맬서스의 《인구론》(1798)을 가리킨다.
**리처드 스틸(1671~1707)은 에세이스트. 조지 파쿼(1678~1729)는 희극작가. 애덤 스미스는 《국부론》의 저자.
***스위스의 의사이자, 연금술사이다.

피어나 밀턴 같은 작가라고 하더라도 초판본이 아니라면 화려한 옷을 입히는 것은 바보스러운 허세가 될 것이다. 그런 책을 소장한다고 해서 눈에 띄는 자랑거리로 될 수도 없다. 이런 말을 하면 이상하게 들리겠지만, 그런 책은 아주 흔하기 때문에 그 외면장식이 소장자에게 달콤한 감정이나 짜릿한 소유감을 불러일으키지도 못한다. 톰슨*의 《사계절》 같은 책은 약간 찢어지고 책장 귀퉁이가 접혀 있을 때 가장 매력적으로 보인다고 나는 주장하고 싶다. 우리가 까다로운 성미 때문에 따뜻한 인간적 감정을 몰각하지만 않는다면, 그 옛날에 "순회도서관"에서 빌려 주던 《톰 존스》 및 《웨이크필드의 목사》 같은 책의 더럽혀진 책장이며 닳아빠진 외양이며, 아니, 가죽 냄새를 능가하는 곰팡이 냄새 같은 것도 진정한 독서 애호가에게는 얼마나 아름다울 것인가. 그런 책들은 수많은 엄지손가락들이 즐겁게 그 책장을 넘겼다는 것을 말해주지 않는가! 또 모자나 망토를 만드는 외로운 침모가 하루 동안의 고된 바느질을 마치고 모자라는 잠에서 한 시간씩 빼내어, 마치 망각의 잔 속에 모든 근심 걱정을 묻어버리려는 듯이, 그 책의 매혹적인 내용을 읽으며 위안을 얻었을 것임을 말해주지 않는가! 그 책들을 조금이라도 덜 더럽히려고 할 사람이 있을까? 책이 그런 상태에 있으면 족하지, 어찌 우리가 더 나은 상태를 바랄 것인가!

어떤 의미에서는, 좋은 책일수록 좋은 장정을 할 필요가 없다. 마치 대자연의 원형(原型)에서 계속 찍혀 나오듯이 끊임없이 찍혀 나오는 필딩, 스몰렛, 스턴 같은 작가들의 책은 "영원

---

*제임스 톰슨(1700~1748)은 장편시 《사계절》을 쓴 스코틀랜드의 시인.

하다"*는 것을 알기 때문에, 우리는 그런 책이 한 권씩 사라지
는 것을 보고도 그리 아깝게 여기지 않는다. 하지만 어떤 책이
양서이면서도 희귀해서 바로 그 한 권의 책이 그 종을 대표하
다시피 할 경우에는, 그 귀한 책이 없어질 때,

　　　그 빛을 다시 밝혀줄 프로메테우스의 횃불을
　　　어디서 찾아야 할지 우리는 알지 못한다.**

　예를 들어, 뉴캐슬 공작부인이 쓴 공작의 전기가 바로 그런
책인데, 그런 보석 같은 책을 존중해서 안전하게 보관하기 위
해서라면 아무리 화려한 상자나 아무리 튼튼한 그릇이라 하더
라도 부족할 것이다.
　이처럼 묘사되는 희귀한 책으로 재발행될 가망이 전혀 없어
보이는 책뿐만 아니라, 필립 시드니, 테일러 주교, 산문 저작자
로서의 밀턴, 풀러 같은 작가들의 옛 판본들까지도, 비록 오늘
날 재판본이 나와서 여기저기 나돌며 거론되기는 하지만, 국민
의 마음속에서 표준 서적으로 자리 잡지는 못했고 또 그렇게
될 가능성도 영영 없기 때문에 견고하고 비싼 장정본으로 소
장하는 것이 좋다. 나는 셰익스피어의 2절판 초판본들에는 관
심이 없다. 차라리 나는 니콜러스 로가 편집하고 제이콥 톰슨
이 간행한 셰익스피어를 더 좋아하는 편이다. 이 판본에는 주
석이 없고 도판이 들어 있는데 이 도판들은 밉살스러울 정도

*《맥베스》 3장 2절 38행 참조.
**《오셀로》 5장 2절 12행의 구절을 약간 바꾸어 인용한 것.

로 저질이지만 텍스트에 대한 도해나 수수한 비망록 구실을 하고 있으며, 또 그 어떤 면으로든 텍스트와 경합하려 하지는 않지만 그런 경지를 넘보는 셰익스피어 갤러리*의 도판들에 비해 훨씬 더 좋다. 나는 셰익스피어의 희곡에 대해서 내 동포들과 똑같은 감정을 가지고 있기 때문에 가장 흔하게 나뒹굴고 자주 펼쳐져온 판본을 가장 선호한다. 반면에, 나는 보몬트와 플레처**만은 2절판이 아니고는 읽을 수 없다. 8절판은 쳐다보기만 해도 괴롭다. 그런 판본에 대해서는 친근감을 느낄 수가 없다. 만약에 이 두 극작가가 오늘날 나돌고 있는 셰익스피어 판본만큼 많이 읽힌다면 나도 옛날 판본보다는 8절판을 더 선호할 것이다. 나는 《우울증의 해부》***의 재판본보다도 더 꼴사나운 책을 본 적이 없다. 그 환상적인 옛 위인의 유해를 파내어 최신 유행의 수의를 입혀 현대인 앞에 드러내 보이고 새로이 판정받아야 할 필요가 있었을까? 어떤 불운한 출판업자가 버턴의 인기는 올라갈 것이라고 꿈이나 꿀 수 있을 것인가? 못난 말론****이 스트랫퍼드의 교회지기를 매수해서 셰익스피어의 채색된 조상(彫像)에 흰 칠을 했다니 그보다 더 몹쓸 짓이 있을 수 있을까? 그 교회에 서 있던 조상은 뺨의 색깔이며, 눈, 눈썹, 머리카락 그리고 그가 늘 입고 다니던 옷 등이 조잡하지만

*1807년에 나온 《셰익스피어 갤러리》를 위해 찰스 히스라는 사람이 도판들을 만들었다.
**엘리자베스 시대의 극작가 프랜시스 보몬트와 존 플레처는 많은 희곡을 합작했다.
***17세기 작가 로버트 버턴의 저작인데, 램은 이 책을 애독한 것으로 알려져 있다.
****제라드 잔센이라는 이가 셰익스피어의 사망 직후에 흉상을 만들었는데, 눈빛은 담갈색이요 머리카락과 수염은 다갈색으로 되어 있었다. 1790년에 셰익스피어의 작품을 편찬했던 에드먼드 말론은 이 흉상에다 흰 칠을 했지만 1861년에 채색은 부분적으로 복원되었다.

생생하게 채색되어 있어서, 비록 불완전하기는 해도, 사람들이 궁금히 여기는 셰익스피어의 여러 면모를 신빙성 있게 증언하는 유일한 것이었다. 그런데 그 두 사람이 조상에다 하얀 페인트칠을 했다. 맙소사! 만약에 내가 워릭셔의 치안재판관이었다면 이 편주가(編註家)와 교회지기를 신성모독적인 악한으로 몰아 기어이 칼을 씌우고 족쇄를 채웠을 것이다.

그 두 사람이 페인트칠을 하고 있는 모습이 눈에 선하다. 실로 그들은 뭘 좀 아는 것처럼 나섰지만 실은 망자의 안식을 어지럽히는 자들이다.

만약에 내가 우리 시대의 시인 몇몇 사람의 이름이 밀턴이나 셰익스피어보다도 귀에, 적어도 내 귀에는, 더 달콤하게 들리고 더 맛있게 느껴진다고 고백한다면 사람들은 나를 황당하다고 여길 것인가? 밀턴이나 셰익스피어는 흔한 담론 속에서 닳아빠져 진부할 수도 있다. 입에 올리면 향기를 풍기는 가장 달콤한 이름들은 크리스토퍼 말로, 마이클 드레이턴, 윌리엄 드러먼드 및 에이브러햄 카울리 등*이다.

책은 언제 어디서 읽느냐에 따라 많은 것이 좌우된다. 정찬이 시작되기 전에 조급히 5분간의 시간을 때워야 할 경우 《요정 여왕》이나 앤드루스 주교의 설교집 같은 책을 집어 들 생각을 하는 사람이 있을까?

밀턴의 경우는 책을 펼치기 전에 식전기도처럼 연주되는 음악을 필요로 한다.** 하지만 밀턴은 고유의 음악을 가지고 있으므로 그것을 듣고자 하는 사람이라면 고분고분한 생각과 깨

*모두 16세기와 17세기에 활약한 시인 혹은 극작가들이다.
**에세이 〈식전기도〉 참조.

끗이 씻은 귀를 가지고 임할 필요가 있다.

세상사와 두절되는 겨울 저녁이면 밀턴보다는 격식을 덜 찾는 셰익스피어가 의젓하게 들어선다. 이런 계절에는 《템페스트》나 그 자신의 《겨울 이야기》 같은 것을 읽는 것이 제격이다.

우리는 이 두 시인의 작품을 펼 때마다 부득불 낭송하지 않을 수 없다. 혼자 낭송하거나 혹시 기회가 닿는다면 단 한 사람을 상대로 낭송하는 것이 좋다. 두 사람이 넘으면 정식 청중으로 격하되어버릴 것이다.

조급한 흥미나 끄는 책들은 사건에서 사건으로 서둘러 진행되기 때문에 눈으로 훑어 내려가면 족하다. 그런 책을 낭송하면 안 된다. 요즘 나온 소설들 중에서 좀 나은 것들까지도 낭송되는 것을 들으면 나는 극히 괴롭다.

신문을 읽어주는 것도 참기가 어렵다. 몇몇 은행에서는 개개인의 시간을 절약하기 위해 행원 중에서 가장 유식한 사람이 《타임스》나 《크로니클》지를 읽기 시작하거나 "공공의 이익을 위해서" 그 내용을 송두리째 낭송하기도 한다. 그는 허파가 터져라 소리를 내며 유창하게 읽지만 그 효과는 지겹기만 하다. 이발소나 술집에서는 한 녀석이 일어서서 한 구절을 읽으며 마치 무슨 발견이라도 한 것처럼 전달한다. 뒤이어 다른 녀석이 자기가 골랐다면서 다른 구절을 읽는다. 그러다 보면 조금씩 조금씩 신문 전체가 읽히게 된다. 좀처럼 책을 읽지 않은 사람들은 느린 독자들이다. 그래서 이런 편법이 없다면 그 무리 중의 누구도 그 신문의 전체 내용을 읽어내지 못할 것이다.

신문은 언제나 호기심을 자극한다. 그러므로 누구나 신문을 내려놓을 때면 일종의 실망감을 느끼게 된다.

난도즈 커피하우스에 가보면 검정 옷을 입은 신사가 끝도 없이 신문을 들고 있는 것을 볼 수 있지 않은가! 웨이터가 끊임없이 "어르신, 《크로니클》지는 다른 분이 읽고 계시는 중입니다"라고 말하는데, 듣기에 역겨울 지경이다.

밤에 여관에 들어가서 저녁 식사를 주문하고 기다릴 때, 혹시 창가 좌석에 놓인 두세 권의 《타운 앤드 컨트리 매거진》을 보게 되면 그보다 더 반가울 수가 있을까. 참으로 오래전에 손님이 그만 깜빡하고 두고 간 그 잡지에는 밀담을 하는 흥미로운 그림이며, 〈왕족 애인과 G 부인〉이니 〈사랑에 빠진 여성 감상주의자와 늙은 멋쟁이 사내〉 같은 오래된 스캔들 기사들이 실려 있었다. 그런 시간에 그런 곳에서라면 더 좋은 책을 준다고 해도 그 잡지와 바꾸려 할 사람이 있을까?

근년에 실명을 하게 된 가엾은 토빈*이 《실낙원》이니 《코머스》 같은 비중 있는 작품들을 읽지 못하게 되었다고 한탄하지는 않았다. 그런 작품이야 사람들에게 읽어달라고 할 수도 있었을 것이기 때문이다. 그가 아쉬워한 것은 잡지나 가벼운 내용의 팸플릿을 자기 눈으로 훑어보는 즐거움이 없어졌다는 것이었다.

나는 어떤 대사원으로 통하는 엄숙한 길목에서 《캉디드》** 같은 책을 읽다가 들키고 싶지는 않다.

언젠가 한번 나는 프림로즈 힐***의 풀밭에 편안히 누워서 《파멜라》****를 읽다가, 그곳을 사랑의 땅이라 여기며 찾아온

*존 토빈(1770~1804)은 극작가였다.
**반기독교적 정서로 넘치는 볼테르의 저작.
***런던 리전트 공원 북쪽에 있는 프림로즈 힐은 흔히 "비너스의 땅" 혹은 사랑의 땅으로 여겨지고 있었다.
****1740년에 나온 새뮤얼 리처드슨의 서간체 장편소설. 주인의 유혹을 처절하게

낯익은 처녀에게 들켰는데 내가 그때만큼 미묘하게 놀랐던 적은 일찍이 없었다. 그 책에는 읽다가 들켰다고 해서 진정으로 부끄러워해야 할 내용이 전혀 들어 있지 않았다. 하지만 그녀가 내 옆에 자리 잡고 앉아 함께 읽겠다고 작정한 듯했을 때, 나는 그 책이 다른 책이었으면 좋겠다고 생각했다. 우리는 아주 사이좋게 그 책을 몇 페이지 읽어나갔는데, 그 작가가 자기 취향에 맞지 않다는 것을 알게 된 그녀는 일어서더니 가버렸다. 점잖은 의문해결론자여, 이 딜레마 속에서 우리 두 사람 중 한쪽은 얼굴을 붉혔는데 그것이 요정 쪽이었는지 아니면 사내 쪽이었는지를 추측하는 일은 그대에게 맡기겠다. 그대는 나에게서 영영 그 비밀을 캐낼 수 없을 것이다.

나는 집 바깥에서의 독서에 대해 그다지 호의적이지 않은 편이다. 읽는 일에 정신을 집중할 수 없기 때문이다. 스키너즈 스트리트가 생기기 전에 스노 힐에서는 유니테리언파의 성직자 한 분이 오전 10시와 11시 사이에 라드너의 신학서적 한 권을 읽고 있는 모습이 널리 목격되었다는 것을 나는 알고 있다. 나는 그런 독서행위가 나로서는 넘볼 수 없는 초탈적 능력임을 인정한다. 그가 세속의 인간들과 부딪치지 않도록 옆으로 피해 가는 모습을 보며 나는 경탄하곤 했다. 내가 만약에 그런 식으로 책을 읽다가 짐꾼이나 빵 바구니를 든 사람들과 무지하게 충돌이라도 하게 된다면 그간 익혀온 신학은 대번에 모조리 달아나버릴 것이고 다섯 가지 요체(要諦)*에 대해서도 무관심해지

거역하는 하녀 파멜라의 이야기를 줄거리로 하고 있다.
*칼뱅 신학 체계의 다섯 가지 요점, 즉 예정설, 거역할 수 없는 은혜, 원죄, 특정한 속죄 및 성인들의 궁극구제(窮極救濟)를 가리킨다.

는 게 아니라 그보다 더 나쁜 상태에 빠지고 말 것이다.

내가 생각할 때마다 으레 애정을 느끼게 되는 한 부류의 길거리 독서꾼이 있다. 그들은 가난한 신사계층의 사람들로서 책을 사거나 빌려 볼 돈이 없기 때문에 개방된 서적 판매대에서 약간의 지식을 훔치기도 하는데, 그들이 그렇게 책을 읽고 있는 동안 가게 주인은 원망스러운 눈초리로 그들을 지켜보면서 어서 읽기를 마치고 가주었으면 좋겠다고 생각한다. 조심스럽게 한 장씩 책장을 넘기면서 그들은 시시각각 언제쯤 주인이 금지령을 내리며 참견해올까 조마조마하면서도 차마 읽는 재미를 거역할 수 없어서 "두려움으로 가득한 기쁨을 움켜잡는다."* 마틴 B**는 젊은 시절에 두 권으로 된 《클라리사》***를 이런 식으로 매일 조금씩 읽고 있었는데, 주인이 그 책을 살 작정이냐고 물어오는 통에 그의 찬양받을 만한 야심은 꺾이고 말았다고 했다. 마틴은 일생을 통해 그 어떤 환경에 처해서 책을 읽어보아도 젊은 시절 책을 훔쳐 읽다시피 하던 때만큼 만족스럽지는 않았다고 호언한다. 우리 시대의 한 별난 여류시인****은 이 문제를 두고 도덕적 논설을 펴면서 아주 감동적이면서도 따뜻한 두 연의 시를 쓴 적이 있다.

한 소년이 열성 어린 눈초리로

*토머스 그레이의 시 〈이튼 학교의 원경(遠景)에 부침〉에 나오는 구절. 학교 구내를 벗어나서 잠시 동안 자유를 구가하는 학생들이 곧 학교 당국의 처벌을 받게 될 것을 두려워하는 모습을 그리고 있다.
**마틴 찰스 버니. 그는 훗날 법관이 되었고 램의 절친한 친구였다.
***리처드슨의 서간체 장편소설.
****찰스 램의 누이 메리 램을 가리킨다.

242

가게에서 책을 펼치는 모습이 보였네
그가 책을 삼킬 듯이 읽고 있는데,
가게 주인이 그 꼴을 훔쳐보았지.
이내 주인은 소년에게 소리치기를,
"야, 이봐, 너는 책을 사지 않잖아,
그러니 책을 봐서는 안 되지."
소년은 천천히 지나가면서, 한숨짓기를,
"읽는 법을 배우지 말았어야 해. 그래야
저 껄렁한 사람의 책을 읽을 필요가 없었을 것을."

부자들은 당하지 않는 고통들을
가난뱅이들은 많이 겪어야 한다네.
다른 소년 하나가 보였는데
아무것도 먹지 못한 표정이었지.
적어도 그날은 먹지 못한 듯,
주막집 찬장 속의 식은 고기를 바라보고 있었네.
그래서 생각했지. 배가 고파 먹고는 싶으나 돈이 없으니
이 소년의 경우가 더 괴롭겠다고.
맛있는 고기를 바라보며 먹는 법을 배우지 말았어야 한다고.
소년이 한탄한다 한들 어찌 놀랄 일이랴.

개인 , 집단
그리고 인간관계

두 부류의 인간

내가 인간에 대해 도출할 수 있는 최선의 이론에 따르면, 인류
는 '빌리는 자들'과 '빌려주는 자들'로 뚜렷이 구분되는 두 부
류의 사람들로 구성되어 있다. 고트족, 켈트족, 백색인종, 흑색
인종, 적색인종 등의 부적절한 분류법이 있지만 이 모든 종족
들도 이 두 가지 근본적 부류로 압축될 수 있다. 바르티아 사
람, 메데 사람, 엘람 사람*이니 하는 이 지상의 모든 거주자들
은 무리를 지어 자연스럽게 이런 기초적 분류의 어느 한쪽에
들게 된다. 내가 '위대한 부류'라고 부르고자 하는 전자의 무
한한 우월성은 그 모습이며 거동이며 특정한 본능적 지배력을
통해 분간될 수 있다. 반면에 후자는 천하게 태어난 사람이다.
"그는 자기 형제들을 받드는 종이 될지어다."** 이런 기질을 가
진 사람의 풍모에는 어딘지 빈약하고 수상쩍은 데가 있으며,

*〈사도행전〉 2장 9절 참조.
**〈창세기〉 9장 25~26절 참조.

이는 전자의 개방적이고 믿음직하고 관대한 태도와 대조를 이룬다.

고금을 통해 가장 위대한 차용자(借用者)로는 알키비아데스, 폴스타프, 리처드 스틸 및 근년의 독보적 존재 브린슬리*를 들 수 있는데, 이 네 사람을 관찰해보면 과연 한 가족처럼 닮은 데가 있지 않은가!

돈을 빌려 가는 사람이 어쩌면 그렇게나 걱정 없고 침착한 태도를 보일 수 있단 말인가! 턱 아래로 볼그레하게 살이 처져 있구나! 하늘의 뜻에 대한 아름다운 신임을 드러내는 그가 어쩌면 백합꽃만큼도 생각이 없을까!** 돈을 경멸하고 특히 그대의 돈과 내 돈을 쇠똥처럼 여기지 않는가! 학자들이 구분해서 가르치는 '내 것(meum)'과 '네 것(tuum)'***이란 말을 마음대로 혼동해서 쓰는가 하면, 일찍이 투크****가 증명한 것 이상으로 언어를 고귀하게 단순화함으로써 그 두 가지 상반되는 것들을 섞어서 하나의 분명하고 알기 쉬운 '내 것'이라는 형용어로 만들어버리다니! 어쩌면 그토록 원시 공동체에 근접하면서도

---

*알키비아데스(BC 450~BC 404)는 방탕한 아테네의 정치가요 군인이고, 폴스타프는 셰익스피어의 희곡 《헨리 4세》 등에 등장하는 방종한 노기사이고, 스틸은 술을 너무 좋아해서 늘 빚에 시달리던 18세기 영국 문사이고, 브린슬리는 사생활이 방탕해서 빚에서 헤어나지 못했던 18세기의 영국 극작가 리처드 브린슬리 셰리든을 가리킨다.
**〈마태복음〉 6장 28절의 "너희는 어찌하여 옷 걱정을 하느냐? 들의 백합꽃이 어떻게 자라는가 살펴보아라. 그것들은 옷 걱정을 하지 않고 길쌈도 하지 않는다"라는 구절 참조.
***meum과 tuum은 각각 mine과 yours에 해당하는 라틴어 낱말.
****영국의 정치가요 언어학자였던 투크는 본래 모든 낱말이 외적 지각 대상체에서 차용되었다는 이론을 입증한 바 있다.

그 원리의 반만 지킬 수 있단 말인가!*

그는 "온 천하에 호구 조사령을 내리는"** 진정한 과세자이다. 그와 '우리 중의 한 사람' 사이의 거리는 너무 멀어서 마치 로마 황제 아우구스투스와 예루살렘에서 로마의 세금을 내는 가난뱅이 유대인 사이의 거리 같다고 할 수 있다. 그의 강제 징수 또한 겉으로는 즐겁고 자발적인 것으로 보이지 않는가! 뚱한 표정을 짓고 있는 교구와 국가의 세금 징수원이라든지 얼굴에 자기네는 반갑잖은 사람이라는 내색을 하고 다니는 하급 징세관들과는 전혀 달라 보이지 않는가! 그는 미소를 지으며 우리에게 다가와서 돈을 빌리고도 차용증 따위는 써줄 생각을 하지 않으며 일정한 시기에 한해서 찾아오는 것도 아니다. 그에게는 모든 날이 성촉절(聖燭節)이요 미가엘 축일***이다. 그는 우리의 지갑에 즐거운 표정의 '온화한 자극(lene tormentum)'****을 가한다. 그러면 그 점잖은 따뜻함에 반응해서, 마치 태양과 바람이 나그네의 외투를 다투어 벗기려 했을 때처럼, 자연스럽게 그 비단 지갑은 펼쳐지게 된다. 그는 썰물을 모르는 진짜 프로폰티스 해(海)***** 같아서 모든 사람의 손에서 듬뿍 돈을 취해갈 뿐이다. 그가 기꺼이 영예롭게 해주려는* 그 희생

*〈사도행전〉 2장 44절 참조. 여기서 램은 "공동 소유"를 신봉하는 차용자들이 이웃의 재산은 자기 것으로 여기되 자기 재산은 이웃의 것이라고 여기지 않는 것을 꼬집고 있다.
**〈누가복음〉 2장 1절 참조.
***성촉절(2월 2일)은 성모를 기리는 날이지만 스코틀랜드에서는 4분기 지불일(支拂日)이기도 하다. 미가엘 제일(9월 29일)은 영국의 전통적 4분기 지불일이다.
****호라티우스가 포도주의 효능을 그리기 위해서 쓴 어구.
*****오늘날의 마르모라 해. 흑해의 물은 이 간만의 차가 별로 없는 바다를 거쳐 지중해로 흘러든다.

자는 자기 운명을 상대로 싸우지만 헛될 뿐이다. 그는 그물에 걸려버린 것이다. 그러니, 빌려줄 운명에 처한 자여, 기꺼이 빌려주도록 하시라. 그래야만 현세의 돈 이외에 내세에 기약된 보답**까지 잃지 않으리라. 거지 라자로와 부자 다이비즈가 각각 현세와 내세에서 당한 벌***을 그대 한 몸으로 모두 받으려는 당치 않은 생각일랑 하지 마시라. 오히려 그 정당한 권위자가 오고 있는 것이 보이거든 미소를 지으며 나가서 맞을 듯이 하라. 그러고는 상당한 희생을 해서라도 빌려주는 거다! 보라, 그는 그 돈을 참으로 대수롭지 않게 여기지 않는가! 고귀한 적을 대할 때는 주저하지 않는 법이다.

　내가 위와 같은 생각을 하지 않을 수 없었던 것은 내 옛 친구 랠프 비고드****가 죽었기 때문이다. 수요일 저녁에 이 세상을 떠난 그는 일생을 그렇게 살았듯이 죽을 때도 별 고통을 겪지 않았다. 그는 지금까지도 이 땅에서 귀족적 위엄을 지켜온 세도 당당한 비고드 가문의 후예임을 자랑했다. 그는 행동이나 감정 표현에 있어서 자기가 내세우는 혈통을 저버린 적이 없었다. 젊은 시절에 그에게는 많은 수입이 있었다. '위대한 부류'의 인간들에게는 돈에 대한 그 고귀한 무관심이 내재해 있음을 나는 눈여겨보곤 했거니와, 바로 그 무관심 때문에 그는 얼

<hr />

*〈에스더〉6장 6절 참조.
**〈마태복음〉6장 19절 및 〈잠언〉19장 17절. "없는 사람에게 적선하는 것은 여호와에게 빚을 주는 셈이므로 여호와께서 그 은혜를 갚아주신다"는 구절 참조.
***〈누가복음〉16장 19~31절 참조.
****《알비온(Albion)》지의 편집인 존 페닉을 가리킨다. 비고드는 노퍽 백작 집안의 가성이었다.

마 되지 않아 그 많은 돈을 탕진해버릴 짓들을 하고 말았다. 왕이 사사로이 지갑을 가진다는 생각에는 무언가 역겨운 데가 있기 마련이다. 그런데 비고드의 생각들은 온통 제왕다웠다. 그는 이렇게 자기 재산은 없애버리고 빌려서 쓸 준비를 한 채, 그리고 누군가가 노래한 대로,

> 덕을 부추겨 찬양받을 일을 하게 하지는 않고
> 오히려 덕을 느슨하게 해서 그 예리함을 무디게 하는*

거추장스러운 재산을 없애버리고, 예전의 알렉산더처럼 "빌리고 또 빌리기 위한"** 위대한 사업에 착수하지 않았던가!

그가 이 섬나라를 노닐거나 개선장군처럼 나돌아 다닐 때, 주민들 열 사람 중 한 사람 꼴로 그에게 돈을 빌려준 것으로 계산되고 있다. 나는 이런 추정이 크게 잘못되었다는 것을 알고 있다. 하지만 그 친구가 이 거대 도시를 여기 저기 돌아다닐 때 영광스럽게도 여러 차례 그를 수행한 적이 있는데, 처음에 나는 우리가 만나본 엄청나게 많은 수의 사람들이 우리와 존경 어린 친분이 있음을 내세우는 것을 보고 크게 놀랐다는 말을 하고 싶다. 어느 날 그는 고맙게도 그 현상을 설명해주었다. 그들은 그에게 공물을 바치고 그의 지갑을 채워준 사람들이었던 것 같다. 그가 기꺼이 좋은 친구들이라고 부른 그 신사들에게

*밀턴의 《복낙원》 2장 455~456절.
**여기서 "빌리고 또 빌리려고 하는(borrowing, and to borrow)"이란 말은 〈요한계시록〉의 "이기고 또 이기려고 하는(conquering and to conquer)"이란 구절을 패러디하고 있다.

그는 이따금 돈을 빌려 쓰며 신세지고 있었던 것이다. 그 수가 많은 데 대해 그가 당황하지는 않았다. 오히려 그는 그 수를 자랑스럽게 세고 있었으며, 코머스*처럼 "그 많은 양떼를 거느리고 있어서" 즐거운 듯했다.

이렇게 돈줄이 많은데 그가 어떻게 늘 자기 금고를 비워둘 수 있는지 놀라울 지경이었다. 그는 "사흘이 넘도록 돈을 주머니 속에 두면 냄새가 난다"는 말을 자주 입에 올리곤 했으며 이 금언의 힘을 빌려 금고를 늘 비워둘 수 있었다. 돈이 냄새를 피우기 전에 모두 써버리곤 했던 것이다. 대단한 술고래였던 그는 술로 많은 돈을 없앴고, 얼마는 나누어주기도 했고, 그 나머지는 내다버렸는데, 마치 아이들이 몸에 붙은 도꼬마리 열매를 떼버리듯이 또는 마치 그 돈이 전염병이라도 옮길 것처럼, 자기 몸에서 후닥닥 떼어내어 연못이나 하수구나 깊은 구멍처럼 속을 들여다볼 수 없게 파인 곳에 버리곤 했다. 또는 자기가 다시는 찾아가지 않을 어떤 강둑 아래의 물가에 묻어버리고 나서 강둑**은 아무런 이자도 지급하지 않는다며 익살을 떨기도 했다. 그 돈은 하갈의 아들이 황야로 떠나듯이*** 아직 싱싱할 때에 기어코 그의 주머니를 떠나야 했다. 그는 그렇게 버린 돈을 아까워한 적이 없었다. 그의 금고를 채워줄 돈이 끝없이 흘러들었기 때문이다. 돈이 더 필요해지면, 그가 최초로 마주치게 되는 복 많은 사람이, 친구든 낯선 사람이든, 어김없이 그 부족

---

*밀턴의 《코머스》의 "머지않아 나는 키르케 어머니 주위에서 풀을 뜯는 많은 양 떼를 거느리게 되리"라는 구절에서 인용.
**여기서 강둑에 해당하는 낱말 bank는 물론 "은행"이라는 뜻으로 쓰이기도 한다.
***〈창세기〉 21장 9~13절 참조.

분을 채워주게 되어 있었다. 왜냐하면 비고드는 자기의 요구를 상대가 거절하지 못하게 하는 법을 알고 있었기 때문이다. 그에게는 명랑하고 훤칠한 외모며, 날쌔고 유쾌한 눈빛이며, 진실을 서약하는 흰 머리카락* 몇 가닥이 드리우고 있을 뿐인 시원하게 벗겨진 이마가 있었던 것이다. 그는 돈을 빌려주지 않을 핑계를 예상하는 일이 없었고 실제로 그런 핑계를 대는 사람도 없었다. 그러므로 여기서 '위대한 부류의 인간들'에 대한 내 이론일랑 잠시 접어두고, 이론적이기보다는 현실적이며 이따금 주머니에 쓸 수 있는 돈을 가지고 있는 독자들에게 나는 묻고자 한다. 거절당할 것을 알면서도 굽실거리며 돈 좀 빌려달라고 애소하는 못난이에게 '안 돼'라고 말하기보다는 위에서 내가 묘사한 비고드 같은 사람에게 거절하기가 우리의 인정상 더 싫은 일이 아니겠느냐고 말이다. 못난이들의 수심 어린 얼굴은 빌려달라고 하면서도 별로 기대하는 눈치가 아니기 때문에 우리가 거절한다고 해도 그들의 선입견이나 기대는 그만큼 충격을 덜 받는다.

내가 비고드라는 사람의 불길처럼 이글거리는 인정과 부풀어 오르는 감정, 그리고 그가 얼마나 멋지고 얼마나 생각이 많은 사람이며 한밤중까지도 얼마나 흥청거리고 다녔던가를 생각할 때, 그리고 내가 그간 사귄 다른 사람들과 그를 비교해볼 때, 나는 몇 푼의 돈을 아끼기가 싫어지고 그래서 내 스스로 '빌려주는 사람들' 즉 '하찮은 인간들'의 집단에 들게 된다고 생각한다.

*베르길리우스의 《아이네이스》 1장 292행에서 성실과 진실이 의인화되어 나오는 대목에 대한 인유.

전 재산이 철제 금고 속에 감추어져 있다기보다는 가죽 표지의 책 속에 들어 있는 엘리아 같은 사람에게는 내가 지금까지 거론한 사람들보다도 더 무서운 탈취자들이 있다. 책을 빌려감으로써 전집류를 훼손하는가 하면 책꽂이의 가지런함을 깨고 산질(散帙)이 되게 하는 사람들이 바로 그들이다. 이런 약탈 행위에 있어서 커머배치*에 비할 만한 사람이 또 있을까!

독자 여러분, 여러분이 지금 블룸즈베리에 있는 나의 작은 뒤쪽 서재에 와 있다고 상상하시라. 앞에 보이는 저 책꽂이의 아래 칸에는 마치 송곳니가 빠진 것처럼 빈자리가 보이고 그 양쪽으로는 스위스 호위병** 같은 커다란 책들이 마치 길드 홀의 거인들***처럼 아무것도 지킬 것이 없는데도 자세를 가다듬고 서 있다. 한때 저 빈자리에는 내가 소장하던 2절판 서적 중에서도 가장 키가 큰 보나벤투라**** 전집이 서 있었는데, 그 덩치 큰 신학 서적에 비하면 그 곁에서 버텨주던 벨라르미네와 성 토마스***** 같은 스콜라학파 신학자들의 책은 난쟁이처럼 작아 보였으니, 그 책이야말로 자체로 하나의 아스카파트******라고 할 만하지 않은가! 커머배치는 자기가 신봉하는

---

*새뮤얼 콜리지를 암시한다. 그는 한때 '커머백(Comberback)'이라는 가명으로 경기병부대에 입대했었다.
**전통적으로 바티칸에서 호위병으로 근무하는 스위스인들. 미켈란젤로가 디자인했다는 알록달록한 복장을 하고 있다.
***런던 길드 홀의 서쪽 창 아래에는 색슨족과 고대 브리튼족을 각각 대표한다는 거인 '곡과 마곡'의 상이 서 있다.
****13세기 이탈리아 신학자.
*****벨라르미네는 13세기 북이탈리아의 신학자, 추기경을 뜻하고 성 토마스는 13세기의 이탈리아 신학자 토마스 아퀴나스를 뜻한다.
******키가 30피트나 되었다는 거인.

이론을 근거로 그 전집을 가져갔는데, 이를테면 "내 보나벤투라 전집 같은 책에 대한 소유권은 그 권리를 주장하는 사람이 책을 이해하고 감상할 수 있는 능력에 정비례한다"는 이론이다. 그의 이런 언행을 나 같은 사람이야 반박하기보다는 감수하는 편이 더 편하다고 고백하는 바이다. 그가 이런 이론을 근거로 계속해서 책을 뽑아간다면 우리들의 책꽂이 중에서 안전한 곳이 있을까?

저 왼쪽 책꽂이의 천정에서 두 번째 칸에 약간의 공백이 있다는 것은 상실자의 예민한 눈이 아니고야 알아볼 수 없을 테지만, 바로 그 공간에는 얼마 전까지도 토머스 브라운의 골호매장론(骨壺埋葬論)이 편하게 놓여 있었다. C로 말하자면, 이 논문에 대해서 나만큼 안다고 주장할 수 없는 사람이다. 내가 그 책을 그에게 소개했고 그 책의 아름다움을 처음으로 발견한 최초의 현대인도 바로 나였다. 하지만 그것은 한 바보 같은 사내가 자기보다 더 많은 애인 자격을 갖춘 라이벌 앞에서 자기 여인에 대한 칭찬을 늘어놓았다가 그만 그 여인을 빼앗기고 마는 격이었다. 바로 그 공간 아래쪽으로는 돗슬리*의 희곡선집에서 넷째 권이 빠져 있는데 그게 바로 《비토리아 코롬보나》**의 자리이다. 나머지 아홉 권은 운명의 여신들이 프리아모스***에게서 헥토르를 '빌려간' 후에 남아 있던 많은 쓸모없는 아들들만큼이

---

*작가요 서적상인 로버트 돗슬리(1703~1764)는 1744년에 《옛 희곡 선집》을 출간했다.
**존 웹스터(1580~1625)의 희곡 《하얀 악마, 혹은 비토리아 코롬보나》(1612)를 가리킨다.
***프리아모스는 트로이의 왕이었고 50명이나 되던 그의 아들 중에서 헥토르는 트로이 전쟁의 영웅이었다.

나 쳐다보기도 싫은 것들이었다. 여기는《우울증의 해부》가 당당한 풍모로 서 있던 곳이고, 저기는《완벽한 낚시꾼》이 어느 시냇가에서 실생활에서처럼 어슬렁거리고 있었다. 저 구석진 곳에서는 존 번클처럼 짝을 잃은 책 한 권이 "눈을 감고서" 빼앗긴 짝을 두고 슬퍼하고 있다.*

나는 내 친구에게 한 가지 것은 인정해주어야겠다. 이따금 그가 바닷물처럼 내 귀중본을 휩쓸어가지만, 어떤 때는 그 책에 비견될 만한 귀중본을 바닷물처럼 던져놓고 가기도 한다. 나에게는 규모는 작으나 이런 성격의 보조 장서가 있다. 그것은 그 친구가 여러 곳을 찾아다니며 모은 것인데 각각 어디서 집어든 것인지를 잊어버린 채 내 집에 갖다둔 후 역시 기억하지 못하고 있는 책들이다. 나는 부모로부터 두 번이나 버림받은 이 고아 같은 책들을 받아들이고 있다. 우리집에서는 유대교로 개종한 이방인들 신세가 된 이 책들이 진정한 히브리 사람처럼 환대받는다.** 저 책꽂이에는 토착민과 귀화인들이 나란히 서 있다. 나는 그 귀화한 책들의 혈통을 캐묻고 싶지 않지만 그 책들도 그런 건 알고 싶지 않은 눈치다. 나는 이 어쩌다 굴러든 책에 대해 보관료를 물리지 않으며, 그 비용을 조달하기 위해 그것을 팔아 치우겠다는 광고를 하는 등의 비신사적 행위를 저지르지도 않을 것이다.

C에게 한 권의 책을 빼앗긴다는 것은 그런 대로 의미가 있

---

*토머스 애모리(1691~1788)의 소설《존 번클의 일생》에서 주인공 번클은 일곱 번이난 결혼한 인물인데 아내가 죽으면 며칠씩 눈을 감고 지내곤 한다.
**유대교로 개종한 이방인들은 할례와 율법 준수 등의 의무를 면제받는 등 진정한 히브리 사람들과는 차별대접을 받는다.

다. 그 사람이라면 남이 차린 음식을 먹고 나서 쓰다거나 달다고 말은 하지 않아도 하여간 그것을 맛있게 먹을 사람임을 우리는 확신할 수 있다. 하지만 변덕스럽고 고약한 K 군, 내가 자네에게 제발 그러지 말라고 눈물을 흘리며 비는데도, 대체 자네는 무슨 심보로 지존하신 공작부인 마거릿 뉴캐슬의 서간문집을 굳이 가져가버렸단 말인가?* 그 멋진 2절판 책을 자네가 한 페이지도 펼쳐보지 않을 것임을 자네 자신도 알고 있었고 또 내가 그걸 알고 있다는 사실까지 자네가 알면서 말이네. 자네가 그런 사람이 아니라는 것을 보여주고 싶었을 것이고 또 친구에게 이겨보고 싶은 자네의 유치한 마음 때문이 아니고야 다른 무슨 이유가 있었겠나? 그런데 내게 가장 큰 타격은 자네가 그 책을 들고 프랑스로 가버렸다는 걸세. 프랑스로 말하자면,

> 인간을 고귀하게 하는 모든 생각이라든가,
> 순수한 생각, 다정한 생각, 고매한 생각 같은 여성적 경이로움이 깃든
> 아리따움이나 미덕을 품을 자격이 없는 땅**

이 아닌가! 자네가 그 모든 재담이나 즐거운 이야기들을 벗 삼을 때에도 언제나 읽으면 명랑해지는 희곡집이나 만담과 공상을 담은 책 같은 것이 자네에게는 있지 않은가? 극장의 배우

---

*K는 극작가 제임스 케니(1780∼1849). 그는 프랑스 여인과 결혼해서 여러 해 동안 베르사유에서 살았고 램은 1822년에 그를 방문한 적도 있다.
**출전 불명. 다만 "여성의 경이로움(her sex's wonder)"은 영국의 극작가 시릴 터너(1575?∼1626)의《무신론자의 비극》에 나오는 "thy sex's wonder"에 대한 인유이다.

휴게실 출신이라 할 수 있는 자네 같은 사람이 그 서간문집을 가지고 갔다는 것은 무정한 일이야. 반은 프랑스인이면서 결혼을 통해 반은 영국인이 되었다고 할 수 있는 자네 부인만 해도 그래. 우리를 기억하겠다는 징표로 하필이면 브루크 경이 된 펄크 그레빌*의 저작집을 들고 갈 생각을 하다니! 그 책으로 말하자면 모든 프랑스 남자라든가 프랑스, 이탈리아, 영국의 아낙네들이 체질적으로 전혀 이해하지 못할 책이거든. 차라리 치머만의 《고독론》**을 읽는 편이 낫지 않을까?

독자들이여, 혹시 그대들이 어지간히 많은 책을 수집해두었다면 남들에게 보여주지 마시라. 혹은 철철 넘치는 정 때문에 빌려주려거든 빌려주어도 좋다. 하지만 S. T. C.*** 같은 사람에게나 빌려주어야 한다. 그는 약속한 날자보다 앞서서 책을 되돌려주되 높은 이자까지 붙여준다. 그는 그 책에다 풍부한 주해를 달아놓음으로써 책값을 세 배로 높인다. 나는 그런 사례를 겪어왔다. 그가 책에 적어 넣은 귀중한 수고(手稿)는 허다하다. 그리 단정하지 못한 필치로 쓴 수고가 흔히 질적으로 그러하고 양적으로 많아서 책의 원문과 필적할 만하다. 내가 소장하고 있는 대니얼****의 책이나, 버턴과 브라운의 책, 그리고 지금은 이교도의 땅에서 헤매고 있을 비교적 난삽한 사색이 담

---

*펄크 그레빌(1554~1628)은 엘리자베스 왕조 때의 시인이요 철학자다. 브루크 경이라 호칭되는 것은 1621년에 남작으로 책봉되었기 때문이다.
**요한 게오르크 폰 치머만(1728~1795)는 스위스의 의사요 철학자로서 그의 《고독론》(1784)은 당대 유럽인의 애독서였다.
***영국의 시인이자 평론가 새뮤얼 테일러 콜리지(Samuel Taylor Coleridge)를 가리키는 두문자.
****새뮤얼 대니얼(1562~1619)은 영국의 시인이요 극작가였다.

긴 그레빌의 책 등에서 그의 수고를 읽을 수 있다. 그러니 독자 여러분, 내가 그대들에게 충고하노니, S. T. C.에게는 그대들의 마음이나 서재를 닫지 마시라.

엘리스턴의 망령에게

한때 이 세상에 현신해서 살던 사람들 중에서 가장 명랑했던 사람*이여! 끝내 그대는 어디로 가버렸는가? 대체 그대가 어떤 기분 좋은 곳으로 갔을 거라고 우리는 추측해야 한단 말인가?

아직도 혼인생활이라는 결실을 거두지 못한 채 지옥의 해변에서 그대는 여전히 난봉의 씨만 뿌리고 다니는가? 아니면, 우리가 기꺼이 바라듯이, 그대는 낙토(樂土)의 시냇가를 헤매면서 로버** 역을 맡아 하고 있는가?

부질없는 플라톤 철학자는 인간의 육신을 두고 한 고을의 감옥 같다느니 또는 다섯 가지 감각기관이 질곡으로 작용하는 치욕스러운 구치소보다 나을 것이 없다느니 하며 꿈같은 소리를 하지만, 그대가 우리들 사이에서 짧은 기간 동안 희극배우

---

*램 당대의 지도자급 배우 로버트 윌리엄 엘리스턴(1774~1831)을 가리킨다. 그가 죽자 램은 그다음 달에 이 에세이를 썼다.
**엘리스턴은 오키프라는 극작가의 희극 《난봉 부리기》에서 주인공 로버의 역을 맡은 적이 있다. '로버(rover)'는 일반명사로 '방랑자'라는 뜻이다.

노릇을 하고 있을 때 그대에게 육신은 결코 감옥이 아니었다. 그대는 서둘러 육신의 사슬을 버리고 떠날 사람이 아니었으므로, 전혀 마음의 준비를 갖추기도 전에 그만 육신이라는 거처를 비워달라는 통고를 받고 말았던 것이 아닌가 싶다. 그대에게 육신은 쾌락을 추구하는 집이요, 아름다운 것들로 가득 찬 궁전이었으며, 파리의 루브르 궁이나 런던의 화이트홀 궁 같은 곳이었다.

지금 그대는 어떤 불가사의한 거처를 빌려서 살고 있는가? 언제쯤이나 우리는 그대의 망령이 벌이는 집들이 잔치에 참석할 수 있을까?

우리는 타르타로스라는 곳을 알고 있고 낙토의 숲*에 대해서도 읽은 바가 있지만, 그대가 그중 어느 곳에 가 있을지 제대로 상상할 수가 없구나.

일찍이 중세 신학자들은 예수 탄생 이전에 살다 죽은 착한 사람들과 세례를 받지 못하고 죽은 영아들을 수용하는 곳**이 별도로 있다는 것을 인정했거니와, 밀턴이 환상 속에서 본 모든 인간 허영의 저장소에서 그리 멀지 않은 곳 어딘가에는 배우들의 망령을 수용하는 림보가 있을지도 모른다고 추측한다든지, 또는

무대 위의 모든 것과, 그 속에서

---

*신화에서 타르타로스는 악인들의 망령이 고통스럽게 지낸다는 곳이고, 낙토의 숲은 타르타로스와 상반되는 곳이다.
**뒤에서 언급되는 '림보'라는 곳이 바로 그런 곳이다. 림보는 연옥과 천국 사이의 경계에 있는 것으로 여겨지고 있다.

영광이나 영원한 명성에 대해 어리석은 희망을 걸던
모든 것들이 실체 없는 공기처럼 거기로 날아가는가?
조잡하고 흉측하며 부자연스럽게 지어진
작가들의 모든 불완전한 작품들이,
희곡, 오페라, 소극(笑劇) 할 것 없이, 그 모든 쓰레기와 함께
이승에서 저주받고 거기로 달아난다*

고 추측한다면, 그것은 너무 지나친 일이 될 것이다.

이승에는 달에 대해서 인간의 운명을 좌우하는 유성이라고
그럴듯하게 여기는 사람들이 있는데, 지금은 육신이 와해된 위
대한 극장 전세자여! 언제까지나 그대는 극장 전세자요 지배인
인이니 저승에서도 그 달을 이웃 삼고 극장 지배인 노릇을 할
수 있지 않을까?

살아 있는 인간의 눈에는 보이지 않는 그 그린 룸**에서 그
대가 사후의 제국을 마음대로 휘두르고 있는 것을 시신(詩神)이
지켜보고 있겠구나.

이 세상에 살아 있을 때도 토실토실했던 적이 없던 가녀린
무희의 망령들이 그대를 에워싸고 한없이 춤을 추는데 그들의
노래는 언제나 〈음란한 생각 같으니라고!〉***이다.

이 세상에서 그대가 품었던 기상들은 화려했었다. 로버트
윌리엄 엘리스턴이여! 우리는 그대가 천국에서 새로 얻은 이름

*여기서 램은 밀턴의 《실낙원》 3권 445~457행을 자의적으로 첨삭하며 인용하고
있다.
**극장에서 배우들이 쉬는 곳을 그린 룸(Green Room)이라고 한다.
***셰익스피어의 《윈저의 명랑한 아낙네들》 5막 5장에서 인용된 노래 가사.

262

을 아직도 모른다.*

화려한 풍모를 박탈당한 그대가 이제는 두 가랑이에 의지한 허깨비가 된 채 스틱스 강**의 보잘것없는 나룻배를 타고 하계로 건너간다고 생각하니 내 마음이 괴롭다. 풀이 무성한 강가에서 노를 젓는 늙은 사공이 거친 목소리로 "스컬즈, 스컬즈"라고 요란을 떠니까 그대는 대꾸를 하지 않는 척하며 위엄 있는 자세로 손을 저으며 "아니야, 그건 노를 젓는 방식이지"라고 퉁명스럽게 말할 뿐이다.***

하지만 플루토가 지배하는 왕국의 법률은 임금과 구두 수선공을 구별하지 않고 극장 지배인과 심부름꾼 소년을 가리지 않는다. 그러므로 혹시 그대가 다른 사람들과 같은 시간에 죽었다면—오, 신분 격차를 없애는 사신(死神)이여!—그대는 근자에 세상을 떠난 다른 사람의 망령과 함께 조용히 강을 건너게 된다.

하지만 맙소사! 배우의 의상을 찢어버리고 사사로운 허영의 치장들을 벗겨버리다니! 실쭉한 사공이 그대를 낡은 배에 태우기도 전에 그대는 발가벗기고 뼈만 남게 되었구나!

왕관과 홀(笏)이며, 방패, 장검 및 지휘봉이며, 그대 자신의 대관식 의상이며—그대는 무대의상 공급자의 옷장을 송두리째 가져오다시피 했으니 너무 무거워서 해군 함정이라도 가라

---

*사람이 죽어 천국에 가면 새 이름을 얻게 된다는 뜻이 암시되어 있다. 〈요한계시록〉 2장 17절과 3장 12절 참조.
**그리스 신화에서 하계의 경계에 흐르는 강. 그러므로 이 강을 건넌다는 것은 죽는다는 뜻이다.
***'스컬(scull)'이라는 말은 사공이 보트의 뒤쪽에서 마치 스크루로 추진하듯이 노를 젓는 방식을 가리키는 말인데, 여기서는 물론 '해골(skull)'을 떠올리고 있다.

앉힐 만했었지!―판사의 법복이며, 멋쟁이의 가발이며, 포핑
턴 경*풍의 코담배 통 같은 것들을 모조리 배에서 버려야 한다
고 그 늙은 선원은 우기면서 어느 누구의 거절도 용납하지 않
는다. 왜냐하면 옛날에 트라케의 하프 연주자가 지루한 모노드
라마**를 해보인 다음부터는 카론***이 연극과 관련된 것들을
시들하게 여기게 되었다고 항간에서 믿고 있기 때문이다.

　자, 이제는 됐다. 그대는 깨끗이 씻겨 순수한 영혼만 남았으
니 배에 싣기에 딱 알맞은 무게다.

　하지만, 이를 어쩌나, 그대는 너무 미미해 보이는구나!

　마지막 여정에 오르도록 발가벗겨 놓으면 왕이든 황제든 모
두 그렇게 미미해진다.

　하지만 그 침통한 사공은 배를 밀치며 나선다. 잘 가게나.
재미있었던, 진정으로 재미있었던 망령이여. 그대가 무대에서
혹은 사사롭게 연출한 해롭지 않은 소극(笑劇)들이 내 삶에서
그 많은 무거운 시간들을 경감해준 데 대해 고맙게 여기며 작
별인사를 드린다.

　하계에서 죄인들을 다스리는 라다만토스****는 죄가 무거운
자들의 처벌은 두 형제에게 맡기고 자기는 죄가 가벼운 사람들
만 심판한다고 한다. 이 정직한 라다만토스는 광대들이 이승에
서 행한 일들을 따질 때 배우들에게는 늘 편파적 애착을 보인

---

*존 밴버러(1664~1726)의 극 《타락》에 등장하는 멋쟁이. 232쪽 참조.
**신화에서 트라케의 음유시인 오르페우스가 죽은 아내 에우리디케를 구원하기 위
해 하계로 들어갔던 고사에 대한 인유.
***스틱스 강 나룻배 사공의 이름.
****고대 신화에서 망자들의 죄를 가리는 세 심판관 중의 한 사람. 나머지 두 사람
은 아이아코스와 미노스로서 모두 제우스의 자식들이다.

다. 우리가 보기에는 그대의 실생활도 그대가 무대 위에서 행한 부질없고 경망스러운 짓거리만큼이나 경박했지만, 라다만토스는 그 실생활을 어둡게 했을지도 모르는 몇 가지 결점들을 심판할 때에도 그런 것들은 그대가 밤마다 무대에서 보인 부차적이며 인위적인 삶의 소극들에서 기대되는 반향이요 자연스러운 울림이며 결과에 불과하다고 여긴다. 그러므로 그는 메두사의 머릿단보다는 가벼운 매를 들고 "그대에게서 아담의 원죄를 씻어낼 수 있을 정도의 매질만"* 하는 등 관대한 징벌을 가한 뒤에 페르세포네**가 관리하는 하계의 왕립극장에서 프롬프터***의 반대편에 있는 오른쪽 문, 즉 가면극이나 홍청거림으로 인도하는 문에서 그대를 놓아줄 것이다.

　　나에게 박수를 쳐주오, 그리고 안녕.****

---

*셰익스피어의 《헨리 5세》 1막 1장 28행에서 인용된 구절.
**하계의 왕 플루토의 아내.
***관객이 볼 수 없는 곳에서 배우에게 대사나 동작 등을 알려주는 사람.
****로마 시대의 극은 "박수를 쳐주시오"라는 말로 끝나곤 했는데, 여기서 램은 그 말을 패러디하고 있다.

퀘이커 교도들의 집회

죽은 채 태어난 침묵이여!
그대는 더 깊은 감정의 배출구!
거룩한 혈통의 후손!
입을 얼어 붙이지만 마음은 녹이는구나!
비밀을 맡아서 지키고
종교를 미스터리로 만드는 그!
가장 달변적인 찬양의 혀로다!
그대의 황량한 그늘 속,
숨은 기도가 머무는
거룩한 은둔자의 신성한 방을 떠나,
열정을 가지고 찾아와
우리의 혀를 붙잡고 벙어리로 만들어다오!*

*[원주] 리처드 프레크노의 〈온갖 종류의 시〉(1653)에서. (실제로 이 구절은 프레
크노의 〈사랑의 영토〉(1634)에서 부정확하게 인용된 것이다. −옮긴이)

독자여, 그대는 진정한 평화와 고요가 무엇을 뜻하는지 알고 싶은가. 군중이 내는 소음과 굉음을 피해 안식처를 찾고 싶은가. 고독과 사교를 동시에 즐기고 싶은가. 그대 자신의 정신적 깊이를 정적 속에 두면서도 인간의 얼굴이 주는 위안에서 단절되는 일은 없게 하고 싶은가. 혼자 있는데도 동반자가 있는 듯하고, 고적한데도 쓸쓸하지 않으며, 외톨이인데도 곁을 지켜줄 사람이 없지 않고, 총화(總和) 속의 한 단위요 복합체 속의 한 단순체가 되고 싶은가. 그게 소원이라면 나와 함께 퀘이커 교도들의 집회를 찾아가보자.

그대는 "바람이 창조되기 전"* 같은 그런 깊은 정적을 사랑하는가. 그렇다면 황무지로 나가거나 대지의 심연 속으로 내려가지 마시라. 창문을 닫지 마시라. 그 옛날 신념이나 자신감이 없던 율리시스가 그랬듯이 밀랍으로 작은 귓구멍을 막지도 마시라.** 차라리 나와 함께 퀘이커 교도들의 집회를 찾아가자.

한 인간이 선한 말조차 삼가고 침묵을 지킨다는 것은 찬양할 만한 일이다.*** 그러나 여러 사람이 함께 그렇게 한다는 것은 참으로 대단한 일이다.

퀘이커 교도의 집회소에 비하면 사막의 고요함은 아무것도 아니요, 의사소통을 하지 않는 물고기들의 침묵도 아무것도 아니다. 그 집회에서는 여신이 지배하며 잔치를 벌이고 있다. "요란한 북풍, 북동풍 및 북서풍"****이 서로 섞여서 내는 어지러

---

*〈시편〉 90편 2절 및 〈잠언〉 8장 23~25절 등 참조.
**트로이 전쟁에서 귀국하던 율리시스는 사이렌들의 유혹적인 소리를 듣지 않으려고 밀납으로 귀를 막았다.
***〈시편〉 39편 2절 참조.
****밀턴《실낙원》10장 699행.

운 소리나 바람 부는 발트 해에서 파도가 어우러져 내는 소리가 아무리 소란함을 증대시킨다 해도, 그런 것과 정반대되는 신성한 침묵 자체가 많은 수의 사람들과 공감에 의해 더욱 증대되고 심화되는 것에 비할 수는 없다. 그 여신에게도 서로 노호하는 깊은 바다가 있다.* 빛의 부정(否定)에도 그 정도가 있다. 그래서 눈을 감으면 한밤의 엄청난 어둠도 더 어둡게 보일 것이다.

온전치 못한 고독으로는 치유할 수 없는 상처가 있다. 여기서 "온전치 못하다"는 것은 인간이 혼자서 향유하는 고독을 가리킨다. 온전한 고독이 흔히 군중 속에서 달성될 수 있지만, 퀘이커 교도들의 집회에서만큼 절대적으로 달성될 수는 없다. 최초의 은둔자들이 이집트의 고적함 속으로 숨어들 때 개별적으로 간 것이 아니고 집단으로 간 것은 상호간에 대화가 없는 상황을 누리기 위함이었거니와, 그때 그들은 고독의 원리를 이해하고 있었음이 분명하다. 카르도지오 수도사들은 서로 말을 하지 않겠다는 데 동의하는 정신이 있기에 동료 수도사들과 뭉칠 수 있다. 세속적인 삶에서도 긴 겨울 저녁에 책을 읽을 때 곁에 친구—아내라도 좋다—가 있되 그 친구 혹은 가능하다면 아내가 다른 책을 읽으면서 방해하거나 말을 걸어오지만 않는다면, 그만큼 즐거운 일이 어디 있을 것인가. 말을 재잘거리지 않고는 공감이 성립되지 않을까. 인간미 없이 수줍어하면서 혼자서 그늘이나 동굴 같은 데에 깃들려고 하는 고독은 몰아내기로 하자. 치머만 선생, 나에게는 공감이 있는 고독을 허용해주시오.

*〈시편〉 42편 7절 참조.

수도원이나 어떤 케케묵은 사원의 회랑에서

  혹은 가파르게 굽어보는 산 아래서,
  혹은 물이 떨어지는 분수 곁에서*

혼자 거니는 것은 천박한 사치에 불과해서, 보다 온전하고 보다 몰입적인 고독을 위해 모인 사람들이 함께 누리는 고독에 비할 수가 없다. 그들의 고독은 "손으로 만져질 만큼 깊은"** 고독이다. 퀘이커 교도들의 집회소에서 볼 수 있는 그 헐벗은 벽이나 벤치와 비교할 때 웨스트민스터 사원에서는 그처럼 엄숙하고 그처럼 정신적 위안을 주는 것을 찾아볼 수 없다. 그 집회소에는 무덤도 없고 비명(碑銘)도 없으며,

  모래와 여러 왕의 썩은 옆구리에서
  떨어져 나온 보잘것없는 것들***

도 없다. 그러나 그곳에는 마치 그 옛날을 눈앞에 전개하는 것 같은 무엇이 있다. 그것은 침묵이요 만물 중에서 가장 오래된 것이고 그 옛적 밤****의 언어이며 원시적 담론자이니, 그것에 비한다면, 허물어지고 있는 사원의 장엄함이 보이는 그 오만한

---

*포프의 〈성 세실리아 축일에 부치는 노래〉에서 부정확하게 인용된 구절.
**〈출애굽기〉 10장 21절.
***프랜시스 보몬트의 시 〈웨스트민스터 사원 속의 무덤에 부치는 시〉에서 인용된 구절.
****고대 그리스인들의 우주론에 의하면 태고시대에는 우주가 혼돈과 어둠으로만 형성되어 있었다고 한다.

부식은 모종의 난폭하고 부자연스럽다고 해야 할 진전에 따라
초래된 것에 불과하다.

　　이 숨을 죽이고 있는 사람들의 모습이 참으로 존경스럽다,
　　정밀(靜謐)이로다!*

　아무 음모가 없고 밀약도 없으며 말썽도 없는 집회여! 모략
없는 모임이여! 논쟁 없는 의회여! 그대는 교회의 협의와 회의
를 향한 따끔한 교훈이로다! 나의 펜이 갈팡질팡하다가 혹시
그대들을 가벼이 다루고 있을지 모르나, 내 정신만은 그대들의
풍습의 슬기로움을 늘 절감해왔다. 내가 깊은 고요 속에서 여
러분과 섞여 앉아 있을 때면, 솟구치는 눈물은 그 고요를 흔들
기커녕 오히려 확인했고, 나는 폭스**와 듀즈베리가 교단의 씨
를 뿌리던 그 초창기로 되돌아가곤 했다. 여러분의 영웅적인
침착성이 내 눈앞에 펼쳐지는 것을 나는 목격해왔다. 영국의
국교와 장로교로부터 찌꺼기로 버림받고 있던 그대들이 두 진
영에서 가하는 박해의 불길 사이에 앉아 있을 때, 공화파와 왕
당파에서 그대들을 위협하기 위해 보낸 건방진 군인들의 무례
한 언사와 무서운 폭력 앞에서도 그대들은 그 침착성을 굽히
지 않았다. 여러분의 고요한 세계를 어지럽히겠다고 장담하면
서 여러분의 집회 장소로 들어갔던 술 취한 선원이 그 장소의

*윌리엄 콘그리브의 희곡 〈상중(喪中)의 신부〉 막 장에서 나온 구절을 약간 고친
것.
**조지 폭스(~)는 영국 퀘이커 교파의 창시자. 윌리엄 듀즈베리는 폭스의 초기 추
종자 중 한 사람.

정신에 감화되어 순간적으로 심기일전한 후 이내 양 떼 중의 한 마리처럼 그대들 사이에 앉아 있는 것을 본 적도 있다. 나는 펜*이 고소인들 앞에 서 있던 일이며, 폭스가 피고석에서 고양된 정신으로 "판사와 배심원들은 죽은 사람처럼 되어 내 발 아래에 있었다"고 말하던 일도 기억한다.

독자여, 혹시 그대가 아직도 모르고 계시다면, 나는 그대에게 다른 모든 교회의 이야기는 제쳐두고 슈얼**이 지은 퀘이커 교도의 역사부터 읽어보시라고 권하고 싶다. 그것은 2절판의 책인데 폭스와 초기 퀘이커 교우들의 일기에서 발췌한 것이다. 그 책은 우리가 웨슬리***와 그의 동료들에 관해서 읽게 될 그 어느 이야기보다도 더 많은 교양과 감동을 준다. 그 속에는 그대에게 충격이나 불신감을 주는 것이 아무것도 들어 있지 않거니와, 거짓된 것이 섞여 있을지도 모른다는 의심이나 세속적이고 야심적인 정신의 잔재도 전혀 들어 있지 않다. 그 책에서 그대는 많은 박해와 조롱을 받으며 사람들의 입에서 우스갯거리가 되었던 제임스 네일러****라는 사람에 대한 실화를 읽게 될 것이다. 빨갛게 단 쇠로 혀에 구멍을 내는 무시무시한 고문을 당하면서도 그는 불평 한마디 없이 엄청난 인내심을 발휘

---

*윌리엄 펜(1644~1715)은 미국 펜실베이니아에서 퀘이커 교도들의 정착지를 만들어준 사람. 펜실베이니아라는 지명은 그의 이름을 기리기 위해 지어졌다. 그는 정치적, 종교적 음모에 휘말려 재판을 받았으나 결국은 사면되었다.
**윌리엄 슈얼(1650~1725)은 1722년에 《퀘이커 교도들의 흥기, 확장 및 발전사》라는 책을 간행했다.
***존 웨슬리(1703~1771)는 청교도 정신을 부활시키고 기독교를 좀 더 심령적인 종교로 만들기 위해서 감리교를 창시했다.
****제임스 네일러(1616~1660)는 스스로를 예수 그리스도라고 상상한 광신도로서 1656년에는 하느님을 모독한 죄로 야만적인 처벌을 받았다.

개인, 집단 그리고 인간관계   271

했다는 것도 알게 될 것이다. 그가 빠져 있던 망상을 당국에서는 독신죄(瀆神罪)라고 낙인찍었거니와, 그가 그 망상을 버리고 맑은 정신을 되찾게 되었을 때 그는 가장 아름다운 겸손을 보이며 자기의 오류를 버리면서도 원래의 원칙만은 지키며 변함없이 퀘이커 교도로 남아 있었는데, 그 모든 과정에서 그가 보여준 정신력은 얼마나 위대했던가. 그것은 광신상태에서 개종한 사람들이 흔히 보이는 행태와 전혀 다르다. 그런 개종자들은 이전의 신앙을 버릴 때는 모든 것을 버리게 되고 이전의 오류로부터는 되도록 멀리 떨어져 나오려고 하므로, 몇몇 구원적인 진리마저 버린다. 말하자면 그들은 한때 그 진리와 깊이 연루되어 있었다기보다 그저 섞여 있었던 셈이다.

존 울먼*의 저술을 진심으로 읽어보시라. 그러면 초기 퀘이커 교도들을 사랑하게 될 것이다.

오늘날 이 훌륭한 사람들의 추종자들이 그 초기의 정신을 얼마만큼이나 지키고 있는지, 그리고 어느 정도로 그 정신을 형식적인 것으로 대치했는지, 오직 하느님만이 판단할 수 있다. 나는 그들의 집회에서 하느님의 성령이 비둘기처럼 눈에 띄게 자리하고 있는 얼굴들을 보아왔다.** 또 다른 일에 보람 있게 마음을 쓰고 있었어야 할 시간에 나는 다른 몇몇 얼굴을 지켜보기도 했는데, 아마도 멍하니 얼빠진 상태만 보였을 것이다. 그러나 모든 얼굴은 조용했으며 합일의 성향을 보일 뿐 격렬한 논쟁의 티를 보이지 않았다. 퀘이커 교도들의 정신적 주

---

*존 울먼(1720~1772)은 미국의 퀘이커 교도로서 노예제도 철폐를 열렬히 옹호했다.
**〈마태복음〉 3장 16절 참조.

장이 오늘날 감퇴했을지는 모르나 적어도 그들은 별로 주장하는 것이 없다. 그들의 설교를 들어보면 그들이 위선자가 아님이 분명하다. 정말이지, 그들 중의 한 사람이 나서서 장광설을 늘어놓는 것을 보기는 쉽지 않다. 이따금 일반적으로 나이가 든 여자의 떨리는 목소리가 들릴 뿐인데, 그마저도 집회의 어느 구석에서 나온 소리인지 짐작하기 어려울 지경이다. 나직한 음악적 웅얼거림 같은 목소리로 그녀는 "현재의 상황에 합당하다고 여겨지는" 말을 몇 마디 하지만, 그 흔들리는 목소리가 너무 자신이 없어서 그처럼 정답고 몸을 사리듯 겸손한 목소리를 가진 사람에게 여성적 허영이 조금이나마 섞여 있다고 상상할 여지가 없다. 내가 보기에, 사내들은 아낙네들보다도 말이 더 적다.

수년 전에 나는 초기의 폭스 추종자들이 빠지곤 하던 광적 황홀경 사례를 목격한 적이 딱 한 번 있다. 그는 체구가 거대한 사내로서, 워즈워스의 구절을 빌려 말하건대, "머리에서 발까지 쇠 그물 갑옷을 입고서도"* 춤을 출 수 있을 만한 사람이었다. 그의 체격 또한 쇠처럼 단단했지만, 그는 말랑말랑한 사람이었다. 나는 그가 신들린 채 온몸을 떠는 것을 보았다. 망상 때문에 떨고 있었다고는 말하지 않겠다. 그가 외면적으로 기를 쓰고 있는 모습은 뭐라 말할 수가 없을 지경이었다. 그는 스스로 말을 하는 것이 아니라 누군가가 그의 입을 빌려 말하고 있는 듯했다. 나는 그 힘센 사람의 몸이 구부러지고 관절이 풀어져서 무릎으로 버티지 못하는 것도 보았다. 실로 그의 모습은

*워즈워스의 〈사랑 때문에 죽은 사람들도 있다고 하네〉라는 시에 나오는 구절.

설교 중인 바울*과 견줄 만했다. 그가 중얼대는 말은 적었지만 건전했다. 그는 이 세상의 연설가들이 자기네의 웅변력을 두고 끙끙댈 때보다도 더 큰 노력을 들여 자기의 언변력을 억제하며 자신의 의지를 거역하고 있음이 분명했다. 그는 정신을 차리고 후회한다는 표정을 지으면서 우리들에게 "나도 젊은 시절에는 재사(才士)였다"고 말했다. 그때 내가 받은 인상이 닳아 없어지고 난 후 오랜 시간이 흐르고 나서야 나는 그 고백—여기서 '고백'은 세속적인 의미로 쓴 것이다—이 내 앞에 서 있던 그 사나이의 체격이나 인상과는 눈에 띄게 어울리지 않는다는 것을 회상하고 어쩐지 웃지 않을 수 없었다. 경박한 사람들이나 농담과 웃음의 정령들까지도 그의 이마를 보았다면 겁을 먹은 나머지 사랑의 신이 지옥의 신의 험상궂은 얼굴을 보고 엔나 땅에서 도망치는 것**보다 더 빨리 도망쳤을 것이다. 그가 젊었던 시절에 "재사"라는 말을 두고 이해하고 있던 뜻은 허용될 수 있는 자유로운 뜻풀이의 범위에서 멀리 떨어진 무엇이었을 것이라고 나는 장담할 수 있다.

쿼이커 교도들의 집회는 한마디 말도 하지 않은 채 파할 때가 더 흔하다. 그러나 우리는 마음으로 배가 부르다. 우리는 말 없는 영적 설교를 듣고 그 자리를 뜬다. 우리는 마치 비교적 따사로운 트로포니오스의 동굴***을 다녀왔거나, 아니면 모든 사

*램이 이 대목에서 생각하고 있는 것은 아테네에서 설교 중인 바울의 모습을 그린 라파엘로의 유명한 밑그림인데 바티칸에 소장되어 있다.
**로마 신화에서 사랑의 신 큐피드는 엔나라는 초원에서 페르세포네를 돌보고 있다가 지옥의 신 플루토의 험상궂은 얼굴을 보고는 달아난다.
***트로포니오스는 델포이에 아폴론 신전을 지은 사람인데, 죽은 후에는 헬리콘 산 근처의 동굴에서 스스로 사람들에게 신탁을 전해주었다. 그런데 그를 만나고

나운 짐승 중에서도 가장 사납고 야만적인 짐승 같아서 도저히 걷잡을 수 없는 인체의 일부인 혀가 신기하게도 붙잡힌 채 묶여 있는 소굴을 다녀온 것 같다. 우리는 고요 속에 흠뻑 젖게 된다. 우리가 정신적으로 몹시 초조하거나 혼란하고 무의미한 세상사 때문에 지겹도록 지쳐 있을 때는, 점잖은 퀘이커 교도들의 집회소를 찾아가서 아무도 따지지 않는 벤치의 한쪽 끝에 잠자코 반시간쯤 앉아 있으면 참으로 큰 위안과 위로를 느낄 수 있을 것이다.

그들의 의상과 고요함은 어울려서 하나의 균일성을 보여주며, 초원에서 "마흔 마리가 한 마리처럼 풀을 뜯고 있는"* 가축처럼 조용히 떼 지어 있다.

퀘이커 교도가 입고 있는 옷은 오물이 묻을 수 없을 것처럼 보인다. 뿐만 아니라 그 옷의 청결함은 단순히 불결한 데가 없는 것 이상의 무엇을 의미한다. 여자 교도들은 하나같이 백합 송이 같다. 성신강림제**의 집회에 참석하기 위해 영국 각처에서 무리 지어 올라온 여인들이 동쪽 런던의 거리를 하얗게 물들일 때면, 그들은 마치 축복 받은 천사의 무리처럼 보인다.

온 사람들은 말이 없고 우울했으므로, 우울한 사람을 두고 "트로포니오스의 동굴을 다녀왔다"는 말을 하게 되었다.
*워즈워스가 1801년에 쓴 어느 시에서 인용한 구절.
**부활절 날부터 일곱 번째의 일요일. 초기 기독교에서 새로 세례를 받은 신자들은 부활절 날부터 성신강림제 날까지 흰옷을 입었다고 한다.

진정한 천재의 정신적 건강

위대한 재사는, 아니 현대인의 말로, 천재는 필연적으로 정신병과 관련이 있다는 것을 진실이라고 여기는 주장*이 있지만, 가장 위대한 재사들이 실은 정신적으로 가장 건강한 작가들임이 언제나 밝혀질 것이다. 우리의 마음은 셰익스피어의 광기를 상상할 수 없다. 여기서 재주라는 말은 주로 시를 지을 수 있는 능력을 의미하거니와, 그 가장 위대한 사례는 모든 능력이 놀랍게 균형 잡혀 있는 상태에서 드러난다. 광기는 어느 한 능력만을 균형 없이 긴장시키거나 과도하게 발휘하는 상태이다. 카울리는 어느 시 쓰는 친구에 대해서, "그처럼 강력한 재주를

> 자연은 그에게 형성해주었으니,
> 그 재주는 판단력 이외의 모든 것을 제압했도다.

---

*천재를 광기에 연관시키는 주장 중 가장 유명한 것으로 드라이든(1631~1700)의 시 〈압살롬과 아히도벨〉에 나오는 "위대한 재주는 분명히 광기와 밀접하고 / 그 경계를 가르는 칸막이는 종잇장처럼 얇도다"라는 구절을 들 수 있다.

그의 판단력은 하늘의 달처럼 나타나서
아래쪽 거센 바다를 누그러뜨렸다"*

라고 쓰고 있다. 천재를 정신병자로 오인하는 근거는 이렇다.
즉 고급 시가 주는 감격 속에서 일종의 희열을 발견한 사람들
이, 일찍이 자신들은 그런 희열의 유례를 체험한 적이 없고 오
직 꿈을 꾸거나 열병에 걸렸을 때 그와 유사한 가짜 희열을 체
험했을 뿐이기 때문에, 시인에게는 몽환이나 열병 상태가 있으
리라고 여긴다. 그러나 진정한 시인은 각성 상태에서 꿈을 꾼
다. 그는 자기 주제에 사로잡혀버리는 일이 없으며 오히려 그
주제를 지배하고 있다. 에덴의 숲 속에서도 시인은 자기 고향
의 오솔길에서처럼 익숙하게 걸어 다닌다. 그는 신과 천사들이
사는 하늘로 올라가지만 도취되는 일이 없다. 그는 불타는 지
옥의 땅을 디디고 다니면서도 불안해하지 않는다. 그는 "혼돈
과 오랜 밤"**의 영역을 날아다니면서도 자아를 상실하지 않는
다. 혹은 그가 "헝클어진 마음"***의 쓰라린 혼돈에 빠진 나머
지 얼마 동안 리어 왕처럼 미치거나 타이먼****처럼 일종의 광
기라 할 수 있는 인간 혐오증을 보인다 하더라도, 그 광기나 인
간 혐오증이 제어되지 않는 일이 없고, 그가 이성에 의한 제어

*에이브러햄 카울리(1617~1668)의 부(賦) 〈윌리엄 허비 씨의 죽음에 부침〉에서
인용된 구절.
**《실낙원》 1권 543행에서 인용.
***정확한 인용은 아니지만 셰익스피어의 《리어 왕》에 나오는 "그 헝클어지고 어
지러운 판단력"(4막 7장 16행)이라는 구절을 연상시킨다.
****리어 왕은 셰익스피어의 《리어 왕》의 주인공이고, 타이먼 역시 셰익스피어의
《아테네의 타이먼》의 주인공이다. 뒤에 나오는 켄트는 리어 왕의 충신 켄트 백작이
고, 플라비우스는 타이먼의 충직한 집사이다.

를 포기한 것처럼 보이는 경우에도 실제로는 포기하는 일이 없으며, 충복 켄트가 보다 건전한 충고를 해주고 정직한 집사 플라비우스가 보다 온당한 해결책을 건의하는 등 언제나 수호정령이 그의 귀에 대고 속삭여준다. 그가 인간성으로부터 가장 멀어지고 있는 것처럼 보이는 순간에도 실은 인간성을 가장 충실히 받들고 있는 것을 알 수 있다. 그가 혹시 있을지도 모르는 존재들*을 자연의 경계 밖에서 불러들일 경우에도 늘 자연의 견고한 법칙에다 그들을 복속시킨다. 그가 자연을 지극히 배반하거나 유기하고 있는 것처럼 보일 경우에도 실은 그 만물의 지배 군주에게 아름다운 충성을 보이고 있다. 그가 지어낸 관념세계의 족속들**은 통치체계에 굴복하고 있으며, 그의 괴물들도, 프로테우스가 돌보는 사나운 바다짐승들***처럼, 그의 손에 잘 길들여져 있다. 그는 그런 것들을 길들이고 피와 살의 속성으로 옷 입히므로 결국 그들은 유럽인의 옷을 입도록 굴복을 강요받은 서인도의 섬사람들처럼 자신의 변모를 보고 놀라게 된다. 캘리반과 마녀들****도, 오셀로, 햄릿 및 맥베스처럼, 그들 자신의 천성의 법칙에 충실한데, 그 법칙은 약간의 차이가 있을 뿐 우리 인간성의 법칙과 같은 것이다. 바로 이 점에서 위대한 재사와 보잘것없는 재사는 구별된다. 보잘것없는 재사들은 천성과 현실적 존재에서 별로 벗어나지 않는다 해도 결국

*요정, 유령, 괴물 따위들.
**요정 같은 상상 세계 속의 부류들.
***그리스 신화에서 바다의 신 프로테우스는 돌고래 및 물개 같은 짐승들을 거느리고 다녔다.
****셰익스피어의 《템페스트》에는 캘리반이라는 반인반수가 나오고, 마녀들은 《맥베스》에 나온다.

자신뿐만 아니라 독자들까지 잃게 된다. 그들이 만든 유령들은 법칙을 따르지 않으며 그들의 비전은 악몽이 된다. 창작한다는 것은 형상화와 그 견실성을 뜻하거니와, 그들은 이런 의미의 창작을 하지 않는다. 상상력이 능동적일 수 있기 위해서는 무언가를 활성화하고 형상화할 수 있어야 하는데, 그들의 상상력은 병든 몽상에 빠져 있는 사람의 경우처럼 수동적이기만 하다. 그들은 초자연적인 것 혹은 우리가 자연에 대해서 알고 있는 것에 첨가된 무엇을 우리에게 주는 대신에 자연과 분명히 상치되는 것만을 준다. 그런데 만약에 이것으로 끝난다면, 그리고 이런 망상들이 자연을 벗어나거나 그것을 초월하는 주제를 다루는 데에서만 드러난다면, 그 판단력이 걷잡을 수 없이 날뛰고 약간은 광분한다 해도 어느 정도 변명을 해주며 용서할 수도 있을 것이다. 그러나 이런 변변찮은 재사들은, 눈앞의 현실과 일상적 삶을 그려냄에 있어서까지도, 위더가 어디선가 말한 바 있는 "가장 광기 어린 발작 상태"***의 위대한 천재보다도 자연을 더 이탈하고 있을 것이고 광란과 자연스럽게 연대되어 있는 불합리성을 더 많이 드러내고 있을 것이다. 20∼30년 전에 레인**이라는 사람이 간행한 시시콜콜한 소설들이 있었는데, 한 훌륭한 천재***가 나타나서 이 자양분도 없는 허깨비 작품들을 영구히 쓸어버리기까지 그 작품들은 여성 독서 대중에게 보잘것없는 지적 양식이 되고 있었다. 그 삼류 애정소설

---

*조지 위더(1588∼1677)의 《전원시》에 나오는 구절.
**윌리엄 레인(1738∼1814)은 런던의 출판업자로서 변변찮은 소설을 많이 출간한 것으로 알려져 있다.
***많은 역사 소설을 쓴 월터 스콧(1771∼1832)을 가리킨다.

의 줄거리에는 개연성 없는 사건들이며 일관성 없는 성격의 인물 혹은 인물이라고 할 수조차도 없는 것들이 등장하는데, 그것도 으레 글렌다머 경이나 리버스 양* 같은 인물들이기 쉬우며, 그들의 활동 무대로는 으레 바스와 본드 스트리트**가 번갈아 나온다. 우리는 레인이 간행한 소설들의 일반적 특성에 익숙한 독자들 중의 아무나 붙잡고서, 그런 작품을 읽으면 머리가 더욱 어지러워지지나 않는지, 기억력은 더욱 혼란해지지나 않는지, 장소나 시간에 대해 더욱더 혼동하게 되지나 않는지 그리고 스펜서***의 요정 세계를 배회할 때 느낀 것보다도 더 당혹스러운 몽환 상태의 엄습을 받지 않느냐고 묻고 싶다. 우리가 언급하는 작품들 중에서 이름이니 장소니 하는 것들을 제외하고는 아무것도 우리에게 친숙한 것이 없다. 등장인물들은 이 세상 사람들이 아니고 우리가 생각할 수 있는 다른 어느 세상 사람들도 아니다. 무수한 행동이 잇달아 전개되지만 아무 목적이 없으며 혹시 있어도 동기 없는 목적일 뿐이다. 우리는 잘 아는 거리에서 유령을 만나는 셈이며, 그 유령들은 낯익은 이름을 가졌을 뿐 실은 허황한 존재들이다. 한편 이 작품에서 우리는 허구성을 알리는 이름들과 마주친다. 그리고 《요정 여왕》에 등장하는 사물이나 인물들이 자기네의 소재에 대해 떠벌리지 않으므로 우리로서는 장소에 대해서 전혀 아무것도 알 수가 없다. 하지만 그들의 내면적 천성이나 언동의 법칙에 있어

*상류사회의 선남선녀를 대표하는 가공적 인명들.
**바스는 잉글랜드 서남부에 있는 온천 휴양 도시로 오랫동안 상류사회의 사교무대였고, 본드 스트리트는 런던의 고급 쇼핑 거리 이름이다.
***《요정 여왕》을 쓴 영국 시인 에드먼드 스펜서를 가리킨다.

서 우리는 친근한 곳에 와 있으며 편안하다는 느낌을 가질 수 있다. 전자가 삶을 꿈으로 바꾸어버린다면, 후자는 가장 걷잡을 수 없는 꿈을 그리면서도 일상생활에서 일어나고 있는 일과 같은 현실감을 부여하고 있다. 그 시인에게 정신적 과정을 그려내는 무슨 오묘한 기술이 있기에 그런 것을 성취할 수 있는지 대단한 철학자가 되지 못한 우리로서는 설명할 수가 없다. 그러나 그 놀라운 마몬 동굴*의 에피소드를 보면 거기서 돈의 신은 구두쇠라고 하는 가장 저급한 형태로 나타난 후에 금속공이 되었다가 끝내 이 세상의 모든 보물을 관장하는 신이 된다. 그에게는 '야망'이라는 딸이 있는데, 탄탈로스**가 헤스페로스의 딸들이 지키는 과일***과 물을 앞에 두고도 가지지 못해 목말라하고, 빌라도가 같은 강물에서 그럴 만한 이유가 있어서 헛되이 손을 씻는 가운데,**** 세상의 모든 사람들은 마몬의 딸 앞에서 은총을 구하며 무릎을 꿇는다. 이 장면에서 우리는 한순간 보물을 숨기고 있는 마몬의 동굴에 있다가 다음 순간에는 떠도는 꿈의 변천에 따라 별안간 키클롭스의 대장간*에 가게 되고 다시 궁전을 거쳐 지옥으로 옮겨가는데, 그 동안 우리의 판단력은 늘 깨어 있으면서도 그 허위성을 밝혀낼 수 없으며 또 밝히려 들지도 않는다. 이는 겉보기에 극히 걷잡을 수

*마몬(Mammon)은 거짓 신으로 의인화 된 재물. 〈마태복음〉 6장 24절 및 〈누가복음〉 16장 13절 참조. 램은 이 대목에서 스펜서의 《요정 여왕》 제2권에 나오는 장면들을 언급하고 있다.
**그리스 신화에서 리디아의 왕 탄탈로스는 바로 앞에 물을 두고도 마시지 못하고 갈증을 느껴야 하는 고통스런 처벌을 받는다.
***그리스 신화에서 헤스페리데스가 지키고 있는 황금 사과.
****신약 〈마태복음〉 27장 24절에는 빌라도가 예수에게 사형을 선고한 데 대한 죄의식을 씻기 위해서 물로 손을 씻는 장면이 나온다.

없는 일탈 속에서도 늘 숨겨진 정신적 건강함이 시인 스펜서를 꾸준히 인도하고 있다는 증거이다.

이 모든 에피소드가 수면 중에 마음속에 떠오른 생각들을 베낀 것이라고 말한다면 그것으로는 충분하지 않다. 어떻게 보면 그것을 베낀 것이라고 할 수는 있겠지만, 베낀 것치고는 비범하다. 가령 우리들 중에서 가장 로맨틱한 사람이 밤새도록 어떤 걷잡을 수 없이 화려한 비전의 광경을 꿈꾸다가 아침에 일어나서 그것을 재결합한 후 깨어 있는 판단력으로 그것을 시험해 본다고 치자. 우리의 판단력이 수동적인 역할을 하는 꿈속에서는 그처럼 변화무쌍하면서도 조리가 있어 보이던 것들이 깨어나서 냉정하게 검토해보면 너무 불합리하고 너무 산만해서 우리는 그만 그런 꿈에 기만당했다든지, 또는 비록 수면 중이라 해도, 괴물을 신으로 오인했다든지 한 데 대해서 부끄럽게 여기게 된다. 그러나 스펜서의 에피소드에서는 환상에서 현실로 옮겨가는 과정의 모든 부분이 가장 화려한 꿈속에서처럼 격렬하지만, 우리의 깨어 있는 판단력은 그 과정을 타당한 것으로 받아들인다.

---

*키클롭스라는 외눈박이 거인들은 에트나 산에 있는 대장간에서 제우스 신이 무기로 쓸 벼락들을 벼리어낸 것으로 알려져 있다.

기혼자들의 행위에 대한 미혼자의 불평

기혼자들은 내가 독신으로 살기 때문에 여러 가지 기막힌 즐거움을 놓친다는 말을 하는데 바로 그 점을 두고 나 스스로를 위안하기 위해 나는 기혼자들의 약점들을 찾아내는 데 많은 시간을 써왔다.

　나는 오래전에 여러 가지 현실적인 고려를 한 끝에 결혼을 하지 않겠다는 결심을 한 바 있지만, 부부싸움을 하는 꼴을 보고 내가 큰 영향을 받았다든가 결혼을 하지 않겠다는 결심을 굳히게 되었다고 할 수는 없다. 내가 방문하는 기혼자들의 가정에서 빈번히 내 눈에 거슬리는 것은 싸움과는 전혀 다른 종류의 잘못들이다. 그것은 그들이 서로를 너무 사랑한다는 것이다.

　너무 사랑한다는 것도 아니다. 그것으로는 내가 의미하고자 하는 바가 설명되지 않는다. 게다가 부부간의 사랑이 내 눈에 거슬릴 이유가 있겠는가? 부부가 저희끼리만 함께 있는 것을 더욱 즐기기 위해 다른 사람들로부터 자신들을 격리시키는 바로 그 행위는 곧 그들이 세상 사람들보다도 서로를 더 좋아하고 있음을 암시한다.

하지만 내 불평은 이렇다. 기혼자들은 서로 좋아한다는 사실을 조금도 숨기려 하지 않고 또 그 사실을 우리 독신자들 앞에 뻔뻔스럽게 들이대기 때문에, 잠시 동안이나마 기혼자들과 함께 있어보면 우리는 으레, 간접적 암시나 숨김없는 공언을 통해, 그들이 우리 미혼자들을 좋아하지 않는다는 것을 눈치채게 된다. 그런데 세상에는 단지 암시되거나 당연한 것으로 인정될 경우에는 별로 거슬리지 않다가도 일단 언행으로 표현되면 몹시 거슬리는 것들이 더러 있다. 만약에 한 사내가 평범한 생김새에 수수한 옷차림을 한 젊은 여인을 처음으로 알게 되어 다가간 후 "당신은 내가 반할 만큼 잘생기거나 부유하지 못해서 결혼할 수 없다"고 통명스럽게 말한다면 그런 무례한 언동의 대가로 발길질을 당해 마땅할 것이다. 그러나 여자에게 다가가서 직접 그 문제를 제기할 기회가 생겼을 때 그렇게 하는 것이 적절하지 않다고 여기고 그만두어도, 실제로는 그런 말을 한 것에 비해 못지않게 그의 의중이 암시되는 법이다. 그 젊은 여인은 그런 말을 직접 듣지 않고도 확실히 눈치채게 되지만, 사리를 아는 여자라면 그런 눈치만 가지고 시비를 걸지는 않을 것이다. 마찬가지로, 내가 행복한 남자 즉 여자에게 선택된 남자가 되지 못한다는 사실을 굳이 말을 통해서, 또는 말에 비해 못지않게 분명한 표정을 통해서, 나에게 알려줄 권리가 기혼 부부들에게는 없다. 내가 행복하지 않다는 사실을 내 스스로 알고 있는 것이면 족하다. 그 사실을 끊임없이 나에게 상기시키는 것을 나는 원치 않는다.

월등한 지식이나 재산의 과시는 아주 고통스러울 수 있지만, 한편 일종의 고통완화제를 허용하기도 한다. 나에게 모욕을 주기 위해 과시된 지식이 우연히 나의 지식을 개선하게 될지도 모른다. 그리고 부자의 저택이나 그가 소장하는 그림들 그리고 그의 공원이나 정원 따위를 둘러보면서 나는 적어도 일시적인 용익권(用益權)을 누릴 수도 있다. 그러나 결혼의 행복을 과시하는 행위 속에는 이런 고통완화제가 전혀 들어있지 않다. 그것은 시종일관 보상이 없고 제한되지도 않는 순전한 모욕이다.

결혼이란 아무리 좋게 말해도 하나의 독점이요, 그것도 우리의 비위에 아주 거슬리는 독점이다. 배타적 특권을 독점하고 있는 사람들의 대부분은 자기네들의 이점이 가급적 남의 눈에 띄지 않게 하려는 계략을 쓰거니와, 이는 그런 특권을 누리고 있지 못하는 이웃들이 그 이점을 보지 못하게 하여 그 권리에 대한 의혹을 품지 못하게 하기 위함이다. 그러나 결혼한 독점자들은 자기네의 전유물 중에서도 가장 불쾌한 부분을 우리의 눈앞에 들이댄다.

내가 보기에는 신혼부부들의 얼굴에 번뜩이는 만족감이나 충족감보다 더 불쾌한 것은 없다. 특히 신부의 얼굴이 그러하다. 그 얼굴은 이 세상에서 그녀의 운명은 이미 결정되었으므로 아무도 그녀에 대한 희망을 품을 수 없다는 것을 말하고 있다. 그건 사실이다. 그러므로 나는 아무 희망도 품지 않으며 품고 싶지도 않다. 하지만 그런 것은, 앞서 내가 지적한 대로, 그저 당연한 것으로 인정되어야지 결코 겉으로 표현되어서는 안 된다.

기혼자들이 보이는 과도하게 거만한 태도는 우리 미혼자들의 무지를 전제로 하고 있거니와 그 태도가 덜 불합리해 보일 경우 우리 눈에는 더 거슬린다. 기혼자들의 집단에 동참하는 행복을 누려보지 못한 우리들에 비해서 기혼자들은 자기네들만의 영역에 속하는 여러 가지 신비한 것들을 더 잘 이해하고 있다는 것을 우리는 인정한다. 그러나 그들의 오만은 그런 영역에 한정되는 데 만족하지 않는다. 만약에 독신으로 사는 사람이 기혼자들 앞에서 의견을 개진하려 하면, 비록 그것이 결혼생활과는 무관한 것이라고 하더라도, 기혼자들은 그를 무자격자로 몰면서 대번에 그의 말문을 막아버린다. 아니, 내가 알고 있는 어떤 젊은 기혼부인은, 참으로 가소롭게도, 결혼한 지 불과 2주일밖에 안 된 주제에 런던 시장에 내다 팔 굴을 양식하는 최선의 방법을 놓고 불행히도 나와 의견이 맞서자 나 같은 노총각이 그런 문제에 대해 무얼 알겠느냐고 자신 있게 비웃으며 물었다.

그러나 기혼자들의 대부분은 일반적으로 아이를 갖게 되는데 그때 그들이 보이는 태도에 비하면 내가 지금까지 말한 것은 아무것도 아니다. 아이들이 결코 희귀한 존재는 아니라는 사실을 고려할 때, 즉 한길이나 막다른 골목마다 아이들이 들끓는다든지, 가난한 집일수록 아이들이 더 많다든지, 결혼해서 자식을 하나도 얻지 못하는 경우는 드물다든지, 또 그 자식들이 흔히 잘못되어 부모의 어리석은 희망을 배반하고 나쁜 길로 들어서서 결국 빈곤과 치욕을 겪거나 교수대에서 일생을 마치는 수가 너무 흔하다는 사실을 고려할 때, 자식들을 가졌다고 해서 자랑스럽게 여길 이유가 어디 있는지 나로서는 도저히 알 수가 없다. 만약에 아이들이 어린 불사조처럼 한 해에 하나씩밖에 태어나지 않는다면* 혹시 자랑할 구실이 될지도 모르겠다. 하지만 아이들이 그렇게 흔해서야…….

나는 여자들이 아기를 가지게 되었을 때 남편들 앞에서 건방지게 자기네의 공을 내세운다는 것을 언급하지는 않겠다. 그렇게 하려면 하라고 내버려둘 일이다. 하지만 어찌하여 그들은 자기네 신하로 태어나지도 않은 우리에게 향료니 몰약이니 유향**이니 하는 찬양의 공물을 기대하는지 나는 그 이유를 도저히 알 수 없다.

"젊어서 낳은 자식은 용사가 손에 든 화살과 같으니"***— 이것은 아낙네들이 분만 후에 감사를 올리기 위해 교회에 나갈 때 읽도록 정해놓은 기도서의 멋진 구절이다. "복되어라, 전동(箭筒)에 그런 화살을 채워 가진 자." 나도 그렇게 말하고 싶다. 그렇지만 아무 방비도 없는 우리 독신들을 향해 그 전동의 화살을 뽑아 쏘는 일은 없어야 한다. 아이들을 화살로 삼는 거야 상관없지만 그것으로써 우리를 괴롭히는 일만은 없어야 한다는 뜻이다. 내가 그동안 관찰한 바에 의하면 일반적으로 그 화살은 두 개의 촉을 가지고 있는데, 그 두 갈래로 갈라진 촉의 한쪽으로 맞히지 못하면 다른 쪽으로 맞히게 되어 있다. 이를테면, 우리가 아이들이 많은 집에 들어가면서, 다른 일을 생각하느라 철부지들의 애정 어린 접근을 냉담하게 대함으로써 아이들을 무시한다면, 우리는 다루기 어렵고 침울한 아동 증오자

*이 전설적인 아라비아 새는 500년마다 한 번씩 불에 타 죽었다가 그 재에서 되살아나곤 하지만 한 번에 한 마리만 존재했다고 한다.
**〈마태복음〉 2장 11절 참조.
***〈시편〉 127편 4절. 뒤이어 인용된 구절은 127편 5절.

로 치부되고 말 것이다. 반면에, 우리가 만약에 아이들을 평상
시보다 더 귀엽다고 여긴다면, 그래서 그 아이들의 귀여운 재
롱에 사로잡혀 함께 뛰고 노는 데에 열중한다면, 너무 시끄러
워 정신이 없다느니 아무개 씨는 아이들을 싫어한다느니 하는
핑계를 찾아내어 어김없이 아이들을 방에서 쫓아낸다. 그러니
이 두 갈래의 측은 어느 쪽이든 반드시 우리를 상처 내게 되어
있다.

　나는 부모들의 질시를 용서할 수 있고 또 그들이 고통스럽
게 생각한다면 애들과 장난을 치는 일도 그만둘 수 있다. 하지
만 그럴 만한 이유도 없는데 아이들을 '사랑해달라'는 요청을
받거나, 어쩌면 여덟, 아홉, 열 명이나 되는 가족을 차별 없이
사랑해달라느니 애들은 무척 귀여운 것들이니 모두 사랑해달
라고 요구하는 일은 부당하다고 생각한다.

　"나를 사랑하거든 내 개까지도 사랑해달라"는 속담이 있
음을 나는 알고 있다. 그러나 이 속담을 언제나 실행할 수 있
는 것은 아니다. 그 개가 우리를 괴롭히거나 장난으로 우리에
게 덤벼들 경우에는 특히 그러하다. 그러나 한 마리의 개라든
지 혹은 그보다 훨씬 못한 것, 가령 기념품이니 시계니 반지니
나무니 오랫동안 자리를 비우고 떠나간 친구를 송별했던 장소
같은 비생명체들까지도 나는 사랑할 수 있다. 그것은 내가 그
를 사랑하고 그를 생각나게 하는 모든 사물들을 사랑하기 때문
이지만 여기에도 전제조건은 있다. 즉 그런 것들이 성격상 무
색무취해서 나의 호불호를 촉발하지 않아야 하며 오히려 내 기
분에 따라 무슨 색깔이든 받아들일 수 있어야 한다. 그러나 아
이들은 모두 실질적 성격을 지니고 있으며 그 자체로 본질적인

존재들이다. 그들은 각 개체로 귀엽거나 귀엽지 않을 수 있기 때문에 나는 그들의 자질 속에서 이유를 찾아 그들을 사랑하거나 미워해야 한다. 어린이의 천성은 너무 심오해서 단순히 그들을 다른 사람의 부속물로만 간주한다든가 그런 이유로 그들을 사랑하거나 미워하는 것을 용납하지 않는다. 내가 보기에는 어린이들도 성인 남녀 못지않게 독자적으로 고유의 성품을 지니고 있다. 하지만 여러분은 유년기가 매력 있는 시기이며, 유년 시절에는 그 자체로 우리를 매혹시키는 무엇이 있지 않느냐고 말할 것이다. 바로 그런 이유에서 나는 어린이들을 그만큼 더 까다롭게 대한다. 나는 귀여운 어린이가 자연 속에서 가장 귀여운 존재임을 알고 있으며, 그들을 낳는 어여쁜 여인들까지도 예외로 치지는 않겠다. 그러나 어떤 종류의 것이 예쁘면 예쁠수록 그것이 그 종류 중에서 예쁜 것으로 있었으면 좋겠다는 생각이 더욱 간절해진다. 데이지 꽃은 그 아름다움에 있어서 송이마다 서로 차이가 없지만, 제비꽃 송이는 그 외모나 향기가 가장 아름다워야 할 필요가 있다. 그래서 여자들이나 어린이들을 대할 때 늘 나는 꽤 까다로웠다.

그러나 최악의 경우는 따로 있다. 기혼자들은 우리가 자기네에게 관심이 없다며 불평하기 전에 적어도 우리가 자기들과 친근해지는 것을 허용해야 한다. 그것은 방문을 하면서 어느 정도 사교를 할 수 있어야 한다는 뜻이다. 하지만 만약에 결혼하기 전부터 그 남편과 우리가 친하게 지내왔으며 그 아내 측을 통해 알게 된 사이가 아니라면, 다시 말해, 우리가 그녀의 치맛자락에 싸여 그들의 집으로 살그머니 들어간 것이 아니고 그 남편이 아내에게 구혼할 생각을 하기도 전부터 그와 확고한 친교를 맺어온 사이라면, 우리의 관계가 위태로워질지도 모르므로 마땅히 조심해야 한다. 결혼한 후 1년도 지나지 않아 옛 친구가 우리를 대하는 태도는 차츰 냉담하게 변할 것이고 결국은 우리와 절교할 기회만 찾게 될 것이다. 내가 알고 있는 기혼자 친구들 중에서 믿을 만한 신의가 있는 사람들이 있다면, 그들이 결혼한 이후에 내가 사귀게 된 사람들 뿐이다. 일정한 한계가 있으나 아낙네들은 남편이 결혼 후에 새로 사귀는 친구들은 참고 받아준다. 그러나 착한 남편이 아내가 될 사람들과 상의하지 못한 채 맺어야 했던 엄숙한 우정관계는, 설사 여자들이 남편을 알기 전에 일어난 일이요 지금은 부부가 된 두 사람이 미처 만나기도 전에 있었던 일이라고 하더라도, 아내들이 결코 용납하지 않는다. 오래된 우정이라든지 해묵은 참된 친교라고 하더라도 모두 아내들에게 알리고 나서 계속해서 사귀어도 좋다는 도장을 새로 받아야 한다. 그것은 마치 한 군주가 자기의 출생 전에 또는 자기의 등장이 생각조차 되지 않던 과거에 주조된 옛날 돈을 모두 모아서 자기 권능을 찍어넣으며 새로 주조한 후에 세상에 유통시키는 것과 같다. 그런데 나처럼 이렇게 녹슨 쇠 조각 같은 녀석이라면 그 새 주조 과정에서 어떤 불운을 당하게 될지 독자 여러분은 짐작할 수 있을 것이다.

아낙네들이 우리 독신들에게 모욕을 주고 또 우리가 자기 남편들의 신임을 잃도록 이간질하는 방법은 무수히 많다. 가령 우리가 무슨 말을 하든 그들은 놀랐다는 듯이 비웃으면서 우리가 말은 잘하지만 실은 이상한 녀석이요 괴짜일 뿐이라고 여기는 것이 그중 한 방법이다. 그들은 그 목적을 달성하기 위해 별난 눈초리로 노려본다. 그러면 결국 그동안 우리의 판단을 존중하고 우리들의 이해력이나 태도에 더러 결함이 있어도 못 본 본 척하면서 우리에게서 느낄 수 있는 그리 저속하지 않은 일반적 견해만 눈여겨보던 옛 친구가 이제는 아내의 눈초리 때문에 우리가 혹시 종작없는 인간이 아닐까 여기면서 총각 시절에는 서로 벗할 만큼 훌륭했지만 결혼 후에 보니 아낙네들에게 소개할 만한 사람이 되지 못할 거라는 생각을 하기 시작한다. 이것은 '눈초리 보내기'라고 할 수 있는 방법인데 그동안 아낙네들은 나를 상대로 이런 방법을 가장 빈번히 써왔다.

그다음으로는 과장법 혹은 반어법이 있는데 우리가 자기네 남편에게 각별한 존경의 대상이 되어 있을 때 쓰이는 방법이다. 남편이 우리에 대한 존경심에 근거한 영속적인 애착을 가지고 있어서 그를 쉽게 떨쳐낼 수 없다는 것을 알게 될 때 아낙은 우리의 언행을 추켜올리기 위해 무턱대고 과장하는데, 결국 착한 남편은 그게 모두 자기에 대한 호의라고 여기게 된 나머지 아내들이 그렇게나 솔직한 데 대한 고마움 때문에 마음으로 부담을 느끼고 시달리게 된다. 그래서 남편은 약간 해이해지고 우리를 향한 열띤 우정도 조금은 식게 되어 끝내 미지근한 존경이랄까 기껏 말로만 "예절 바른 애정과 자기만족적 친절"을 보이는 수준까지 떨어지게 된다. 이 단계에 이르면 아낙은 자기의 성실성을 무리하게 손상하는 일 없이 남편의 태도에 동조하고 나온다.

아낙네들이 자기네가 그처럼 바라는 목적을 달성하기 위해 가지고 있는 방법은 한없이 많지만, 그중에서 또 하나의 예를 든다면, 천진해서 잘 모르는 척하면서 자기 남편이 무엇 때문에 우리를 좋아하게 되었는지 그 이유를 자기는 잘못 짚었노라고 계속해서 말하는 것이다. 만약에 우리의 도덕적 성품의 탁월함에 대한 존경심 때문에 남편이 우리와 우정을 맺게 되었다고 여긴다면, 그 우정의 끈을 끊기 위해서 그녀는 우리 미혼자들의 대화 속에서 예리함의 결여를 발견했다고 상상하는 순간 "여보, 당신은 ＿ 씨가 굉장한 재사라고 하시더니!"라고 큰 소리로 외칠 것이다. 한편, 그 남편이 우리를 처음 좋아하게 된 것이 우리의 대화 속에 모종의 매력이 있었기 때문이며 따라서 우리의 도덕적 처신에서 약간의 결함이 눈에 띄어도 남편은 못 본 척할 거라고 여긴다면, 아내는 그런 결함 중 어느 하나가 처음 눈에 띄는 순간 대번에 "아니, 여보, ＿ 씨를 훌륭한 분이라고 하더니 겨우 이런 사람이군요!" 하고 고함을 지른다. 내가 아는 어떤 훌륭한 부인이 자기 남편의 옛 친구인 나에게 마땅히 보여야 할 존경을 보이지 않기에 내가 감히 한번 타일러본 적이 있다. 그녀는 솔직히 터놓고 고백하기를, 자기는 결혼하기 전에 남편 ＿ 씨에게 내 이야기를 자주 들었기 때문에 한번 만나보고 싶었지만, 막상 만나보니 자기의 기대에 크게 어긋난다고 했다. 그녀의 남편이 나에 관해 말한 것을 근거로 그녀는 잘생기고 키가 크며 장교처럼 보이는—나는 여기서 그녀의 말을 그대로 인용하고 있다—사내를 만날 줄 알았는데, 정작 만나보니 그런 기대와는 정반대였다는 것이었다. 그건 정말 솔직한 말이었다. 나는 남편 친구들의 사람됨에 대해 그녀가 가지게 된 평가 기준이 어찌하여 남편에 대한 기준과 그처럼 다를 수 있느냐고 물어보고 싶었지만 무례한 짓일 듯해서 그만두었다. 내 친구의 체격은 내 체격과 아주 비슷했다. 그의 키는 신을 신고도 5피트 5인치에 불과했으며 내 키는 그보다 반 인

치나 더 크다. 게다가 풍채나 얼굴에 군인다운 기풍이 조금도
드러나지 않는다는 점에 있어서는 그나 나나 마찬가지이다.

여태까지 이야기한 것은 내가 결혼한 사람들의 집을 찾아
다니려고 하다가 어처구니없이 당한 곤욕의 몇 가지 사례들이
다. 그 사례를 모두 열거한다는 것은 부질없는 짓이 될 것이므
로 여기서는 기혼 부인들이 아주 흔히 저지르는 무례함만을 간
단히 살펴보고자 한다. 그것은 마치 우리 독신들을 자기네 남
편인 것처럼 대하고 남편을 손님처럼 대접하는 것이다. 그들이
우리를 무관하게 대하는 한편 남편에 대해서는 깍듯이 예절을
지킨다는 뜻이다. 며칠 전 밤에 있었던 일을 예로 들겠다. 테스
타케아*는 자기 남편의 귀가가 늦어진다고 조바심하면서 정상
적인 만찬 시간이 두세 시간이나 지나도록 나를 기다리게 했
다. 그녀는 남편이 없는 데서 생굴에 손을 대는 무례를 범하느
니 차라리 굴이 상하도록 내버려두고 있었던 것이다. 그것은
훌륭한 예절의 기본을 뒤집는 짓이었다. 왜냐하면 예절이란 동
료 인간과의 관계에서 우리가 다른 사람들보다 사랑이나 존경
을 덜 받는다는 것을 알게 될 때 느끼게 되는 불편한 심기를 씻
어주기 위해 만들어진 것이기 때문이다. 예절은 사소한 것들에
서 극히 세심하게 신경을 써줌으로써 보다 큰 것들에서 거부하
지 않을 수 없는 난처한 선택을 보상하려고 한다. 만약 테스타
케아가 손님인 내가 나타날 때까지 굴을 제쳐놓고는 남편이 그
만 밥을 먹자고 졸라도 거역했다면 그거야말로 엄격한 예의범
절에 따라 처신한 셈이 되었을 것이다. 나는 아내가 남편 앞에

*조개류를 가리키는 라틴어로, 농담으로 붙인 가공적인 이름.

서 지켜야 할 예절로는 겸손한 처신과 단정한 몸가짐 말고 다른 것이 있다고 생각하지 않는다. 그러므로 케라시아*가 식탁에서 내가 대단한 호감을 가지고 즐겨 먹던 모렐라스** 체리의 접시를 식탁 건너편에 있는 자기 남편 앞으로 보내고 그 대신에 총각인 내 입맛에는 맞지도 않는 구스베리 접시를 권할 때 그녀의 그 대리탐식(代理食食)에 대해서도 항의하지 않을 수가 없다. 나는 또 ___의 경망스러운 무례를 용서할 수가 없다.

하지만 내가 라틴어 익명***을 수단으로 결혼한 친지들을 처단하는 데에도 신물이 난다. 그러니 그들은 허물을 고치고 태도를 바꾸는 것이 좋을 것이다. 그렇게 하지 않으면 앞으로 나는 그런 비행을 저지르는 사람들의 영어 이름을 통째로 밝힘으로써 그들이 질겁하게 하겠다.

*버찌를 가리키는 라틴어로 테스타케아처럼 여기서 한 여인의 가공적인 이름으로 쓰이고 있다.
**스페인 발렌시아 지방의 체리 명산지.
***테스타케아 및 케라시아 같은 라틴어 익명들을 가리킨다.

먼 곳에 있는 친지에게
—시드니의 뉴 사우스 웨일스에 거주하는 B. F. 님에게 보낸 편지

내 친애하는 F*에게. —자네가 태어난 세계에서 보낸 편지가 지금 자네가 옮겨 가서 살고 있는 그 신기한 땅으로 배달된다면 얼마나 반가울 것인가를 생각하니, 내가 오랫동안 침묵을 지킨 데 대해 가책을 느끼지 않을 수 없네. 하지만 사실, 우리처럼 멀리 떨어져 있는 사람끼리 서신 교환을 한다는 것은 결코 쉬운 일이 아니지. 우리 사이에 가로놓인 그 지겨운 물길이 그런 생각을 억눌러버리거든. 내가 갈겨 쓴 한 줄의 글이 어떻게 그 바다를 건너갈까 생각해보려니 어렵구먼. 우리의 생각들이 그 먼 곳까지 가면서도 살아 있기를 기대하는 것도 주제넘은 일이 되겠지. 그것은 마치 후손을 위한 편지 쓰기 같아서, 로 부인**이 쓴 편지 표제 중의 하나인 〈저승에서 알칸더가 스트레폰에게〉를 나에게 상기시킨다네. 이런 교류에서는 카울리

*〈하포드셔의 매커리 엔드〉에 등장하는 배런 필드.
**엘리자베스 로(1674~1737) 부인은 《죽음 속의 우정—죽은 자들이 산 자들에게 보낸 20통의 편지》를 썼다.

의 "우편천사"*나 편법으로 나설 수 있겠지. 우리가 소포 하나를 롬바드 거리에서 부치면 스물네 시간 안에 컴버랜드에 사는 친구가 마치 얼음을 채워 보내온 것처럼 신선하게 그것을 받아 볼 수가 있어. 그것은 마치 긴 트럼펫을 통해 속삭이는 것 같을 뿐이야. 하지만 달에서 지상으로 튜브 하나가 내려왔는데 이쪽에는 자네가 서 있고 저쪽에는 달사람**이 있다고 생각해보세. 달에 있는 그 흥미로운 접신론자(接神論者)와 교환한 대화가 그 튜브를 통과하는 데 2~3년씩이나 걸린다는 것을 알게 된다면 이야기를 나누고 싶은 생각이 싹 가시고 말 걸세. 그러나 내가 알기로는, 자네야말로 이곳 영국에서 우리가 우리 자신에 대해 생각하고 있는 것 이상으로 플라톤이 말한 최초의 인간***이라는 원시적 이데아에 훨씬 더 가까울지도 모르겠네.

서간문의 내용에는 보통 세 가지 토픽이 포함되는데 그것은 새 소식, 정감 그리고 말장난이지. 말장난 속에는 진지하지 않은 모든 주제랄까 혹은 자체로는 진지하지만 내 방식으로 진지하지 않게 다루는 주제들이 모두 포함된다네. 그런데 우선 새 소식 이야기부터 해볼까. 내가 생각하기에, 새 소식에 있어서 가장 바람직한 조건은 그 소식들이 모두 진실이어야 한다는 것이지. 하지만 내가 지금 진실이라고 여기며 자네에게 보내는 것이, 자네가 받아보기 전에, 이유도 모르게 거짓으로 변

---

*카울리의 시 〈빛의 송가〉에 나오는 우편천사(Post-Angel)를 가리킨다.
**유럽 각국에서는 달 표면의 무늬를 보고 여러 형상의 달사람을 연상했다.
***플라톤은 인간의 원형이 신성(神性)에 있으며 신과는 직접적인 소통을 하고 있다고 생각했는데, 여기서 램은 달사람을 그 원형적 인간으로 보고 있다. 달에 있는 사람을 접신론자라고 부르는 이유도 바로 거기에 있다.

해버리는 일이 없을 거라는 보장이 어디 있겠나? 예를 들어 우리 두 사람에게 함께 친구가 되는 P가 지금 이 순간 즉 내가 이 편지를 쓰고 있는 이 '나의 현재'에는 건강 상태가 좋고 세속적인 명성도 상당히 누리고 있다네. 자네는 그 소식을 들으면 반갑겠지. 당연하고도 정다운 일이야. 하지만 자네가 이 편지를 읽고 있는 바로 그 '자네의 현재'에는 그가 혹시 감옥에 갇혀 있거나 교수형을 당하도록 예정되어 있는지도 모를 일이야. 그것은 그가 잘 있다는 소식을 듣고 자네가 느끼는 기쁨을 당연히 경감하거나 아니면 적어도 상당히 바꾸어 놓을 걸세. 오늘 저녁에 나는 연극 구경을 가서 먼덴*의 연기를 보며 웃어볼까 한다네. 자네가 있는 그 저주받을 곳에는 극장도 없다고 했지? 자네는 당연히 입맛이나 다시면서 내가 누리는 축복을 부러워하고 있겠지. 그러나 잠시만 생각해보게나. 그러면 자네가 그 밉살스러운 느낌을 고치게 될 테니까. 그런데 자네가 이 편지를 읽는 것은 일요일 아침쯤 되겠군. 그리고 1823년일 테고.** 이 시제상의 혼란 혹은 두 가지 '현재'를 고려해야 하는 이 엄청난 어긋남이 어느 정도까지는 모든 우편물에 공통되는 것이기도 하지. 하지만 만약에 내가 오늘 저녁 연극 구경을 기다리고 있다는 내용의 편지를 바스나 디바이시즈 같은 곳에 있는 자네에게 보낸다면, 자네가 그 소식을 접할 때쯤 내 연극 잔치는 이미 끝났을 테지만, 자네도 잘 알다시피, 한 이틀 동안은 내가 맛본 재미가 내 머릿속에 남을 있을 걸세. 그리고 그것은

*조지프 먼덴은 램 당대의 명배우.
*램은 이 에세이를 1822년 3월에 어느 잡지에 발표했다.

당연히 자네에게 내가 편지를 보내며 부분적으로 촉발하려고 했던 부러운 감정을 적어도 그 일부만이라도 느끼지 않을 수 없게 할 거야. 하지만 10개월이 지나서 자네가 그 편지를 받는 다면 자네의 부러움이나 공감도 마치 죽은 사람들을 위해 낭비 한 감정처럼 쓸모없이 되어버리겠지. 그 긴 시간이 흐르는 동안 진실도 그 본질이 증발해버릴 수 있을 것이고, 더욱 곤란한 것은, 설익은 거짓말을 써서 보내려 해도 혹시 긴 항해를 하는 동안 그것이 익어서 진실로 변해버릴까 두려워 그럴 수가 없다 는 것일세. 3년 전 일이었지. 나는 윌 웨더롤이 하녀와 결혼했 다는 도저히 있을 수 없는 농담으로 자네를 속인 적이 있잖은 가! 윌이 자기 처를 데리고 오면 냉대하기 어려울 텐데 우리가 어떻게 그녀를 맞으면 좋을지 내가 진지하게 자네의 자문을 구 했던 기억이 나네. 그러자 자네도 역시 진지하게 그 문제에 대 한 답을 보내주었지. 그녀 앞에서는 문학 문제를 거론할 때 신 중해야 하며, 그녀의 지적 수준에 더 적합한 화제를 끌어들일 때도 너무 앞서가지 않도록 조심해야 한다고 정답게 충고해주 지 않았나. 자네는 고기 굽는 장치, 꼬챙이 및 자루가 달린 걸 레 같은 하녀들이나 쓰는 물건들을 화제에 올리는 것이 범절 에 어긋나지 않을 것인지에 대해서도 신중히 판단하거나 꽤 슬 기롭게 판정을 유보하기도 했어. 또 대화에서 이런 것들을 의 식적으로 회피하는 것이 간혹 화제에 올리는 것에 비해 모양새 가 더 나쁘지 않겠느냐고도 했었지. 윌리엄 웨더롤 부인이 옆 에 있을 때 우리가 하녀 베키에 대해서는 어떻게 처신해야 할 것이냐에 대해서도 자네는 말해주었어. 윌의 처가 보는 데서도 우리가 관례적으로 베키를 꾸짖어야 할 것이냐 아니면 베키가 명문 출신이지만 어쩌다 운명의 장난 때문에 천한 지위로 떨어지고 말기라도 한 것처럼 보통 때와는 달리 존경 어린 예절을 갖춰 그녀를 대해주어야 할 것이냐를 놓고, 어느 쪽이 윌의 처를 위해 좀 더 세심하게 마음을 써주고 보다 진정한 경의를 표하는 길이 될 것이냐에 대한 의견 말일세. 자네는 법률가다운 정확성과 친구로서의 다정함을 보이며 고맙게도 나에게 두 가지 의견을 말했지만, 지금 기억하건대, 양쪽 다 어려운 일이었어. 자네가 나에게 그런 엄숙한 충고를 하는 것을 보고 나는 혼자 낄낄거리고 있었어. 그런데 그때, 아니나 다를까, 내가 뉴사우스 웨일스에 있는 자네에게 이런 거짓말을 하며 스스로 흐뭇해하고 있는 동안 영국의 악마는 자기가 낳지 않은 거짓말*이 따로 있는 것을 보고 질투심이 났기 때문인지, 아니면 내가 한 짓을 흉내 내고 싶었든지, 그 후 사흘도 되지 않아 우리 친구를 꼬드기더니 자네를 즐겁게 해주기 위해 내가 지어낸 결혼을 실제로 저지르게 하지 않았겠나! 윌리엄 웨더롤은 코터럴 부인의 하녀와 결혼했다네. 하지만 보게나, 내 정다운 F, 내가 보내는 이 소식도 자네에게는 아주 참된 의미에서의 역사로 되어 있을 것일세. 나는 역사를 쓰겠다고 말하지 않겠고 역사를 읽을 생각도 없는데 말이네. 예언가라면 몰라도 그렇지 않은 사람들이라면 그렇게 떨어져 있는 사람과 진실이 보장되는 서신 교환을 할 수가 없을 것일세. 사실, 두 사람의 예언가라면 서신으로도 효과 있게 정보 교환을 할 수 있을 테지. 서신을 쓰는 하바국의 시대는 그것을 받는 다니엘의 진정한 현재 시간과

---

*거짓말은 흔히 악마의 후손으로 여겨진다. 〈요한복음〉 8장 44절에는 "(악마는) 정말 거짓말쟁이이며 거짓말의 아비"라는 말이 나온다.

일치할 것이니까.* 하지만 우리는 예언가가 아니잖은가.

　다음으로는 정감 이야기를 해보세. 이 경우도 앞서 말한 새 소식의 경우보다 더 나을 것이 별로 없어. 이 정감이라는 요리는 무엇보다도 뜨거울 때 먹어야 제맛이 나거든. 혹시 친구에게 보낼 경우에도 그 친구가 거의 우리만큼 따뜻하게 먹을 수 있도록 열탕보온기에 담아서 보내야 하네. 시간이 흘러서 그 정감이 식어버린다면 모든 식은 고기 요리 중에서도 가장 맛없는 요리로 변해버릴 거야. 지금은 고인이 된 C 경이 가졌던 별난 생각이 내게 떠오를 때마다 나는 흔히 빙그레 웃곤 했다네.** 그분이 여행을 하다가 제네바 어디쯤에서 어떤 녹색 지대 혹은 아늑한 곳에 이르게 되었던가봐. 그곳에서는 개울 위로—개울이 맞던가? 아니면 바위? 하지만 이런 거야 문제가 되겠나—어쨌든 그 위로 버드나문지 뭔지가 환상적이고 매혹적으로 드리워져 있었다는 거야. 쉴 새 없이 열띤 삶을 살아오던 그분이 지겨운 여행 끝에 나른해진 나머지 그곳에서 휴식을 취하다가 그만 자기가 죽으면 뼈를 묻을 곳 치고 그만한 곳도 없다는 생각을 하게 되었지. 그것은 하나의 정감 치고 아주 자연스러워서 논란할 여지가 없을뿐더러 아주 기분 좋게 그분의 성품까지 드러내 보여준다고 할 수 있어. 하지만 그 생각이 건듯 지나가는 정감으로 끝나지 않고 실행으로 옮겨질 경우, 그

---

*성경 연구가들에 의하면 하바국은 기원전 630년 경에 예언을 했고. 다니엘은 기원전 604년에 바빌론으로 갔다고 하므로 그 시기가 거의 일치된다는 점에 램이 착안하고 있다.
**C는 카멜포드 경을 가리킨다. 그는 1804년에 결투를 하다가 죽었는데 죽기 전날 자기가 죽으면 시신을 스위스의 어느 호숫가에 묻어달라는 유언을 남겼지만 마침 전쟁 중이어서 그 유언은 집행되지 않았다.

리고 그 유언을 적극적으로 실천하기 위해서 그분의 유해를 영국에서 그 먼 곳까지 옮겨야 할 경우, 몇몇 필사적인 감상주의자를 제외한다면, 어찌하여 저 어른께서는 스위스에 못지않게 자기 목적에 부합하는 호젓한 곳, 로맨틱하고 아늑한 곳, 그리고 나무가 강가에서 파랗게 가지를 드리우고 있는 곳을 영국의 서리, 도싯 혹은 데번 같은 곳에서는 찾아낼 수가 없었단 말인가, 하고 의아해하지 않을 사람이 있겠는가? 그 '정감'이 포장되고 운송되어 세관으로 들어가서 신기하게 여기는 관리들을 놀라게 한 후에 배 위로 인양되었다고 생각해보게.* 거친 선원들이 무례한 농담을 주고받는 사이에 그 '정감'은 결이 연약한 물체이지만 이리저리 거칠게 취급될 것이고 결국은 선창에 고인 소금물에 젖어서 손상된 비단처럼 볼품없이 되어버릴 것이라는 생각을 해보게. 선원들에게는 그런 물체에 대한 미신**이 있다던데, 새로이 폭풍우가 불 때 그것을 달래기 위해 그 물체가 상어에게 던져지는 위험에 처한다고 상상해보게. (성 고타르트***의 혼령이시여, 유언을 남긴 분의 의도와는 그처럼 어긋나는 결말이 나는 꼴을 우리가 보지 않게 해주소서!) 하지만 그 물체가 다행히도 고기밥이 되는 운명만은 피했다네. 그것이 운이 좋게 상륙했다 치고 거기까지의 경로를 추적해볼까? 지금 내 앞에 지도가 없네만 리옹쯤이라고 하지. 그것은 네 사

---

*여기서 램은 시신이 담긴 관을 말하면서도 "관"이란 말 대신에 줄곧 "정감"이란 말을 쓰고 있다.
**서양에서는 선원들이 배에 시신을 싣고 다니는 것을 불길하게 여겨 배에서 사망자가 생기면 대개는 수장을 해버리는 전통이 있었다.
***11세기에 힐데스하임의 주교였던 성 고타르트는 바다에서 위험에 처한 사람들을 보살펴주는 성인으로 추앙되고 있다.

내의 어깨에 메인 채 이리저리 흔들리면서 이 마을에서는 요기를 하고 저 마을에서는 휴식을 하는가 하면, 여기서는 여권 사열 저기서는 허가증 수속을 하고, 이 구역에서는 판사의 승인 저 지역에서는 성직자의 동의를 받으며 결국은 지쳐빠진 채 목표지에 도착하지만, 당초에 발랄했던 '정감'은 우둔한 오만이나 화사하지만 무의미한 허세로 변해버리고 말았겠지. 내 정다운 F, 선원들이 쓰는 말을 빌리건대, "항해를 견뎌낼 수 있다"고 여길 만한 '정감'은 거의 없지 않을까 싶네.

마지막으로, 전체적으로는 경멸받아 마땅하지만 친구끼리 주고받는 제대로 된 편지에서는 반짝반짝 빛을 내는 요소가 될 수도 있을 듯한 유쾌하게 경박한 농담 이야기를 해볼까. 내가 이해하기로는, 우리의 말장난이나 자질구레한 농담이 작용할 수 있는 범위는 극히 한정되어 있다네. 그것은 포장해서 해외로 보내는 것이 도저히 불가능할 뿐더러 손에 들고 이 방 저 방 옮기는 것도 견뎌내지 못한다네. 그것이 생기를 지니는 것은 태어나는 순간뿐이야. 그것이 잠시나마 생존할 수 있도록 해주는 영양분은 곁에 있는 사람들의 지적 분위기인데, 그 분위기는 "나일강의 고운 갯벌" 같은 것이요 그것도 "최고급 갯벌"이어서, 말장난이나 농담의 모호한 생성 과정에서는 그 모성적 수용력이 부성적 태양만큼이나 필수불가결하다네.* 말장난은

*나일 강의 갯벌에 강렬한 태양열이 작용하여 생물이 생겨나게 되었다는 오래된 믿음에 대한 인유이다. 우리는 여기서 말장난을 하는 사람이 태양이라면 그 말장난이 빛을 보게 하는 것은 갯벌이라는 식의 절묘한 비유를 볼 수 있다. 18세기 영국 시인 알렉산더 포프는 그의 〈비평론〉에서 되지 못한 문사들을 가리켜 다음과 같이 말한 적이 있다. "나일강 둑에서 생기다 만 곤충처럼 / 되다 만 것들이라 그 생성 과정이 모호하니 / 무어라 불러야 할지 모르겠구나."(42~44행 참조)

현장에서 '쪽' 하고 귓전을 두드리는 키스 소리처럼 일종의 포근한 성질을 지니고 있으며, 그 본래의 맛을 그대로 전달할 수가 없는데, 이는 키스를 싸서 보낼 수 없는 것이나 마찬가지지. 자네는 전날 들었던 말장난을 다른 사람에게 써먹어본 적이 더러 있는가? 효과가 있던가? 그 말장난이 효과가 없었다면 그것은 그 사람이 처음 듣는 것이 아니었기 때문이 아니고 자네에게서 처음 나온 것이 아닌 것처럼 보였기 때문이야. 그 말장난이 어쩐지 어색하게 들렸을 테니까. 마을 주점에서 이틀이나 지난 신문을 집어든 사람의 기분이 들었을 것이네. 그 신문을 아직 보지 못했다 하더라도 그런 케케묵은 신문을 내어놓다니 모욕을 당했다고 괘씸해 할 테지. 말장난 같은 상품은 무엇보다도 즉각적인 응답을 필요로 하니까. 말장난과 그것을 알아듣고 웃는 일은 동시적으로 일어나야만 해. 말장난이 번개처럼 발랄하다면 그것을 듣고 웃는 것은 천둥처럼 우렁차야만 하지. 한순간이라도 간격을 두면 두 가지 사이의 연결고리가 끊어지고 말거든. 말장난은 마치 거울에 비치듯 친구의 얼굴에 비쳤다 되돌아와야 해. 내 정다운 F여, 만약에 잘 닦은 거울 표면이 물체를 비추는 데 12개월이 아니라 단 2~3분이라도 걸린다면 누가 자기의 예쁜 얼굴을 비춰보려고 하겠는가?

나는 자네가 가 있는 곳이 어디쯤인지 상상도 할 수가 없네. 내가 그 위치를 짐작해보려고 할 때면 피터 윌킨스의 섬*이 떠오른다네. 이따금 자네가 '도적들의 지옥'**에 가서 살고 있는

---

*《피터 윌킨스》는 18세기 영국 법률가 로버트 패틀록이 쓴 가공 모험담의 제목이다.
**호주는 원래 영국 흉악범들의 유배지로 이용되기도 했다.

것처럼 여겨질 때도 있어. 디오게네스*가 아무 성과도 없이 등불을 밝히고 언제까지나 자네들 사이를 오락가락하고 있는 것을 그려보기도 하지. 지금쯤은 자네도 정직한 사람을 볼 수만 있다면 무슨 대가라도 치르겠다는 심경일 테지. 우리 정직한 사람들의 얼굴이 어떻게 생겼는지도 자네는 잊었을 거야. 자네들 시드니 사람들은 무엇을 하는지 말해주게. 하루 종일 도X질이나 하고 있는가? 하느님 맙소사! 그렇게 도난을 당한다면 아무리 많은 재산인들 부지할 수가 있겠나? 그쪽 토착 동물이라는 캥거루 말일세. 그 짤막한 앞발은 자연이 소매치기들에게 훔치는 법을 가르치기 위해서 만들어놓은 것 같던데 그 놈들이 유럽에 물들지 않고 그 원시적 순박성을 여전히 보존하고 있는지 궁금하네. 조끼 주머니에 든 시계를 훔치기에는 앞쪽에 붙은 다리가 선천적으로 꽤 변변찮게 생겼지만 일단 "도둑놈 잡아라!" 하는 소리가 나는 날이면 그 식민지의 가장 숙련된 날치기꾼에 비해서도 손색이 없게 한 쌍의 빠른 뒷다리를 과시하게 될 것일세. 이렇게 멀리 떨어져서도 우리는 도저히 있을 법하지 않은 이야기를 듣고 있다네. 그쪽에서는 젊은 스파르타인**들이 태어날 때부터 손가락이 여섯 개씩이라고 하던데 그게 사실인가? 그렇다면 시구의 장단을 맞추기가 어려워지겠군.*** 쳐

*기원전 4세기의 그리스 철학자 디오게네스는 코린토스에서 혹시나 정직한 사람을 찾을 수 있을까 하여 대낮에도 등불을 들고 다녔다고 한다.
**스파르타에서는 젊은이들이 철저한 훈련을 받기 때문에 도둑질도 완벽하게 한다는 뜻이 이 대목에 함축되어 있다. 여기서 '젊은 스파르타인'은 '젊은 도둑'의 뜻으로 쓰이고 있는 듯하다.
***영시에서는 다섯 개의 음보(音步, foot)로 된 시구가 가장 흔한 편인데 여섯 개짜리가 섞이면 장단 맞추기가 어려워질 것이라는 뜻이다. 여기기 램은 캥거루를 생각하면서 foot와 finger를 혼동해서 쓰고 있다.

다보기에도 민망할 테고. 하지만 익숙해지면 괜찮아질 걸세. 장단에 맞는 시 쓰기를 위해서라면 그리 속상해할 필요가 없지. 왜냐하면 혹시 그들이 시인이 되겠다고 마음먹는다 하더라도 대부분 간악한 표절 시인이 될 공산이 높으니까. 또 도둑의 아들과 손자 사이에는 보기에 많은 차이가 있던가? 혹은 어디쯤에서 도둑이라는 오명이 끝날 것인가? 그쪽에서는 3~4대가 지나면 그 오명도 표백되는가? 나에게는 자네한테 물어보고 싶은 것들이 많지만, 편지를 써서 의문을 푸는 데 들어가는 시간보다 더 짧은 시간이면 열 번이라도 델포이를 찾아가서 아폴론에게 물어볼 수 있을 것이네.* 자네는 손수 쓰게 될 삼**을 재배라도 하고 있는가? 도적질이라는 거국적 사업 말고는 그쪽의 주 업종이 무엇인가? 내가 생각하기로는 자물쇠공이 그곳에서는 대자본가가 되어 있겠군.***

부지불식간에 자네에게 친근하게 한담을 하고 있었군. 우리가 템플 구역의 그 펌프로 유명했던 헤어 코트에서 창문을 맞대고 살면서 아침 인사를 나누곤 하던 그 옛 시절처럼 말일세. 자네는 왜 그 조용한 곳을 떠났지? 나는 왜 떠났을까? 거기엔 도합 네 그루의 초라한 느티나무가 서 있었지. 매연으로 더럽혀져 있던 그 껍질은 시골서 올라온 사람들의 우롱거리가 되어 있었는데 바로 그 껍질에서 나는 난생처음 무당벌레를 잡아 보았어. 지금 우리 사이에 놓인 공간을 생각하면, 목마른 8월에 이따금 말라버리던 그 우물만큼이나 내 마음도 말라붙는다네. 그만한

---

*그리스의 델포이는 아폴론이 신탁을 내리는 곳.
**교수형 밧줄을 만들 삼을 암시하고 있다.
***도둑질이 많은 곳이니 당연히 자물쇠의 수요가 많을 것이라는 뜻이다.

거리면 우리 영국서 보낸 편지가 자네에게 배달되기도 전에 그 내용이 쓸모없게 될 정도야. 하지만 내가 이야기를 하는 동안 자네가 내 말을 듣고 있다는 생각이 드네.

> 이럴 수가! 바다와 물결치는 해변이
> 그대를 멀리 떨어져 있게 하는데*

생각은 헛된 추측이나 하면서 노닥거리는군.

　내가 너무 늙어 자네가 나를 알아보지도 못하게 되기 전에 돌아오게나. 누이 브리짓이 목발을 잡고 걷는 날이 오기 전에 돌아오게. 자네가 떠날 적엔 아이였던 소녀들이 자네가 거기서 머뭇거리고 있는 동안에 슬기로운 주부가 되었다네. 자네는 샐리 W__r을 기억하고 있겠지. 그 꽃다운 시절의 W__r이 어제 우리 집에 들렀는데 보니 쪼그랑 할미가 되어 있더군. 자네가 알던 사람들이 해마다 죽어가고 있어. 예전에는 나도 죽음이 기진맥진해졌다고 생각했었지. 나는 그 많은 건강한 친구들과 함께 당당하게 버티고 있었으니까. 두 해 전에 J. W.**가 떠나자 그런 망상도 수정되더군. 그 후로는 우리들을 떼어놓는 사신(死神)이 바빠지고 있어. 자네가 서둘러 돌아오지 않으면 나든 내 친지들이든, 살아서 자네를 반길 사람이 별로 남지 않을 걸세.

*밀턴의 시 〈리시다스〉에서 인용된 구절.
**램의 학창 시절 친구 제임스 화이트는 1820년에 죽었다. 이 사람은 〈굴뚝 청소부를 예찬함〉에도 등장한다.

섣달 그믐날 저녁

사람들은 해마다 생일을 두 번 맞는다. 이는 사람들이 자기의 수명에 영향을 주는 시간의 경과에 대해 성찰하는 날이 한 해에 적어도 이틀은 있다는 뜻이다. 그중의 하나는 사람들이 각별히 '자기 생일'이라고 부르는 날이다. 오래된 풍습들이 차츰 사라지게 됨에 따라, 각자의 생일을 엄숙히 지키던 풍습도 거의 사라져버렸거나 기껏 아이들에게나 남아 있을 뿐이다. 그런데 아이들은 생일에 대해서 성찰하는 바가 전혀 없으며, 생일이라는 말에서 겨우 과자나 귤 같은 것을 떠올릴 뿐이다. 그러나 한해의 탄생은 너무 광범위한 관심의 대상이기 때문에 왕이냐 구두수선공이냐를 가리지 않고 모든 사람들이 그냥 넘어가는 일이 없다. 정월 초하루 날을 무관심하게 대하는 사람은 하나도 없다. 만인이 이날을 기준으로 자기네 시간을 따지고 남아 있는 시간을 계산하기도 한다. 이날은 우리 인류 모두가 태어나는 날이다.

종소리는 하늘나라에 가장 가까운 음악이거니와, 모든 종소리 중에서도 가장 엄숙하고 가장 감동적인 것은 묵은해를 울려 보내는 종소리이다. 그 종소리를 들을 때마다 나는 으레 마음을 가다듬고 지난 열두 달에 흩어져 있던 모든 이미지들과 아쉽게 지나가버린 시간에 내가 행했거나 당했거나 성취했거나 소홀히 했던 일들을 끌어모은다. 사람이 죽을 때 그렇겠거니와, 나는 지난 한 해의 값어치를 이해하기 시작한다. 그 시간은 실존하는 인물 같은 색깔을 띠므로, 우리 시대의 한 시인이

나는 떠나는 한 해의 옷자락을 보았다*

라고 읊을 때 그것은 시적 허상이 아니다.

이 구절은 그 끔찍한 이별의 순간에 우리 모두가 근엄한 슬픔에 싸인 채 의식하는 심상을 표현하고 있을 뿐이다. 나는 내 자신이 어제 저녁에 그것을 느꼈다고 확신하며 모든 사람들이 나와 같은 느낌이었을 것이다. 하지만 나와 같은 생각을 한 사람들 중의 몇몇은 지난해의 죽음에 대해 그 어떤 따뜻한 회한을 느끼기보다도 닥쳐오는 새해의 탄생에 대한 환희를 표명하는 척했다. 그러나 나는

찾아오는 손님을 반갑게 맞이하고 떠나는 손님을 환송하는**

사람들 축에 들지 못한다.

천성 탓이겠지만 나는 일찍부터 새 책, 새 얼굴, 새해 같은

*콜리지의 〈송년부(送年賦)〉에 나오는 구절.
**포프가 영역한 호메로스의 《오디세이아》 제15권에서 인용된 구절.

새것들을 싫어하는 편인데, 이는 새로 닥쳐올 앞일들과 대면하
는 일을 어렵도록 만드는 모종의 정신적 괴벽이 내게 있기 때
문이다. 나는 장래에 대한 희망을 거의 그만두었으며, 지난날
에 내다보던 일들을 회고해서 되살릴 때에만 낙천적이 될 수
있다. 나는 이미 지나가버린 비전과 결말 속으로 뛰어드는가
하면, 지난날에 실망했던 일들과 뒤죽박죽 대면하기도 한다.
나는 지난날 낙담했던 일들을 물리치기 위한 갑옷을 입고 있는
가 하면, 옛 원수들을 용서하거나 압도하고 있다는 허황한 생
각을 하기도 한다. 나는 한때 비싼 대가를 치르고 했던 놀음들
을 지금도 다시 하지만 이제는, 노름꾼들의 용어를 빌려 말하
건대, '돈은 걸지 않고 심심풀이로'만 할 뿐이다. 내 일생에 있
었던 불미한 사건 및 사고들 중의 어느 하나를 번복하려는 생
각도 없다. 잘 짜인 소설 속에서 벌어진 일들을 고칠 수 없는
것처럼 나는 내가 겪은 사건 및 사고들은 고치고 싶지 않다. 앨
리스 W__n*에 대한 그 열정적인 애정의 모험을 상실하는 것
보다는, 차라리 내가 그녀의 아름다운 머리카락과 그보다 더
아름다운 눈에 매혹되며 살았던 내 일생의 가장 행복한 7년이
란 기간을 번뇌 속에서 삭여나가는 편이 더 낫다고 생각한다.
지금 이 순간 내가 은행에 2천 파운드나 되는 돈을 저축해두고
그 잘난 악한 도렐**에 대한 생각을 하지 않는 것보다는, 차라
리 우리 가족이 그 유산을 상실해버린 편이 더 났다.
　　그 지나간 초년 시절을 되돌아보는 것은 사내답지 못하다

---

*램의 옛 애인 앤 시먼즈의 가명. 〈꿈에 본 아이들—하나의 환상〉에도 등장한다.
**윌리엄 도렐은 램의 부친이 남긴 재산을 편취한 악질 변호사의 이름.

할 정도로 나의 약점이 된다. 내가 40년이라는 세월의 간격을 건너뛰고 예전의 자신을 사랑한다 해도 자기애라는 도덕적 비난은 면할 수 있을 것이라고 말한다면, 그것은 하나의 역설을 내세우는 셈이 될까?

내가 나 스스로를 조금이나마 알고 있다면 내 마음이야말로 고통스러울 정도로 내성적이거니와, 내성적인 사람들 중의 어느 누구도 내가 지금 엘리아를 멸시하는 것만큼 자기 자신의 현재 정체성을 멸시할 수는 없을 것이다. 나는 엘리아가 경망스럽고, 허영심이 많으며 변덕스럽다는 것을 안다. 그는 악명 높은 XXX이며, XXX 중독자이고, 충고를 싫어해서 그것을 주거나 받으려 하지 않는다. 어디 그뿐인가. 그는 XXX이고, 말더듬이 어릿광대이며, 그 밖에도 우리가 생각할 수 있는 온갖 못난이이다.* 그러니 그에게 매질을 가하되 사정없이 가하시라. 나는 그 모든 것에 찬동하겠다. 여러분이 그를 책망하려 하는 것 이상으로 책망하겠다. 그러나 그 뒷전에 있는 나의 "타아(他我)"인 어린 엘리아는 다르다. 나는 그 어린 도련님에 대한 기억만은 소중히 간직하고 싶다. 그 도련님은 마흔다섯 살이나 먹은 그 멍청하게 바뀐 녀석과 관련이 없다고 주장하고 싶다. 마치 그 녀석은 도련님이 어렸을 때 요정들이 슬쩍 바꿔치기를 한 후 두고 간 사람이며** 내 부모의 혈통이 아니라 어떤 다른 집안의 아이인 듯하다. 나는 그 아이가 다섯 살 때 겪은 지겨운

---

*여기서 램은 엘리아를 자기 자신의 페르소나로 내세운 후에 독자들이 아무렇게나 상상해서 채울 수 있도록 XXX 표시를 해두었다. 램은 말더듬이였다.
**영문학에는 요정들이 귀여운 아이를 데려가기 위해서 못난 아이와 슬쩍 바꿔치기 한다는 전설이 가끔 등장한다.

천연두 및 그 병보다 더 고약한 약물 복용을 생각하면 울고 싶어진다. 나는 그 아이의 불덩어리 같은 머리를 크라이스츠 호스피틀 학교의 병상에 누일 수 있으며, 그 아이와 함께 잠이 깨어 다정한 어머니가 다정한 자세로 그의 잠자는 모습을 몰래 굽어보고 있는 것을 알고는 깜짝 놀랄 수도 있다. 또 그 아이가 무엇이든 거짓의 빛을 띤 것을 보면 몸을 움츠리던 것도 나는 알고 있다. 딱하구나, 엘리아, 너는 변해버렸다. 너는 세속적으로 약아빠지게 되었구나. 나는 그 아이가 참으로 정직하며, 연약한 아이 치고는 참으로 용기 있었다는 것을 안다. 뿐만 아니라 얼마나 경건하고, 얼마나 상상력이 풍부했으며, 얼마나 희망에 차 있었던가! 내가 기억하는 그 아이가 참으로 내 자신이었고 내 미숙한 걸음걸이를 지배하고 내 도덕적 삶의 기조를 규제하기 위해 거짓 탈을 쓰고 수호천사 행세를 한 인간이 아니었다면, 그간 나는 참으로 많이 타락한 셈이 아닌가!

동정을 받을 가망도 없는데 내가 이런 회고에 즐겨 탐닉한다는 사실이야말로 모종의 병적 개성의 징후일지도 모른다. 혹은 다른 이유가 있기 때문일까? 처와 가족도 없이 사는 내가 자기중심주의를 버리고 내 자아를 밖으로 투사하는 법을 배우지 못한 탓이거나, 아니면 데리고 놀 자식이 없기에 기억의 세계로나 되돌아가서 젊은 시절의 생각들을 나의 상속자나 총아 (寵兒)로 삼는 탓일까? 나의 이런 추측이 허황해 보인다면, 또는 내가 그대의 동정을 사지 못하고 별난 생각이나 하는 사람으로만 보인다면, 아마도 독자께서는 바쁘실 테니, 나는 조롱을 당하지 않도록 엘리아라는 유령 같은 구름 속으로 숨어버리도록 하겠다.

나를 키워준 어른들은 오래된 풍습이라면 무엇이건 성스럽게 준수하는 일을 소홀히 할 것 같지 않은 분들이었다. 종을 치며 묵은해를 보내는 풍습만 해도 특유한 의식과 함께 지켜지고 있었다. 그 시절에는 한밤에 울리는 차임벨 소리가 내 주변 사람들에게는 들뜬 기분을 불러일으키는 듯했지만 내 머릿속에는 어김없이 일련의 침통한 이미지들을 떠올리곤 했다. 그러나 그 당시 나는 그것이 무엇을 의미하는지 거의 알지 못했고 나와 관계있는 일종의 결산이라는 생각도 하지 않았다. 어린 시절에만 그런 것이 아니다. 젊은이까지도 서른이 되기 전에는 자기네가 언젠가 죽게 되어 있다는 것을 실감하는 일이 없다. 그는 인간이 결국은 죽는다는 사실을 알고 있을뿐더러 필요하다면 생명체의 연약함에 대한 설교까지도 할 수 있다. 그러나 젊은이는 그 사실을 마음에 와닿게 하지 못하는데 이는 오뉴월 더운 날에 동지섣달 얼어붙는 나날을 상상 속에 떠올리기 어려운 것이나 마찬가지이다. 그러나 이제는 하나의 진실을 고백할 수 있다. 나는 이 결산의 날들을 너무나 절실하게 느끼게 되었다. 나는 아마도 내게 남아 있을 나날을 세어보는 한편 구두쇠가 한 푼을 아끼듯이 순간들과 아주 짧은 시간 토막들을 소비하는 것도 아까워하기 시작한다. 남은 세월이 더 짧아지고 더 빨리 지나감에 비례하여 나는 시간의 흐름에 더욱 큰 가치를 부여하는 한편 거대한 시간의 수레바퀴가 돌아가지 못하게 헛되이 손가락을 끼워 넣어 막아보려고 한다. 나는 "베틀의 북"*처럼 지나가버리는 데에 만족할 수 없다. 이

*구약 〈욥기〉 7장 6절 참조.

런 은유들은 나에게 위안이 되지 못하며, 인간이 언젠가는 죽어야 한다는 그 달갑잖은 한 모금의 진실을 달콤하게 만들어주지도 않는다. 나는 인간의 생명을 거침없이 영겁의 땅으로 싣고 가는 물결에 휩쓸리고 싶지 않으며, 운명이라고 하는 피할 수 없는 길에서도 마음이 내키지 않는다. 나는 이 녹색의 대지와, 도시와 시골의 풍경과, 말로 표현하기 어려운 농촌의 호젓함과, 길거리에서 느끼는 달콤한 안온함 따위를 사랑한다. 나는 바로 이 지상에 거처를 짓고 싶다. 나는 내가 도달한 이 나이에 가만히 멈춰 있고 싶다. 나와 내 친구들이 더 젊어지거나 더 부유해지거나 더 아름다워지는 것을 원하지는 않는다. 나는 나이가 들어서야 미련을 버리게 된다든지,* 시쳇말로 잘 익은 과일이 되어 무덤 속으로 떨어지는 것을 원하지 않는다. 내가 자리 잡은 이 대지에서 먹을거리나 잠자리를 어떤 식으로든 바꾼다면 나는 어쩔 줄 모르고 곤혹스러워할 것이다. 우리 집 터주들은 너무 깊이 뿌리를 내리고 있기 때문에 뿌리를 뽑으면 반드시 피를 흘리게 되어 있다. 그 터주들은 낯선 땅을 찾으려 하지 않는다. 삶의 상황이 새로이 바뀌면 나는 비틀거리게 된다.

태양, 하늘, 미풍, 호젓한 산책길, 여름휴가, 들판의 초록색, 육류와 어류의 맛있는 즙, 사교, 기분 좋은 술잔들, 촛불, 난롯가의 담소, 천진한 허영심, 농담, 그리고 아이러니 그 자체—이 모든 것들은 생명과 함께 사라져버리고 마는 걸까?

---

*"노령기에 겪는 고통들은 우리를 삶에 대한 애착에서 멀어지게 한다"고 한 조너선 스위프트의 말을 연상시킨다.

우리가 유령을 상대로 즐거워할 때 유령도 웃거나 그 깡마른 옆구리를 흔들며 자지러지게 웃을 수 있을까?

한밤에 내게 다정한 벗이 되어주곤 하던 2절판 책들이여! 내가 그대들을 한아름 가득 안고 있을 때의 그 진한 기쁨과도 헤어져야 한단 말인가? 혹시 지식을 얻을 수 있다 하더라도 더 이상 내게 익숙한 독서 과정을 통해서는 얻지 못하고 모종의 어색한 직관의 실험을 통해서나 얻어야 한단 말인가?

이승에서는 알 만한 얼굴이나 "다정한 믿음을 주는 표정"* 같은 미소 짓는 지표들이 나를 우정으로 이끌건만, 저승에서는 그런 지표 없이 우정을 누릴 수 있을까?

가장 온건한 말로 표현해서, 죽음에 대한 이 견딜 수 없는 혐오가 겨울이 되면 다른 계절에 비해서 더욱 유난히 나를 따라다니며 괴롭힌다. 정겨운 8월 한낮에는 찌는 듯한 하늘 아래서도 죽음이 의심스러워 보일 뿐이다. 그런 계절이 되면 나 같은 못난 뱀들**은 햇빛을 쬐며 영원히 죽지 않을 듯한 기분이 된다. 그럴 때면 우리는 더 커지고 새싹도 틔운다. 그럴 때면 우리는 이전보다 두 배나 더 강해지고 두 배나 더 용감해지며 두 배나 더 슬기로워지고 키도 훨씬 더 큰다. 그러다가 나를 꼬집으며 위축시키는 찬바람이 불어오면 나는 죽음에 대한 생각을 하지 않을 수 없다. 실체 없는 것과 관련된 모든 것들이 죽음이라는 지배적 감정을 조장한다. 추위, 마비, 꿈, 당혹감 등이 바로 그런 것들이다. 허깨비 같고 유령 같은 외양을 가진 달

---

*매슈 로이든이 쓴 엘레지에서 인용된 구절.
**여기서 램은 여름 햇볕을 즐기는 자기 자신을 뱀에 비유하고 있다. 서양에서 햇볕을 즐기면서 허물을 벗는 뱀은 영원불멸한 동물이라 여겨지곤 했다.

빛으로 말하자면 태양의 싸늘한 망령이요 피버스*의 병든 누이로서 〈아가〉 속에서 비난받고 있는 유방 없는 누이**에 비유될 수 있으니, 나는 달의 총아가 되느니 차라리 페르시아 사람들***과 한편이 되겠다.

나를 좌절케 하거나 내 길에서 벗어나게 하는 것이면 무엇이건 내 마음에 죽음을 가져온다. 모든 부분적 해악들이 나쁜 체액처럼 그 죽음의 병소로 흘러든다. 나는 어떤 사람들이 삶에 대해서 무관심하다고 말하는 것을 들은 적이 있다. 그런 사람은 삶의 종말을 마치 피난처처럼 반기고 무덤에 대해서도 베개처럼 베고 잘 수 있는 부드러운 팔이라고 말한다. 또 어떤 사람들은 죽음을 향해 구애하기도 한다. 하지만 나는 말하고 싶다. 그대 더럽고 흉측한 유령이여, 냉큼 사라져라! 그대야말로 어떤 경우에도 변명해주거나 용서해줄 수 없으며 오히려 이 세상에 편재하는 독사처럼 피해야 마땅하고 낙인찍히고 배척되고 혹평되어야 하므로, 나는 그대를 증오하고 혐오하고 저주하며, 수도사 존이 그랬던 것처럼, 그대를 수많은 악마들에게 넘기노라.**** 그대 깡마르고 음울한 삶의 탈취자여, 혹은 더 무시무시하고 파괴적인 존재여, 나는 도저히 그대를 소화할 수 없다.

그대에 대한 두려움을 치유하도록 처방된 해독제들은 모두

---

*피버스는 그리스어로 태양의 신 아폴론을 의미한다.
**구약 〈아가〉 8장 8절 참조.
***페르시아인들은 태양숭배자들로 알려져 있다.
****라블레의 《가르강튀아》에 등장하는 용감한 존 수도사는 적을 해치울 때 "나는 너를 지옥의 악마들에게 넘기노라"라고 말한다.

그대만큼이나 냉혹하고 모욕적이다. 살아생전에 왕후장상과 함께 자는 것을 크게 갈망하지 않은 사람이 "죽어서 그런 사람들과 한자리에 누워 있게 된다"*고 한들, 또는 정말이지, 죽은 후에는 "가장 아름다운 얼굴도 그 꼴이 된다"**고 한들, 대체 거기서 무슨 만족을 얻을 수 있을 것인가? 아니, 나를 위안하기 위해서 앨리스 W__n이 귀신이 되어서야 되겠는가? 죽은 자를 위해 세우는 그 흔한 묘비에 새겨지곤 하는 당치 않고 어울리지도 않는 그 눈에 익은 문구들을 보면 나는 무엇보다 불쾌해진다. 죽은 사람마다 "당신 또한 가까운 장래에 나처럼 되리라"는 그 지긋지긋한 진실을 나에게 설교하는 일을 떠맡아야 한다니! 하지만, 친구여, 아마도 그대가 생각하듯이 가까운 장래에 그렇게 되는 일은 없을 것이다. 지금 당장에는 내가 살아서 나돌아 다니고 있으니, 나는 죽은 사람 스무 명만큼은 값이 나간다. 살아 있는 내가 그대보다 우월함을 알지어라. 그대에게는 정월 초하루 날이라는 것이 이미 과거지사가 되고 말았지만, 나는 지금 살아남아서 1821년을 맞이할 후보자가 되어 있다. 그러니 다시 한 번 포도주 잔을 들자. 그리고 방금 1820년의 장송곡을 슬프게 울렸던 종이 이제는 변절자가 되어 기조를 바꾼 후 1821년을 요란하게 맞아들이고 있으니, 우리도 그 종소리에 맞추어서 정답고 명랑한 코튼*** 씨가 어느 새해를 맞으며 지은 노래나 읊기로 하자.

*구약 〈욥기〉 3장 13~14절 참조.
**데이비드 말레트의 담요(譚謠)에서 인용된 구절.
***17세기 영국 시인 찰스 코튼을 뜻한다.

새해

들어라, 닭이 운다. 저 밝은 별이
새해가 멀지 않았음을 알린다.
그리고 보라, 어둠을 헤치고 나온 해가
서녘 언덕을 금빛으로 물들이고 있구나.
해와 함께 그 예전의 야누스*도 나타나서
미래 쪽으로 새해를 들여다본다.
그 표정은 말하는 듯하다.
미래의 전망이 밝지 않다고.
그래서 우리는 일어나 흉한 조짐을 보고
우리에게 닥칠 불행을 예감한다.
닥쳐올 일에 대한 예언적 두려움이
그보다 더 괴로운 일을 초래하나니,
가장 가혹한 불행보다 더 영혼을 괴롭히는
쓰디쓴 맛으로 가득하구나.
하지만, 기다려라, 기다려!
빛이 점점 밝아지자 내 눈에 보이는구나.
지금까지 찌푸린 듯하던 바로 그 이마에
감도는 저 고요한 빛.
돌아보는 얼굴은 지난 궂은일을 생각하며
불쾌한 듯 찌푸리고 있을지 모르나,
앞을 내다보는 얼굴은 맑기만 하고

*로마 신화에서 야누스(Janus)는 두 얼굴을 가지고 있어서 동시에 과거와 미래를
보는 것으로 알려져 있다. 영어의 1월(January)은 'Janus의 달'이란 뜻이다.

새로 태어난 해를 향해 미소 짓는다.
그는 그처럼 높은 곳에서 내려다보고
새해는 그의 눈앞에 펼쳐진다.
그리고 만물을 명확히 보여주는 해 앞에
모든 순간들이 펼쳐진다.
한 해의 복된 변천을 보며
해는 더더욱 미소 짓는다.
첫 아침에 한 해는 우리 위해 미소 짓고
태어나자 우리에게 행운을 기약하는데,
우리는 어찌하여 이 한 해의 힘을
의심하고 무서워해야 하나?
젠장! 지난해가 그토록 흉흉했으니
새해는 더 나아질 수밖에 없으리.
최악의 경우에도, 지난해를 헤치고 나갔듯이
이 한 해를 그렇게 헤치고 나가리.
그러면 이듬해는 당연히
기막히게 좋은 해가 되리.
우리가 나날이 보듯, 최악의 불행도
우리가 겪는 최선의 행운처럼
영속하지 않는 법. 게다가
행운은 불운에 비해
더욱 오래 지탱할 수단까지
우리에게 가져다준다.
3년마다 한 해씩 행복을 누리면서
운명을 탓하는 사람이 있다면

그는 배은망덕해 보일 뿐
그 한 해의 행복도 누릴 자격이 없다.
그러니 좋은 술이 철철 넘치는 잔을 들고
새 손님을 반가이 맞이하자.
환희는 언제나 행운을 만나고
불운마저 달콤하게 만드는구나.
행운의 공주가 등을 돌린다 해도
우리는 포도주나 실컷 마시자꾸나.
다음 해 공주가 얼굴을 돌릴 때까지
우리는 그때까지 버티는 게 좋으리.

　독자여, 그대는 어떻게 생각하시는가? 위의 시는 옛 영국인
의 체질 속에 담겨 있던 그 거칠지만 넓은 도량을 풍기지 않는
가? 구구절절 강장제처럼 우리를 굳세게 해주지 않는가? 이
조제약 속에는 우리의 마음을 넓혀주고 온화한 혈기와 통 큰
기백을 빚어내는 효력이 들어 있지 않은가? 내가 방금 표명했
거나 느끼는 척했던 죽음에 대한 유치한 두려움은 어디로 가버
렸는가? 그 두려움은 구름처럼 사라졌고, 맑은 시에서 나오는
정화적인 햇빛 속에 흡수되었으며, 쓸데없는 걱정들을 고치는
유일한 샘인 진정한 헬리콘* 물결에 말끔히 씻겨나가고 말았
다. 그러니 자극적인 술이나 한잔 더 마시자꾸나! 여러 어르신
네들께서는 새해 복 많이 받으십시오. 여러 해 동안 새해를 맞
으시길 빕니다.

*헬리콘은 시신(詩神)들의 산이며 시적 영감의 샘이 흐르는 곳으로 여겨졌다.

영국 산문문학의
한 전범

이상옥(서울대학교 명예교수)

찰스 램(Charles Lamb)은 1775년 2월 10일에 런던서 태어났다. 그의 부친 존 램은 한 법학원 간부에게 고용된 서기였는데, 그와 아내 엘리자베스 필드 사이에서 난 7남매 중에서 찰스는 막내였다. 유년기를 넘겨 생존한 세 남매 중 형 존과 누이 메리는 각각 찰스의 열두 살 및 열한 살 연상이었다.

7세가 되던 1782년 10월에 램은 크라이스츠 호스피틀 학교에 입학했다. 그의 학우 중의 한 사람은 학창 시절의 램에 대해서 "정답고 점잖은 소년으로 아주 민감하고 관찰력이 예리했다"고 회상하고 있다. 그는 타고난 말더듬이였지만 동료 학생들과 교사들의 사랑을 받았다. 이 학교에서 사귄 친구 중에서 특기할 만한 인물은 훗날 낭만파 시인으로 이름을 날리게 된 S. T. 콜리지였다. 뛰어난 글쓰기 재주에 탁월한 학자적 자질을 보였던 그는 당연히 대학에 진학하여 장차 성직자로 출세할 수도 있었겠지만, 언변의 결함은 그런 꿈을 일찌감치 접게 했다. 그는 〈크라이스츠 호스피틀 학교—35년 전 이야기〉라는 긴 에세이에서 그 학창 시절을 정감 있게 회고하고 있다.

가정 형편이 넉넉하지 못했던 램은 7년간 재학하던 학교를 자퇴하고 취업의 길로 들어섰다. 그는 남양상사라는 곳에서 잠시 근무하다가 1792년 4월에는 유명한 동인도회사 경리부의 서기로 취직한 후 1825년에 은퇴할 때까지 근속했고 연봉은 7백 파운드에 이르렀다. 이 시절을 회고하는 에세이가 몇 편 있는데, 그중의 한 편인 〈퇴직자〉는 동인도회사를 퇴직할 무렵의 이야기를 담고 있다.

램은 외조모 필드 부인이 가정부로 있던 하포드셔의 어느 저택에서 휴가를 보내곤 했다. 그곳에서 그는 〈꿈에 본 아이들—하나의 환상〉과 〈H__셔의 블레익스무어〉등의 에세이에서 언급되는 앨리스 윈터턴이라는 여인을 만났다. 앨리스의 본명은 앤 시먼즈였는데 램은 오랫동안 그녀에게 구애했지만 끝내 결혼하지 못했다. 앤은 금은세공사로 전당포를 하던 바트럼이라는 사람과 결혼했다.

그 무렵 램은 정신착란증을 일으켜 6주간 병원 신세를 졌다. 시먼즈 양과의 관계가 파탄에 이른 것과 그 증세가 어떻게든 관련이 있었을 것이라는 추측도 있지만 어디까지나 추측일 뿐이다. 그 정신적 장애는 집안의 혈통 속에 흐르고 있던 저주였으며 일생을 통해 그에게 어두운 그림자를 던졌다.

정신병 증세로 인한 가정적 비극이 램의 집안을 엄습한 것은 1796년 9월 어느 날이었다. 그의 부친은 치매 상태에 있었고 설상가상으로 모친 또한 오랫동안 와병 중이었는데, 고된 바느질과 모친의 간병에 시달리던 누이 메리가 바로 그날 심한 발작을 일으켰던 것이다. 그녀는 칼로 모친에게 치명상을 입혔고 부친에게도 상처를 입혔는데 찰스는 바로 그 참극의 현장에 있었다. 메리는 법정에서 무죄사면을 받았지만 일생동안 그 증세가 재발할까 두려워하며 살아야 했다.

다행히도 그때의 충격이 찰스의 정신을 망가뜨리지는 않았고 오히려 그를 더욱 강인한 사람이 되게 했다고 한다. 1797년에 부친이 별세하자 램은 누이를 돌보는 일에 일생을 바치기로 결심했으며 그 결과 오랫동안 넉넉하지 못한 삶을 살면서 정신적 불안과 긴장상태에서 한시도 놓여나지 못했다. 〈하포드셔의 매커리 엔드〉 같은 에세이에서는 메리가 '사촌 누이 브리짓'이라는 익명으로 등장하는데, 그녀와 찰스 사이의 돈독한 인간관계가 따뜻하게 그려지고 있다. 그리고 〈오래된 도자기〉에서는 램이 누이와 함께 겪었던 지난날의 가난했던 삶을 감상적으로 회고하고 있다.

후세의 비평가나 전기가들은 하나같이 누이를 위한 그의 영웅적 헌신을 찬양한다. 그는 그리 넉넉하지 않은 삶을 살며 누이를 돌보느라 결혼 따위는 생각조차 하지 못했던 것 같다. 그는 한때 음주, 끽연, 도박에 몰두하기도 했지만 그가 겪었을 고통스러운 스트레스를 감안한다면 그런 성격적 약점쯤은 너그러이 보아 넘길 수 있지 않을까 싶다. 메리와 찰스는 엠마 이졸라라는 여아를 입양해서 양육하며 큰 기쁨을 누렸으며, 훗날 출가시킬 때까지 메리와 엠마 사이의 관계는 자별했다고 한다.

거의 평생을 런던에 거주하고 있던 램은 학창 시절의 친우 콜리지를 가까이하면서 문학적으로도 그의 영향을 받았다. 평소에 문예 창작에 열중하고 있던 그는 1796년에 콜리지가 낸 시집에 자작시를 실었고, 이미 문명을 떨치고 있던 윌리엄, 도로시 워즈워스 남매, P. B. 셸리, 윌리엄 해즐릿, 리 헌트 같은 문사들과도 교유했다.

1798년에 그는 앤 시먼즈와의 불행했던 관계를 넌지시 비치는 《로사먼드 그레이》라는 이야기를 써서 호평을 받았다. 그는 몇 편의 극작품도 썼으나 성공을 거두지는 못했다. 1806년에 그의 소극(笑劇) 《H 씨》가 런던의 드루어리 레인 극장에서 공연되었을 때는 무대를 향해 야유의 함성을 지른 관중 속에 램 자신도 섞여 있었다는 유명한 에피소드도 전해진다. 이듬해 그는 누이와 함께 셰익스피어의 극을 산문으로 번안해서 쓴 《셰익스피어의 이야기들》을 출간했는데 늘 메리가 쓴 부분이 특히 뛰어나다는 말을 했다고 한다. 1810년에서 1820년에 이르는 10년간 그는 이렇다 할 작품을 내지 못했다.

1820년에 램은 엘리아(Elia)라는 필명으로 월간지 《런던 매거진》에 에세이를 기고하기 시작했다. 1823년에 《엘리아의 수필》(Essays of Elia)이라는 에세이집이 출판되자 당대의 낭만파 시인이던 로버트 사우디는 이 에세이들이 "좀 더 건전한 종교적 감정"만 곁들였던들 참으로 창의적이요 읽기에 즐거운 글들이 되었을 것이라고 평했다. 그의 두 번째 에세이집은 1833년에 《마지막 엘리아의 수필》(Last Essays of Elia)이라는 제목으로 간행되었다. 램이 영문학사에 한 불멸의 이름을 남기게 된 것도 이 산문문학의 전범이 될 만한 두 권의 에세이집 덕분이라고 해도 과언이 아닐 것이다.

1833년에 램은 누이와 런던에서 미들섹스의 에드먼턴으로 이주했다. 1834년 7월에 친우 콜리지가 세상을 떠나자 그는 커다란 충격을 받았다. 그는 일상생활에서도 늘 "콜리지가 죽었다"는 말을 되뇌며 슬프게 한숨짓곤 했다고 한다. 같은 해에 그는 산책 중에 입은 낙상으로 며칠간 단독(丹毒)을 앓다가 12월 27일에 세상을 떠났고, 그때 나이는 59세였다. 그는 에드먼턴의 올세인츠 교회 묘역에 묻혔고, 누이 메리 역시 10여 년 후에 사망하여 그의 곁에 나란히 묻혔다.

램의 에세이는 좀처럼 철학적·도덕적 논설을 펴지 않으며, 흔히 작가 자신의 체험, 기억 및 사생활 주변에서 그 단서를 찾는다. 사실 그의 글에서 자서전적인 색채는 하도 농후하기 때문에 그 속에서 다루어진 삶의 편린들을 퍼즐처럼 뜯어 맞추어본다면 그의 일생을 반영하는 상당히 짜임새 있는 모자이크 그림을 얻을 수 있을 것이다. 그의 글이 지닌 이런 사사로운 성격은 그에게 자기 자신의 페르소나를 설정해야 할 필요성을 절감케 했다. 그래서 등장한 것이 '엘리아'라는 펜네임이다. 램은 이 익명으로 자기 자신을 객관화함으로써 소재와 자아 사이에 적절한 정서적·심미적 거리를 유지하고 있다. 그러므로 자서전적 성격이 비교적 엷은 〈현대의 여성존중 풍습〉이나 〈만우절〉 및 〈진정한 천재의 정신적 건강〉 같은 일부 에세이를 제외하고 거의 모든 에세이에서 엘리아는 명시적으로 아니면 적어도 암시적으로 등장한다. 뿐만 아니라 〈크라이스츠 호스피틀 학교—35년 전 이야기〉 같은 에세이에서는 그의 친구였던 콜리지의 입을 빌려 엘리아의 학창 시절 이야기를 함으로써, 소재와 자기 자신 사이에 두 겹의 간격을 두기도 한다.

램은 자전적인 소재를 가지고서 다양한 에세이를 썼다. 〈크라이스츠 호스피틀 학교—35년 전 이야기〉는 기숙학교에서 보낸 7년간의 학창시절에 대한 향수 어린 회고인가 하면, 〈꿈에 본 아이들—하나의 환상〉은 이루지 못한 첫사랑의 여인과 자기 사이에 태어났을 수도 있는 아이들에 대한 꿈같은 이야기이다. 한편, 〈귀에 대한 장〉은 램 자신이 음악을 이해하고 수용할 수 있는 능력이 극히 제한되어 있다는 이야기를 풍미 있게 늘어놓고 있으며, 〈퇴직자〉는 자기가 누리게 된 은퇴생활의 자유로움과 즐거움을 찬양하면서도 다른 한편으로는 일의 고통과 그 의미를 되새겨보고 있다. 그러나 그의 이야기들이 참으로 우리 가슴에 와 닿는 것은 〈나의 친척들〉, 〈하포드셔의 매커리 엔드〉 및 〈H__셔의 블레익스무어〉 같은 에세이에서 지난 날 친지들과 집안에 있었던 일들에 대한 정감 어린 회고를 할 때이다.

〈오래된 도자기〉도 자전적 색채를 농후하게 띠고 있지만 그 어조는 전혀 다르다. 이 에세이의 대부분은 엘리아의 사촌 누이 브리짓으로 분장하고 등장한 메리의 회고담으로 되어 있다. 이 에세이가 각별한 주목을 끄는 것은 지난날의 가난했던 삶에 대한 애절한 회고를 하고 있기 때문만이 아니고, 진정한 문예적 욕구나 고상한 취미 같은 삶의 긍정적 측면은 여유의 산물이 아니라 오히려 궁핍에서 빚어질 수도 있다는 역설적 진실을 설득력 있게 펴고 있기 때문이다. 사실 가난은 램의 몇몇 에세이에서 중심 주제가 되고 있다. 〈가난한 친척들〉은 가난이 인간의 행태에 끼칠 수 있는 부정적 영향을 여러모로 그리고 있지만 가난이라는 문제를 바라보는 램의 시각은 시종일관 따뜻하기만 하다. 이런 시각이 있기에 그는 〈잭슨 대위〉에서 극단적 가난의 모습을 아주 풍미 있게 희화화할 수 있었고, 〈수도에서 거지들이 쇠퇴하는 데 대한 불평〉에서는 거지들의 삶에 대한 인간애 넘치는 옹호를 할 수 있었다.

이처럼 램은 가난 문제를 여러 번 다루면서도 그것을 사회적 이슈로 부각시키지는 않는다. 가령 〈굴뚝 청소부 예찬〉은 그 밑바닥에 겨울철에 어린이를 굴뚝 청소부로 내보내야 하는 극빈층의 비참한 삶을 넌지시 비치고 있지만, 빈곤을 하나의 사회적 문제로 제기하지는 않는다. 오히려 그는 비참한 상황 속에서 냉대받고 있는 어린 굴뚝 소제부들을 예찬의 대상으로 삼으며 그들에 대한 가슴 아픈 이야기들을 따뜻하게 엮어나감으로써 가난이라는 문제가 우리에게 절실히 다가오게 한다. 그 덕분에 이 에세이에서 우리는 가장 딱하고 가장 슬픈 이야기도 보편적 인간애의 대상이 될 경우에는 아름다운 문학적 소재가 될 수 있음을 새삼스럽게 실감하게 한다.

램의 에세이에서 찾아볼 수 있는 또 하나의 흥미로운 면은 오랫동안 전래되어 온 사회풍습이 글의 주제로 빈번히 등장한다는 점이다. 그가 다루고 있는 밸런타인데이, 만우절, 식전기도, 혼례식, 여성존중과 같은 주제는 우리에게 아주 참신해 보일 수 있지만 사실 램 당대의 자국민에게는 아주 진부한 주제에 불과했을 것이다. 하지만 램은 이런 비근한 주제를 조금씩 비틀어 비범하게 다룸으로써 그 풍습들에 대한 새로운 시각을 독자들에게 제공한다. 이를테면, 〈만우절〉에서 램은 한 오래된 풍습의 면면을 단순히 소묘하는 데 그치지 않고 어수룩함과 어리석어 보임의 미학적·도덕적 가치까지 들먹이고 있으며, 〈식전기도〉는 성찬을 차린 테이블에서 미식과 포식을 즐기기 위해 식전 감사기도를 드리는 인간들의 위선을 가차 없이 나무라고 있다. 또 〈혼례식〉은 우리에게 19세기 초엽의 영국 혼례 풍습의 일단을 보여주므로 아주 흥미롭지만, 그 요지는 혼례를 둘러싼 가족간의 끈끈한 유대관계를 부각시키자는 데 있다. 그리고 〈현대의 여성존중 풍습〉은 여성이 남성으로부터 존중을 기대하기 전에 스스로를 존중하는 법부터 익혀야 할 것이라는 주장을 폄으로써 남녀관계에 대해 한 설득력 있는 메시지를 던진다.

램은 개인이나 집단의 행태에 대해 조금은 별나다 할 만한 관심을 보이고 있다. 〈엘리스턴의 망령에게〉는 세상을 떠난 지 얼마 되지 않는 한 명배우에 대한 풍자적 성격 소묘이며, 〈퀘이커 교도들의 집회〉는 한 종교집단의 행태에 대한 그의 진심 어린 찬양을 담고 있다. 그러나 인간성에 대한 그의 관심은 단순히 개인이나 개별 집단에 대한 공감적인 묘사에만 그치지 않고 개인간의 인간관계에 대한 성찰을 할 때에도 비범하게 빛을 발한다. 〈두 부류의 인간〉과 〈기혼자들의 행위에 대한 미혼자의 불평〉 같은 에세이는 그 전형적 예가 된다. 전자에서 램은 돈이나 책을 빌려간 후 돌려주지 않는 사람들에 대한 원망을 해학적으로 펼치고 있으며, 후자에서는 평생 독신으로 살아온 램이 기혼자들 특히 결혼한 여성들로부터 당한 오해와 부당한 처우에 대한 불만을 거침없이 토로하고 있는데, 이 두 에세이에서 아이러닉한 어조는 읽는 재미를 배가시킨다.

램의 여러 에세이에서 우리는 이런 신랄한 어조와 마주칠 수 있지만, 그가 인간을 보는 눈이 결코 부정적인 색채로 물들어 있지는 않다. 오히려, 앞서 여러 에세이를 언급하면서 이미 지적한 대로 그의 시각은 기본적으로 인간애에 젖어 있다고 해야 옳을 것이다. 〈먼 곳에 있는 친지에게〉 같은 에세이는 바로 그 점을 증언하고 있다. 이 서간체 에세이에서 램은 당대의 죄수 유배지였던 머나먼 땅 호주에서 법관생활을 하고 있던 친구에게 온갖 짓궂은 농담을 하지만 그 농담들은 그의 따뜻한 우정과 그리움을 해학적으로 표현하는 방편이 되고 있을 뿐이다.

해학적 스타일이 한 극치를 이루는 에세이는 〈돼지구이를 논함〉이다. 이 작품에서 램이 돼지구이의 기원이랍시고 널어놓은 사설은 그 자체로 허황하기 짝이 없지만, "돼지고기는 구워야 제맛이 난다", "돼지 중에서도 새끼 돼지야말로 '최고의 진미'다"라는 주장을 펼치기 위한 예비적 너스레 떨기로 그보다 더 완벽한 사설이 또 있을 수 있을까 싶을 지경이다. 그러므로 이 에세이가 램의 산문을 대표하는 작품으로 간주되어 오래전부터 널리 사화집(詞華集)에 수록되어 온 것도 놀랄 일은 아니다.

실로 해학은 그의 에세이에서 근간적인 요소를 이루고 있지만 그것이 그의 글을 악의에 차거나 실없는 소리의 경지로 떨어뜨리는 일이 없다. 이는 아마도 그의 많은 에세이에서 기조를 이루고 있는 아이러닉한 어조가 본질적으로 부정적인 의도를 띠고 있지 않으며 그것이 지탱하려 하는 주장 또한 도그마와는 거리가 멀다는 것과 관계있을 것이다.

에세이는 문학의 다른 장르들과는 달리 등장인물의 성격묘사나 플롯을 필수요건으로 하지 않으며 글쓰기에 있어서의 자유로운 펜 놀림을 어느 정도 허용한다. 따라서 "수필은 문자 그대로 붓 가는 대로 쓴 글이다"라는 명제가 큰 무리 없이 성립될 수 있고, 램의 에세이들도 이런 의미에서는 예외라고 할 수 없다. 하지만 램의 경우 그 자유로움은 잘 절제되어 있다. 가령 그의 글이 앞서 살펴본 대로 자전적 성격을 다분히 띠고 있으

면서도 좀처럼 저속한 의미의 '신변잡기'로 떨어지지 않는 것
도 바로 그의 글쓰기가 분방하면서도 늘 일정하게 절제되고 있
기에 가능하다. 또 그는 비근한 세상사를 거론할 때에도 삶의
구경(究竟)에 대한 탐구적 자세를 놓아버리는 일이 없으며, 항
다반사를 이야기할 경우에도 사리 판단의 통찰력이 그 속에서
번뜩이지 않을 때가 없다. 그러므로 거의 모든 에세이에서 심
오한 철학적 명상이나 정치와 종교 같은 당대의 문제들에 대한
담론이 거의 배제되고 있음에도, 생활인의 예지가 언제나 빛
을 내고 인간성에 대한 열렬한 애착과 탐구는 글의 기조를 이
룬다. 바로 이런 특성은 영국의 전통적 에세이스트들에게 널리
공통되는 면모이기도 하다.

끝으로, 램의 문체는 길고 나열적이며 난삽하기로 이름나
있는데 이는 그가 스스로의 박학다식을 근거로 되도록 많은 것
을 에세이에서 말하려고 하는 의욕과 관계있지 않나 싶다. 그
리고 그의 글에는 고금의 문헌과 역사적 사실에 대한 인유가
많이 보인다. 또 그는 성경과 셰익스피어를 비롯한 많은 고전
적 문헌에서 한없이 인용하고 있으며 더러 인용이 부정확하기
도 하지만, 그중의 어느 하나도 단순한 지식의 과시를 위한 것
이 없고 모두 적절한 대목에서 요긴하게 원용되고 있다. 이런
인유와 인용문의 폭주로 인해 상당히 유식한 독자들마저 방대
한 주석 없이는 그의 에세이를 읽는 데 어려움을 느끼게 된다.
그래서 그 주석들—이 번역본에서는 각주들—을 읽는 일이 독
자들에게 무척 부담스러울 수도 있지만, 일부 학구적이고 호기
심 많은 독자들에게는 오히려 적잖은 즐거움이 될 수도 있으리
라 믿는다.

몇 마디 역자의 변을 덧붙이고자 한다. 램이 남긴 두 권의 산문집 《엘리아의 수필》 및 《마지막 엘리아의 수필》을 우리말로 옮기는 것은 역자의 오랜 소망이었다. 정작 책을 내려니 가벼운 스타일로 쓰여진 글을 선호하는 요즘 독자들의 취향에 호흡이 긴 램의 글이 얼마나 받아들여질 수 있을지 걱정이다. 하지만 이런 시대일수록 그의 에세이들을 반드시 읽어야 할 도서 목록에 올려줘야 하지 않을까 싶다.

번역 대본으로 쓴 원전은 역자가 1950년대 학창 시절에 사서 읽은 맥밀런 판의 《Essays of Elia》(1895)와 《Last Essays of Elia》(1900)이며, 미심한 점은 다른 판의 텍스트를 참고하여 바로잡았다.

법률가이자 의회 의원이던 새뮤얼 솔트를 위해 일하던 서기 존 램과 엘리자베스 필드의 아들로 2월 10일 런던에서 출생.	1775
크라이스츠 호스피틀 학교에 입학. 재학 중에 연상이었던 S. T. 콜리지를 만남. 두 사람 사이의 우정은 평생토록 계속됨.	1782
학교 중퇴. 상인 조지프 페이스의 회계원으로 취직.	1789
잠시 집에서 쉬다가 남양상사(South-Sea House)의 사무원으로 취직.	1791
동인도회사의 회계원으로 전직, 1825년 퇴직할 때까지 33년간 근속.	1792
콜리지 및 로버트 사우디 같은 당대의 시인들과 자주 어울리며 시를 지음.	1794
램이 소네트를 지어 바친 적이 있는 첫사랑	1795

앤 시몬즈와의 관계가 파탄에 이름. 정신병 증세를 보여 얼마 동안 병원 생활을 함.

열한 살이나 연상이었던 누이 메리가 고된 바느질과 모친의 간병생활 끝에 정신착란을 일으켜 모친을 살해하자 램은 사실상 일생 동안 메리의 후견인이 됨. 시인으로 이름을 떨치고 있던 콜리지의 시집에 네 편의 소네트 발표.	1796	
자전적인 요소가 담긴 산문 로맨스 《로사먼드 그레이》 출간.	1798	《로사먼드 그레이》
부친이 사망하여 펜톤빌에서 메리와 함께 살게 됨.	1799	
시로 쓴 비극 《존 우드빌》을 발표했으나 호평을 받지 못함.	1802	《존 우드빌》
2막짜리 소극(笑劇) 《H 씨》가 런던의 드루어리 레인 극장에서 공연되었으나, 관중의 야유를 받게 되자 램 자신도 그 소동에 동참했다고 함.	1806	
메리와 함께 셰익스피어의 희곡을 산문으로 번안한 《셰익스피어의 이야기들》 출간.	1807	《셰익스피어의 이야기들》
메리와 합작한 이야기 책 《레스터 부인의 학교》와 《아이들을 위한 시》 발간. 호메로스의 《오디세이아》를 번안한 아동서적 《율리시스의 모험》 출간.	1808	《레스터 부인의 학교》 《아이들을 위한 시》 《율리시스의 모험》
평론가이자 시인인 제임스 헌트가 창간한 계간지 《리플렉터》에 셰익스피어와 화가 윌리엄 호가스에 대한 평론 발표.	1810	

《리플렉터》가 종간되자 1920년까지 10년간 사실상 절필하고 지냄. 이 기간 동안 친구들과 어울려 주로 끽다, 음주 및 카드놀이에 심취. 담론가로도 명성을 얻음.	1811	
제임스 헌트가 창간한 문예, 정치 주간지 《이그재미너》에 글 기고.	1813	
작가로서의 일생은 사실상 끝났다고 여기고 《찰스 램 전집》(전2권) 간행.	1818	《찰스 램 전집》
여배우 패니 켈리에게 청혼했으나 거절당함.	1819	
《런던 매거진》이 창간되자 '엘리아'라는 필명으로 에세이 연재를 시작함.	1820	
메리와 함께 파리 방문.	1822	
《엘리아의 수필》 출간. 고아 엠마 이졸다 입양.	1823	《엘리아의 수필》
동인도회사에서 퇴직, 연금생활을 시작함. 《런던 매거진》 폐간.	1825	
〈태어나자마자 죽은 아이에 대해〉라는 시 발표.	1828	
《시 앨범》 출간.	1830	《시 앨범》
희극적 담시 《마누라를 찾는 사탄》 익명으로 발표.	1831	《마누라를 찾는 사탄》
《마지막 엘리아의 수필》 출간.	1833	《마지막 엘리아의 수필》
12월 27일 미들섹스의 에드먼턴에서 별세.	1834	

옮긴이 이상옥

서울대학교 영문학과를 졸업했다. 영국 서식스 대학에서 수학하고 미국 뉴욕 주립대학교에서 영문학 박사학위를 받았다. 서울대학교 영문학과 교수, 인문대 학장을 역임했다. 지은 책으로 《조셉 콘래드 연구》 《문학 · 인문학 · 대학》 《이효석의 삶과 문학》, 산문집 《두견이와 소쩍새》 《가을 봄 여름 없이》 등이 있고, 《젊은 예술가의 초상》 《미겔 스트리트》 《암흑의 핵심》 등을 우리말로 옮겼다.

세계문학의 숲 015

굴뚝 청소부 예찬

2011년 12월 23일 초판 1쇄 인쇄
2011년 12월 30일 초판 1쇄 발행

지은이 | 찰스 램
옮긴이 | 이상옥
발행인 | 전재국

발행처 | (주)시공사
출판등록 | 1989년 5월 10일(제3-248호)

주소 | 서울 서초구 서초동 1628-1(우편번호 137-879)
전화 | 편집 (02)2046-2867 · 영업 (02)2046-2800
팩스 | 편집 (02)585-1755 · 영업 (02)588-0835
홈페이지 | www.sigongsa.com
세계문학의 숲 홈페이지 | www.sigongclassic.com

ISBN 978-89-527-6412-6(04840)
        978-89-527-5961-0(set)